四水归堂

SISHUIGUITANG

郭明辉/著

ARTTIME 时代出版
时代出版传媒股份有限公司
安徽文艺出版社

图书在版编目（CIP）数据

四水归堂 / 郭明辉著. -- 合肥 : 安徽文艺出版社,
2025. 4. -- ISBN 978-7-5396-8229-7

Ⅰ. I247.5

中国国家版本馆CIP数据核字第2024PJ5278号

出 版 人：姚　巍　　　　策　　划：韩　露
责任编辑：周　丽　　　　装帧设计：孙　力　徐　睿

出版发行：安徽文艺出版社　www.awpub.com
地　　址：合肥市翡翠路1118号　邮政编码：230071
营 销 部：(0551)63533889
印　　制：安徽联众印刷有限公司　(0551)65661327

开本：700×1000　1/16　印张：18.75　字数：280千字
版次：2025年4月第1版
印次：2025年4月第1次印刷
定价：68.00元

目录

引子　七喜

七喜失踪了。

事情的发生似乎早有征兆。此前，在微信群“双溪人”里，至少有三个人发布过七喜失踪前的种种异常。

五天前，打更队队长叶金波三更巡夜，路过织女巷，无意间发现梅家老屋的屋脊上，一个黑影一动不动，钉上去似的。那时候，那个黑影尤其神秘。就在叶金波举起手机拍摄的一刹那，黑影突然消失，画框中只留下半轮孤零零的残月。叶金波用他沙哑的大嗓门，在群里发了一条语音：七喜吓我一跳！

三天前，驻村医生郝曼也有发现。那天晚上，华建功跟一帮朋友喝酒炸罍子，再次把自己炸成胃出血。凌晨一点，郝曼接到江红霞的电话紧急出诊。路过中街，远远看见大牌坊上有一个影子来回晃动，如同玄幻电影里怪异的魅影。那夜天阴，没有月亮，不过从体态上判定，就是七喜。郝曼因为急着救人，所以没来得及拍下照片。

前一天，网红菲菲一直在工作室直播带货，下播时天色未亮。那天，菲菲做了一个双溪特产专场，为即将到来的“梅花酿”旺季预热，效果不错，心情大好。走到老祠堂门口，突然一道白光从眼前闪过，蹿上旁边的花墙，令她想到《聊斋》里月下的白狐，吓得头皮发麻浑身打战。当时，她嘟哝一句：七喜这家伙，春天没到，你就跑出来鬼混?!

七喜是只猫，公猫。七喜的失踪成了古村双溪的大事，“双溪人”群里展开了激烈讨论，有人为七喜的失踪唏嘘不已，有人为寻找七喜献计献策，总之都为七喜操心。丢猫丢狗，哪天都有。按理说，算不上什么大事。问题是七喜是梅姑的猫，事情就变得复杂了。七喜十一岁，鸳鸯眼，大尾巴，通体雪白，没有一根杂毛，在双溪家喻户晓。七喜名气大，不是因为长得漂亮、生得健壮，实在是沾了梅姑的光。在别人眼里，七喜不过是只猫，顶多算个宠物。可是对梅姑来说，七喜是伴儿，是命根子。这一点，双溪人都晓得。

最早发现七喜失踪的是鲍子。

十年前，鲍子偶遇"双溪一姐"叶小苋，从省城来到双溪，被双溪清幽的风韵迷住了，索性定居下来，成为双溪第一个"村漂"，一直住在梅家老屋。在双溪人眼里，鲍子的身份有点复杂，不好界定。鲍子自谦的说法是"摄烧"，也就是"摄影发烧友"的意思。双溪人把摄影叫作照相，因此把鲍子称作"照相佬"。当初鲍子纠正过好多次，摄影叫创作，拍出来的照片叫作品。双溪人当面点头说"晓得晓得"，转脸还叫他"照相佬"。鲍子无奈，却理解双溪人固执得可爱。

双溪是一座千年古村，确有两条小溪绕着村子，东西各一条，一条叫竹溪，一条叫兰溪。两条小溪均发源于村北天问山，自北向南曲折流入丰水河，中间夹一狭长地带，形似竹叶，又像兰叶，这里便是双溪的所在。村中一条老街蜿蜒南北，被三座老牌坊分隔三段，自北向南依次叫上街、中街和下街。老街串起一条条巷子，如同叶筋叶脉，沟通双溪人的日常交往。双溪有梅、华、叶、苏四大姓氏，南北东西各聚一处，当地人称"南梅、北叶、东华、西苏"。《双溪姓氏考》载，北宋末年梅氏最早定居双溪，华、叶、苏三姓相继迁来，渔樵耕读，世代繁衍，于是有了今日双溪的格局。其实，在徽州深山之中古村众多，双溪人自己不觉得稀罕，外地人觉得稀罕，鲍子就是。

那天，鲍子照例早起，背着相机绕着双溪转悠，远山近水，古村老屋，入眼的就拍几张，不入眼的不拍，权当晨练。这已是他十年来的习惯。入冬以来，天气偏暖。不知不觉，一身薄汗。鲍子觉得饿了，便拐到上街去"吃天光"。"吃天光"是双溪人对吃早饭的说法。鲍子"吃天光"经常光顾上街的“小滋味”。饭菜合口是其一,老板娘随和更重要。“小滋味”的老板娘是叶金波老婆黄二兰,双溪人称“兰姐”,爱说爱笑爱自拍。鲍子第一次在全省摄影大赛中获奖,作品拍的就是兰姐。那幅作品是偷拍的,名字叫《古村姐姐》。画面中,兰姐一手颠勺一手拿手机,笑呵呵地玩自拍,汗津津的脸盘子让灶火映得透红。虽说作品只得了鼓励奖,但毕竟双溪人的形象第一次出现在大赛中,为双溪长了脸面。村支书兼村主任华建林代表村两委,奖励鲍子两百元。当晚鲍子请客,花了六百五,还搭进去两瓶老酒,但他心甘情愿。从那以后,双溪人不把鲍子当一般人了,不再叫他“照相佬”,按照华建林的叫法,称鲍老师。兰姐更不见外,直接跟鲍子称姐道弟。儿子叶强强考大学时选专业,兰姐不让叶金波插嘴,只听鲍子的意见。

鲍子吃罢,打包一份馄饨捎给梅姑,还特意叮嘱兰姐不放香菜。兰姐白了他一眼,头也不抬,便说,梅姑的口味我还不晓得?!鲍子晓得她晓得,笑一笑,一边揩嘴一边扫码付钱。兰姐偏过头来小声问,哎,上次你们谈得可好?鲍子笑而不答,拎着打包盒就走。兰姐一把将他薅住,说,人家大小也是医生,哪样不好?鲍子一脸无辜,说,我又没说人家哪样不好。兰姐哼了一声,说,还不晓得你?就惦记着叶小苋,当心华建林扒你皮!鲍子心虚,不敢恋战,转身逃了。

冬日清晨,双溪少不了雾。雾轻如纱,在错落的马头墙间缠缠绕绕。十年来,鲍子养成习惯,一路走一路观察老街两边的风景,随走随拍。过二牌坊上了中街,街边出现一抹红色,一起一伏,颇为生动。鲍子心头一震,走近一看,江红霞蹲在自家屋前水圳踏石上洗冬笋,屁股撅得老高。江红霞是曾经的“双溪首富”华建功的老婆,也就是华建林的堂嫂,模样身材颇似当红时期的刘嘉玲。鲍子初来双溪时,一度迷恋江红霞的背影,偷拍过好多次,至今还存在移动硬盘里,偶尔翻出来看看,仅供欣赏,没有其他。

江红霞穿一件半高领大红羊毛衫。不晓得是羊毛衫小了两码,还是弹性极好,总之在江红霞身上绷得紧紧的。鲍子像西班牙斗牛看见红布,顿时周身洋溢着创作的冲动,就势躲在街边墙根下,单膝跪地,举起相机连拍几张,回放一看,却不大满意。这时候,阳光越过对面老屋屋脊,洒在江红霞身上，清清爽爽，温暖一片。江红霞恰好洗完冬笋，直起身来，一边摇晃累酸的腰肢，一边拢起披散的头发，那姿态内涵极其丰富。老街，阳光，红衣，白笋，光与色浑然天成。鲍子激动不已，赶紧按下快门，放大一看，完美！

江红霞一点也不惊讶，扭过头颈望了望鲍子，扑哧一声笑道，就晓得你又偷拍！鲍子有点不好意思，跑到江红霞面前，把照片给她看。江红霞看了看，推了鲍子一下，说，哎呀，把人家拍得好胖，删了删了！鲍子一本正经道，这叫作品！江红霞说，去去去！鲍子拍拍脑壳，说，这幅作品就叫《古村嫂子》！江红霞瞥了鲍子一眼，说，不是你嫂子，还能是什么?！鲍子愣了一下，说，嫂子是哥挣的，你当然是！江红霞又说，去去去！鲍子说，作品要是获奖，请你吃饭！江红霞摆摆手说，吃饭免了，得先帮我拍几条视频。哎，美美颜，就像菲菲那样！鲍子一听，头摇得像触了电，说，短视频那东西我不搞，要搞你找菲菲！江红霞说，人家大网红，我哪里请得动？鲍子依然摇头，说，反正我不搞那东西，俗！江红霞撇撇嘴，说，人家粉丝几百万，挣大钱！鲍子说，再挣钱那也不叫作品！江红霞不再理他，挎上一篮子冬笋一扭一扭地走了。鲍子追上去说，作品，懂不懂？江红霞头也不回，快步进了半明半暗的巷子，丢给鲍子一个迷人的背影。鲍子当然不会错过，举起相机，对准江红霞的背影，咔咔咔，连拍几张。

高挑，微胖，婀娜。蛮好！

太阳一出，雾气渐淡。大牌坊前半月潭的水面上依然笼罩着一团雾气，梅家老屋的白墙黛瓦倒映其中，若隐若现，几簇干枯的残荷点缀其间，有如曲曲折折的墨线，别具美感。半月潭是水圳的胃，天问山上引来的山泉织成水圳，穿家过户，总归于此，蓄成半月似的水面，再经双溪注入丰水河。水圳是徽州古村独特的供水系统，集洗涮消防、温度调节诸多功能于一体，长年不竭，颇为神奇。近两年华建林一直张罗把双溪的“水圳”申请为省级“非遗”，已经有点眉目。这一切，鲍子早就熟悉，却觉得时时有新意，习惯性地拍几张。抬头间，不知哪条老巷传来几声狗叫，在老街回响。鲍子突然想起，梅姑这时也该起床了。

回到梅家老屋，推开大门的那一刻，鲍子感觉不妙。往常，只要门轴吱呀一响，七喜就会第一时间出现，尾巴高举，步态雍容，喵的一声迎上来。鲍子关上大门，叫了两声七喜，没有反应。来到天井，见廊檐下喂猫的铜盆里，头晚放的两块腊鱼没有动过。鲍子站在天井里，一边环顾一边喊，七喜！七喜！如是几遍，依然没有动静。鲍子到阁上又找一番，还是不见，顿时紧张起来。万一梅姑起床后见不着七喜，急出毛病，问题就大了。本来鲍子想打电话给叶小苋，又一想叶小苋和华建林两口子闹分居，带女儿阿欢住在镇上，过来多有不便，于是打电话给华建林。

鲍子之所以找华建林，不仅因为他是双溪的“一肩挑”，还因为他和梅姑有一层特殊关系。这一点，双溪人都晓得。20 世纪 90 年代，双溪青壮年纷纷出门挣钱，经商打工跑门路，老街空了，抡棍子都打不到人。那年夏天，华建林的父母和叶小苋的父母结伴，走水路去浙江打短工，半道上遇上山洪，四个人都没能活着回来。七岁的华建林和六岁的叶小苋成了孤儿。梅姑把他们领回梅家老屋照看，直到他们考上大学。那时候，梅姑身边也有一只猫，不是七喜，是七喜的外婆五喜。这些都是叶小苋跟鲍子用 QQ 聊天聊出来的。当时，鲍子初来双溪，经常和叶小苋用 QQ 聊天，一聊就是半夜，不晓得累。叶小苋说，那一段美好的时光，我们永远不会忘记，永远！叶小苋还说，没有梅姑，就没有现在的我们！叶小苋所说的“我们”是指她和华建林。这一点鲍子当然晓得，难免生出几分莫名的醋意来。

隔着大门，鲍子感觉到一股风从巷子里卷来。果然，华建林来了，一见面不容鲍子解释，劈头盖脸就埋怨，早就说过要有预案，要有预案嘛！鲍子比华建林高出大半头，站在他面前委屈得像个孩子。鲍子说，七喜是只猫，有预案它也不配合嘛！华建林不耐烦，冲他摆摆手，鲍子赶紧闭嘴了。

太阳高升，梅家老屋的天井里一片清朗。四水归堂的瓦檐上，晨雾的潮痕尚未褪尽，阳光穿过东墙上透雕花窗，落在西廊青砖地面上，亮斑醒目。华建林前前后后察看，见两处监控探头运转正常，便到堂屋察看监控记录。昨晚的画面里，鲍子的活动轨迹清晰可见，添猫食，放猫砂，关灯关门，一切正常。七喜在画面里出现三次，龇牙摇尾，上蹿下跳，看上去并无异常。华建林不放心，又快速回放一遍。鲍子说，监控不会骗人！华建林拍了拍鲍子的肩膀，不晓得是肯定还是安慰。鲍子追问，梅姑晓得了怎么办？华建林拿出手机打开微信，在“双溪人”群里发了一段语音：各位，七喜丢了，七喜丢了，请大家务必帮忙寻找，越快越好！越快越好！鲍子说，再发一遍！华建林又发一遍。

两个人大眼瞪小眼，候了半天，群里没有反应。华建林看看表，嘀咕一句，梅姑该起床了！鲍子说，往常都准时！华建林似乎意识到什么，跨进天井，朝楼上绣阁看了看，没有动静，脸色突然大变，飞身朝楼上跑去。鲍子晓得不好，也跟着跑上去。

在徽州，老屋楼上住女眷的房间一般叫绣阁。梅姑从小就住在绣阁，从未变过。前些年，华建林和叶小苋在镇上买房结婚成家，搬出梅家老屋，不能天天陪着，心里总是牵挂，考虑到日常方便，多次劝梅姑搬到楼下。梅姑脾气犟，只说一句“住惯了哦”！华建林和叶小苋晓得劝不动，从此多了一分担心。好在那时鲍子已经住进梅家老屋，主动担起日常照顾梅姑的责任，一老一少，有说有笑，相处极好。若有半天见不到鲍子，梅姑会对七喜说，这个小鲍子，又去拍照片了，也不陪陪我们哦！

华建林来到绣阁门前，叩了叩门，没有应声。鲍子叫了一声，梅姑！也没应声。华建林贴在门上听了听，没有动静，于是后退一步，斜着身子打算用肩撞门。就在这时，门开了。

梅姑穿戴整齐，神情安然，望着天井，说，七喜走了哦！

华建林和鲍子对视一下，有点惊讶，不晓得梅姑怎么晓得的。

梅姑接着说，我做梦了。七喜在梦里说，它走了！

华建林说，梅姑，双溪人都在找！

鲍子说，猫记千狗记万，七喜会回来的！

梅姑没再说什么，转身走到梳妆台前坐下，拿出牛角梳来梳头。白发如丝，在梳齿间轻轻滑过。

这时，老旧的木楼梯一阵响动。鲍子扭头去看，叶小苋已气喘吁吁地来到门前。叶小苋不睬华建林，却问鲍子，七喜丢了？鲍子摇头，说，你怎晓得的？叶小苋说，群里看到的嘛！鲍子拍拍脑壳，示意叶小苋劝劝梅姑。叶小苋自然领会，来到梅姑身后，轻轻叫了声，梅姑！梅姑并不转身，说，大清早，你又跑好几里山路哦！叶小苋说，开车好方便！梅姑点点头，慢慢转过身，看了看叶小苋，说，你来了，阿欢哪个管？叶小苋说，阿欢上学嘛！梅姑惋惜地说，阿欢再来，就没有七喜陪她玩了哦！叶小苋贴着梅姑蹲下来，搂着梅姑的腰，说，七喜调皮，玩够了就回来了！梅姑摇摇头，喃喃道，七喜不回来了！鲍子说，不可能！梅姑对它那么好，为什么不回来？梅姑说，七喜在梦里说，双溪好冷清哦！叶小苋顺着梅姑的话茬，劝道，这个七喜好讨厌，从它祖上大喜开始，二喜、三喜、四喜、五喜、六喜都不嫌弃双溪，它倒造反了！梅姑说，过去是过去，现在是现在，年代不同嘛！

鲍子挠挠头，愣头愣脑地问华建林，双溪冷清？

华建林不吭声，转身望向四水归堂的天井上那一方蓝天。

第一章　双溪

双溪确实冷清了。

不管这是七喜失踪的原因，还是梅姑梦中的幻觉，必须承认这是事实。不要说跟梅姑当年经历的双溪相比，就是在华建林儿时记忆中，双溪也是热闹的。不过，事实归事实，双溪依然是一块宝地。这正是他心甘情愿回双溪当村干部的原因。

热闹也好，冷清也罢，猫说了不算。人不能跟猫一般见识嘛。

说双溪是宝地，不是华建林自作多情一厢情愿。毕竟是一座千年古村，双溪自有妙处。十年前，华建林刚回双溪不久，曾请市文物专家樊思仁收集双溪的历史，挖掘“双溪文化”。那时候，樊思仁经常带人来双溪收老物件，从中赚些小钱，自然愿意搭上华建林这条线，于是答应下来。历时两年，樊思仁整理出一本《双溪姓氏考》，洋洋二十万言。华建林如获至宝，逢人就显摆“双溪文化”底蕴丰厚，惹得叶小苋挖苦他，没大出息！华建林皮厚，不在乎挖苦，依然到处炫耀，还把电子版发到微博和微信朋友圈，引来各地梅、华、叶、苏四个姓氏的网友留言，还有人不远千里前来认亲。华建林跑前跑后，忙得跟孙子似的，却像抱上孙子似的欢喜。

提到双溪的历史，不得不提梅家的先人。相传北宋末年，北方大乱，梅氏先人梅宗方携家带眷从中原迁来徽州避难，觅得双溪这块幽静之地，从而定居在此。梅家原是中原富商，家底殷实，斥巨资兴建一座宗祠，采用“四水归堂”的格局，命名“望北堂”，也就是如今老祠堂的前身。到了清代，

“望北堂”不幸毁于太平军的战火，只有当年刻在石柱上的对联依然完好：“汝阳家声远，双溪世泽长。”再后来，宗祠原址重建，也就是如今的“集美堂”。其中也有故事，暂且不提。

梅氏定居双溪二十年，人丁不旺，梅宗方终日忧虑。某日，梅宗方到齐云山访友，偶遇一位老道长，相谈甚欢，便邀来双溪小住。不料，道长来到双溪，放眼一望，捋着白胡子便说，双溪绕流，独成一岛，不妙不妙啊！梅宗方赶紧请道长明示。道长遂指点迷津。双溪虽是聚财宝地，但对人丁不利。贵村独一梅姓，如同孤木于丘，孤鱼于池，不得借势，难成气候！梅宗方听罢，正中忧心，当即三拜到地，请道长施法破解。道长闭目思索良久，遂献一策，梅宗方听罢，大喜不已。

在《双溪姓氏考》中，关于道长的破解之法，记载相当详细，大意如下。

道长认为，双溪虽是生财宝地，但仅有梅姓一族，不利发展。道生一，一生二，二生三，三生万物。万物之间，相生相克，又相辅相成。要想双溪梅氏人丁兴旺，必须引来一个姓氏，与梅姓相辅相成，互相成就。既然如此，引哪个姓氏来好呢？依天意，格物理。梅是花中四君子，以花旺名。所以，要引“花”姓为邻最好。又说，“花”和“华”同源同义，倘若找不到花姓，华姓也是可以的。梅看花而香飘久远，花依梅而傲霜于世，互相借势，相互成就，双溪兴盛有望也！梅宗方听罢大悟，马上四下打探，偏巧找到一支逃难的华姓，赶紧邀到双溪，并赠良田、茶园若干。从此，梅、华两姓在双溪繁衍生息，果然人丁兴旺。梅宗方高寿九十有一，临终前叮嘱后人：“万物人为首，无人皆是空！”

这句话成为双溪祖训，一直传到现在。时至今日，双溪人对这句话依然熟悉，因为梅姑时不时还会说起。华建林结合时势，把这句话总结为四个字：人口红利！

再后来，梅、华两姓的后人遵照梅宗方的遗愿，按照道长的指点，如法炮制，又相继引来叶姓和苏姓。从此，双溪便有了梅、华、叶、苏四大姓，寓意也好理解：冬日梅花（华）开，春来叶复苏，夏季枝繁茂，秋天结果实！不知是老道长果然神通，还是机缘巧合，反正从那之后，双溪四大姓互敬互助，人财两旺，在徽州颇有声誉，还出了不少人物，有老牌坊为证。

双溪现存三座老牌坊，各有其名，双溪人习惯叫大牌坊、二牌坊、三牌坊，都立在老街上。鲍子曾拍过一系列老牌坊的作品，尤以那幅《冬日、夕阳和牌坊》最为得意。华建林喜欢，让鲍子冲印放大，至今还挂在老祠堂村委会会议室里。

大牌坊建于明朝万历年间，梅家出了一个人物，在京做官有功，皇上赏赐“功名坊”。二牌坊建于明朝末年，叶家出了一条好汉，带兵平定乱匪，州府奖建“孝义坊”。三牌坊建于清朝道光年间，苏家出了一个贞洁妇人，县令捐建“贞洁坊”。有意思的是，偏偏华家没有一座牌坊，原因不详。华建林为此不甘心，和樊思仁一起查阅大量资料，最终也没查出什么名堂。

《双溪姓氏考》写到民国中期，戛然而止。华建林曾问过樊思仁，为什么不往后写？樊思仁双手一摊，说，有梅姑在，后面的历史不用写嘛！事实上，民国中期以后，双溪的故事都曾从梅姑眼前经过，都存在梅姑的心底了。华建林问过梅姑，哪个时候双溪最热闹？梅姑说，哪个时候最热闹不晓得，只晓得眼前好冷清！华建林问，为什么？梅姑说，人越来越少嘛！

说起来，双溪的冷清，不是眼下才有，早在华建林上小学的时候就有苗头。那时候，青壮劳力，无论男女，纷纷走出双溪，经商的经商，打工的打工，剩下一群老幼留守。当时，华建林和叶小苋住在梅家老屋，常听梅姑说，双溪空了，就剩下壳了哦！梅姑说这话的时候，把五喜抱在怀里，说，老祖宗说得好，万物人为首，无人皆是空哦！

“万物人为首，无人皆是空！”先人梅宗方这句话，梅姑说过多少遍，华建林已记不清。不过，华建林越来越觉得这话说得到位，说得精准。尤其在做了双溪的“一肩挑”之后，华建林体会越来越深。正因为人越来越少，以至于他“成就一番大事业”的希望越来越渺茫了。想想，后背发凉。

提起华建林所谓的“成就一番大事业”的愿望，听起来好神秘，叶小苋只用两个字总结，且通俗易懂：“官迷！”叶小苋看上去柔柔弱弱，却有看透必说透的脾气。她和华建林一起长大一起读书，从青梅竹马到共枕夫妻，不了解他天理不容。话又说回来，“官迷”有什么不好？不是有那句话吗？

"不想当将军的士兵不是好士兵"！这话可不是一般人说的。叶小苋说，人家说的也不是一般士兵，你看看你！华建林不服，说，我怎么了？叶小苋说，你嘛，个头不高志气高！华建林嬉皮笑脸，说，对！你说出一个历史规律，成大事者不在乎个头，拿破仑比我还矮三厘米呢！叶小苋烦他皮厚，说，去去去，做你的大头梦去！

华建林的"大头梦"做了好久，他自己已记不清。反正从小就有，像一粒种子，早早种在心底了。想一想，应该是他父母和叶小苋父母遇难后，在后山的坟地里种下这粒种子。当时有人说，要是双溪修公路，他们也不至于走水路，也不会年纪轻轻就走了！有人说，修公路是大事，要花大钱，当官的不批，修不成嘛！华建林听罢，心头像被顶了一下。对嘛，当官嘛，当官就能修路嘛！

从此，这粒种子就埋下了。十几个春秋没动静，直到上大学，情况就不一样了。

说起来，高考也是华建林的人生硬伤。华建林高考成绩一般，和叶小苋差不多，都是二本，都报了省农大。他们不满意，梅姑却说好，有大学上就好。华建林读的是市场营销，叶小苋学的是经济管理。一进大学校门，华建林心灰意冷好一阵子。有一天傍晚，华建林约叶小苋到校园后街吃火锅，忽然听到学校广播播放改选学生会的通知。华建林心头突然一动，好像一根笋尖想破土而出，顿时热血沸腾，丢下叶小苋，便跑去找人打听消息了。为此，叶小苋好几天不睬他。

那次竞选，华建林非常上心，因为他太想成功。本来，华建林的目标是学生会主席，不料因为时不时蹦出难解的徽州方言，演讲发挥失常，遗憾落败，最终被选为学生会宣传部部长。当上宣传部部长后，华建林心底发芽的种子像被施足了农家肥，快速成长，先是光荣入党，后被评为全校优秀学生干部。按理说，一个年轻人拥有这两大硬件，无论做什么都能加分，可是万万没想到，毕业即失业。别说进体制内混个名堂，就是找个稳定的打工岗位也要碰运气。从实习开始，华建林先后做过家教辅导、手机贴膜、保险推销员、街头广告、市场调研、超市理货员等，最惨的时候还干过一个月的护工。不过，正是这一个月的经历，让华建林心中“官迷”的苗子越长越旺，差不多要顶出胸膛了。

华建林的护理对象是一个八十多岁的偏瘫老头。老头的儿子是省财政厅一个处长，每次来看他爹都有接不完的电话，从对话中可以听出来，不是审批项目，就是增加预算，千把几百万的事，跟吃小菜一样。华建林受刺激了，想到双溪的路桥没修，想到父母溺亡的情景，心中那棵小苗疯长，要不是喉咙细，说不定就顶出嗓子眼了。说来也巧，就在这时候，叶小苋回双溪看梅姑，和华建林在QQ上聊天时，偶然提到县里招募大学生村官的消息。华建林顿时觉得阳光来了，雨露来了，马上辞职。那位处长加钱留他，华建林婉言谢绝，走人！

从学生会宣传部部长到处长老爸的护工，从保险推销员到超市理货员，华建林早就练就出良好的社交能力和应变能力，仿佛配备了一身盔甲和丈八蛇矛，在大学生村官的考试中，如入无人之境，连闯三关，终于如愿。本来，组织部门发现他是棵好苗子，有意培养他，打算安排他去一个先进村。华建林不去，提出回双溪，先做支部书记助理。年轻人想干事，组织当然同意。

那时候，叶小苋天天背着一沓子简历四处找工作，不顺却执着，犟得要死。华建林打电话告诉叶小苋回双溪的消息，叶小苋一点也不兴奋，平平淡淡地问，这就是你的“大头梦”？华建林说，起步嘛！叶小苋说，起步也太低了吧？在大学你好歹是学生会宣传部部长，如今倒好，当上山大王了！华建林说，叫基层干部好不好？叶小苋接着调侃道，本以为我将来能当官太太，原来是压寨夫人的命！也好也好，有你在双溪，我也不用操心梅姑了！

平心而论，陪梅姑安度晚年，确实不是华建林回双溪的主要原因，但也是原因之一。梅姑抚养他和叶小苋长大，再不报答，怕会留下遗憾。不过，更重要的是，华建林想借双溪这块千年宝地，把心中那棵小苗慢慢养大。梅姑说过，福从小处享，当官何尝不是这样？

后来，叶小苋找工作四处碰壁，带着伤痕累累的青春，索性回双溪。恰好鲍子途中遇到她，定居双溪，还帮小苋在镇上开了一家小型超市，生意不错。工作安定后，梅姑张罗华建林和叶小苋的婚事。青梅竹马，相爱多年，结婚顺理成章。新婚之夜，叶小苋躺在华建林怀里问，小官迷，你到底想当多大的官？华建林想了想，说，官多大不好说，最好一挥手就能把双溪的路修通，一跺脚就能让桃花渡恢复繁华，一声令下就能让双溪全面发展！叶小苋说，小痴鬼，这可都是大事啊，少说也得副市长才办得到！华建林说，那就副市长，分管农业！叶小苋听罢，笑得花枝乱颤，调侃道，好好好，华副市长，关灯，关灯才好做梦嘛！

新婚之夜，遭遇新娘嘲笑，洞房花烛夜的质量可想而知。不过，叶小苋不相信不要紧，要紧的是华建林自信。叶小苋从大学时期就相信星座算命。华建林生日是七月九日，正宗巨蟹男。星座分析说，巨蟹男的性格相当复杂，优点是做事靠谱，缺点是非常强硬。叶小苋相信星座，说，准！准得一塌糊涂！华建林不相信星座，相信自己。

早在决定做大学生村官时，华建林就着手职业生涯规划。毕竟学过四年市场营销，调研是基本功，华建林发挥专业优势，通过网络研究了国内上百个副市长的履历，发现一个规律：一是从最基层做起；二是执政期间创造一个模式，不论大小；三是有了模式就被关注，被关注就成为典型；四是成为典型就得到器重；五是一旦受器重，那就离目标不远了。这个发现，华建林总结为"职场五步法"，其中关键一步是创立"模式"。本来，华建林想跟叶小苋分享这一"秘籍"，又怕招来一通挖苦，于是便埋在心底，暗自努力了。

必须承认，华建林想当官多少也有光宗耀祖的意思。当然主要还是想干事，至少在双溪做几件大事。结婚后，为了将就叶小苋做生意，小两口按揭在镇上买房安家，有了女儿阿欢后，上学也方便。前几年，脱贫攻坚战打响，华建林嫌两头跑耽误事，干脆住在双溪老祠堂村委会办公室，十天半月不着家。叶小苋意见好大，说，华建林，就工资卡上那个价，你卖给双溪也太便宜了吧?！华建林没工夫跟她斗气，说几句好话便糊弄过去了。

在双溪，华建林和鲍子一样，也养成了一个习惯，时常四处转转。鲍子白天转，华建林夜里转。鲍子拍作品，华建林思考问题。走上老街，每每看见三座牌坊，就像三根针刺中华建林心底的隐痛，或者说是所有双溪华姓人的隐痛。千年双溪，梅、华、叶、苏四大姓中，梅、叶、苏三姓各有一座牌坊，偏偏华姓没有！小时候，华建林不止一次听华姓人一起议论，说住在双溪这块宝地一千年，华家没有立起一座牌坊，后人脸上无光啊！如今想来，这事值得反思，作为华姓后人，他华建林有责任！当然，立牌坊是封建意识，搞成文化项目总可以嘛！封建意识不可取，后人脸上的光还是要的嘛！

为华姓人立一座牌坊！华建林不止一次暗下决心，甚至把建牌坊的位置都选好了，就在老祠堂对面，七星沼旁边。清晨或黄昏，那牌坊倒映水中，想一想就是激动人心的画面。不过，想归想，放在心底为好。华建林晓得，对外人不能说，对叶小苋也不能说。

也许，有机会可以跟梅姑说说。

毕竟，梅姑是见过世面的人。

第二章　梅姑

梅姑一百岁了。

关于梅姑的年龄,有一枚生肖银锁可以佐证。银锁上除了一幅鸡的图案,还刻有“民国十年”字样。民国十年(1921),辛酉鸡年,梅姑属鸡,因此不存在争议。不过,关于梅姑的身世,在双溪却流传着不同的版本。归结起来,大致三种,每一个版本都跟梅二先生和上海相关联。梅二先生是梅家老屋的主人,大名梅仲林,曾是新安名医之一,民国初年在上海行医,后经营“惠仁堂”药房,在沪颇有影响。二十二岁时,梅二先生在家乡娶了一房妻子程氏。程氏本是祁门望族的大家闺秀,然而红颜薄命,没留下一儿半女不说,还害上痨病,不久便病逝了。因此,在有关梅姑身世的诸多版本中,程氏都是注脚,提或不提都不重要。

版本一,当年梅二先生在上海经营“惠仁堂”,生意红火,跟一个戏子打得火热,梅姑就是那个戏子的私生女。版本二,程氏不能生育,私下答应梅二先生在上海纳妾,梅姑便是那位小妾所生。版本三,当年,梅二先生经常往来于徽州和上海之间,一次返乡途中,在桃花渡捡到一个弃婴,这便是梅姑。三个版本,听起来各有道理,双溪人私下里议论,却从未有人当面问过梅姑,一是不敢,二是不妥,三是不敬。毕竟,双溪人都晓得,梅姑是好人。不管是什么出身,梅姑都是双溪人。

梅姑头一次来双溪,是民国十年腊月。那一天,徽州大雪纷飞,梅花初绽。梅二先生抱回一个嗷嗷待哺的女婴,交给程氏后,便匆匆赶回上海去了。程氏喜欢孩子，亲切地叫她“梅家姑娘”，双溪人跟着叫，叫着叫着，就把“梅家姑娘”叫成“梅姑”了。如今双溪还流传着当年的故事，婴儿时的梅姑眼睛好大好亮，像一只粉嘟嘟的猫。双溪人断定，这囡儿是个美人坯。光阴似箭，梅姑在双溪长到六岁时，被梅二先生接回上海读书，其间没有回过双溪。据说梅姑在上海滩读的是洋学堂，车接车送，包吃包住，说洋文唱洋歌吃洋饭，总之像上海大户人家的小姐一样。双溪人都晓得，梅姑有个洋文名字叫 LiLy，据说是百合的意思。

梅姑第二次到双溪，已是民国二十六年（1937）秋。那时候，程氏因痨病不治，刚撒手人寰，偏偏日本鬼子打进上海，梅二先生将梅姑送回双溪。时至今日，在双溪依然流传着梅姑第二次在双溪出现时的情景。秋阳下，十六岁的梅姑亭亭玉立，光彩照人，不穿金不戴银，也没珠光宝气，就抱着一只猫，站在梅家老屋门楼前，怎么看怎么洋气。梅姑的猫名叫大喜，通体雪白，没一根杂毛。梅姑笑盈盈地对大喜说，大喜，跟乡亲问好！大喜乖巧，冲乡亲喵喵两声。乡亲都说，啧啧，猫都好洋气！

就在那一年冬天，梅二先生出事了。“惠仁堂”药房被日本人炸了，梅二先生也丢了性命。据说，日本人不是冲着药房去的，就是想要梅二先生的命。梅二先生手里有日本人想要的东西，而梅二先生死活不给。至于梅二先生到底藏着什么，众说不一。有的说是金银财宝，有的说是传世珍品，有的说是商业机密，总之是宝贝，不然日本人不会下此毒手。梅姑赶去上海办理完后事，披着一身雪花回到双溪，只带回一只红木箱子，轻飘飘的。双溪人感叹，梅二先生忙了一辈子，就留一只木箱子。可见人生无常，富贵在天啊！

梅姑的到来，让双溪人见识了什么是奇女子。会说洋文，会唱洋歌，会跳洋体操，会做洋饭菜。尤其是她一个姑娘家竟会骑脚踏车，让双溪人开了眼界。那时候梅姑正值青春，骑着闪闪发光的脚踏车，穿过古村的老街旧巷，一阵风似的。阳光下，裙裾飘扬，车铃清脆，一群孩子追着梅姑大喊“古得猫宁”“比油特佛”。那场景成为一代双溪人的美好记忆。当然，梅姑还是裁缝。一年四季，梅姑的衣服自己缝，穿上就是好看，随便一款，在双溪都会成为潮流。毕竟是梅家小姐,从小耳濡目染,梅姑熟读医书,也能开方抓药。大人小孩,头疼脑热,积食反胃,梅姑随手配几味药,保证药到病除。时至今日,双溪男女老少都会背诵梅姑传出来的歌谣,比如“七段葱白七片姜,半碗糯米熬成汤,汤好再兑一勺醋,汗出热退保安康”。事实上,梅姑救治过好多人。当年,新四军在皖南集结,一支队伍驻扎双溪,好多人水土不服,梅姑出了一个方子,救了队伍的急。那时正是春暖花开,一群男女战士经常来梅家老屋串门,一起唱歌,一起喊号子,声音越过梅家老屋屋脊,传遍整条老街。一个从南洋回国参加抗战的小伙子得了湿疹,屡治不愈,经梅姑用药,很快痊愈。临走前和梅姑在老祠堂前照相。双溪人传说,那个南洋小伙子个子好高,还会拉琴。他拉的琴不是胡琴,葫芦样式,叫作梵阿玲。

本来,双溪人以为,梅姑这样一个才貌双全的女子,双溪是装不下的,迟早要走出大山,回到大上海去。没料到从那之后,梅姑再没离开过双溪。从妙龄少女到百岁老人,梅姑像老祠堂前的银杏一样,在双溪扎下了根。最让双溪人始料未及的是,梅姑一直未嫁,独自生活在那幢两百多年的梅家老屋。如果说梅姑不离开双溪,是因眷恋家乡的山水人情,尚可理解。可一个集美貌和智慧于一身的女人终身不嫁,就不得不令人费解了。双溪人感觉到神秘,就像魔术师抖动的红布,明知其中必有玄机,却不知玄机藏在哪里。

双溪人厚道,因此关于梅姑的流言并不多。在双溪,人所共知的是,梅姑一向热心,暗中帮过好多人。双溪人自不必说,就是外地人,梅姑也一样看待。县中医院退休医生苏杏村听他爷爷苏老倌说过,抗战时期,皖南有一支山地游击队,不止一次得到梅姑的帮助,没钱有粮,没粮有药,从不让人空手而归。苏老倌曾是梅家的老管家,此话应该不假。当然,梅姑也得到游击队的暗中保护。那时候,梅姑风华正茂,名声在外,难免有人垂涎。一些地痞流氓癞蛤蟆想吃天鹅肉,有贼心没贼胆,最终不敢造次。抗战末期,有个县长,老婆刚刚去世就打起梅姑的歪主意,头天到梅家老屋纠缠,转天在家上茅厕时就遭报应,弄了一身大粪,还瞎了一只眼。从那之后再没人敢动梅姑的歪心思。老一辈双溪人说，好人有好报，梅姑是好人，没人能动得了她。就算今天，哪个敢惹梅姑不高兴，双溪人也不答应。

梅姑独身，看上去并不孤单，因为有猫陪伴。在双溪，说到梅姑，必然要提到猫。在双溪人的记忆中，梅姑从来没有离开过猫。从大喜开始，之后有二喜，再之后有三喜、四喜、五喜、六喜，直到刚刚失踪的七喜。梅姑的猫都像梅姑一样长寿，都在十岁以上，最长寿的二喜活到二十岁。不管活多久，每一只猫都是梅姑眼中的宝贝。双溪人甚至怀疑梅姑终身不嫁跟猫有关。不过，不管梅姑嫁与不嫁，梅姑都是双溪的梅姑。有梅姑在，是双溪人的福气。

在双溪，无论按年纪，还是论辈分，梅姑都是最高。对双溪人来说，梅姑是长辈，祖母级或曾祖级。可是，在双溪，无论男女长幼，人人都称她“梅姑”。双溪人晓得，梅姑不喜欢人家称呼她姑奶、太奶或老祖宗，欢喜人家叫她梅姑。鲍子初到双溪时，冒冒失失，私下里称呼梅姑为“老太君”或“老太太”。本想模仿《红楼梦》里众人尊称贾母那样显得有文化，不料双溪人当场呵斥。兰姐骂他犯浑，华建功提着拳头要揍他，他回头跟叶小苋诉委屈，又被叶小苋骂活该！后来，鲍子学乖了，跟着众人喊梅姑。时间一长，觉得梅姑必须叫梅姑，除了梅姑，叫什么都不合适。

梅姑百岁高龄，依然耳聪目明，手脚灵便，脑子尤其清醒，除了前些年补过牙，浑身上下没大毛病，且容颜不老。前年，梅姑九十八岁，恰逢全县长寿老人普查，标准定在九十岁以上，华建林替梅姑填表报上去，当天被退了回来，说是涉嫌造假。因为从照片上看，梅姑不过七十。华建林带上证据，专门跑到县民政局解释，梅姑才顺利入选。后来，县电视台记者慕名前来采访，讨教梅姑长寿和养颜秘诀，梅姑听了莞尔一笑，说，秘诀嘛，做梦嘛！人家又问，做梦是什么意思？梅姑说，梦就是 dream 嘛。人家还是不解，梅姑双手一合，贴着脸放好，头一歪，做出睡觉的样子。众人被逗笑了。梅姑却一脸认真，说，dream 就是梦，不好笑哦！

事实上，梅姑所说属实。梅姑喜欢做梦。这一点，叶小苋和华建林可以做证。小时候，叶小苋和华建林住在梅姑家，每晚临睡前，梅姑都会来到床边，在他们耳边轻轻说一声“做个好梦”。三个人，若是谁做了好梦，第二天一定要分享给其他人。有一回，梅姑做了一个梦，讲给他们听。梅姑说梦到自己长了一条猫尾巴，既能当扇子又能当拐杖，上下左右，使起来好方便哦。叶小苋和华建林笑得前仰后合，梅姑又拿一把扫帚当尾巴，在身后摇呀摇。叶小苋和华建林笑得捂着肚子，趴在地上起不来。不过，梅姑讲自己梦的时候，一定是在洗漱之后。她说，说好梦，嘴巴要干净的！

在双溪，不管男孩女孩，长到六七岁，父母就会督促多去梅家老屋。说是陪陪梅姑，其实是受些熏陶。如此一来，梅家老屋就成了孩子们的乐园。这一点，华建林和叶小苋记忆犹新。那时候，夏天夜晚，一帮孩子围坐在天井里，一边喝着梅姑做的酸梅汤，一边听梅姑讲故事。梅姑喜欢讲老上海的故事。梅姑讲老上海的故事时，五喜就卧在她身边。梅姑一边讲故事，一边捋着五喜的背，一下一下，似乎不那样就讲不出故事来。冬天夜晚，孩子们围着火桶，听梅姑唱歌，看梅姑年轻时的照片。梅姑有好多老照片，黑白的，每一张都像明星一样，十分美丽。不过，那时候，孩子们无论如何都不能把照片中的梅姑和现实中的梅姑联系在一起。

梅姑待人和善，却从不纵容，规矩多且不容违反。比如说，吃饭要定时定量，走路要挺胸抬头，坐要双腿并拢，站要双肩放平，勤剪指甲勤理发，逢人先笑少说话，如此等等。在双溪，孩子们喜欢梅姑，大人们也喜欢。尤其是女人最羡慕梅姑，一年四季身上都是香香的。那种香不是香水的香，更不是花露水的香。那香气用力去闻未必捉住，不经意间一嗅，却让人身心愉悦，顿时脱了俗气。叶小苋自小跟着梅姑，身上自然惹了不少香气。其实，让叶小苋最着迷的是梅姑的香筒和熏炉。香筒和熏炉是一套，都是徽州竹雕，通体雕刻传说故事，才子佳人，伯牙子期，传说是清朝乾隆年间的老手艺。梅姑一直当作宝贝，叶小苋也没敢上手摸。

双溪人都晓得，梅姑会“冶香”。所谓“冶香”，是梅姑的说法。其实就是制作香料。叶小苋自小跟着梅姑，见过梅姑制香，工序相当复杂。一年四季，梅姑都会去竹溪和兰溪采回各种各样的花草，洗净晾干，分门别类，装在一只陶钵子里熬。“冶香”要用桂木炭，一遍一遍，不厌其烦，熬到第九遍，香味就出来了。香冶出后，收在小瓷瓶里，用蜡封好，隔十天半月，取出半汤匙，放进铜制的熏炉里，熏衣裳和屋子，一次能香好多天。遗憾的是，“冶香”的本事，在双溪至今无人学会。

不过，除了“冶香”，双溪人还跟梅姑学会好多新奇的东西，衣食住行，无所不包，沿用至今，历久弥新。比如“梅花酿”，仅此一样，已是双溪的幸运了。

第三章 “梅花酿”

失踪之后，七喜上了双溪人的“热门”。在“双溪人”群里，好多人晒出七喜过去的照片。当然，晒得最多的还是鲍子。毕竟住在梅家老屋，近水楼台。鲍子给七喜拍过好多照片，动的静的，喜的怒的，大的小的，应有尽有，就连七喜拉屎的照片都拍过好几张。最有影响的一张是前年正月十五那天抓拍的，名字叫《七喜偷酒》，被鲍子做成电脑屏保，一直用着。画面中，老屋天井里，光线饱满，一瓶打开的“梅花酿”倒在小饭桌上，梅红的酒水正在流淌，七喜尾巴高举，馋相毕露，一爪扶地，一爪蘸着酒水往嘴里送，长长的胡须上，挂一粒酒滴，晶莹剔透，摇摇欲坠。

本来，鲍子只是出于好玩，把这幅作品连同一篇配文发在博客和朋友圈里，博人一悦。不料被大量转发后，又被日本一家宠物网站选用，一下子蹿红。两个月后，一个叫小津的日本“猫迷”偕妻到黄山观光，按照文中的地址，顺路来到双溪，点名要见七喜。小津夫妇是中国通，会说中国话，问七喜偷喝的是什么。鲍子把一瓶“梅花酿”拿来。小津夫妇闻了闻，用半生不熟的中国话惊呼，梅酒！梅酒！梅姑听了，摇摇头说，不是梅酒，是“梅花酿”。东洋梅酒用的是梅子，双溪“梅花酿”用的是梅花，一个花一个果，不是一码事！小津夫妇顿时汗颜，向梅姑鞠躬道歉。梅姑并不在意，让客人品尝“梅花酿”。小津夫妇把杯畅饮，喝得腮飞桃红，手舞足蹈，连夸大大的好！告别时，小津夫妇请求和梅姑合影，当然也要抱上七喜。华建林好兴奋，让鲍子把小津夫妇拿着“梅花酿”竖起大拇指的照片洗出来，为双溪的

"梅花酿"做广告。梅姑不同意。梅姑说,小痴鬼,双溪"梅花酿"好不好,还要东洋人来证明?!华建林晓得梅姑不高兴,从此再不提此事。

事实上,不仅双溪人,而且周边十里八乡都晓得,梅姑做的"梅花酿"当数正宗。"梅花酿"的酿制,有三样东西是关键:梅花、糯米和酒曲。按梅姑的做法,梅花要当天采摘的红梅,糯米要当年收的新米,酒曲不论时间长短,以辣蓼草制生曲为上。采梅花之前,先将糯米用清水浸泡一夜,待米身润透,倒出沥水。糯米妥了,准备梅花。采梅花前必先净手,净手用茶水,不能用肥皂,也不得搽香脂。梅花娇气,采花时要小心,一朵一朵,轻采轻放。采下的梅花要用竹篮装着,篮底垫上丝帕。过去,双溪人做"梅花酿",花和米的比例没有规定,全靠个人悟性。梅姑惯常的做法,按一斤糯米来算,早开的梅花用六十朵,迟开的梅花用六十六朵。按梅姑的说法,早开的花性子急,香味来得也急,迟开的花性子慢,香味来得也慢,快慢分清,酿出来的"梅花酿"自然纯正。梅花采回,用山泉清洗。梅姑把这道程序叫作"沐花"。"沐花"三遍,用细纱盖上,这叫"眠花"。"眠花"的空当,文火蒸米。米熟成饭,在竹箩上摊开,晾到跟手温相当,"眠花"时间也就够了。这时候,把梅花掺进米饭中,再加适当酒曲,手拌均匀,这道程序叫"嫁花"。"采、沐、眠、嫁"四道程序之后,装进瓷器,盖上棉布,放在僻静处,等到隔窗闻到香味,酒就成了。成酒后,汤色梅红,清香扑鼻,小啜一口,先香后甜,微酸躲在舌根处,浸润唇喉,回味无穷。

双溪盛产糯米,气候湿润,做酒酿渊源久远。但是把梅花融入米酒,做出风味独特的"梅花酿",却是梅姑的功劳。自从梅姑把"梅花酿"带到双溪后,入冬酿制"梅花酿"便成为双溪的传统。每年梅花开放时节,家家户户争做"梅花酿"。采梅花,淘糯米,洗酒坛,整座古村都忙欢了。酒熟之际,空气中香甜馥郁,仿佛吸一口,便能醉人。"今年不吃'梅花酿',来年五谷都不香。"在双溪,逢年过节,娶媳嫁女,添丁进口,搬家升学,凡有喜事,"梅花酿"必是少不了的。无论多豪华的场面,若是没有"梅花酿",双溪人会说,不讲究!

小时候,华建林最馋梅姑做的"梅花酿"。毕竟"梅花酿"有几分酒力,梅姑不许多吃。华建林和叶小苋合谋偷吃过好多回。梅姑发现后，被罚站的总是华建林。有一回，华建林偷吃太多，已有醉意，罚站时昏昏睡去，一头撞上墙角，当即血流不止，多亏梅姑备有创伤药，才没出大事，至今额角一块疤痕依然清晰。叶小苋常拿此事敲打他说，晓得了吧？偷吃是要付出代价的！华建林听出叶小苋话里有话，佯装不懂，一笑了之。当然，作为一村之主，华建林看重的不仅是“梅花酿”负载的美好回忆，还有用他的话说是“梅花酿”的商业价值，说白了就是能不能赚钱。如今双溪“梅花酿”大名在外，已被评为市级“非遗”，还被列入市、县两级“一乡一品”工程和重点“文创”产品，每年为双溪贡献不少的 GDP。

无论如何，开发“梅花酿”都是当前双溪的头等大事！

华建林之所以对“梅花酿”如此看重，当然跟他的“职场五步法”有关。按照“职场五步法”，华建林首先分步打造“双溪模式”。既然是模式，就不能随随便便，框架设计、整体构思都得有，双溪人的想法还是要摸摸底的。“双溪的事，双溪人办”，这是华建林就职演说时提出的口号。为此，华建林曾在“双溪人”群里组织过一场大讨论，主题叫“我心中的双溪未来”。有人说抓住机遇发展经济，融入长三角，把双溪打造成全国第一村；有人说，双溪到处绿水青山，发挥资源优势，把双溪建成康养旅游胜地；有人说，双溪的黑茶黑鸡黑猪黑果黑粮“一品五黑”，应该做大做强，走向世界。如此等等，期望满满。

然而，此类话题显然空洞，讨论两天，热情大减，群里一时冷清下来。不承想，就在这时候，一个人冷不丁地冒出来发言，一不留神，还在群里掀起一阵小高潮。

此人正是华建功。作为华建林的堂兄，华建功在双溪曾经也算个人物。华建功早年经商，最早成为“双溪首富”，后因搞“大项目”被骗，欠了一屁股债，一夜之间成了“双溪首负”，之后开始酗酒，逢喝必醉。那天，华建功多吃了几杯老酒，在群里发了一段语音，开讲之前，先打了一个响亮的酒嗝，接着说，要我讲，未来嘛，好比一只兔子。你在路上走，望见前面有只兔子，拼命撵就是，再苦再累，总有个奔头嘛！呃——可是撵着撵着，兔子突然不见了！你怎么办？你跑不跑？你往哪跑？呃——我就问你，兔子没了，你跑不跑？你往哪跑？

这段酒气熏天的语音，华建林听了，晓得华建功落魄后感到迷茫，说的是心里话，可是把个人负面情绪发泄在公共群里，思想有问题嘛。华建林本想动用群主的权力，把这段语音删除。万万没料到，这段语音如同一颗炸弹，竟在群里掀起波澜。一时间，双溪人就“兔子问题”展开讨论，不管是留守双溪的乡亲，还是出门在外的双溪人，纷纷在群里发言，各自诉说人生苦恼，生生把一场关于双溪未来的讨论变成一场诉苦大会。

毫无疑问，有关双溪未来的大讨论并不成功。不过，华建林从中悟出一个道理，不管你说得怎样天花乱坠，双溪人只要看到实惠。用华建功的话说，人人都要有只兔子去撵！由此，华建林仿佛看见“双溪模式”的轮廓，隐隐约约，触手可及，于是谋划两件事，一下子给双溪人画了两只“兔子”：一是推出双溪“品牌矩阵”，二是打造双溪“旅游航母”。

“品牌矩阵”和“旅游航母”是华建林常用的宏大叙事，大会上讲，小会上也讲，还当作口号贴在墙上，一时间在“双溪人”群里成为高频词。叶小苋素来听不惯这些大词，不免挖苦，华建林啊华建林，你一个小村干部，屁大的事都往大里说，好意思吗？什么“品牌矩阵”？什么“旅游航母”？说白了，不就是卖卖土特产，收收门票吗？华建林最怕叶小苋这种看透必说透的脾气，又不得不面对，毕竟是两口子。

华建林有个毛病，回家喜欢谈工作，且不分时间和场合。最过分的是夫妻同床时也滔滔不绝。比如开发“梅花酿”的问题，华建林不止一次在床上大谈特谈，什么小产品做出大市场，什么抓住龙头系列开发，什么市场细分客户定位，等等。叶小苋实在受不了，跟他约法三章：不许在床上谈工作！华建林点头答应，却管不住自己的嘴。前头才说不谈不谈，后头又谈开了。叶小苋恼了，指着鼻子骂他简直反人类！华建林晓得犯规，马上改正，将叶小苋揽入怀中，好不容易进入正题，又谈起产品质量和售后服务，更可恶的是还不停地征求叶小苋的意见。叶小苋好扫兴，一脚把他蹬下床，有多远滚多远。

其实,华建林胆敢指两只“兔子”给双溪人去撵,是有底气的。双溪到处都是宝,山水风光、古村文化、风物特产,样样不缺,样样精彩,样样都能打造“品牌矩阵”,样样都能打造“旅游航母”。就双溪的资源,要是放在发达地区,随便拿出一样就是大产业,随便拿出一样就够双溪吃几辈子,比如“梅花酿”。可是如今是网络时代,眼球经济,酒香也怕巷子深,做得好还要卖得好,卖得好就得会“吆喝”。双溪人能干也想干,就是不会“吆喝”!所以,三年前,华建林力排众议,费尽周折,硬是把网红菲菲从省城挖过来,在双溪成立直播工作室。华建林郑重承诺,只要把双溪“吆喝”出去,不惜代价。

关于“吆喝”,华建林打过一个比方,做买卖不会吆喝好比猫不会叫春,再有实力也白搭,信息不对称嘛!这话是华建林私下里在床上跟叶小苋说的。叶小苋抓住机会自然不会饶他,说,哎呀,看来你很会叫春嘛,可惜没把猫招来,倒是招来一只“小白兔”!“小白兔”是菲菲的网名。华建林晓得叶小苋话里有话,被搞得好尴尬,后悔自己嘴欠,恨不得掌自己的臭嘴几下。

菲菲是90后,复姓欧阳,网名“小白兔”。双溪人对菲菲的评价是,开美颜,看上去是美女,不开美颜,看上去还是美女!正因为如此,叶小苋总感觉华建林“引进人才”动机不纯。其实,说到与菲菲的合作,在华建林看来是缘分也是情分。菲菲不是双溪人,不过她外婆是双溪人,还是华家人。如此一论,菲菲跟华建林平辈,算是远房表兄妹。

第一次来双溪的时候,菲菲还没在网上红起来,只是个拍短视频的“段子手”,专做吃喝玩乐,靠疯疯傻傻搞怪博人眼球。不过,菲菲有其独特之处,青春时尚、长相漂亮自不用说,单单是舞蹈专业出身,一般人就望尘莫及。这一点充分反映在她的系列视频中,一个个高难度动作,令人叹服。比如,站立十字马吃臭豆腐,前后空翻喝奶茶,单手拿大顶吃香蕉,如此等等,冷门奇技,惊险刺激,把流量密码拿捏得死死的。那年清明节,菲菲陪外婆回双溪扫墓,在双溪老街拍了几个段子,内容老一套,吃吃喝喝玩玩,疯疯傻傻闹闹,外加一字马空翻拿大顶,不料居然火了。她这一火不当紧,顺带把双溪的热度带起来，网络知名度提升了。当时华建林正苦于没人“吆喝”，顿时眼前一亮，当即决定引进菲菲，前前后后跑了十多趟，表妹表哥的关系都拉上了。毕竟真正的网红生涯在双溪起步，菲菲对双溪有感情，把双溪当成自己的福地。不过，菲菲担心双溪偏僻，影响事业发展，不太愿意。多亏她外婆念及家乡情面，一再劝说，菲菲才勉强答应。不过，菲菲留了一手，非独家合作，只签三年合同，往后如何，且行且观望。

冬至已到，眼看今年梅花花期将至，到了酿制“梅花酿”的季节，华建林不敢耽误。各家各户将产量统计数字报上来，华建林喜忧参半。喜的是产量比往年大增，忧的是如此大的产能如何消化？乡亲的心血，万一滞销，如何是好？村两委统一思想后，华建林代表村两委和菲菲工作室立下“军令状”，今年“梅花酿”出货量不少于二十万件。菲菲信心满满，但提出一个要求，实行“四个统一”，即统一生产标准、统一产品包装、统一使用菲菲品牌商标、统一交由菲菲工作室代理销售。华建林要的是结果，自然大力支持，马上形成方案，经村两委开会通过后，发在“双溪人”群里供大家讨论，期限为五个工作日，如无异议，正式实施。

按说，华建林可谓用心良苦，不承想“双溪人”群里却炸锅了。第一个提出反对的不是别人，正是华建功。华建功在群里发了一段语音，隔着网络都能闻出酒气冲天。华建功说，双溪的“梅花酿”，历来都是自产自销，何必搞什么统一？呃——生意嘛，规矩嘛！这几嗓子的煽动效果，远比酒味浓烈。众人马上赞同，不是说建功威武，就是说建功厉害，还竖了好多个“大拇指”。兰姐也发了一条语音，背景中混杂着排气扇和热油炝锅的音效。兰姐说，哎呀哎呀，不管多少个“统一”，跟我家都不相干！反正，我家的“梅花酿”，自家店里都不够用！兰姐算是双溪的干部家属，自然有一定的影响力。好多人挺兰姐，说兰姐说得对，搞什么“四个统一”，明摆着兔子专吃窝边草嘛！

水多鱼杂，人多嘴杂。群里议论纷纷，一天下来，反对多于赞成。本来，鲍子在群里一直“潜水”看热闹，看着看着心里发痒，就想说几句，一大段文字都打好了，转念一想，这事关系到华建林和菲菲，不说为好，于是删了。当天晚上，鲍子陪梅姑吃饭，华建林来了。那时候，七喜还没失踪，三个人一起逗着七喜说些家常闲话。华建林突然把鲍子拉到廊檐下，说，群里炸锅了你晓得吧？鲍子点点头。华建林说，有何看法？鲍子咂咂嘴，问，非得说？华建林眼一瞪，说，“荣誉村民”也是村民，有义务嘛！鲍子想了想说，依我看，问题的关键在菲菲，统一使用菲菲商标，不妥！华建林说，为什么？鲍子说，你想嘛，“梅花酿”明明是梅姑传下来的，双溪人发扬光大的，菲菲初来乍到，凭啥注册商标？不能服众嘛！华建林点点头，来回踱步，突然转身说，我有个想法，由村合作社出面，注册“梅姑”牌商标，大家肯定同意！鲍子看了看梅姑，说，不太合适吧？华建林说，有什么不合适？鲍子说，这个涉及名誉权和肖像权！华建林不耐烦，说，《中华人民共和国民法通则》我学过，只要梅姑授权就行！鲍子犹豫一下，说，这事要不要跟叶小苋商量商量？华建林连连摇头说，别别别，跟她商量肯定办不成！

梅姑正在逗七喜，插话道，吵吵嚷嚷，又说我坏话呢？华建林来到梅姑面前蹲下身来，摇着梅姑的腿，说，梅姑，商量个事。梅姑说，讲嘛！华建林说，想用一下梅姑的名字！梅姑说，我的名字有什么用哦？华建林说，用您老人家的名字，注册一个品牌，销售“梅花酿”！梅姑问，品牌是什么？华建林灵机一动，拿起桌上一瓶辣酱，指着上面一个女人头像，说，喏，就像这个！梅姑凑近看了看，说，嗯，这个大姐蛮好看哦！华建林说，梅姑的相片印上去更好看！梅姑沉吟一声，对躲在旁边的鲍子说，小鲍子，你看好不好？鲍子轻叹一声，没说话。梅姑抚着七喜的背，说，七喜，你说好不好？七喜抬头看了看梅姑，喵了一声。梅姑说，好哦好哦，七喜说好，那就好！

第四章　梅园

七喜失踪后的第五天，梅园的梅花开了。

鲍子看到这个消息，总算提起了精神。七喜失踪，鲍子心存愧疚，一直闷在梅家老屋闭门思过，连兰姐的馄饨也不去吃了。寻猫启事发出无数次，一直没有回音。华建林和镇派出所汪所长是中学同学，亲自出面请他帮忙，查了各个路口的监控，依然没有下落。汪所长抱歉地回复，人可以脸部识别手机跟踪，可惜猫不是人，实在难找。叶小苋四处托人打听，想买一只猫给梅姑解闷。梅姑说，没有七喜的下落，再好的猫也不要，不然对不起七喜。

梅姑有涵养，嘴上说随七喜去吧，心里却闷闷不乐，茶饭大减，待在楼上不愿下来，不是躺着不起，就是坐在走马廊的美人靠上，望着天井发呆。正值年底，村里工作繁杂。防火防盗，乡村振兴，节日慰问，疫情防控，一样接一样，华建林实在没空陪梅姑。叶小苋除了工作，还要带孩子，更是分不开身。鲍子怕梅姑憋出病来，一直陪在左右，千方百计逗她开心，也算尽力了。

这天一早，“双溪人”群里出现一条梅园花开的消息。消息来自菲菲在群里发的一条短视频，天问山的千亩梅园，花开正欢，宛如花海，甚是壮观。鲍子搞摄影创作，一年四季在周边采风，往年类似的消息，都由他最先发布。今年例外，竟让菲菲抢先了。

梅姑与梅花有缘，对梅花向来偏爱，因此梅园赏花年年都不错过。鲍子灵机一动，打算带梅姑去梅园，既能拍照，又能赏梅散心。听说去梅园，梅姑眼睛一亮，说，正好哦，顺便采些梅花回来做“梅花酿”。鲍子顺势拍马屁，讨梅姑欢心，说，哪个不晓得梅姑做的“梅花酿”，全球第一！梅姑摇摇头说，我不要第一，好吃就好！鲍子说，那就不要全球第一，要全球最好吃！梅姑终于笑了，说，这个小鲍子，就瞎讲！

因为惦记着看梅花，梅姑精神好了许多，不停地催鲍子。毕竟岁数大了，冬天出门，鲍子不放心，特意给梅姑准备大衣防寒，还备一只“暖宝宝”给梅姑焐手。午饭后，梅姑梳头熏香，一切准备妥了，正要出发，驻村医生郝曼来了。自从七喜失踪后，华建林担心梅姑受到刺激身体受不了，特意安排郝曼务必一天两次随访。本来梅姑嫌麻烦，好不乐意。郝曼脑壳灵光，三哄两劝，梅姑就开心地配合了。

郝曼给梅姑量过血压，又听了听心肺，一切正常。梅姑突然拉着郝曼，说，梅园花开了，你晓不晓得？郝曼说，晓得晓得。梅姑说，一起赏梅吧，小鲍子开车去！郝曼看了看鲍子。鲍子本来不想带郝曼，可梅姑话说出来，只好接过话茬，说，没事就一起去呗！郝曼冲鲍子微微一笑，转过身对梅姑说，我要值班，下次吧！梅姑拉着郝曼不松手，说，下次还不晓得是哪天，到时候梅花都谢了。一起去！一起去！鲍子说，梅姑，人家要值班，人命关天，万一有事，不得了哦！梅姑咂咂嘴，失望地说，好嘛好嘛。

鲍子送郝曼出门。来到大门口，郝曼围好红丝巾，拿出手机说，鲍老师，加个微信呗，万一梅姑哪里不舒服，可以随时联系我！鲍子拿出手机，加了郝曼的微信。郝曼说，上次好抱歉，没想到碰上急诊，匆匆忙忙，连微信都没加上！鲍子笑道，没关系，都在双溪，联系也方便！郝曼说，鲍老师，得空给我们卫生室拍拍照，也上上报纸。哎，我们可是全县卫生系统先进集体哟！鲍子说，好！上不上报纸不敢说，拍照肯定没问题！郝曼说，一言为定！鲍子点头，与郝曼挥手告别。一阵风从巷子吹来，郝曼脖颈上那条红色高仿巴宝莉丝巾飘扬起来，在墨檐白墙的古巷中显得尤其生动。鲍子心头一动，赶紧举起手机，连拍几张，还算理想。

鲍子驾车带着梅姑去赏梅。一出双溪，梅姑就说起梅园的过往。梅姑说当年梅园不叫梅园叫梅岭。梅姑头一次去梅岭是五岁那年，梅二先生回双溪过年，带梅姑去看梅花。面对满岭的梅花，梅二先生吟了一首诗，还讲了梅花的药性和药用。梅姑还说，那是梅二先生头一次带她看梅花，也是最后一次。山路上开车，鲍子相当专注，只当故事听了便罢了。

一路顺当，转眼来到天问山下。去年县、镇两级重点开发天问山旅游，将双车道沥青路面一直修到梅园边，着实方便。鲍子搀着梅姑走进梅园，远远看见菲菲带着助理小如意，在梅花丛中搞直播。菲菲一身汉服，分不出哪个朝代，疯疯癫癫，鲍子看不惯，便扶着梅姑有意躲开。菲菲眼尖，见梅姑来了，举着设备跑过来。梅姑一见菲菲，高兴得不得了。菲菲把梅姑拉入镜头，一边直播，一边介绍梅姑。梅姑没见过直播，觉得新鲜好玩，任由菲菲发挥，积极配合，一点也不烦。鲍子倒是被冷落在一旁，跟外人似的。当天是周末，游客众多，听说梅姑是老寿星，纷纷跑过来蹭热度求合影。梅姑来者不拒，一一满足。眼看时候不早，鲍子怕累着梅姑，好不容易才把她从人堆里抢出来，催她上车回去。梅姑不干，说，没采梅花，回去怎么做"梅花酿"哦？鲍子只好又陪着梅姑采梅花。鲍子手快，一把一把地把梅花从枝上撸下来。梅姑看不下去，责怪道，啧啧啧，你把花弄疼了，做出的"梅花酿"就不香了！鲍子不晓得真假，又不敢不听，便学着梅姑的样子，跷起兰花指，一朵一朵地采，不多时就出一身汗来。

采了半篮梅花，鲍子开车载着梅姑回双溪。途中，路边有人卖冬笋，梅姑见了非要买些回去炖汤。天问山的冬笋向来有名，错过这个季节就下市了。鲍子停下车买冬笋，恰好遇到市文物专家樊思仁在路边等车。樊思仁是双溪的常客，时不时地带人到双溪买点老物件，梅家老屋自然也没少去，跟梅姑也算老熟人。梅姑见樊思仁提着大包小包，急着到高铁站赶车，便让鲍子送一送。鲍子于是驾车和梅姑一起送樊思仁去高铁站。来到高铁站，樊思仁进站上车。梅姑却不愿走，说要好好看看高铁站。鲍子说，高铁站除了车就是人，有啥好看？梅姑嘴一噘，孩子似的说，没见过的就好看！鲍子不再坚持，只要梅姑高兴，看就看吧。

高铁站离双溪不远，建成已有两年。梅姑早就听说，高铁跑起来跟飞一样，一直想看看。梅姑说，人老心先老，多看看新鲜东西，老得慢！鲍子说，梅姑本来就是不老，再多看新鲜东西，怕会变成十八岁！梅姑说，小鲍子，这话我喜欢听哦！

站在高铁站前广场上，梅姑看了又看，只有车站没有车，觉得不过瘾，缠着鲍子要进去看看。鲍子想既然来了，进去就进去，于是便扶着梅姑来到进站口，拿出身份证，便进站了。候车大厅高大现代、宽敞透亮，梅姑喜欢得直拍手，问这问那，鲍子一时无法回答。看着来来往往的旅客，梅姑突然若有所思，喃喃道，十六岁那年，我头一回坐火车，先到南京，再搭船来到双溪，然后再没坐过火车哦！鲍子说，梅姑，等到春暖花开，我带您坐高铁去上海，好快！梅姑摇摇头说，见了就好，见了就好哦！说完，一阵咳嗽。鲍子怕梅姑受了风寒，催她回家。梅姑不干，说喝点热水就好了。鲍子扶梅姑坐下等着，赶紧去买热水。

无论如何，鲍子都不会想到，不过几分钟的工夫，等他买水回来，梅姑不见了。鲍子脑袋嗡的一声，差点晕过去。旅客来来往往，鲍子像疯了似的不停地找，不停地喊，怎么也不见梅姑的踪影。鲍子越想越怕，站在来来往往的人流中哭了，一边哭一边给华建林打电话，接着又给叶小苋打电话。不多时，华建林和叶小苋前后脚赶到。华建林一见鲍子，挥拳就要打，叶小苋把鲍子拉到自己身后，华建林指着鲍子叫道，你呀你，做工作太不扎实！鲍子哭着说，就是去买水的工夫，我也没想到！叶小苋说，别吵了，找广播室！三人一起来到车站广播室。广播室接连广播了好多遍，依然没有音讯。鲍子一下子瘫在大厅地上，浑身发抖，呆呆地喊着梅姑。华建林气得上前踢了鲍子一脚。叶小苋看不下去，拉了半天才把鲍子拉起来。

晚上，华建林带人四处寻找梅姑，叶小苋赶到派出所报案，鲍子心里无着落，坐在半月潭前大牌坊下，越想越恨自己，恨不得跳半月潭淹死算了。一个大男人把一个百岁老人弄丢了，丢人啊！大冬天，老人家冷不冷？饿不饿？有没有好心人照顾她？万一跌倒有没有人扶一把？鲍子越想越难过，越想越害怕，于是站起来，闭着眼睛撞牌坊柱子。一下、两下，撞到第三下，觉得软乎乎的，睁眼一看，有个人挡在面前。那人说，呆呀你，头不是自己的？鲍子听出是江红霞，哭着说，嫂子，我把梅姑弄丢了！我有罪呀！江红霞突然笑了，说，梅姑回来了！鲍子擤一把鼻涕，说，嫂子，都什么时候了？还开玩笑！江红霞说，真呆！不信，你回去看看嘛！

鲍子不哭了，问，真的？江红霞说，我刚刚见过，还能有假？鲍子说，这是怎么回事嘛！江红霞说，闹这一出，真是巧公配巧婆，巧到家了。菲菲到高铁站接人，正好碰见梅姑在那，顺便把她接走了，直接带到工作室，拍了一段梅姑的视频！鲍子信了，气呼呼地说，这个菲菲真浑，把人接走，也不跟我说一声！江红霞说，你瞧不起人家做直播，人家不是不晓得，跟你说了，你会同意？再说那菲菲好灵光，早就打梅姑的主意了，等着瞧吧，百岁老人做“梅花酿”，视频发出去，少说圈粉十万八万，带货就不要说了！鲍子说，这个菲菲眼里只有钱，太不像话！江红霞说，喊！哪个像你哦，只晓得照相！

这时候，鲍子的手机响了，是叶小苋打来的，告知梅姑回来了。鲍子一路小跑地回到梅家老屋。一进门，见梅姑坐在那里，怀里抱着一只白猫。七喜回来了？鲍子不禁惊喜。梅姑见鲍子进来，招手让他过去。鲍子来到梅姑面前，扑通一声跪下，抱着梅姑的腿，放声大哭。梅姑看了看华建林和叶小苋，说，鲍子这是怎么了？叶小苋说，还不是被您老人家吓的？梅姑一拍大腿，抱歉道，哎呀呀，小鲍子，怪我老糊涂，跟菲菲走了，忘了跟你讲一声！鲍子跪地不起，梅姑腾出手来拉鲍子，一不留神，怀里的白猫掉下来，刚好落在鲍子面前。

鲍子不哭了，抱起来一看，是只毛绒玩具。

梅姑抢过玩具猫，紧紧抱在怀里，说，菲菲给我的，说是能把七喜引回来！

第五章　菲菲

毕竟花不候人。梅园花开,“梅花酿”全面开工,一年一度的“双溪梅花酿文化节”也临近了。算下来,“双溪梅花酿文化节”今年是第三届。有前两届的经验,筹备工作虽然千头万绪,但华建林依然精力十足,游刃有余。

在“双溪人”群里,华建林每天都把筹备进度公布出来,还搞了一个“倒计时”,在群里引来好多点赞评论。菲菲除了给华建林点了一串“大拇指”和“玫瑰”,还附带说了一句,棒棒哒!华建林说,为了双溪的明天,我心里装了一台 V8 发动机,还带涡轮增压!这句话说得俏皮,又引来一大拨点赞评论。有人说,您是我们的好支书!有人说,双溪人民忘不了您!还有人说,书记是我们的带路人!最搞笑的是叶金波,用他沙哑的嗓子发了一段语音,说,乡亲们,有华书记在,是双溪人的福气!万一哪天华书记高升了,双溪怎么办?怎么办?这段话跟叶金波的嗓音一样,显然突兀,发出半天,竟无人评论。鲍子一直在群里“潜水”,想了想,确实不好评。

事实上,无论叶金波所说是肺腑之言,还是变相拍马,哪怕是心怀叵测有意挖苦,总之都让他言中了。华建林最近确实遇到升迁的问题。作为村两委班子成员,叶金波应该晓得。上个月,县委拟从基层提拔一批年轻干部,充实到乡镇班子,组织部门通过考试、政审等正规程序,圈出人选范围,华建林就在其中。说起来,这并不意外。当初,作为大学生村官,华建林在全县乡村基层干部中有点名气,早被纳入后备干部培养。不过,华建林真正进入县委主要领导的视野,跟“双溪梅花酿文化节”有关,也跟菲菲有关。

菲菲被引进双溪，第一个贡献就是“双溪梅花酿文化节”的创意。三年前，省际高速在双溪开了出入口，高铁站落成启用，旅游开发条件成熟。华建林嗅觉敏锐，看到机会，马上行动。菲菲被引进双溪后，华建林天天陪着，特产美食、老街旧巷、风光美景、传奇典故一一介绍，恨不得菲菲第二天就把双溪带火了。菲菲思维活跃，新鲜点子如雨后春笋，层出不穷。有一天，菲菲听到梅姑的故事，两眼放光，非要见见。华建林二话不说就带她去见梅姑。梅姑第一次见菲菲就好喜欢，留菲菲吃饭，还拿出自酿的“梅花酿”。菲菲品尝后，赞不绝口。酒酣耳热之际，菲菲突然来了灵感，捧着通红的脸蛋说，建林书记，为什么不搞一个“双溪梅花酿文化节”呢？文化搭台，经济唱戏嘛！华建林一听，茅塞顿开，当即拍板，成立“双溪梅花酿文化节”筹委会。华建林亲自挂帅，菲菲出任活动总监，负责全程创意执行。

按照策划方案，“双溪梅花酿文化节”每年举办一次，为期一周。首届筹备就绪之后，华建林把拟邀请领导的请柬准备好，有镇领导，也有县领导。请镇领导，华建林自信还有几分薄面，至于请县领导，那就不好说了。这一点华建林有自知之明。可是，菲菲坚持要请县领导，最好县主要领导，一是捧场，二是为争取后续支持做铺垫。华建林当然希望如此，可是理想很丰满，现实很骨感。县主要领导是哪个？就是县委书记。村支部书记请县委书记，不比粉丝见网红，难得很啊！

那天晚上，华建林正在办公室面对请柬犯愁，菲菲来了，问邀请领导的事是否落实了。华建林指了指桌上的请柬，摇头叹气。菲菲长发一甩，说，我有办法！华建林苦笑道，大网红，搞政治可不是搞直播哟！菲菲笑笑说，不试怎么晓得？华建林想了想说，你有什么办法？菲菲不答话，长发一甩，留下一个神秘微笑，飘然而去。

菲菲走了之后，华建林托着下巴想半天。90后胆子大，敢想敢干，万一菲菲没大没小没轻没重，捅了马蜂窝就完蛋了。想到这里，华建林不免担心，抓起电话打给菲菲。菲菲在电话里说，一个小时后见分晓！华建林丈二和尚摸不着头脑，说，不要胡来！菲菲说，胡来没有，冒险倒有点。华建林一听，心里更没着落，说，我的大网红，这可不是搞创意，这是严肃的组织纪律问题！菲菲说，晓得晓得！华建林放下电话，如坐针毡，不晓得半小时后，等到的是惊喜还是麻烦。

大约一小时后，准确地说是五十七分钟后，菲菲打来电话，当头就是一句，看我抖音！华建林马上打开抖音，发现菲菲刚刚更新几条视频，相隔都不过几分钟，看来这丫头早有准备。菲菲发布的抖音作品内容大致如下：

第一条：菲菲站在老牌坊下，一副农家女孩的打扮，对着镜头说，嗨！各位老铁，我正在我的家乡徽州双溪。说实话，这几天为了加工“梅花酿”，我和我的乡亲们真的真的好辛苦！愿我的家乡双溪越来越好！愿所有老铁的家乡都越来越好！加油哦！

这一条内容平平，华建林没看出头绪，点开评论，却有上千条。有人说菲菲加油！有人说祝菲菲心想事成！有人说菲菲我爱你！如此等等，总之根本看不出跟邀请领导有什么关系。

第二条：菲菲一脸疲惫地坐在一口“梅花酿”大缸前，嗓音低沉：各位老铁，真的好累，好想好想睡一觉！可是还有这么多“梅花酿”要加工！说实话，这是我们双溪人一年的收入啊！为了生活，一定要撸起袖子加油干！老铁们，为菲菲加油！

华建林越来越不明白，菲菲玩的是什么套路？和邀请领导根本不搭界嘛！点开评论，又是好几千条评论。有人说为菲菲点赞！有的说菲菲好样的！有人说美女励志，这条必转！

第三条：黑咕隆咚的小巷内，菲菲举着手机自拍，边走边说，兴奋异常：好消息！好消息！我们“双溪梅花酿文化节”进入倒计时了！刚刚听说，县里主要领导要来参加！没错！是县里主要领导！老铁们，为我们的家乡点赞！

谢天谢地，这条总算跟邀请领导沾上边，却明明是要先斩后奏的小聪明！华建林点开评论，发现更新不断。有人说这样的好领导必须点赞！有人说这是焦裕禄式的好干部！有人说我们家乡要有这样的好领导该多好！有人说为官一任，造福一方，你们县领导太棒了！

第四条：菲菲伤心地坐在老屋屋檐下，抱着邻居家五岁的女孩秀秀，面对着镜头说，各位老铁，在这里我给大家道歉！刚刚，我们村领导批评我了，骂我嘴太快，说我们县主要领导太忙，不一定会来，所以在这里更正一下，谢谢大家！这时，秀秀拿出一朵小红花，好委屈地说，姐姐，要是领导不来，这朵小红花送给谁呀？我做了一个晚上，手都疼了！菲菲帮秀秀吹吹手，说，秀秀乖！县领导好忙的！秀秀对着镜头，眼泪汪汪地说，这小红花送给谁呀？

这一条确实煽情，差点把华建林眼泪煽出来。评论区简直爆棚，有人说，县领导一定要去，不去对不住孩子！有人说，县领导不去双溪村，不如回家卖红薯！有人说，县领导啊，下一次乡就那么难吗？你的时间就那么金贵吗？少喝一顿酒就不行吗？有人说，声援菲菲，一起转发！

看到这里，华建林不禁一身冷汗。实话实说，从这四条视频中，可以看出菲菲剑走偏锋，用心良苦。第一条视频铺垫语境，第二条视频引起共情，第三条视频切入主题，第四条视频以情相逼，可谓层层递进，环环相扣，不得不服。如果没有意外，以菲菲的网络影响力，县领导一定会看到，至少会听说。可是，这一招确实在走钢丝，倘若领导正面理解倒没问题，万一领导理解为“逼宫”，怪他不懂政治规矩，那就麻烦大了。菲菲啊菲菲，你教我如何是好？华建林打电话给菲菲，让她赶紧撤下作品。菲菲坚决不同意，说影响已经产生，撤下也没意义。华建林想了又想，既然生米煮成熟饭，只好由她去吧。

毕竟连日奔忙，华建林实在太累，竟在办公室里的沙发上睡着了。突然，手机响了。华建林打了个激灵，抓起手机一看，来电显示是陈镇长，赶紧接听。陈镇长劈头盖脸来一句，华建林，你还能睡得着吗？华建林说，为了搞文化节，累个半死哦！陈镇长说，别提你那文化节，你那文化节惹麻烦了！华建林说，陈镇长，我们报批手续齐全，你晓得的！陈镇长说，别跟我装糊涂！我问你，菲菲发的视频你看了吗？华建林不敢说实情，于是扯谎道，还没来得及，我马上看！陈镇长说，我跟你讲，县委方书记都晓得了！方书记说双溪真有人才，胆敢利用网络来“逼宫”！华建林一听头都大了，赶紧解释道，陈镇长，可不能这么讲，人家网红发视频，合理合法嘛！陈镇长扑哧一声笑了，说，看把你吓的，合理合法都搬出来了。我跟你讲，方书记答应了，你们的文化节，他一定参加！

华建林大喜，挂了陈镇长的电话，马上给菲菲发了一条微信，没有一个字，只有三个“大拇指”！菲菲秒回，也没有一个字，只有三个“抱拳”，外加一个“睡觉”。不过，华建林躺下来，再也睡不着，好不容易眯上眼，窗外天光已经泛白。

梅花烂漫，香气荡漾。首届“双溪梅花酿文化节”如期举行，县委方书记在陈镇长的陪同下如约而至。下车伊始，方书记对陈镇长说，听说双溪村的支部书记是当年的大学生村官，我想见一见！陈镇长指着正在搬东西的华建林说，就是那个。方书记点点头，说，好！我要会一会！陈镇长于是喊华建林。华建林闻声，赶紧跑过来，因为跑得急，绊了一下，险些跌倒。方书记握着华建林的手，说，华建林啊华建林，你这个小书记真厉害，硬把我这个老书记逼上门喽！华建林憨憨地一笑，说，方书记多批评！方书记哈哈大笑，说，逼得好！这一逼让我又来到双溪，双溪大有不同啊，干得不错！华建林说，怪我们汇报太少！方书记说，不不不，怪我们下基层太少！往后，你们的文化节我年年参加！华建林搓着手，说，感谢方书记厚爱！陈镇长说，建林，你们那个网红菲菲在哪？让她来见见方书记！方书记说，对！这个菲菲胆子好大嘛，差点把我逼得走投无路！哎呀，你不晓得，这次我要不来，还不晓得被网友骂成什么样呢！众人一听都笑了。华建林赶紧躲到旁边，打电话给菲菲，只说了一句，按计划行动！

不多时，菲菲来了，一见方书记，上来深深一鞠躬，调皮地说，民女菲菲前来请罪！方书记头一偏，说，何罪之有?！你不给我这机会，我怕还来不成嘛！对了，你视频里不是有个小姑娘要给我送花吗？菲菲一转身，把秀秀抱过来，说，听说您来了，我刚把她从奶奶家接过来！方书记蹲下身来，把手伸向秀秀，秀秀腼腆地递过一朵小红花。方书记接过小红花，非常高兴，转身向秘书一招手，秘书递上一只新书包。方书记把书包给秀秀背上。秀秀说，谢谢！方书记说，谢谢秀秀！我上次得到小红花，还是四十年前上幼儿园的时候哦！众人全都笑着，一阵热烈鼓掌。华建林看了看菲菲，暗暗伸出大拇指。

从那之后，华建林正式进入县委主要领导的视野，换句话说，被方书记看上了。方书记每次到镇上视察工作，都会提到华建林，说，这个年轻人，想干能干也会干，把我逼得一头汗！镇里见方书记重视人才，马上重用，打算通过定向招考，把华建林弄到镇里工作。谈了几次话，华建林不同意，说双溪还有事没办好。镇里尊重他个人意愿，暂且把这事放下了。其实华建林所说的“双溪还有事没办好”，就是他的“双溪模式”没树起来。“双溪模式”是华建林藏在心底的“阴谋”，自然不能说，只能说“双溪还有事没办好”。不得不说，这句话有两点好处，一是没有扯谎，“双溪模式”也是双溪的事嘛。二是用拒绝提拔，表达一个村干部建设家乡的执着，更能得到组织的认可。

本来，华建林不想跟叶小苋提这事，怕叶小苋没事找事。不承想村干部拒绝提拔，上了小镇的“热门”，搞得街谈巷议。叶小苋的超市本来就是全镇老头老太太的信息交流中心，她当然第一时间就晓得了，当时就恨得直咬牙，要是当面，非得拧华建林两把。

说起来，这事不能怪叶小苋不理解。毕竟他们双方父母都不在了，如果华建林调到镇里工作，既解决两地分居问题，也多个帮手照顾阿欢，叶小苋就能腾出手来忙生意。“三”全齐美的事，这个痴鬼竟然不干！华建林啊华建林，你不是想当大官吗？提拔你你不干，其中必有问题。当时，华建林刚刚把菲菲引进双溪，叶小苋自然把这两件事联系到一起。叶小苋也不是省油灯，暗中调查，查手机、翻口袋、闻气味，老一套侦查手段都用上了，竟然没发现蛛丝马迹。

有一天，超市打烊，叶小苋闲来无事，随便在“双溪人”群里翻看，发现兰姐发的一段视频，内容是村两委在茶山召开现场会，研究茶叶品牌化问题。春风荡漾，草长莺飞。一群人围在一起有说有笑，偏偏华建林和菲菲躲在一棵大树下嘀嘀咕咕。兰姐跟鲍子学过几招摄影技术，特意给了一个长镜头，只见华建林谈得眉飞色舞，菲菲笑得花枝乱颤。叶小苋看罢，气不打一处来，把视频转发给华建林，质问他和菲菲什么关系。华建林理直气壮，一口咬定工作关系。捉贼捉赃，捉奸拿双，找不到证据，拿他没办法。叶小苋虽说脾气不好，但是讲理。找不到证据，就找大数据嘛。

感谢万能的互联网，神通的大数据！叶小苋拿起手机，动动手指头，轻轻松松，就把跟双溪有关的视频搜出来，一一翻看，不承想竟翻出菲菲初来双溪时的视频，华建林和菲菲在一起不是交头接耳，就是老街漫步，关键是背景里还有鲍子。叶小苋打电话找鲍子，问他华建林和菲菲是不是有“情况”。鲍子支支吾吾，说自己只负责拍照，其他都不晓得，气得叶小苋骂鲍子是叛徒。之后，叶小苋找华建林谈过几次，软硬兼施。叶小苋说，你不是一直想当官吗？提拔你赶紧上啊！为什么不上？华建林说，双溪还有事没办好！叶小苋说，双溪还有什么事没办好？华建林摸摸鼻子揉揉眼，支吾半天，死活不说。事情到这一步，由不得叶小苋不多心了。叶小苋性子烈，一气之下，不让华建林进家门。有一次华建林在镇上开会到很晚，到家后叶小苋死活不开门，阿欢求情也不行。叶小苋隔着门撂下一句话，滚回双溪去，分居！半夜三更，镇上找不到出租车，华建林只好赶了好几里山路。回到双溪，天已见亮。

说巧不巧，此次县里考察选拔后备干部，华建林又被选中。前几天，组织部门找华建林谈话，拟破格提拔他任镇党委宣传委员。华建林还是那句话，双溪还有事没办好，不能离开。叶小苋得知后对华建林大失所望。权力是男人的迷药，滚滚红尘中，什么能让一个男人不愿升官？金钱嘛！女人嘛！叶小苋从小就喜欢跟华建林任性，这回更是下了狠手，给华建林发了一条微信，就两句话：到镇上就过，不到镇上就离！也许觉得仅有文字力度不够，又在后面加上三个“拳头”的表情符号，以示愤怒。

华建林收到叶小苋的“最后通牒”时，第三届“双溪梅花酿文化节”正在隆重举行。县委方书记说话算数，由陈镇长陪同参加。华建林自然不敢怠慢，他看了一眼微信，晓得捅了马蜂窝，还是坚持按程序把活动办完，再把领导和客人一一送走。之后，华建林才把叶小苋的“最后通牒”好好琢磨一番，没有马上回复，而是长长叹口气，突然觉得好累，心中那台 V8 发动机打不着火，涡轮增压就更不要提了。

华建林无精打采地来到梅家老屋的时候，鲍子正在给梅姑看他在文化节开幕式上拍的照片。见华建林来了，梅姑说，过来过来，里头有你！华建林摇摇头，坐在廊檐下，一动不动。梅姑看了看华建林，悄悄对鲍子说，喏，又跟小苋闹上了！鲍子说，您怎晓得？梅姑说，哼！从小就那样，一跟小苋闹别扭，就一副霜打的样子！哦，我对你讲，别看他在外头好神气，磨不过小苋的！

鲍子当然晓得华建林不是叶小苋的对手，出于同情，端杯茶过去跟华建林聊聊。华建林揉了揉太阳穴，说，晚上喝几杯！鲍子看了看梅姑，小声说，老规矩！我出故事，你出酒！华建林摇摇头说，这回改了，我出故事，你出酒！

冬天夜寒，梅姑歇息得早。鲍子早备好四个下酒小菜，华建林拎来两瓶黄酒。两个人坐下来，碰了三杯之后，鲍子拿出手机，把叶小苋的"最后通牒"给鲍子看。鲍子一看，吓了一跳，刚夹起一粒花生米，吧嗒一声掉了。华建林收起手机，端起酒杯一饮而尽。鲍子也不说话，跟着也喝一杯。华建林说，鲍哥，你猜小苋为什么这样？鲍子有点心虚，说，我对天发誓，跟我没关系！华建林说，哪个说跟你有关系？鲍子不放心，说，建林，你也晓得我这人没城府。实话实说，当初我对小苋是有好感，可是也竞争不过你们青梅竹马啊！华建林一阵笑，说，鲍哥，你想哪去了？你以为我要跟你决斗啊？鲍子说，那你想说什么？搞得人心里发慌！华建林说，明摆着，叶小苋打出这张牌，是在逼炸嘛！你不晓得，小苋她怀疑我在外面有"情况"！鲍子问，怀疑你跟哪个？华建林把酒杯一放，说，明摆着，菲菲嘛！鲍子揉了揉脸，点点头说，要不我找叶小苋谈谈，帮你洗白？华建林一拍桌子说，我本来就白，要你洗?！鲍子急了，说，这也不是，那也不是，那你找我搞什么？华建林说，我就想跟你说说，不说憋得难受嘛！鲍子表示理解，跟华建林碰杯。华建林说，鲍哥，你晓得我为什么不离开双溪？鲍子摇头。华建林本来想说说他的"职场五步法"，可觉得不妥，马上改口说，因为梅姑！我要是走了，她就没有亲人了！鲍子好感动，说，还有我嘛！华建林摇摇头，说，你和我不一样，你双亲尚在，我没有，我只有梅姑啊！鲍子揉了揉眼，手湿了。

华建林说,话又说回来,你家在城里,迟早会走！鲍子说,不,我不会！华建林苦笑,说,现在不会,等你拍出大作品,出名了,那就不好说了！鲍子酒劲上头,一拍桌子说,你不了解我！华建林也拍桌子说,那你让我了解嘛!

楼上突然传来梅姑两声咳嗽。二人怕打扰梅姑,赶紧压低声音,舌头发硬,像两只疯鹅一样,伸着脖子辩论。

鲍子说,你不了解我!

华建林说,你让我了解吗?!

第六章　鲍子

从织女巷传来四更的梆声时，鲍子酒意退了，睡意也跑了。

令鲍子失眠的不是酒，也不是华建林，是叶小苋。鲍子和双溪的缘分，跟叶小苋有关。叶小苋承认不承认，鲍子不晓得。鲍子只晓得，假如没有叶小苋，也许他这辈子都不会来双溪，也不会住进梅家老屋，更不会认识一个叫梅姑的百岁老人。这就是缘分，鲍子相信。事实上，鲍子来到双溪，纯属偶然，遇上叶小苋也是偶然。偏偏叶小苋是鲍子喜欢的类型，两个偶然编织在一起，便成为必然了。

不管怎么说，鲍子都算得上"富二代"。鲍父在省城经营一家食品企业，是当地有名的民企，一直准备上市进入资本市场。上小学时，鲍父出国回来，送鲍子一台奥林巴斯相机，从此鲍子有了一个当摄影家的梦想，偶像是大摄影家安塞尔·亚当斯。高中毕业考大学，在父亲的逼迫下，鲍子读了工商管理专业。鲍子不喜欢专业课，加入了本校摄影社团，经常逃课"搞创作"。好不容易混到毕业，父亲让他进自家企业准备接班。鲍子不干，坚持追求自己的摄影家的梦想。父母拗不过，扔给他五十万，让他好自为之。鲍子拿着这笔钱，在省城开了一家艺术影楼，拍艺术照，也接拍广告，生意居然不错。有了钱，鲍子有点小膨胀，扎辫子，蓄胡子，死活要把自己弄成大师的造型。本来鲍子打算再弄两个耳钉，因为怕疼也就罢了。也许运气好，三年下来，鲍子居然挣钱了。钱多心躁，吃喝玩乐。时间一长，鲍子腻了，总觉得这不是自己想要的生活。几次大醉之后，鲍子突然明白原来自己把梦想弄丢了。人类失去梦想,跟猪有啥两样?“梦想是把双刃剑,用好了叫追求,用不好就叫作!”这话是父亲得知他要当摄影家的时候的赠言。鲍子不晓得自己是追求还是作,横下心来,盘掉影楼,开启追梦之旅。

第一站,徽州。

关于徽州,鲍子早就听说。推算起来,最早听说“徽州”这个名字,应该是从父亲老鲍口中。20 世纪 70 年代初,老鲍中学毕业,赶上最后一批“上山下乡”,被分配到徽州一个山村里接受贫下中农再教育。不知为什么,老鲍的回忆中,大多是徽州的老屋旧巷、茶园竹林、青山云雾、小桥流水,每每说得两眼放光,最后还要感叹一声,唉!可惜太忙,不得闲回去看看!后来,鲍子喜欢上摄影,看过大量徽州的图片,颇为震撼,更是向往,只是一直无缘。

十年前那个初秋的早上,至今令鲍子难忘。那天,鲍子搭坐长途客车。山路弯弯,适合睡觉。昏昏欲睡之际,客车中途停靠,上来一个女孩,大学生模样,清清爽爽,属于鲍子喜欢的类型。鲍子揉揉眼,顿时来了精神,准备迎接一场艳遇。女孩坐在鲍子前排,看上去情绪低落。鲍子谈过两场不成功的校园恋爱,虽说没有收获爱情,但积累一些阅女经验。一般来说,这个年龄的女孩情绪低落,不是因为失恋,就是因为挂科,不然没有什么能让她们不快乐。车子刚一拐弯,女孩突然从包里掏出一沓 A4 纸,疯了似的撕起来,边撕边扔,还用脚踩了几下。鲍子大惑不解,顿时来了探索冲动,趁女孩不注意,悄悄捡起地上的碎纸,拼起来一看,是份个人简历。女孩子叫叶小苋,刚刚大学毕业,家住徽州一个叫双溪的地方,通信方式一栏里,QQ 号完整,手机号残缺。鲍子眼前一亮,快速把 QQ 号记下来,拍了拍女孩的座椅。女孩扭过头,眨着大眼睛,大大方方地问,什么事?鲍子说,请问去双溪吗?女孩点点头。鲍子撒谎,说,太好了,我也是!女孩上下打量鲍子,问,照相的?鲍子说,不好意思,让你猜出来了!女孩说,不用猜!搞摄影的都这样,大胡子,小辫子!鲍子憨憨一笑,说,真准!女孩子也笑,说,去过双溪吗?鲍子摇头,说,这是第一次。女孩说,哦!我们双溪还没开发旅游,村里没旅馆哦。鲍子说,随便住哪都行!女孩开玩笑道,猪栏行吗?

鲍子说,行!说罢还学了两声猪叫。女孩捂着嘴笑,胸脯一颤一颤,眼泪都笑出来了。鲍子趁女孩笑的时候,用相机偷拍了一张。女孩子笑够了,说,放心吧!不会让你住猪栏!鲍子说,我晓得!

车子到达终点站镇上,鲍子跟着女孩下车,拐上一条山路。女孩脚步轻快,不多时便把鲍子撇下来。鲍子气喘吁吁,随口喊道,叶小苋,等等我!女孩子突然站住,转过身惊讶地问,你晓得我的名字?鲍子意识到自己失口,忙扯谎道,不是你告诉我的吗?叶小苋想了想,说,我告诉你了?鲍子说,当然,我也告诉你了,我叫鲍子。叶小苋想了想说,哎呀哎呀,记不得了,气糊涂了!鲍子说,有什么好生气?叶小苋说,别提了!为了找工作,一天撞了三次南墙!鲍子说,刚毕业都这样!叶小苋说,你也撞过?鲍子佯装可怜,说,比你还惨,一天撞五次!叶小苋笑,说,不撞南墙不回头,从今往后,自己干!鲍子说,自己干好,当家做主人!叶小苋说,对!当家做主人!

正说着,迎面过来一个小伙子,个头不高,走路带风。叶小苋叫了一声,华建林!华建林跑过来,两只大眼目光如炬,上下扫描鲍子,似乎要对鲍子进行动机诊断。叶小苋作介绍说,这位是鲍子,艺术家,路上认识的。这位是华建林,我的发小,大学生村官!华建林冲鲍子一笑,伸出手来。鲍子跟华建林握手,除了感觉这小子手好硬,还觉得这小子和叶小苋是对恋人,而且是青梅竹马。想到这里,鲍子手上生疼,心也酸。

到达双溪时,已是午后。初秋的阳光下,墨檐白壁,屋脊错落。马头墙起起伏伏,仿佛和着音韵一般。古村狭长,四面青山环抱,两边双溪轻流,一阵风来,竹林的清香令人陶醉。鲍子不禁感叹,这才是人住的地方啊!

时至今日,有关初到双溪的情景,鲍子几乎可以回忆起每一个细节,甚至精准到每一丝气味。其中,对梅姑的印象最为鲜活。

那天,鲍子跟随叶小苋和华建林来到梅家老屋。午后的秋阳为梅家老屋涂上一层金光,让鲍子大开眼界。门楼五丰,砖雕精美,花鸟人物、传奇典故美不胜收。门轴吱呀一响,一只肥大的白猫竖着尾巴走出来,纵身一跃,跳上门槛,一个高傲的亮相之后,喵地叫一声。叶小苋冲白猫说,七喜,想我没有？七喜冲叶小苋又叫了一声，跳到叶小苋怀里。叶小苋说，七喜，来客人了，带我找梅姑！七喜好通人性，跳下来竖着尾巴在前头带路。穿过门厅，隐约飘来一股淡淡的香。叶小苋吸了吸鼻子，说，哎呀，梅姑又熏屋子了！来到天井中，一片豁然。叶小苋站在天井里，冲着楼上喊，梅姑，我回来了！接着，楼上吱呀一声门响。叶小苋说，梅姑来了。

初秋的午后，鲍子第一眼看见梅姑，一下子惊呆了。山中古村，竟有如此清新脱俗、雅致如画的老太太！阳光下，梅姑一头齐耳白发，梳得一丝不乱，用琥珀色的发箍拢着，肤白如脂，双目如水，衣着得体，举手投足间流露出的气质竟与这座老屋出奇地和谐。在梅姑面前，鲍子第一次意识到自己是个俗人，俗得彻底。晚上，坐在天井的廊檐下，听梅姑讲老屋的过往。鲍子如同喝醉了似的，一直处于迷幻状态，不停地在现实和过去之间来回切换。那一晚，鲍子头一次听说"四水归堂"这个词，对这四个字产生了神秘的想象。那一夜，鲍子倒头就睡，比在家里睡得都香。

转天，鲍子跟叶小苋商量，打算在梅姑家租住下来。叶小苋不敢做主，跟华建林商量。华建林也不敢做主，拉着叶小苋一起去问梅姑。梅姑先没出声，看了看鲍子，说，哦，头发剪了，胡子剃了！鲍子二话不说，跑到理发店削发剃须，回来见梅姑。梅姑笑了，说，哦，这样多好，住下吧！住下吧！鲍子感激不已，递上一沓钱做房租。梅姑冷下脸来，说，梅家老屋快两百年了，没住过花钱的客人！鲍子惭愧不已，把钱收回，给梅姑深深地鞠了一躬。梅姑说，免了免了，一家人哦！七喜似乎也很高兴，跑到鲍子面前，喵了一声。

鲍子成了梅家老屋中的一员，双溪人自然接纳了他。鲍子晓得，自己之所以如此幸运，是因为叶小苋提供的机遇，更有梅姑为他背书。当然，华建林这个幕后推手也功不可没。

三个月后，鲍子头一次在双溪露脸。那时候，双溪不通高速，旅游尚未开发，华建林非常着急。冬至那天，双溪下了第一场雪。雪后陡寒，华建林约鲍子喝酒聊天，主要聊双溪的发展。华建林比鲍子小两岁，可这家伙少年老成，又在基层磨炼过，在鲍子面前像个老大哥。他说什么，鲍子只管点头。喝完酒，华建林拉上鲍子去村外转转。二人趁着酒兴踏雪而行，面对村外一派雪后风光，华建林问鲍子，美不美？鲍子说，美！绝对美！华建林说，错！这不是美！鲍子说，不是美，是什么？华建林双手一比画，都是钱啊！鲍子说，钱？钱不如美！华建林突然拉下脸，说，没钱，双溪怎么发展？你说！鲍子愣住了，看着满脸涨红的华建林，结结巴巴地说，好像，不能！华建林搂着鲍子的肩，说，对嘛！没钱不能发展，不发展，对不住双溪人嘛！所以啊，鲍老师，你一定要想方设法把双溪的美宣传出去，把它变成钱！鲍子被搂得喘不过气，没有吭声。华建林说，只要把双溪宣传出去，你就是双溪的功臣，我给你颁一个“荣誉村民”！鲍子想了想，说，我试试。

鲍子第一次把他拍摄双溪的作品发出来，是在自己的博客里。一组雪后风光，山水田园，老街牌坊，晨光夕阳。在鲍子看来，不过是“随手拍”，没料到一下子火了，好多人评论，还有人主动讨要地址。其中一位省报的美术编辑跟鲍子约稿，鲍子把那四幅图片发过去，很快在省报副刊上刊发，铜版彩印，占了大半个版，加了一个诗意的标题《梦里双溪》，署名：鲍子。华建林兴奋得不得了，跑到县城买回几十份，逢人就散发，在双溪一时引起不小的轰动。

听说鲍子拍的照片上了报纸，梅姑吵着要看。鲍子、华建林和叶小苋一起陪梅姑，围着火桶看报纸。梅姑一边抚着七喜一边看，看了半天，说，小鲍子，这相片里没人嘛！华建林说，这叫风光片！梅姑揉了揉眼，说，相片里有人才好看哦！叶小苋说，梅姑，现在流行这种！梅姑认真起来说，反正，相片里有人才好看！华建林和叶小苋面面相觑。梅姑拍拍七喜，说，七喜，你说是不是？七喜乖乖地喵了一声。叶小苋看了看鲍子，对梅姑说，有人没人都好看！梅姑固执地摇着头，说，景是人看出来的，有人才好看！鲍子有点尴尬，却又觉得很有道理。叶小苋赶紧解围，说，梅姑哦，老糊涂了！鲍子突然站起来，说，梅姑说得对！

不管怎么说，鲍子为双溪发展旅游创造了良好的开端。这话是华建林说的。华建林兑现承诺，提请村两委研究通过，授予鲍子“荣誉村民”，专门开了一次村民大会。鲍子戴着大红花走进会场，非常显眼。会上，华建林代表村两委为鲍子颁发大红证书，并对鲍子给予高度评价：“为了梦想，放弃优渥的都市生活，扎根双溪，潜心创作，为宣传双溪做出巨大贡献。”从那之后，鲍子更加积极，牢记梅姑那句话，照片里有人才好看，于是开始留心拍人，于是便有了偷拍兰姐的那幅获奖作品《古村姐姐》。

获奖之后，鲍子隐约感觉到，有双溪，有梅姑，自己离成为摄影家的梦想越来越近了。鲍子的底气来自双溪，也来自梅姑。一千多年的古村，随便一个角落，就能造就一个摄影家。一个百岁老人，随便一段人生经历，足可以当部书读。一年之后，鲍子摄影风格大变，产量大增，在省内外连续获奖，在摄影圈小有影响。不过，鲍子并不满足，暗中憋着一股劲，要出大作品。鲍子心目中的大作品不一定要追赶潮流，但一定要厚重，像梅姑，像老屋，像双溪。

双溪的日子如溪水流淌，不知不觉在青山掩映中轻轻滑过。鲍子心中的许多疑问，也随之一一明朗。梅姑是独身老人，一直未嫁，自然无儿无女。叶小苋和华建林虽然都住在梅家老屋，和梅姑亲如一家，却和梅姑没有血缘关系。华建林比鲍子小两岁，叶小苋比鲍子小三岁。华建林大学毕业后，加入大学生村官的行列，回到双溪从助理干到村支书，至于后来“一肩挑”又兼任村主任，另有原因。叶小苋在镇上开了一家小型超市。当时叶小苋自主创业手头紧，鲍子主动把开影楼赚的钱拿出一部分，帮了叶小苋一把，如今叶小苋已经有了自己的商贸公司，经营茶叶、山货，干得风生水起。叶小苋曾经开过玩笑，说鲍子是她的“原始股”，搞得华建林心里酸溜溜的。

华建林和叶小苋婚后搬出梅姑家，住进镇上的新房。从此，梅姑只有鲍子一个人陪伴，叶小苋和华建林倒也时常过来看望她。毕竟各有各的事，来来往往，总归不便。尤其是第二年叶小苋生下女儿阿欢，忙起来没完。华建林一直想做一番大事业，以他那风风火火的性格，忙起工作，难得有空闲。于是鲍子有了更多了解梅姑的机会。

一百岁的梅姑是一部书，厚厚的书。对梅姑了解得越多，鲍子越觉得如此，梅姑这部书需要慢慢读。读着读着，梅姑这部书与鲍子想出的大作品渐渐重合了。梅姑就是大作品,大作品就是梅姑。从梅姑和梅家老屋的故事里,能看到双溪的过去和未来,甚至能看到所有山村的过去和未来。

梅姑喜欢拍照,也喜欢看照片。拍照和看照片成为梅姑晚年生活中的乐事。十年来,鲍子一直在给梅姑拍照,给老屋拍照,给七喜拍照。照片拍好,鲍子便拷进笔记本电脑,拿给梅姑看。梅姑看照片的时候喜欢抱着七喜,自己看也给七喜看。慢慢地,七喜也喜欢看照片,看到满意的照片,喵地叫一声。

梅姑眼光老到,挑选照片往往独到。鲍子先后为梅姑拍摄上万张照片,梅姑挑出来的不过几十张。令人欣慰的是,梅姑挑出来的照片,鲍子都喜欢。遗憾的是,鲍子以梅姑为主题创作的作品,参投几次大赛均落选。为此,鲍子非常不解。这事只有鲍子自己晓得,不敢跟梅姑提及。

去年中秋,阿欢生病住院,叶小苋和华建林不能回来陪梅姑。晚上,鲍子陪梅姑坐在天井廊檐下赏月。月上中天时,梅姑抱着七喜突然说,小鲍子,你看这"四水归堂"的天井,好像照相机的镜头,在给月亮照相呢!

鲍子听罢,不禁一惊。"四水归堂"是皖南民居中独特的设计理念,四檐合拢,形成天井,雨水尽收其中。民间风俗,水即是财,四水归堂,寓意财源聚集、家业兴旺。梅姑对此再熟悉不过,那么为何又把天井比作镜头呢?鲍子抬起头,透过天井,见一轮圆月悬在中天,深邃而遥远。鲍子突然如醍醐灌顶,恍惚间仿佛看到自己魂牵梦绕的大作品正在渐渐显影。

五更的梆声响过,天井里传来阵阵鸟鸣。

鲍子想,天快亮了。

第七章　火桶

起风了。一夜之间，气温骤降。天气预报说，未来几天有雪。

一大早，鲍子从“小滋味”给梅姑带回一碗馄饨。风大天寒，鲍子将打包的馄饨抱在怀里，顶着寒风，猫腰缩颈，一路跑回梅家老屋。本来，鲍子打算把馄饨送上绣阁，一进大门，却见梅姑已在堂屋收拾火桶了。

火桶曾是徽州山里人的取暖神器。梅家老屋有大大小小好几只，其中一只是祖传的老物件，出自清初徽州最好的木匠之手。樊思仁曾做过考证，也打过主意，无奈梅姑不愿意出手，只好作罢。鲍子给那只火桶拍过照片，观察仔细。红木桶身结实厚重，通体浮雕梅兰竹菊。因年代久远，桶身包浆厚重，光泽沉着。桶里的火盆也是原配，黄铜盆身，纹花镶边，轻轻一敲，清亮纯正，锣音十足。时至今日，入冬御寒，梅姑不用空调，也不用电暖器，依旧用火桶。

梅姑说，火桶仁义，能暖到心里！

鲍子服侍梅姑吃完馄饨，在火桶里生起炭火，放在天井里散一散烟尘，再搬进屋里。西北风越刮越大，老屋的格子窗咔吧咔吧地响。梅姑走到廊檐下，拄着手杖望向天井，喃喃自语道，梅园的花怕是落了一地哦！鲍子笑笑说，反正梅姑赏过花了，落了也不可惜！梅姑叹口气说，花不落，果不出哦！鲍子说，梅姑，不管梅花落不落，先送您上楼歇着，烤烤火！梅姑摇摇头，说，我有事！鲍子说，大冷的天，有什么事？梅姑说，菲菲要来，拍视频！鲍子一惊，说，这事我怎不晓得？梅姑说，建林安排的！鲍子明白了，说，梅姑，拍视频没意思，不如我给你拍照片！梅姑说，照片也拍，视频也拍。鲍子晓得梅姑固执，只好依了梅姑。这时候，大门外门环响了。梅姑听见，用手杖连连杵地，说，来了，来了，快去开门！鲍子起身去开门。

来人不是菲菲，是华建功。华建功身后还站着两个中年男人，一高一矮，穿着讲究，听口音是外乡人。华建功介绍说，这两位是外地朋友，搞收藏的。鲍子冲他们点点头，招呼进门。一个朋友递烟给鲍子，说，来根“华子”。鲍子不抽烟，把烟挡回去，对华建功悄悄说，梅姑讨厌人抽烟！华建功拍拍脑壳，让那朋友赶紧把烟收起来。

梅姑听见动静，隔着门问，菲菲来了？鲍子答，是建功！梅姑说，哦！菲菲怎么还不来？鲍子陪着华建功等人进来。华建功向梅姑问声好，把梅姑介绍给两个朋友。两个朋友上前跟梅姑打招呼，拱手说，老寿星好啊！梅姑摇摇头，说，我不是老寿星，我是梅姑！两个朋友赶紧改口，叫声梅姑好！梅姑看了看华建功，说，听说你又糟喝酒，还弄成胃出血？华建功一脸惭愧，说，不要紧！梅姑举起手杖，佯装要打，说，鬼东西，上次红霞来告状，哭得好伤心，你还不改！华建功赶紧低下头，笑着说，我改！我改！梅姑收起手杖，对华建功说，大清早的，有事？华建功说，外地朋友搞收藏，听说梅家老屋有老物件，过来看看。梅姑下巴一抬说，除了我，梅家老屋里都是老东西！两个朋友被逗笑了。梅姑认真了，用手杖敲了敲火桶，说，喏，随便看看，哪样不是两三百年的?！华建功趁机讨梅姑欢心，说，那是那是，哪个不晓得梅家老屋宝贝多，就是不晓得梅姑出不出手？梅姑愣了愣，说，不缺吃不缺穿，祖上的东西凭什么卖?！华建功说，梅姑不喜欢的，不妨卖了，省得碍眼！梅姑不高兴了，挥了挥手杖说，不说了，我还等人呢！华建功尴尬地看了看鲍子。鲍子说，梅姑约了人！华建功咂咂嘴，说，我朋友大老远赶来，不能白跑一趟，让他们四下看一看嘛！鲍子看了看梅姑。梅姑摆摆手，说，看吧看吧！

鲍子陪华建功和他两个朋友在梅家老屋随便看看。那两个朋友拿着手机，看一样拍一样，边拍边感叹，见到绣阁门口两块红木雕花落地屏风，更是赞不绝口。鲍子热心，详细介绍。这两扇屏风叫鸳鸯屏，是当年女主人程氏的陪嫁，出自清末民初歙县著名木雕大师李祥顺师徒之手，师徒七人整整一年才完工，红木老料不用多说，透雕圆雕浮雕线雕，手法齐用，山水人物，花鸟鱼虫，层层相叠，应有尽有，绝对是木雕中的珍品，无价之宝！华建功随口补充道，我们小时经常来梅姑家玩，其他东西打坏都不要紧，就这宝贝梅姑不让碰！那两个朋友又感叹一番，举着手机，前后左右，拍了又拍。之后，鲍子送他们出大门，又把门楼上的砖雕指给他们看。那两个外地人又用手机拍了一通，免不了又一番赞叹。

远远地，巷子里走过来两个女孩，逆风而行，长发飞舞。近些一看，是菲菲和她的助理小如意，提着拍摄装备，缩着脖子进了巷口。华建功悄悄对鲍子说，听说那丫头粉丝上百万，挣大钱啊！鲍子说，人家是网红嘛。华建功说，鲍老师，别搞摄影了，改行拍视频！鲍子摇着头说，那东西我搞不来！华建功点点头，说，也是哦，大老爷们人家不爱看，短板！鲍子说，那是那是。

正说着，菲菲和小如意来到眼前。华建功和她们打过招呼，掖紧大衣，带着朋友走了。菲菲穿得少，小脸冻得发紫，依然掩盖不住一脸的疲惫。鲍子说，梅姑都等急了！菲菲说，不好意思！工作室那边刚刚下播，好好忙哟！鲍子笑了笑，说，忙是好事，多挣钱嘛！菲菲说，鲍老师，你不晓得，我们好好辛苦的！鲍子好坏，学着菲菲的语气说，外面好好冷的，进屋吧！

菲菲和小如意进了堂屋，梅姑拉着她们的手，让她们围着火桶坐下暖一暖。菲菲嘴巴甜，三两句话便把梅姑哄得高兴。梅姑催鲍子赶紧上茶。喝过几口茶，梅姑拉着菲菲的手问，菲菲，什么时候拍？菲菲指了指正在拍摄的小如意，说，正在拍呢！梅姑说，不好！不好！我还没收拾呢！菲菲说，就这样挺好的！梅姑冲小如意摆着手说，说，不拍！不拍！菲菲说，真的挺好！梅姑突然大声道，我说不好嘛！菲菲愣住，看了看躲在一旁的鲍子。鲍子对小如意摇摇手，来到梅姑面前，问，梅姑，是不是要梳梳头？梅姑点点头。鲍子说，我去拿梳子！梅姑说，要那把牛角梳，还有月亮镜。鲍子说声晓得，正要上楼。梅姑又说，小鲍子，把熏香炉也带下来，怕身上有味哦！菲菲笑着说，梅姑，拍视频，粉丝闻不到味道的！梅姑嘴一噘，说，人家闻不到，我闻得到嘛！菲菲冲小如意伸了伸舌头，不吱声了。

梅姑一边薰香一边对镜梳头，菲菲跟小如意在一旁商量拍摄方案，毕竟梅姑年纪大，尽量操作简单，差不多就行了。鲍子在一旁听见，用手机试了试光线，说，老屋光线太散，这样拍摄画面效果不好！菲菲自信地说，我们搞直播都这样！鲍子说，前面最好加一个主光源。菲菲一甩长发，说，鲍老师，你搞过直播吗？鲍子的脸涨得通红了，愣了一下。菲菲又将长发一甩，说，鲍老师，我们在工作，请你回避一下，谢谢！鲍子顿时脑门发涨、嗓子眼泛出腥味，转身来到廊檐下，呼哧呼哧地喘了半天。

菲菲确实把鲍子伤着了。无论如何，菲菲都不会想到，她那个甩动长发的动作，对鲍子有多大杀伤力。对鲍子来说，菲菲甩的不是长发而是鞭子。鞭声响亮，鲍子可怜的自尊被抽得稀碎。鲍子不得不生气，不得不多想。一个拍短视频的黄毛丫头，对光线不讲究也就罢了，还把直播拿出来戗人，太不懂事！不管是视频还是平面，没有光如何塑造形象？基本原理嘛。话又说回来，要是拍别人，我鲍子懒得操这份心，可是拍梅姑就得讲究嘛！鲍子给梅姑拍了十年照片，晓得梅姑不是可以随便糊弄的。再者，梅姑不是普通的山村老太太，说到底是双溪的灵魂，形象岂能随便糟蹋？

实话实说，鲍子和菲菲并无恩怨。不过，非说二人没有一点瓜葛，也与事实不符。在菲菲没来双溪之前，鲍子是双溪唯一的“荣誉村民”，在华建林的眼里是个宝，至少是宣传双溪的“功臣”，有宣传的想法跟他商量，有宣传的任务找他帮忙，有空的时候跟他一起喝喝小酒聊聊发展。华建林尚且如此，双溪村民就更不用说了。哪家娶媳嫁女、搬家升学，都会请鲍子去拍照，吃饭时让鲍子坐主桌，跟梅姑和华建林一样的待遇。鲍子不笨，晓得人敬一尺我还一丈的道理，只要他接的活儿，尽量做好，让人家满意。可是，自从菲菲来到双溪，一切都变了。不是悄悄地变，是突然地变。华建林跟菲菲谈宣传聊发展了。双溪人办大事，请菲菲拍视频搞直播。男女老少都捧着手机看，边看边笑，都说还是直播好。兰姐也请菲菲到“小滋味”搞直播，一场下来生意爆满，好多外地人慕名而来，都说是因为刷到菲菲的直播。江红霞虽说没有找过菲菲，但对菲菲拍视频羡慕了好久，一见面就提，烦死人了。

不过，鲍子并不太在乎这些，毕竟鲍子有自己的追求。菲菲搞直播是她的自由，鲍子搞艺术是鲍子的选择，井水不犯河水，倒也相安无事。平心而论，菲菲刚来双溪时，鲍子对这个90后女孩印象还不错，至少不反感。毕竟她是学舞蹈出身，漂亮时尚，活泼可爱。有一次，鲍子主动去菲菲工作室，都是双溪“荣誉村民”，套套近乎，顺便探讨探讨视觉艺术。没想到人家对艺术不感兴趣，张口就是“圈粉”，闭口就是“流量”，三句话离不开“变现”！鲍子挣过钱，晓得钱的好处，对钱并不反感，可是对动不动就谈钱很反感。鲍子当即就明白，自己跟这丫头不是一路人。

毕竟大千世界，人各有志，大狗叫小狗也要叫，看不惯只好忍着。这一点鲍子明白。谁让现在流行“网红经济”呢？谁让人家是网红呢？谁让双溪最高长官华建林把人家当作宝贝呢？提到华建林，鲍子也有意见。你华建林堂堂一村支书，凭什么把菲菲捧成宝贝？凭她是个女孩子？凭她是个网红？凭她能直播带货？荒唐吗？网红有什么了不起？对着镜头吧啦吧啦，跟站在街头叫卖有啥两样？疯疯傻傻又跳又唱，跟胡闹有啥区别？那叫作品吗？那是艺术吗？那能提高双溪的品位、档次吗？那能传播双溪的文化内涵吗？最让鲍子受不了的是，只要菲菲在“双溪人”群里发布一条短视频，哪怕是起床刷牙的段子，华建林都是秒赞，连发一串“小拳头”和一串“玫瑰”，赞扬之意、欣赏之情一览无余，简直泛滥成灾。华建林啊华建林，你好歹读过大学，大小是个干部，在公共舆论阵地上对一个网红如此献媚，成何体统？欣赏也好，利用也罢，总得有个度嘛！

天空如同蒙上灰纱，风声越来越紧，看来这场雪迟早躲不过了。鲍子揉了揉肚子，打了两个响嗝，顿感顺畅好多。就在这时，屋内突然传来一声尖叫，梅姑！鲍子浑身一激灵，掉头朝屋里跑去，进屋一看，菲菲和小如意吓得脸色蜡白，傻站在那里。

梅姑脸朝下倒在地上，一动不动。

鲍子跑过去，大叫，梅姑！梅姑！

梅姑没有应声。

老屋笼在沉默中。古旧的青砖地面上，火桶还在滚动，炭火从铜盆里溅出来，冒着丝丝白烟，若有若无。

第八章　大雪

雪终于落了。从午后开始，先是细雪，零零星星，撒盐一般。慢慢地雪花越来越大，夜半时分，已是鹅毛大雪。叶金波带打更队四更巡街时拍了一段视频，发到“双溪人”群里，记录了当时大雪纷飞的景象：夜空之下，雪花飞舞，老街旧巷空无一人。路灯昏黄，马头墙只露一痕墨线，时连时断。视频中，除了呼哧呼哧的喘息声，叶金波还用他沙哑的大嗓门配上旁白：好大的雪！

关于那场大雪，双溪人关注的点并不在“瑞雪兆丰年”上，而是跟梅姑有关。这一点从那几天“双溪人”群里的议论中可见一斑。

梅姑住院了。梅姑住院跟在梅家老屋拍视频有关，因此也跟菲菲有关。

那天，菲菲去给梅姑拍视频，是华建林“品牌矩阵”“旅游航母”总体行动的一部分。快过年了，“梅花酿”销售旺季即将到来，先“炒热”梅姑，再借势营销，这是菲菲团队的方案，华建林亲自拍板。本来，因为“双溪人”群里出现“弹劾”菲菲的杂音，菲菲好不高兴，找到华建林当面撂挑子，说没有“四个统一”，二十万箱的“军令状”不能签。还说，来双溪帮忙，辛苦不说，人吃马喂，工作室也不能做亏本买卖！华建林倒不惊慌，耐心做思想工作，顺便把注册“梅姑”品牌的想法抛出来。菲菲和团队认真商讨，权衡利弊。既然双溪人反对使用菲菲品牌，说明已达成共识。如果强行推进“四个统一”，就算华建林力挺，一旦被人捅到网上，引起网络舆情，搞不好会被封号,就得不偿失。这种事在国内直播行业中并不少见,与其如此,倒不如就汤下面顺势而为,借助梅姑这一优质资源,突出“养生和长寿”概念,把“梅姑”品牌炒起来。营销嘛,故事嘛,关键看会讲不会讲。人家能把大自然的水“搬运”上市,何况咱双溪“梅花酿”?梅姑身上的亮点很多,百岁老人,制酿高手,民国佳丽,形象好气质佳,故事多情节好,真人真事,肯定吸人眼球。一旦梅姑被“炒”热了,“梅姑”品牌也就热了,销售自然水到渠成。不过,生产标准、包装、销售“三个统一”还是需要的。于是重修方案,发到群里,不承想村民居然一致同意。理由大体一致,“梅花酿”就应该用“梅姑”这个品牌,那是老人家传过来的。用“梅姑”品牌,“三个统一”必须执行。为什么呢?生产标准不统一,做不出好产品。包装不统一,影响产品形象。销售不统一,会打价格战,到头来吃亏的是自己!

果然退一步海阔天空,群众满意,菲菲放心,华建林松了一口气。不过,菲菲提出,务必做好梅姑的工作,让梅姑积极配合,不然“梅姑”这个概念炒不热,销售自然也会打折扣。华建林当然明白,拍着胸脯答应下来,当天就找梅姑做工作,说给她拍视频。梅姑一听,自然高兴,说,好哦,让菲菲来吧!

菲菲给梅姑拍视频,确实有备而来。按原定方案,从菲菲跟梅姑闲聊开始,全程记录,回去做后期时,把精彩部分一一剪出来。短视频嘛,关键在于短,短得精彩。没想到,梅姑认真,又要梳头,又要熏香,如此一来,时间就耽误了。梅姑年纪大了,脾气又犟,如此拖下去,实在赔不起。菲菲和小如意商量,临时启动预案,让梅姑做几个规定动作,尽快完成前期,其他后期处理。毕竟年底事情多,还有几场直播等着她。

菲菲带来好多道具装饰,云南的玉器、西藏的首饰、非洲的挂件等,品种丰富,五光十色。开拍前,菲菲让小如意给梅姑一一试戴,看看效果。梅姑只看了一眼,便连连摇头,一样也不试。菲菲无奈,又不好勉强,索性进入规定桥段拍摄。头一条,菲菲让梅姑笑着贴“寿”字。梅姑看着大红“寿”字倒不反感,拿去贴了,也笑了。然后,菲菲又让梅姑捧着一瓶道具“梅花酿”,打开闻一闻,闻过之后开心地大笑。梅姑拿过那瓶“梅花酿”看了又看，说，陈货哦！菲菲说，不要紧！梅姑摇摇头说，啧啧！入口的东西，好要紧哦！菲菲急了，给梅姑做示范，把瓶盖打开，放在鼻子底下闻了闻，做出大笑的样子。梅姑好不情愿，接过瓶子，打开瓶盖，送到鼻子底下一闻，眉头一皱，说，馊了！馊了！菲菲无语半天，耐住性子劝说，梅姑，您老人家别太认真，就是做做样子。做做样子，晓得吧？梅姑一听，不高兴了，说，要说假话哦，我不干！菲菲也急了，压着火气说，梅姑，您这样不配合，没法拍嘛！梅姑在火桶边坐下，说，没法拍，就不拍，烤烤火吧！小如意手机举了大半天，也有点着急，便让菲菲拉梅姑。菲菲上前拉住梅姑，梅姑不干，用力一挣，菲菲一时脱手，梅姑脚下不稳，身子向前倒下去，不偏不倚，正好倒在火桶上，火桶被打翻，梅姑倒在地上。

在县医院急诊室外，菲菲和小如意反复说了好几遍，情况大致如此。鲍子第一时间出现在现场，认为基本属实。华建林冷静客观，认为菲菲和小如意是为了工作，梅姑摔倒纯属意外。叶小苋听后不依不饶，非要报警。菲菲和小如意当场就吓哭了。华建林看不下去，大手一挥，对叶小苋说，这事你别掺和！叶小苋火了，说，凭什么？梅姑受伤，我心疼嘛！华建林说，你心疼，我也心疼，大家都心疼。再心疼也不能无理取闹嘛！叶小苋说，我无理取闹？我看是你有意袒护！华建林说，我袒护哪个？叶小苋说，你自己晓得！菲菲见状，赶紧解释，刚要张嘴，叶小苋说，我们两口子的事，不需要外人插嘴！菲菲低下头抹眼泪。华建林对菲菲说，你们先回吧，不要有压力，工作继续推进！菲菲说，梅姑的医药费我来出！叶小苋说，用不着！双溪人的事，双溪人管！菲菲噘了噘嘴，便跟小如意一起离开了。

就在这时，梅姑被推出来了。所幸梅姑只是几处软组织挫伤，并无大碍。叶小苋松一口气，抱着梅姑哭起来。梅姑拍着叶小苋的头，说，没事哦，死不了，我还等着阿欢出嫁呢！叶小苋马上又笑了。毕竟是百岁老人，医生建议梅姑住院观察几天。其他人各有各的事，鲍子让他们都回去，自己陪梅姑。叶小苋非要留下来，梅姑不让，说阿欢上学，没有人照看不行，硬是把她赶走了。

晚上，鲍子在病房服侍梅姑躺下，陪着说说话。

梅姑说，我的事，不怪菲菲，怪我自己哦！鲍子说，怪哪个不重要，没事就好！梅姑说，唉！你不晓得，我好笨哦，菲菲让我做做样子，我就是做不来嘛！鲍子说，做不来就不做嘛！梅姑叹息一声，说，大冷的天，耽误人家半天哦！鲍子说，梅姑，等您好了，我给您拍视频！梅姑说，你会？鲍子说，小菜！梅姑笑了，说，对嘛对嘛，小鲍子会照相哦！

梅姑醒来，天已大亮。鲍子服侍梅姑洗漱已毕。梅姑说，小鲍子，我梦见落雪了，老屋天井里全是雪！鲍子笑了，说，梅姑，您真是老神仙，确实下雪了，好大的雪！梅姑高兴，说，快快，捧个雪团给我摸摸！鲍子应了声好，跑出去不大一会儿，从门外捧回一个大雪团，递到梅姑面前，梅姑伸手摸了又摸，说，哦！今年雪好，像绸子！鲍子说，梅姑，您糊涂哟，雪哪有像绸子的？梅姑固执道，就是像绸子嘛！冬雪像绸，田里冒油，来年有好收成！鲍子笑了，说，头一回听说！梅姑说，你还小嘛！鲍子又笑，说，跟梅姑比，双溪人哪个不小？梅姑一听提到双溪，马上说，我想双溪了！老街上的雪怕是好厚了！鲍子说，那是那是！梅姑说，梅家老屋的雪也怕是好厚了。小鲍子，我想老屋了！鲍子说，再观察观察，没事就回家！梅姑笑了，说，回家拍视频哦！鲍子说，好！

正说着，叶小苋和阿欢一起来了，特意给梅姑送来石耳鸡汤，装在保温桶里。梅姑看到阿欢，伸出双手拉住，一边搂着一边说，阿欢上学，跑来干什么哟！阿欢调皮，附在梅姑耳边说，Today is Sunday（今天是周日）！梅姑点点头，说，原来是礼拜天嘛。哦，阿欢好乖，英文说得好！叶小苋说，是梅姑教得好！梅姑白了叶小苋一眼，说，哼！我也教过你，也没听你跟我说英文！叶小苋说，用不着嘛！梅姑悄悄对阿欢说，你妈小时候，只会哑巴英文！叶小苋一听，和阿欢一起笑了。

阿欢缠着鲍子出去玩雪，叶小苋服侍梅姑趁热喝汤。梅姑喝了一碗，又让叶小苋添半碗，连夸汤做得好。叶小苋说，还不都是跟梅姑学的？梅姑笑了，拉着叶小苋的手，问过阿欢读书的情况，又问她和华建林的事。叶小苋和华建林闹分居一直瞒着梅姑，扯谎说，没事，没事！梅姑摇摇头，说，你们两个从小在我身边，都是好伢。可是呢，好伢未必能成好夫妻。夫妻就像两盘磨，磨啊磨，磨顺就好了！叶小苋想了想，说，就怕人家不想跟你磨哦！梅姑笑了笑，说，小苋，我跟你讲，别看那个菲菲疯疯癫癫的，人不坏！叶小苋嘴一噘，说，不晓得！梅姑认真了，说，我晓得嘛，她要是真坏，就不会让你看出来！记住，人都会把坏藏起来！叶小苋点点头，舒了一口气，拉起梅姑的手，紧紧握住。梅姑挪了挪身子，笑眯眯地说，小苋，从小就能看出来，建林这辈子逃不出你手心！信不信？信不信？

忽听门外一阵吵嚷，叶小苋正要起身去看，门却被推开了。郝曼带着江红霞和兰姐，拎着水果来了。梅姑高兴，拉着她们坐下来。几个人围着梅姑，说说笑笑。梅姑好开心，忘了身上疼，索性坐起来，跟着一起热闹。正说着，鲍子带着阿欢回来了。阿欢蹦蹦跳跳，一进门就叫，妈妈妈妈，鲍子叔叔给我拍抖音了，快看快看！叶小苋接过手机一看，是阿欢玩雪的一段视频。镜头光线都讲究，背景音乐是钢琴曲，赶紧拿给众人看。众人看过都说好，比菲菲拍得高级。江红霞突然转身，对鲍子说，你不是说不搞视频吗？梅姑说，是我让他学的！江红霞说，学得太快了吧！鲍子说，本来就不难，下下功夫，拍得更好！江红霞说，那你得给我拍几个！兰姐抢过话来，说，我也要拍！鲍子说，没问题！兰姐拉了拉郝曼，说，让鲍子给你拍几个！郝曼笑笑，说，鲍老师好忙，不敢打扰！兰姐冲鲍子挤挤眼，说，你说嘛！鲍子憨憨一笑，说，我答应过她，去卫生室拍照片！兰姐恍然大悟，说，原来如此啊！一屋的人都笑了。

突然，鲍子的手机响了，响了两声就挂断了。兰姐开玩笑说，是哪个小美女打来的吧？鲍子憨憨一笑，拿起手机看了看，说，建林！兰姐说，哼，骗人！郝曼说，怕是真的！一大早华书记打电话，让我们先过来，说他开过会再过来，给梅姑送几件换洗衣服。梅姑一听，马上说，小鲍子，赶紧跟建林说，衣服不要送了，这里住不惯，马上就回去！鲍子应了一声晓得了，给华建林回电话。电话一通，就听华建林声音都变了，问，说话方便吗？鲍子说，在陪梅姑呢。华建林说，你出来，有事跟你说。鲍子捂着电话，对众人说，出去接个电话！江红霞对叶小苋说，看看！两个大男人，还有秘密！叶小苋说,男人也是人嘛！几个女人都笑了。

鲍子来到门外,在电话里问,什么事?

华建林说,鸳鸯屏被盗了!

第九章　鸳鸯屏

雪停了。

那场大雪落了三天三夜，双溪仿佛掉进雪窠里，白茫茫一片，远看如同一叶雪舟，浮在群山之间。家家户户的屋脊白白的，墨檐下的白墙倒显得不起眼了。大牌坊前，半月潭仿佛半块雪饼，悄无声息。梅家老屋“胖”了一圈，天井里的积雪拥到廊檐边，鼓鼓囊囊，果真像梅姑梦见的一样，胖乎乎的。对比之下，老屋越发显得沉着、沧桑了。

鸳鸯屏确实被盗了。梅家老屋没有了鸳鸯屏，突然显得空旷和冷清。对双溪来说，这确实是件大事。前些年，市文物专家樊思仁专门考证过，鸳鸯屏是徽州三雕中稀有的传世精品，为徽派木雕艺术集大成者，属徽州三雕中的“圣品”。所谓徽州三雕，即木雕、石雕和砖雕，三雕均为奇艺，尤以木雕为贵，历史悠久，蜚声国内外。据说，樊思仁头一次见到鸳鸯屏，又惊又喜，差点当场下跪膜拜，一时间在本地收藏界传为佳话。北京著名收藏家冯无双经樊思仁介绍，数次登门，想重金收藏鸳鸯屏。梅姑还是那句话，不缺吃穿，祖宗的东西不能卖哦！等冯无双走了，梅姑看着名片上的“收藏家”三个字，端详半天，对鲍子说，收藏还能成家？不就是把人家的好东西买去收藏起来吗？啧啧！

因案情重大，镇派出所汪所长接到报案后，立即上报县局，县局下令尽快破案。汪所长带人勘查现场，初步断定为一起盗窃案。盗贼借助绳索从山墙攀缘而上，撬开花格窗，潜入室内，得手后沿原路出逃。从作案手法来看，盗贼为惯犯，具有一定的反侦查能力，有意选在大雪来临之前作案，里外都没有留下有价值的线索，仅在被撬的花格窗上发现几根尼龙绳的纤维。此外，盗贼入室前，从墙外将老屋电源切断，因此室内监控一无所获。所幸的是，盗贼只偷走鸳鸯屏，其他都没有动。梅姑梳妆台里的金银细软完好无缺，就连绣阁墙上伸手就能卷走的两幅古画也没动。那两幅画的来历也不一般，均出自新安画派名家之手：一幅是渐江的早期作品，一幅是吴山涛的中年作品。汪所长开玩笑说，幸亏盗贼眼拙，不然这案子更大了。

说起来，梅家老屋被盗，已不是第一次。准确地说，第一次不是被盗，是被抢。梅姑五岁那年，军阀混战，残兵途经双溪，洗劫了古村，梅家老屋首当其冲。残兵不仅抢走梅家好多金银细软，连堂屋供案上的一对梅瓶也一并掠去。说起来，那对梅瓶颇有来历，是地道的明代成化青花，瓶身绘有老梅吐蕊，做工精细，堪称绝品。当年梅家先祖大富，又捐了官爵，斥资从景德镇官窑定制，瓶底镌有“徽州双溪梅氏”的篆款。梅瓶配条案，当地民俗比喻“平平安安”。谁承想却招来劫难，为保全性命，梅家人一声没吭，眼睁睁看着宝贝让人拿走。梅姑记得，当时苏老管家望着天井说，“平”（瓶）不在了，“安”（案）还在，不平能安，造化哦！造化哦！后来，梅家又置办了两只梅瓶摆在条案上，却总觉得不合适。梅家讲究，宁缺毋滥。时至今日，梅家堂屋摆放梅瓶的位置，一直空着。

徽州一带自古“贾而好儒”，民风淳朴。自从新中国成立后，双溪就不曾发生过失窃的案子。别说是鸳鸯屏这样的贵重物品，就是家家户户屋檐下的咸鱼腊肉也不曾被盗过。倘若丢过，也是哪家小猫小狗嘴馋犯的错。不得不承认，双溪的平安得益于打更队。值夜打更是双溪的传统，千百年来从未中断。华建林当上“一肩挑”后，考虑到双溪的青壮年大多外出，村里留守多为老人孩子，老屋木结构易闹火灾，便将打更队扩大，分成三班，轮流值夜，由叶金波当队长，倒也平安无事。鲍子曾经拍过一组双溪打更队的照片，起名叫《古村更夫》，全国多家报刊、网站都刊发过，影响较大。前几年，市、县综治评比，双溪打更队年年获奖，大大小小的锦旗挂满了打更队值班室的两面墙。

问题是鸳鸯屏失窃，打更队竟然一无所知。鸳鸯屏不是小物什，不可能掖着藏着带走，偏偏没有引起打更队的警惕，就连双溪的狗都没叫几声。难道盗贼长了翅膀飞出双溪？抑或是盗贼是个土行孙？华建林又急又恼，忍不住把叶金波训了一顿。叶金波是双溪治保委员兼打更队队长，自知责任不可推卸，又急又怕又惭愧，恨不得抽自己几个大嘴巴。汪所长倒是冷静，把初步调查情况说了说。在调取的双溪各路口的监控中，发现从大雪前到天亮，有三十七部车辆出入双溪，其中一辆灰色面包车号牌看不清，怀疑是有意遮挡，因此有重大嫌疑。好歹有了线索，华建林拜托汪所长尽快破案，一定要追回鸳鸯屏，不然不好跟梅姑交代。汪所长仗着跟华建林是老同学，拍了拍华建林的屁股，说，兄弟，光搞经济不行，还要看好自家大门嘛！华建林不禁汗颜，冲汪所长拱拱手，什么也不想说了。

鸳鸯屏失窃，大家一直瞒着梅姑。华建林和鲍子商量，暂时让梅姑留在医院，就说医生要求继续住院观察。先是七喜失踪，后又丢了鸳鸯屏，接连失去两件宝贝，万一梅姑一时想不开，百岁老人发生不测，后悔都来不及。鲍子没办法，只好不停地编瞎话哄梅姑，且不管梅姑信不信，硬着头皮编下去。

雪后天晴。一大早，华建林开车去县医院看梅姑。雪融积水，路不好走，华建林车开得小心，到达县医院时，太阳已经老高了。来到医院，见鲍子一个人抱着头蹲在门口，一问才晓得，梅姑发火了，闹着要回双溪。华建林晓得梅姑的脾气，赶紧进去劝。梅姑见华建林来，马上告鲍子的状，说，这个小鲍子，把我当呆子哦，哄我不让我回家！华建林说，梅姑，不是鲍哥哄您，是医生说的，让您继续留院观察。梅姑噘噘嘴，说，哼！你也跟他穿一条裤子！我问过医生，医生说可以出院了！华建林对鲍子小声说，你看看，没有预案嘛，早跟医生沟通一下嘛！鲍子说，医院那么多医生，她老人家见一个问一个，沟通不过来嘛！华建林叹口气，一时也没办法。鲍子把华建林拉到一旁，问，鸳鸯屏可有着落？华建林摇头。鲍子突然说，我有条线索！就在梅姑出事那天，一大早建功去过梅姑家，带两个外地朋友，想买梅姑家的老物件！华建林眼睛一亮，说，还有这事？怎么不早说？鲍子说，着急就忘了嘛。华建林说，说说看！鲍子说，你晓得，梅姑不卖东西，建功就让我带他们看一看。那两个外地人看到鸳鸯屏眼都直了，看了又看，拍了又拍。现在一想，有嫌疑！华建林点点头，说，我马上回去找建功，你稳住梅姑！鲍子说，梅姑闹着回家啊！华建林说，你哄她嘛！鲍子说，还能怎么哄？华建林头也不回，说，你看着办！

回双溪的路上，华建林本想打电话给汪所长，让他派人先把华建功控制住，可又一想还是自己先跟华建功谈谈。毕竟是堂兄弟，手足情谊流在血脉里。提起华建功，华建林真是又爱又恨。小时候，兄弟俩经常在一块玩，哥让弟弟敬哥，好得像一个人。华建林个头小，常受孩子欺负，每次都是华建功替他出头，为此回家没少挨揍。华建林父母遇难之后，华建功常常从家里偷好吃的东西给华建林，看着华建林吃完才高兴。华建功脑壳灵光，却对读书没兴趣，初中毕业就挑着担子讨营生，捉鱼捕虾，贩菜卖茶，手头活泛，经常给上高中的华建林塞钱，让他吃好一点。华建林上大学的时候，华建功送他一部手机，虽是国产货，但也让华建林兴奋好多天。后来，华建功越做越大，成了“双溪首富”。华建林回双溪任职后，打算维修老街路面和三座老牌坊，找华建功拉赞助，华建功眼都不眨一下，就把钱转过来了。再后来华建功胃口大了，跟外地人合伙做大买卖，不是开矿就是搞工程，总之全是大动作。华建林劝他稳中求进，做好预案，华建功死活不听，结果被骗，欠了很多债，一夜变成“双溪首负”。按理说，华建功和江红霞两口子年轻能干，夫妻一条心，有债不愁还。可华建功偏偏借酒浇愁，端起酒杯不要命，非得跟人家拼酒，好几次拼到胃出血。江红霞看不下去，好言相劝，华建功非但不听，还借着酒劲打人，下手没轻重，把江红霞打得鼻青脸肿。华建林劝过多回，软硬兼施，没有用，要不是念及当年的兄弟情分，早就让汪所长把他弄进去蹲几天。不过，对这个堂兄，华建林并没有放弃，一直想办法帮他。华建功结婚生孩子都早，儿子华枫已经在县一中读高中了。华建林去县城开会办事，都要抽空去看看华枫，像当年华建功对自己那样，时不时给孩子塞点钱，顺带勉励一番。华枫性格、长相都随江红霞，长得帅气，也很争气，学业在班上数一数二。双溪人常夸华枫这孩子伶俐！

华建功一点也不低调,拍着胸脯说,也不看看是谁的孩子!

回到双溪,已近中午。华建林没有去梅家老屋,先回村委会。村委会设在下街的集美堂。集美堂是双溪四大姓氏的老祠堂,前身是梅家先人建的望北堂。徽州素有“七山一水一分田,半分道路半家园”之说,土地金贵。当年,太平军烧了望北堂,梅、华、叶、苏四大姓商量,原址重修,共用一座祠堂,以供议事、祭祀之用,以“集聚而居,和和美美”之意,取名“集美堂”。在双溪人眼里,集美堂是祖上传下来的祠堂,为图省事,习惯称为“老祠堂”。说起来,老祠堂是孩子们的天堂。华建林记得,上小学的时候,他和华建功以及一群差不多大小的孩子一起,在老祠堂里插草围炉,磕头结拜。当时,叶小苋想参与,被他们拒绝,原因是女孩不好玩。叶小苋好生气,好多天都不睬他。

华建林在老祠堂天井里转来转去,前前后后,想了又想,脑子里准备几个预案,然后才去华建功家。老祠堂离华建功家不远,穿过两条巷子就到。一进院子,见江红霞正弯腰撅腚地铲雪,脸冻得红扑扑的。华建林问,建功可在家?江红霞拄着铁锹,指了指屋子,叹口气说,头日又喝多了,还在床上挺着呢!华建林快步进屋,来到床前,二话不说,一把将被子掀开。华建功蜷着身子正要发火,抬头见是华建林,马上说,建林你……?华建林不说话,把搭在旁边椅背上的衣服扔过去。华建功穿上衣服,说声等一等,便趿着鞋子朝茅厕跑去。华建林摇摇头,暗骂这家伙,尿都憋不醒,看来又喝不少!不多时,华建功提着裤子回来,问,有事?华建林盯着华建功,说,梅家老屋出事了,你晓不晓得?华建功点点头说,听红霞说梅姑跌一跤,我打算去医院看看呢!华建林摇摇头说,不是这事!华建功一愣,问,还有事?华建林说,你真不晓得?华建功认真地摇摇头。华建林盯着华建功的眼睛说,鸳鸯屏丢了!华建功一听,惊得嘴张得好大,说,开玩笑吧?!华建林说,我像开玩笑吗?华建功一把抓住华建林说,不得了!那东西好值钱,好几百万啊!华建林把华建功推开,说,我问你,你前天是不是带人去看过?华建功点点头,说,两个外地朋友,人家想收购,一直追着我。我晓得梅姑不干,还没给人回话呢!华建林突然冷下脸来,说,建功,你我是兄弟,我再问你一句,你跟这事可有关系?华建功正在拉裤子拉链,拉链有点卡,一听便急了,松开拉链,说,建林,你怀疑我?!华建林大声说,我再问一遍,这事跟你有没有关系?华建功脸涨得通红,指着屋顶说,老天在上,我华建功要做没良心的事,天打五雷轰!

江红霞听见动静,赶紧跑过来,一脸不安,问华建林,要死的,他又惹事了?华建林没吭声,铁青着脸转身出门。江红霞吓得脸色煞白,追到门外雪地里,说,建林,他又惹事了?华建林说,没事!江红霞说,兄弟俩跟斗鸡似的,哪像没事?华建林不再理会,扭头走进巷子。江红霞又急又气,不停地跺脚,不大一会儿,脚下的积雪被踩成了水。

汪所长接到电话带人赶到双溪,已是午后。因为来得急,没有吃午饭,华建林把几桶方便面翻出来让他们对付一下。方便面还没泡好,华建功来了。汪所长让人做笔录,华建功把前前后后一说,咬定自己跟案子没关系。汪所长看了看笔录,问华建功,那两个外地朋友在哪里?华建功说,他们常年在徽州坐地收老物件,就住县城宾馆!汪所长说,带我们去!华建功说,走!

江红霞气喘吁吁地跑来时,华建功已上了警车。警笛拉响,车子开动。江红霞追了几步没追上,脚下打滑,一屁股坐在雪地上,一边哭一边埋怨,说,痴鬼!什么人都当朋友?这回好了,惹一身骚,这该怎么办哟?华建林上前把江红霞拉起来,雪地上留下一个脸盆大的坑。江红霞拍拍屁股上的雪,说,建林,你晓得,建功不是那样的人!别人不信他,你还不信他?!华建林好冷静,反问,嫂子,你信不信他?江红霞愣了一下,为难地哭了,一喘一吸,股股热气,薄雾一般散进寒风里。

就在这时,菲菲急慌慌地从老街拐过来,见江红霞站在雪地里哭,停下来问,嫂子,怎么了?江红霞看了看菲菲,摇摇头,一声不吭,抹着眼泪朝家里走去。菲菲看着红霞在雪地上留下一串深深浅浅的脚印,倒落个无趣,于是长发一甩,跑到华建林面前。华建林问,有事?菲菲拿出手机,冷着脸说,群里可热闹了,看了吗?华建林说,烦得要死,哪有心思?!菲菲叹口气,说,小苋姐发的!华建林好烦,摇着手说,哪个发的也不看!烦!菲菲一脸不高兴,转身就走,临走撂下一句话说,还是看看吧,只有你能看懂!华建林一头雾水,赶紧拿出手机,点开“双溪人”群,只看一眼,便惊呆了。

第十章　叶小苋

对叶小苋来说，在社交媒体上发布信息，如同家常便饭。所见所闻、所思所想，商品打折、美食团购……什么内容都敢发。碰上哪个月例假晚来两天，也发到朋友圈打趣，说又被大姨妈吓一跳。对此，华建林习以为常，也懒得看。

和华建林闹分居之后，叶小苋曾发过一条朋友圈。文字倒不多，就一句话："梅姑说，好夫妻都是磨出来的，我相信！"在文字下面，九宫格配图，九张图全是"毛驴拉磨"的场景，图文对照，想象空间极大。毫无疑问，这条朋友圈是发给华建林看的，不过却没引起华建林的注意，连个赞都不点。叶小苋有点失落，于是暗暗谋划要和华建林再"磨"一回，通过这一"磨"，考察华建林的忠诚，检验青梅竹马的纯正。叶小苋做事向来利索大胆，决定这一回合剑走偏锋，不在私下里暗斗，在"双溪人"群里公开较量。当然，免不了把菲菲捎上。

"双溪人"群是华建林前几年亲手创建的。这是他要打造的"双溪模式"的内容之一。作为村级微信工作群在全县开了先河，曾受到县纪委的表扬，称其为"指尖上的监督"，并在全县推广。华建林创建"双溪人"群的创意来自叶小苋。在双溪，叶小苋用微信最早，想法很朴素，一是做生意方便，二是跟华建林联系省钱。当时华建林已经支书和村主任"一肩挑"了，忙得要命，急中生智，就把微信功能用到工作上，于是建起"双溪人"群。发布信息公告，讨论村里事务，都能在群里解决，得了好多方便。村民寻个东西找个人,也不要再挨家挨户跑腿,比用大喇叭效果更好。按规定,华建林是群主,负责日常管理。全村一百三十一户人家,一户至少一人加入。不管是身在异乡的双溪人,还是常住双溪的外地人,凡年满十八岁,都可自愿加入,微信群的二维码在老街上贴得到处都是,随时可以添加。几年下来,“双溪人”的作用有目共睹,双溪人对“双溪人”产生信赖,没有“双溪人”,双溪人怕是日子都没法过了。

话又说回来,凡事都有两面,有和谐的一面,就有不和谐的一面。“双溪人”群里也曾闹过笑话。有一次,叶金波忙中出错,误把给兰姐的夫妻私房话发到群里,成为双溪人茶余饭后的谈资,热闹了好多天,搞得兰姐见人就脸红。还有一次,华建功喝多了,在家泡澡时玩自拍,随手发到群里,要不是江红霞提醒,及时撤回,不晓得要出多大洋相。即便如此,华建林只是在群里发出警告,提醒文明上网理性发言,也没到把人踢出群的那一步。

这一次,华建林实在忍不住,非要把叶小苋踢出群不可。

华建林之所以要把叶小苋踢出群,是因为叶小苋在“双溪人”群里发了三条信息,其中两张照片、一段语音。用鲍子的话说,这三条信息看似平常,其实杀伤力好大。

两张照片,一张是叶小苋和华建林恋爱时的亲密合影,明显是老照片翻拍;一张是华建林和菲菲在一起的视频截图,画面清晰,距离很近。倘若只是这两张照片,发了也就发了,好比往河里扔块石头,大不了弄点声响,掀不起多大波澜。问题是叶小苋紧跟着发了一段语音:各位亲,大家看看,这两张照片有什么相似之处,回答上来,有红包哟!

麻烦就出在红包上。如今,但凡在一个群里,只要有红包激励,一般都会热闹。不在乎红包大小,图的是手气和惊喜。叶小苋的“有奖征答”果然灵验,发出不到一分钟,答案纷纷出来了。有人说,两个人头挨得都很近。有人说,两个都笑得很开心。还有人说,都是俊男靓女。每出一条,叶小苋都互动一下,不是点上一个“小红心”,就是点上一个“大拇指”,有的甚至干脆给一个表情符号大杂烩。最搞笑的是叶金波,直接发出他沙哑的语音,说,一男一女,一左一右,一高一低!叶小苋马上互动,给了他“点”了三杯

“啤酒”。

眼看参与度居高不下，叶小苋看热闹不嫌事大，及时推动，发了一个红包，等红包被抢完了，叶小苋又发一条语音：各位亲，继续找，还有红包哟！于是群里又热闹起来。这时候，有人说，哇！两张照片里都有华书记嘛！群里一下子就炸了，都跟着说，对对对，我早看出来了！叶小苋马上发了一个大红包，并跟一段语音：各位亲，继续找哦！

就在这个时候，华建林进群了。看过之后，华建林马上给叶小苋打电话，强压怒气，说，小苋，你搞什么？那是公共群！叶小苋说，我晓得是公共群，不就是想在群众中塑造一下你的光辉形象吗？华建林口气严肃，说，胡闹！难道你没有考虑过在群众中造成不好的影响?！叶小苋说，哼！有什么不好的影响？我发一张我和你的照片，可不可以？可以吧？至于你和她那张照片，是群里的视频截图，我转发一下，也没问题吧？话又说回来，不就是给大家发发红包嘛，乡里乡亲，都不是外人，有什么不妥？你说！华建林实在忍不住了，说，胡搅蛮缠！叶小苋，我再提醒你一次，马上停止！叶小苋说，华建林，别用这种口气跟我说话，在我眼里，你不是村干部，你就是阿欢她爸！我还告诉你，既然这样，我就不停！我就要发红包！就要让大家猜！华建林嗓门突然放大，说，叶小苋，信不信我把你踢出群！叶小苋说，踢啊！踢啊！有本事你马上就踢！华建林不再废话，挂断电话，回到群里，三下两下操作，把叶小苋踢出群去。

“双溪人”群里，一群人还在积极讨论，等着抢红包，没想到叶小苋的头像在群里突然消失了，系统信息显示叶小苋被移出群。紧接着群主华建林发了一条提示：文明交流，理性讨论，不信谣，不传谣。众人似乎感觉情况不妙，不再惦记红包，纷纷“潜水”。

那天，叶小苋安排好阿欢，开车回双溪的时候已是傍晚。此时，叶小苋并不因为被踢出群而生气，反而有些兴奋，因为她让华建林生气了。从小到大，只要让华建林生气，叶小苋就有一种胜利感和自豪感。说起来，叶小苋之所以在群里闹这一出，是因为她觉得受到华建林的轻视。那天在县医院经梅姑劝说，叶小苋心里有点松动，回去的路上，想起当年和华建林青梅竹马的时光，心里暖乎乎的，于是给华建林发了一条信息："阿欢想爸爸了。"这本是两口子想那啥的暗语，过去常用，一用就灵，想必华建林懂的，可是直到晚上也没回音。叶小苋没料到主动举起白旗，反遭如此待遇，失望了，伤自尊了，下狠心"磨一磨"华建林，不然心里过不去。梅姑说得对，好夫妻就得磨。实话实说，叶小苋嘴上说跟华建林不过了，心里却不这么想。从小在一起，叶小苋最了解华建林，你对他越好，他越拿你不当回事，非得时不时磨磨他，让他注意你，感觉到你的存在。只要一磨，马上就好，百试不爽，真是贱脾气！

除此之外，叶小苋最烦华建林大小事不商量，净搞一言堂。就拿调往镇里工作来说，毕竟是提拔，对一个小家庭来说，肯定算大事。可是人家就是不跟你商量，大不了扔给你一句话，"在双溪有事没办好"，再逼急了，人家嘴巴贴封条不吱声了。本来，叶小苋多少有点怀疑华建林和菲菲搞情况，经梅姑一点拨，恍然大悟：难道我青梅竹马不抵她萍水相逢？难道我有女儿助阵还拿不住他花心小苗头？梅姑说菲菲不坏，这一点叶小苋没把握，不过梅姑活了一百岁，阅人无数，看人的眼光怕是错不到哪里去。况且，菲菲是 90 后，又是网红，想必也看不上一个小村干部！华建林啊华建林，梅姑给你看过相了，你这辈子逃不出我叶小苋的手心啊！哦！今天在群里把你"磨"得够狠，好像有点过分，可是不过分你也记不得我还是当年的叶小苋。嘿嘿！大不了晚上陪陪你！想着想着，叶小苋竟把自己劝好了，劝得心平气和、云淡风轻。

叶小苋打开车载音响，选一段钢琴曲，乐声一响，身体里仿佛春风荡漾鲜花盛开了。刚出镇子，路边突然一个人冲她招手。叶小苋马上一个急刹车，摇下车窗一看，是华建功。华建功缩着颈子上了车，叶小苋问，建功哥，大冷的天，不会又喝多了吧？华建功说，别提了，梅姑家的鸳鸯屏丢了，派出所查案，把我也搅进去了！叶小苋大惊，一脚急刹，华建功差点撞上挡风玻璃。叶小苋说，鸳鸯屏丢了?！华建功说，你不晓得？哎呀，都两天了，差点把建林愁死，怕不好跟梅姑交代！叶小苋说，怪不得！华建功说，你不晓得，人要倒霉，没人信你。就说这事，连建林都怀疑我！叶小苋说，你们俩像亲兄弟，别在意！华建功说，我把人家当亲兄弟，就怕人家见外哟！叶小苋说，那怎么可能？哪个不晓得你们两个，亲得穿一条裤子似的！华建功说，去去去，那是八百年前的事哟，现在一官一民，肩膀头不一般高啊！叶小苋说，咦，听你说的，村干部还算官！华建功想了想，说，哎，小苋，你今天怎么回来了？叶小苋不好说实话，只好扯谎说，建林打电话说有事嘛！华建功说，怕是说鸳鸯屏的事！叶小苋偷偷笑，随口说，怕是！

车过老石桥，华建功突然想起来，说，小苋，中午我在群里看见了，你搞“有奖竞猜”蛮有意思哦！叶小苋说，闲着也是闲着，玩嘛，大家开心就好！华建功突然正色道，小苋，不是我说你，往后这种事不能玩，对建林影响不好！其实吧，建林是个做事的人，是个当官的料！比方说，他费老劲把菲菲引进来，对双溪将来还是大有好处的！叶小苋说，有没有好处，你怎晓得？华建功不容置疑，说，当然晓得！我做买卖好久了？他这叫布局，要搞大事哦！叶小苋心里也认可，嘴上却说，哟哟，看把你自家兄弟夸的，跟好大官似的，还布局呢！华建功哈哈一笑，说，那可不好说，说不定将来建林真能做大官！到时候，你可就是官太太哦！叶小苋也笑，说，我哪有那个命哦？华建功说，你有！你有！自小就看出来你有！叶小苋说，借你吉言，能安安稳稳过一辈子就算造化了！

雪后路滑，叶小苋车开得很慢。到了双溪，天快黑了。华建功先下车，踩着积雪回家，叶小苋开车去老祠堂。老祠堂内亮着灯，窗口有人影晃动。她才到门口，就听里头一男一女在争吵，声音一个比一个高。叶小苋听出来，是华建林和菲菲。叶小苋本打算偷听几句，刚把身子贴到窗前，只见叶金波从里面走出来。叶金波见窗下有人影，用他的沙哑嗓子问，哪个？叶小苋马上走过来，说，我！叶金波近前一看，似乎吃惊，高声说，小苋来了！叶小苋听出来，叶金波是有意给屋里的华建林报信，于是说，我给建林打过电话！叶金波笑笑，说，你来得正好，他们为了“梅花酿”的销售，争了半天了！叶小苋推门进去，华建林没什么反应，翻眼看了看叶小苋，不知算打招呼，还是表达不满，倒是菲菲惊得嘴张好大，半天才说，小苋姐来了！叶小苋说，我怕是来得不合适！菲菲说，不不不，我们、我们……叶小苋抢过话说，你们不是讨论“梅花酿”的事吗？要不我出去转转，你们接着谈？菲菲说，不不不，差不多了，我得回去了，晚上还要直播。华建林送菲菲到门口，说，定价问题不是小事，一定要透明，明天出方案，发在群里，让大家讨论！

华建林回到屋里，板着脸看着叶小苋，半天没说话。叶小苋取下围巾，歪着头笑，说，看什么看？没见过美女啊？华建林本来绷着脸，听她这么一说，扑哧一声笑了，只笑了一下，马上又绷起脸来，说，你今天是不是很过分?！叶小苋用围巾套住华建林的颈子，半撒娇半顶嘴，说，那天人家跟你说“阿欢想爸爸了”，你信息都不回，是不是更过分?！华建林这下绷不住了，笑着要拧叶小苋的耳朵，说，坏得很！叶小苋身子一歪，趁势躲进华建林怀里。华建林说，门还没关呢！

第十一章　雪夜

雪后，双溪夜晚湿冷，寒风如刀，飕飕地割人。灯火一映，屋檐下长长短短的冰凌，放着寒光。华建功回家之后，一句话不说，蒙头就睡。江红霞见他不想说话，也不敢多问，一面心里打鼓，一面生火烧饭，七上八下，差点把手切了。有苦说不出，江红霞不免心酸。

毕竟是多年的夫妻，江红霞对华建功恨有几分，心疼也有几分。说起来，华建功和江红霞自由恋爱，也算一对冤家。当年，华建功在镇上做茶叶收购生意，江红霞家在天问山后坡有茶园，采一批卖一批，一来二往，两个人就有意思了。华建功脑壳灵光，嘴巴又甜，做买卖多年，自然会讨人欢心。江红霞身材相貌都没的说，在街上一走，回头率极高。那一年，华建功二十二，江红霞二十。两个年轻人，情到深处，如胶似漆，一不小心，江红霞肚子大了，不得不赶紧结婚。虽是奉子成婚，但华建功并不亏待江红霞，金银首饰、家具衣服能买尽买，一点也不吝惜钱。本来，婚宴仪式也要大办，双方父母都怕在亲友面前丢了面子就免了，因此成为遗憾。婚后不久，华枫出生，江红霞在家安心育儿、操持家务，华建功在外面做买卖风生水起。有了钱，买屋搬家，一家三口成了双溪幸福家庭的模范。后来，华建功生意越做越大，身价好几百万，还在城里买了房，成了名副其实的"双溪首富"，今天开矿明天搞工程，天天在外应酬，江红霞也不管他，夫妻嘛，信任嘛。突然有一天，华建功跟人家合伙搞大项目受骗，欠了很多债，城里的房子抵了债，江红霞把结婚时买的首饰都拿出来变现。生意垮了，心也垮了，华建功天天喝酒，逢酒必醉，而且醉得快，席上才上几个凉菜，他就醉得站不起来。双溪人传说，华建功喝酒，没吃过热菜。“热菜上桌，建功趴窝”，一时传为笑谈。毕竟是夫妻，江红霞不止一次劝过华建功，安下心来，重新起步，慢慢把账还清，等儿子华枫考上大学有了出息，这辈子也算完美了。华建功酒醒的时候，点头称是，喝多的时候，根本不记得，气得江红霞上吊的心都有过。梅姑说得好，女人就是菜籽命，撒到这块烂田里，认了！

江红霞在灶下忙了半天，将就着华建功的口味，用红椒、腊肉做底，放了笋衣、笋干、油豆腐，做了一个火锅，端上饭桌，又把火桶移到桌前，便去喊华建功吃饭。本来，江红霞以为华建功睡着了，开灯一看，华建功眼睁得好大，眼泪汪汪的。江红霞吓得半死，问，怎么了你？华建功不吱声。江红霞摇着他说，说话呀你！华建功长长叹口气，抹把眼泪，翻身坐起，说，吃饭！江红霞被华建功搞得一头雾水，心里更没底了。

华建功洗了把脸，在饭桌前坐下。江红霞在家里翻了半天，找出半瓶酒，放在华建功面前。华建功把酒推开，端起饭碗。江红霞说，天冷，喝点暖和。华建功摇头，从火锅里挑了块油豆腐塞到嘴里。江红霞把酒倒到杯子里，递到华建功面前。华建功端起酒杯，抬手把酒泼了。江红霞心疼东西，说，好好的酒，泼了搞什么？华建功说，敬老天爷！江红霞试探着嘲讽，说，敬了老天爷，你就没的喝了！华建功说，我不喝！江红霞一愣，看了看华建功，说，嫌酒不好？华建功说，从今往后，滴酒不沾！江红霞笑着摇摇头，说，难为自己嘛！华建功放下饭碗，冷着脸说，红霞，你也不相信我?!江红霞一愣，说，我信，我怎么不信？华建功突然站起来，走到门口，扑通一声跪下，说，老天爷，我华建功从今往后滴酒不沾，要是再犯，拿雷劈我！江红霞心头一颤，手上一抖，饭碗失手掉在地上，啪的一声，摔成两半。华建功正好起身，走过去捡起碎碗，笑笑说，岁岁(碎碎)平安！岁岁(碎碎)平安！江红霞好久没见华建功如此温存，突然激动得不行。华建功盛了一碗饭递给江红霞，说，人啊，一旦落难，就没谁敢相信你！江红霞接过饭碗，说，建功，我真相信你！华建功笑了，挑一块腊肉放进江红霞的碗里，说，我晓得!

华建功受刺激了。这刺激有多深,只有他自己晓得。鸳鸯屏失窃,一觉醒来成了嫌疑人,华建功心里好难过,不是心虚负疚,而是觉得窝囊。虽说华建功带汪所长找到那两个外地朋友,那两个朋友也有“没有作案时间”的证据,但是他华建功依然不能摆脱嫌疑。这一点华建功心里清楚。如果其他人怀疑,华建功真无所谓,身正不怕影子斜,迟早会水落石出。问题是头一个怀疑他的是华建林,第二个怀疑他的是江红霞。一个是情似同胞的堂弟,一个是同床共枕的老婆,这两个人怀疑,令华建功心寒,不得不反思。说到底,之所以被怀疑,是因为他华建功如今落难了,欠了很多债,还天天酗酒。要是放在当年他做“双溪首富”的时候,就算是他干的,也会有人替他开脱。华建功不笨,这一点自然能想明白。如今双溪人都晓得他华建功缺钱,鸳鸯屏又很值钱,就“钱”这一条线索,就把他和案件死死绑在一起了。说到底,这怪不得人家,将心比心,如果是他华建功,也会这么想。人穷信寡,人之常情啊!话又说回来,在双溪,我华建功也曾阔过,出钱修过老牌坊,给镇中学捐过款,逢年过节敬老院慰问,哪一样我华建功也没拖后腿啊!至于后来家财散尽又欠了债务,也是活该,被骗说明你脑壳不灵,倒霉说明你没有福报!算起来,我华建功不过四十来岁,凭什么让老老少少看不起?凭什么让人拿我喝酒吃不上热菜当笑话?我华建功当年发达,将来照样能起来,不信等着瞧!

那样的夜晚,对江红霞来说久违了。吃过饭后,江红霞给华建功打水泡脚,刚把木盆拿起来,华建功就上前一把抢过来,说,你坐着,我去打水!江红霞受宠若惊,目不转睛地看着华建功打好水端过来。华建功把水放到江红霞脚边,又帮江红霞脱鞋脱袜,再拿起江红霞的脚放在水里,问,热还是凉?江红霞脑壳里一片空白,说,正好。华建功笑了,坐下来,自己脱下鞋袜,把脚放进木盆。木盆不大,两双脚放在一起,一双黑一双白,略为拥挤。华建功把自己的脚放在江红霞的脚上,突然拉住江红霞的手,说,红霞,鸳鸯屏的事不是我干的!我从小在梅家老屋玩大的,梅姑家就像自己家。我就算再浑蛋,哪有自己偷自己家的?红霞,你相信我!红霞真诚地点点头，说，我相信！华建功说，我没喝酒，不是说酒话，都是心里话。从今往后，我保证滴酒不沾，我才四十来岁，我一定能再爬起来，做得比原来还大。我要让你过好日子，让你开最好的车，到处去旅游，让你到外国去拍抖音，让儿子上最好的大学。红霞，你相信吗？红霞早感动得不行，眼泪淌着，哽咽着不停地点头。头点得过重，一滴滴眼泪都滴到木盆里。

华建功自己先擦干脚，非要再给江红霞擦脚。擦过脚，不让江红霞动，弯腰将江红霞抱起来。江红霞头一回碰上这种待遇，幸福得像只受宠的猫，双手箍着华建功的脖子，晕晕乎乎。华建功本来人高马大，有把子力气，因为长期酗酒，如今身体大不如前，抱着江红霞有些吃力。不过几步路，走得磕磕绊绊，快走到床边时，华建功突然哎哟一声，双腿一软，差点把江红霞扔出去了。江红霞要下来，华建功不让，咬牙把江红霞抱到床上。江红霞拉住华建功，见他脸色煞白，呼哧呼哧喘气，大冷的天冒出一头汗，赶紧把他拉到床上。两口子坐在床上，你一句我一句，慢慢说话。说到恋爱的时候，华建功如何哄江红霞；说到结婚以后，小两口如何盼望儿子出生；说到儿子华枫出生后如何可爱。总之，一切美好的过往都说到了，就是不提生意失败的话题，好像商量好似的。说着说着，四更的梆声响起，两口子像新婚时一样，互枕着胳膊，迷迷糊糊睡去。

天光大亮，江红霞起来解手，一摸华建功头热得烫手。华建功说，怕是昨天出门受寒，感冒了，找找家里可有药。江红霞找了一遍没找着，赶紧收拾一下，去卫生室找郝曼抓药。

雪后，太阳一出，满地积雪闪闪发光，老巷子也分外亮堂。出了巷子，拐上老街，江红霞心里装着改邪归正的华建功，心情大好，脚步轻快。老街青石路面结了冰，江红霞走在上面像跳舞似的，腰肢扭得好欢，一点也不嫌麻烦。正走着，看见叶小苋举着手机站在大牌坊前自拍。江红霞叫了一声，小苋！叶小苋抬头看见，连连招手，说，红霞快来，一起拍，我要发抖音。江红霞听说发抖音，兴致上来，连跑带跳来到叶小苋面前，叶小苋搂着江红霞，把两个人的脸放进镜头，对着手机说，这里是双溪古村，我现在和我亲爱的红霞嫂子在一起，我们的身后是大牌坊，正前方就是老街，在这里留下好多美好的回忆！好了，请我美丽的红霞嫂子说两句。江红霞没有准备，说，我说什么？叶小苋说，想到哪说到哪！江红霞舔了舔嘴唇，说，我旁边这位，是我们双溪女神叶小苋，看看，好漂亮哦！叶小苋咯咯地笑了，说，好了好了，就到这吧。于是停了拍摄。两个人抱在一起看回放，基本满意。江红霞说，美美颜哦，像菲菲那样！叶小苋不高兴了，说，这不挺好吗？干吗跟人家一样？江红霞赶紧说，也是也是！

江红霞别了叶小苋，去村卫生室找郝曼。一大早卫生室有几个人在打吊瓶，看来雪后天寒感冒的人不少。郝曼问华建功有什么症状。江红霞说，发烧，脸上身上热得烫手，拿点感冒药！郝曼说，发热不一定是感冒，打电话让他来，我看看再对症下药。江红霞拿出手机打华建功的手机，半天没人接。郝曼说，反正不远，回去让他来，看看再用药！江红霞应声好，便转身离开。

从卫生室出来，上了老街，走到二牌坊，又遇见叶小苋在自拍。江红霞说，小苋，你好有意思，跟牌坊较上劲了，拍完大牌坊，又拍二牌坊，搞什么名堂？叶小苋说，现在的人缺什么？就是缺牌坊！我要让人家看看，不能天天想着挣钱，还得树牌坊，不然一辈子啥也留不下来！江红霞说，哎呀，你跟建林不愧是两口子，说话都好深刻！叶小苋说，这还深刻？这要是深刻，深刻就是骂人！江红霞说不过叶小苋，不再多说。叶小苋招呼江红霞一起拍，江红霞说，赶紧回去，建功病了。叶小苋说，建功昨天搭我车回来，好好的嘛！江红霞说，怕是受寒感冒了。叶小苋说，免疫力下降！跟建功说，酒要少喝！江红霞说，建功不喝酒了！叶小苋说，是吗？前几天不还喝得胃出血吗？江红霞说，从昨天开始戒了！叶小苋呵呵一笑，说，建功戒酒了？哦，挺好挺好！江红霞听出叶小苋话里话外不相信，也不解释，挥挥手便朝家走去，边走边想，华建功啊华建功，这回你千万说话算数，不然且不说别人，就是我还怎么相信你哦！

回到家，江红霞揩了一把冻出的清鼻涕，隔着门喊华建功快起来，没有应声，又喊两声，还没应声。江红霞有点慌，跑进里屋一看，华建功躺在床上，浑身发抖如同筛糠，不禁大叫一声。

第十二章　借条

梅姑闹着要回家,好说歹说,都劝不好。为了让梅姑在医院多住几天,鲍子拜托医生配合,今天检查内科,明天检查外科,后天检查五官科,总之全科查个遍。实在没有项目,又替梅姑换了一副义齿套。招数用尽,梅姑还是吵着回家。鲍子无奈,电话求助华建林。华建林也头疼,梅姑回家不要紧,问题是回去之后,看不到鸳鸯屏,如何解释?

鸳鸯屏的案子一时没有太大进展,看来不得不暂时搁置。华建功那两个外地朋友积极配合,也被排除嫌疑。实指望那辆遮挡牌照的面包车带来希望,不料那辆车开往江西后,方向不明,也断了线索。因为案子未破,鸳鸯屏没追回来,华建林担心跟梅姑不好交代,所以他特意跑到医院跟鲍子商量。两个人头碰头研究半天,方案倒有几个,但想来想去,都不妥当。

正在犯愁,叶小苋来了,见两个大男人被一个老太太难为得要死,实在看不下去,一拍大腿,说,好了好了,恶人我来做!我去跟梅姑说,就说我把鸳鸯屏借走了,放在镇上阿欢的房间,好让她沾点灵气!梅姑一向喜欢阿欢,怕是不会不同意。到时候,我打个借条给梅姑,也好让她放心!华建林和鲍子听罢,惊得大眼瞪小眼,半天才点头。虽说这一招是步险棋,但还有几分靠谱,只好走一步看一步了。叶小苋心细,说,丑话说前头,这事得有预案,先跟双溪老少都打好招呼,千万别在梅姑面前透露失窃的事,万一穿帮,我里外不是人!华建林说,没问题,群众工作我来做!鲍子好意提醒,这事可不能在群里打招呼!华建林说,你当我呆啊?

梅姑回家那天，是腊月初一。再过半个多月，是梅姑的生日。华建林开车，鲍子坐副驾，叶小苋和梅姑坐在后排。车子开动前，三个人互相使了眼色，各自心里有数。本来，叶小苋打算先跟梅姑商量为她做百岁大寿的事，让她高兴高兴，做好铺垫。没料到，梅姑听了直摇头，说，不要哦，不要哦！叶小苋说，梅姑，百岁大寿是喜事，人家想做还没这福气呢！梅姑还是摇头。鲍子说，梅姑，网上说做了百岁大寿，能活两百岁，您让我们喝杯寿酒，也沾沾福气嘛！梅姑说，两百岁不要，讨人嫌哦！华建林说，梅姑，您做百岁大寿，县里还要给您颁发证书呢！梅姑笑了，说，哦，我这老不死的，还把县里惊动了？鲍子说，梅姑，就看您老人家给不给县里面子哦！梅姑想了想，说，好吧好吧！大冷的天，简简单单！华建林说，梅姑，您怎么说，我们就怎么办！梅姑说，建林一天到晚忙不得歇，这事就让小苋办吧！鲍子假装委屈，说，梅姑不要我哦！梅姑愣了一下，笑着说，哦，还有小鲍子嘛。小鲍子，你跟小苋一起办！鲍子说，是！一车人全都笑了。

车出县城，上了山路。华建林见叶小苋不提鸳鸯屏的事，有意提醒，说，小苋，阿欢的事，跟梅姑商量商量嘛。鲍子也急，跟着说，就是嘛，别把阿欢的事忘了！叶小苋马上进入角色，一拍脑壳，说，哎呀，东忙西忙，差点把这大事忘了！梅姑眉头一紧，问，阿欢怎么了？叶小苋拉起梅姑的手，说，梅姑，这事一直都不好跟您说。阿欢这孩子，眼看着上初中了，还跟个假小子似的，愁死人哦！梅姑瞥了叶小苋一眼，说，哼！那还不是随你？鲍子和华建林都笑了。叶小苋说，梅姑，哪壶不开提哪壶！梅姑说，我讲实话嘛，从小到大，你没少欺负建林！华建林说，梅姑，您真是青天大老爷！叶小苋伸手拍了华建林一下，说，闭嘴！华建林马上闭嘴。梅姑说，好了好了，说说阿欢，她怎么了？叶小苋说，前几天，我托人给阿欢算了一卦，人家说照这样下去，那个疯丫头将来找对象都成问题！梅姑说，哦，那可不行，我还等着看她出嫁呢！叶小苋说，没办法嘛！梅姑说，丫头到这岁数是得管一管！叶小苋说，建林忙我也忙，顾不上嘛！梅姑一脸担心，说，啧啧，怎么办？叶小苋说，人家算卦的说了，阿欢命里有一坎，得破一破。梅姑说，赶紧破一破！叶小苋说，所以嘛，就想跟梅姑商量，把鸳鸯屏借出来，放到阿欢的房间里，镇镇她，也让她沾沾灵气，改一改运！梅姑说，哦，阿欢的事是大事！叶小苋说，所以嘛，我好着急，昨天就把鸳鸯屏拉走了，没来得及跟您说。您不见怪吧？梅姑说，不怪不怪！只要能破了阿欢的灾，就算送给阿欢做陪嫁了！叶小苋说，那可不行，说借就是借，借条我都写好了！鲍子说，对，有借有还，再借不难。叶小苋从包里掏出事先写好的借条，递给梅姑。梅姑看也不看，身子躲开，说，借条嘛，纸嘛！鲍子说，亲兄弟明算账，一码归一码！梅姑还是不要，叶小苋硬是把借条塞进梅姑上衣口袋里，又拍了拍华建林的肩膀，说，华建林，还不赶紧替你女儿谢谢梅姑！华建林说，我早就想说谢谢，你让我闭嘴嘛！梅姑笑了，说，小苋啊小苋，你就会欺负他！

回到双溪，梅姑欢喜得像个孩子，一进梅家老屋，顾不上歇一歇，看看这摸摸那，好像分别多少年似的。鲍子怕老屋生寒，先把火桶生好，搬进梅姑的绣阁。这时，已近中午，华建林手机响了，接听电话后，看了看叶小苋，有点为难。叶小苋问，谁打的？华建林说，菲菲，说要一起讨论"梅花酿"的事。叶小苋笑了笑，说，正经工作，赶紧去吧。华建林笑了笑，转身出门，临走时打招呼说，不回来吃午饭。叶小苋说声晓得了，收拾收拾，便下厨房去烧饭了。

太阳正好，天井一片暖光。梅家老屋上积雪融化，滴滴答答，沿着瓦檐落入天井，水珠四溅，泼金洒玉一般。梅姑坐在廊檐下晒暖，沐浴在阳光中，说，哦，四水归堂啊！四水归堂啊！鲍子有所触动，赶紧拿来相机给梅姑拍照。梅姑说，小鲍子，拍抖音吗？鲍子这才想起曾经答应过梅姑，于是拿出手机来拍。梅姑说，不急不急，我先梳头。鲍子上楼把梳子和镜子拿来，梅姑梳好头，悄悄说，小鲍子，我不要做做样子！鲍子说，梅姑，您想做什么就做什么，跟平常一样！梅姑说，嗯，这样才好嘛！

叶小苋过来喊吃饭时，鲍子正躲在窗外偷拍梅姑收拾东西。叶小苋悄悄说，狗仔队呀你，又偷拍！鲍子说，这不叫偷拍，叫纪实！叶小苋伸过头看窗内，只见梅姑从左口袋里掏出些零零碎碎，又从右口袋里掏出一张纸。叶小苋一眼便认出是自己打的借条。梅姑看了看借条，对折一下，三两下撕碎，随手扔进火桶里。纸屑入桶，冒出几缕青烟。梅姑用手扇着烟，喃喃道，借条嘛，纸嘛！叶小苋浑身一颤，轻叹一声，低着头先离开了。

吃过午饭，梅姑上楼休息，叶小苋要赶回镇上。老屋一片静寂，四水归堂的天井里，瓦檐下滴答滴答的雪水声，越发清晰。鲍子躲进房里做视频后期。毕竟有摄影的底子，又有现成的剪辑软件，没费多大工夫，鲍子就把视频做出来了。鲍子拍了许多素材，只取一小部分，编成后不过三分钟。第一组镜头：梅家老屋的天井。雪水的滴答声，在老屋回响。满头白发的梅姑望着天井，影子融入廊檐的暗影中。第二组镜头：楼上。门轴的吱呀声，仿佛穿透厚厚的光阴，渐显梅姑轻轻推开绣阁的雕花格子门，梅姑的背影在老屋的雕花装饰中，显出沧桑的魅力。第三组镜头：绣阁内。古老的火桶旁，梅姑轻轻坐下，从口袋里掏出一张纸，看了看，撕碎，丢进火桶。这一组，升格处理，慢镜头效果中，纸屑纷纷落下，火桶上升起缕缕青烟。青烟袅袅，经久不散，化入天井上的天空。梅姑的画外音：借条嘛，纸嘛！第四组镜头：梅姑站在天井的廊檐下，望着雪水滴答，说，四水归堂哦！

鲍子对自己的剪辑颇为满意，只是在选音乐时费了脑筋，挑了半天，最后选了吉他版的《多年以前》。合成之后，鲍子好激动，看了几遍，觉得妥了，打算发到抖音里，又一想，还是等梅姑看过再发为好。正想着，楼上一声门响，鲍子晓得梅姑醒了。鲍子赶紧请梅姑下来看视频。梅姑看过视频，说，哦，我本来就是这样嘛！鲍子说，梅姑，您要满意，我就发到网上去，好不好？梅姑说，让人家都看看？鲍子说，是啊是啊！梅姑笑了，说，也好也好！

无论如何，鲍子都没想到，那段视频发到抖音，备受关注，关注量暴增近十万，评论区也火爆异常。有人说，这个老太太好有气质，年轻时一定是民国名媛！有人说，这个作品拍得好，做得用心，牛牛牛！有人说，果然是高手！简直就是一部小电影！有人说，期待下一个作品，让我们更多地了解梅姑。有人说，能不能透露梅姑的地址？我想去拜访，沾沾仙气！

实话实说，第一个关注的是叶小苋。叶小苋看后激动不已，打电话给鲍子，连说几个“太棒了”，最后还来一句，总之比某人拍得好！鲍子当然晓得叶小莞所说的“某人”是哪个,心照不宣。华建林关注后,当即转发到“双溪人”群里,鼓励大家展开讨论。菲菲在群里发了好长一段文字,给予高度评价,其中有一句“向鲍老师学习”! 当然,后面还捎上一串“大拇指”和“玫瑰”,不过没有“拥抱”。

傍晚时分,鲍子的关注量已过三十万。三十万,这个数字对鲍子来说简直像开玩笑。本来只是为了讨梅姑开心,没料到竟无心插柳,把自己弄红了。鲍子又兴奋又惊惧,冷静之后不免反思,网络真是个神奇的世界。当然,鲍子也从成功中得到自信,那就是视频可以做得不俗。晚饭的时候,鲍子把那段视频“火”了跟梅姑说了,又把评论区中夸赞梅姑的话读给她听。梅姑听罢倒是冷静,说,小鲍子,好好吃饭哦,人家想说就说吧,别在意哦! 鲍子却不好意思了,说,晓得了!

吃过晚饭,鲍子服侍梅姑早早歇下,忍不住又拿出手机看了看,点赞量和评论量还在飙升。鲍子打开评论区,从上到下翻了个遍,就是不见江红霞和华建功的反应。鲍子想了想,怕是这两口子又干仗了,没心思刷手机,于是私信把视频发给江红霞。等了半天,还是没反应,也就不再多想了。

就在这时候,华建林风风火火地跑来,一进门当头就是一句,建功出事了! 鲍子一惊,说,又喝多了? 华建林说,江红霞来电话了,建功病了,在县医院! 鲍子说,情况怎样? 华建林说,还在等结果。不过听江红霞在电话里哭成那样,恐怕不妙! 鲍子说,这个建功,怎么这么倒霉嘛! 华建林说,我得去看看,不然不放心! 鲍子说,我陪你! 华建林指了指楼上,说,梅姑在,你哪能离开嘛! 鲍子想了想,说,见了建功,多安慰,别动不动就训人! 华建林说,他都那样了,我还不晓得怎么做?! 鲍子说,还有红霞,一个女人,孩子还在上学,肯定怕死了,好好劝劝! 华建林点点头,说,江红霞说,住院要先交钱,他们两口子欠一屁股债,急得要死。你也晓得,我的工资卡在小莞手上,请你帮帮忙! 鲍子说,要多少? 华建林说,三五千吧! 鲍子说,医院就是花钱的地方,三五千不够,先转一万,需要你再来电话,手机转账方便! 华建林说,那好那好! 鲍子办完手机转账,华建林收下钱,说,鲍哥,我给你打个借条! 鲍子板起脸,说,借条嘛,纸嘛! 华建林说,亲兄弟明算账,一码归一码嘛!

两个人正在争执,楼上突然传来一声门响,接着就听梅姑在楼上问,是建林吗?华建林赶紧走到天井,冲楼上说,梅姑,天好冷,您还没休息?!梅姑说,眯了一会,做了个梦,把我吓醒了。鲍子说,梅姑就喜欢做梦!梅姑说,梦里建功出事了哦!华建林看了看鲍子,鲍子惊得眼瞪好大。华建林说,梅姑,梦都是假的,赶紧歇着吧!梅姑说,哦,得闲你打电话问一问,没事就好!华建林说,晓得了!

第十三章 霞姐

华建功确实病了。问题不在胃上,而在肝上。县医院初查报告出来,医生拿不准,又做切片,还是拿不准,让他转到省城医院复查。江红霞以为问题好大,当场就吓哭了。本来,江红霞想瞒着华建功,华建功一见江红霞眼圈红了,心里便明白八九分,当晚就闹着回家,说什么也不治了,不花那冤枉钱!江红霞更是伤心,背着华建功给华建林打电话。华建林连夜赶到县城,道理讲了千百条,好话说了一箩筐,最后把华枫的未来搬出来,华建功才同意到省城复查。

华建林办事喜欢做预案,在“双溪人”群里发了一条信息,问哪个在省城医院有熟人。菲菲看到信息,以为华建林病了,马上打电话给他。华建林把情况一说,菲菲说,正好有个粉丝在省城医院做护士长。华建林就托菲菲帮忙,菲菲办事利索,回话说一切安排妥当,随时可以去。华建林不放心,转天一大早,亲自驾车带着华建功和江红霞去省城医院。医院人满为患,因为有人帮忙,一切倒也顺利,会诊结果确定是肝上长瘤,要马上手术。手术费、住院费要不小一笔。医院不给赊账,江红霞愁得直哭。华建林先垫付一万,又打电话让鲍子周转两万。费用到位,手术当天就做了,比较成功。华建林又叮嘱一番,这才放心驾车回双溪。

一番折腾,华建林本想找个地方好好歇一歇。可是镇里年底考核任务一个接着一个,菲菲不停地打电话催促讨论“梅花酿”销售的事,事事都得他拍板。华建林咬咬牙,开车上路。车上高速,容易犯困。风油精口香糖红牛浓茶，多管齐下，眼皮还是上下打架。好不容易熬到一个服务区，停好车趴在方向盘上眯一时。刚睡着，叶金波打来电话，说，不好了！来了十几个讨债人，把华建功家围住，喊着要撬大门搬东西。要不要报警？华建林一听，脑壳要炸，对叶金波说，先不要报警，稳住局面，等我回来再说。在基层干了多年，华建林得出经验，凡事不能急，最好的办法是“再说”。“再说”不在乎说什么，目的是拖一拖缓一缓，给自己留出战术空间。本来华建林想埋怨叶金波没有预案，又一想乡村的事大多是鸡毛蒜皮，实在无法做预案，只能走一步看一步。因为没有休息好，华建林情绪烦躁，脚下的油门没有控制，超速百分之三十都不晓得。

回到双溪，已是午后。华建林回老祠堂村部，先上一趟茅房。因为着急赶路，一泡尿憋了三四百公里。站在小便池前，华建林一边释放，一边想对策，释放结束，对策却没想出来，硬着头皮去华建功家。一出巷口，老远看见叶金波率领打更队队员，像保安一样护着华建功家大门。一群讨债人指指点点，叫唤不停。叶金波当年在南方打工时做过企业保安，搞治安有一套。叶金波见华建林来了，赶紧跑过来，说，大门保住，局面得到控制！华建林点点头，来到讨债人面前自我介绍，说，各位辛苦，我是华建功的弟弟华建林，大冬天的，有话好好说。人多嘴杂，请推举一个代表一起商量！讨债人商量一番，推举出一个姓吕的大姐当代表。吕大姐说，华建林，我们晓得你哥病了，情况怎么样还不好说。说句不该说的，万一他有个三长两短，我们找哪个讨债？所以呢，今天得给我们一个说法！华建林低头来回踱了几步，突然抬起头，说，吕老板，我说三点。一、欠债还钱，天经地义。我支持！众债主鼓掌。二、谢谢各位关心我哥，在这里，告诉大家一个好消息，我哥的手术非常成功，住院十天半月就能回来，到时候当面锣对面鼓，有账算不折！当然，既然大家来了，晚上我请大家吃顿饭，也是缘分嘛！三、如果你们不满意，建议通过法律途径解决，要是撬门搬东西，对不起，我只好报警！为什么呢？因为我是双溪的“一肩挑”，官小责任大，要保一村平安嘛！吕大姐和众债主一听，一下子绕不过来，聚到一起又商量一回。吕大姐折转回来，跟华建林说，华建林，既然你是村干部，又是他兄弟，那我们就信你一回，半个月后，我们再来！华建林说，一言为定！

众债主迫不得已，纷纷离去。华建林松了一口气。叶金波拉住他说，建林书记，我本来给债主介绍你是书记，给你留个回旋余地，可你倒好，上来就说是建功兄弟，这不是把麻烦往自己身上揽吗？华建林说，你介绍得没错，我说得也没错。一码归一码，该揽的事就要揽，不然人家能满意吗？叶金波说，反正这事麻烦！华建林说，不麻烦还叫事吗？叶金波点点头，说，这倒也是。

本来，债主上门这件事，华建林想瞒着华建功和江红霞，免得影响华建功康复，也不让江红霞担心。不承想有围观的村民看热闹不嫌事大，拍了视频也就罢了，偏偏指头发痒，直接捅到"双溪人"群里。江红霞在医院看到吓得不轻，打电话追问华建林。华建林只好如实相告，江红霞免不了哭哭啼啼，华建林自然又一番劝慰。

眼看日子临近，梅姑百岁大寿的筹备有序进行。在双溪，梅姑的百岁大寿就是全村的大事。"双溪人"群里早就热闹了，兰姐牵头搞了一个"梅姑百岁寿诞倒计时"，天天有人在群里发信息，有人写梅姑生活的趣事，有人谈与梅姑多年的交往，还有人把梅姑当年为自己做的小衣服照片发出来。江红霞在医院陪护，忙里偷闲，发了一张她和梅姑的合影。那张照片是几年前鲍子偷拍的，江红霞好喜欢，一直存在手机里。画面中，梅姑抱着江红霞，像哄孩子一样在哄她。江红霞还发了一段文字：梅姑，您还记得吗？这张照片是在梅家老屋天井里拍的，那天，建功喝醉回家，我讲他几句，他就打我。当时我好委屈，跑去找您哭诉。您抱着我说，红霞，总有一天，他会谢谢你！梅姑，这一天，我等到了！谢谢梅姑！

江红霞这个帖子，获得双溪人一致点赞。鲍子也点了赞，但是总觉得这个帖子还有挖掘的空间，应该把这个素材做成视频发到网上，于是打电话跟江红霞说了。江红霞不会做视频，鲍子一步一步地教她，说得口干舌燥，江红霞还说不晓得怎么搞。鲍子无奈，索性说，你把那段文字读一遍，录下来，配上那张照片，再选一段音乐，就行了！江红霞说，我嘴好笨，读不好稿子嘛！鲍子说，读不好就讲嘛，就像聊天一样嘛！江红霞说，那我试试吧。当天晚上，江红霞把那段文字“说”了几遍，录了下来发给鲍子。鲍子听后，大吃一惊。江红霞的声音偏女中音，因为连日陪护劳累，略带沙哑，听起来颇似蔡琴的嗓音，淡淡忧伤，还带点性感。鲍子电话告知江红霞自己的看法，江红霞好激动，连夜把视频做出来，发给鲍子审看，鲍子看后，连连叫好。视频中，《感恩的心》背景音乐中，梅姑抱着江红霞的那张照片定格，同时出现一行字，感恩有您，祝梅姑百岁生日快乐。接着江红霞的声音出现：梅姑，您还记得吗？这张照片是在梅家老屋天井拍的，那一天，建功喝醉回家，我说他几句，他就打我。当时我好委屈，跑去找您哭诉。您抱着我说，忍一忍，总有一天，他会谢谢你！梅姑，这一天，我等到了！谢谢梅姑！

无论如何，江红霞都不会想到，第一条视频作品就火了。那条发在“霞姐”名下的《感恩有您》视频发出后，引得一批关注，评论也有规模。江红霞受到鼓励，仿佛一下子开了窍，接着又拍了一段视频：华建功躺在病床上，面容憔悴，鼻孔插着氧气管，正在打点滴。江红霞的画外音：他是那个醉酒后打我的男人，也是当年拼命爱我的男人！他是给过我幸福快乐的男人，也是让我曾经心碎的男人！是他！就是他！他欠了一屁股债，如今又得了大病，但是他是我孩子的爸爸，是我的爱人！感谢经历，感谢爱人！

这条名为《感谢爱人》的视频发出后，引来更多关注，评论区的火爆更是令江红霞无所适从。有人说，霞姐，离开这个男人！有人说，霞姐，你是好人，好人有好报！有人说，苦难让人懂得爱，霞姐懂了，值！双溪人对江红霞的视频反应更为强烈，纷纷点赞。菲菲不仅点赞，还给了一串“玫瑰”和“拥抱”。鲍子也发了评论，只有一句话：真实就是力量！加油！

开悟如同决堤，一发不可收拾。第二天，江红霞又发了一条视频《陪你》，视频为江红霞和华建功在一起自拍：江红霞搀扶着华建功在医院的走廊散步。华建功拿着一个苹果咬一口，递给江红霞，江红霞咬了一口。两口子笑着，头挨在一起。江红霞的画外音：有你陪我，我们有了一段爱情；有你陪我，我们有了一个家；有你陪我，我们有了一个儿子；有你陪我，我们有了今天！没错！明天我们还要还债，明天我们还要生活！老公，明天会好起来,明天我还陪你!

在连续更新十条视频之后,江红霞火了。整个医院病区都知道医院有个霞姐,好多粉丝过来求合影,就连江红霞扶着华建功上厕所,也有人围观。医院出台一项临时规定,凡是霞姐的粉丝一律在病房大门口等候。本来是陪护华建功,不承想把自己弄成网红,江红霞不大适应,华建功更不适应。那天晚饭后,趁着天黑,江红霞陪着华建功在院子里散步,来到无人之处。华建功问,红霞,你成网红了,不会不要我了吧?江红霞说,呆子!不想要你,你打我的时候就不要了!华建功憨笑,说,回家,你好好打我一顿!江红霞说,唉!我下不去手!华建功说,喝酒嘛,喝醉就敢下手!江红霞说,哼!我像你!华建功好惭愧,说,你要不打我,我自己打自己!江红霞说,说你呆,原来还蠢,要是那样,不如你打我!华建功听罢,突然抱住江红霞哭了。江红霞哄不好,也跟着哭。华建功说,红霞,你可晓得我为什么打你?江红霞说,我当然晓得,你欠债,心里烦,拿我撒气!华建功摇摇头,叹口气,说,当时,我不想让你跟着我一起背债,想让你离开我!江红霞说,呸!亏你想得出来!华建功说,当时,我跟建林说过这话,被他骂了一顿!江红霞又爱又恨,在华建功屁股上拧了一下,说,真呆啊你!

两口子难得亲热,一路牵着手,刚进病房,护士来找江红霞,说,大网红,门外有人找。江红霞怕是粉丝来骚扰,不太情愿。护士说,是一家公司的人,找你合作的!江红霞将信将疑,来到大门口,果然见一个一脸焦急的时髦小伙子。来人自称姓宁,是省内一家融媒体公司的项目经理。宁经理开门见山,想找霞姐合作。江红霞一愣,说,我一个山里女人,有什么好合作?宁经理说,我们包装你,直播带货!江红霞说,直播带货是好大的事,我干不了嘛。喏,你也见到了,我又不是漂亮小妹妹!宁经理说,我们包装漂亮小妹妹,也包装像你这样的大姐啊!我们看过你的作品,根据你的形象和气质,做了一个方案,我发给你,考虑一下,我们再联系!

江红霞心里扑通扑通地回到病房,把事情跟华建功一说,华建功觉得不靠谱,又不晓得哪里不靠谱。江红霞心里没着落,便把方案发给鲍子。鲍子倒是认真,回电话表示大力支持,还说他在网上查了一下,这是一家正规公司,培养出来好多网红,菲菲原来就在这家公司,可以合作,但要签合同。江红霞说,哎呀,天上掉个金元宝,怎么那么巧就砸中我了呢?华建功说,鲍老师说可以,那就可以!再说,你年轻时就像刘嘉玲,现在也差不到哪里去,我支持你!江红霞说,我怎么觉得像做梦哦?华建功说,梦想还是要有的,万一成真了呢?

第十四章　寿庆

双溪上空弥漫丝丝香甜时，头一批“梅花酿”已经熟了。这时候，梅姑的生日也近了。双溪人都晓得，梅姑的生日少不了“梅花酿”。往年如此，今年百岁寿庆更不用说了。

梅姑百岁寿庆的筹备，叶小苋和鲍子可谓尽心尽力。按照梅姑的意思，一切从简。往年，梅姑过生日，家家户户都会送礼贺寿，不在礼轻礼重，只为表达一份心意。今年华建林提前在“双溪人”群里发出通知，说梅姑的意思，一切从简，寿礼全免。毕竟是百岁大寿，叶小苋和鲍子商量，再简也不能寒酸，更不能敷衍。原则限定，只好拼创意。出创意是鲍子，拍板是叶小苋。鲍子出了好多创意，都被叶小苋给否定了，最后留下两个。一个是给梅姑做一个电子影集，用不同时期的照片，回顾梅姑的百年人生。梅姑存有好多老照片，素材丰富，做出来没有问题。另一个是在老祠堂搞一场“梅姑教我一支歌”的小型演唱会。在双溪，八十岁以下的老老少少，差不多小时候都跟梅姑学过歌，或多或少，有英文歌，也有山歌。演唱会既是感谢梅姑，也能陪梅姑一起快乐。听说唱梅姑教的歌，好多人踊跃报名，组织起来也没问题。这两种形式都省钱，也不太麻烦，符合梅姑简单的原则。华建林同意，梅姑也同意，事情就这么定下了。

事情若是这样安排，倒也顺利。可是，菲菲工作室突然出了一套方案，借梅姑百岁大寿之机，搞一次事件营销。眼看头一批“梅花酿”就要上市，销售迫在眉睫。华建林觉得创意不错，极力赞成，关键如何植入。带着这个方案，华建林跟叶小苋和鲍子商量。华建林的理由有两个：一是寿庆也是一种文化，植入商业元素，可以作一次探索和尝试；二是通过全程直播寿庆活动，对“梅姑”品牌的推广大有好处，对双溪的“梅花酿”销售更能助力。尤其是营销活动的加入，可以使寿庆内容更加丰富，场面更加热闹，两全其美，何乐而不为？叶小苋听罢，当即摇头。叶小苋不讲一二三，理由只有一条，这是我们的家事，不跟他们掺和在一起！华建林晓得叶小苋对菲菲有成见，想拉鲍子给自己站队。鲍子觉得这两口子各有各的道理，不便表态，建议找梅姑商量。只要梅姑同意，他当然没意见。

在梅家老屋的灯光下，叶小苋和华建林争得脸红脖子粗。梅姑并不制止，偎着火桶眯着眼，似睡非睡，等他们不吵了，梅姑才睁开眼。梅姑说，活了一百岁，没犯过这么大的难哦！你们两个吵得像红眼斗鸡，这案子让我怎么断?！小苋说得对，我过一百岁，本来就是家里的事，跟外人没关系嘛！叶小苋看了看华建林，说，听听！华建林不吭声。梅姑说，可是呢，既然人家菲菲想参与，又是为了“梅花酿”，我要说不同意，那不是对不住双溪人吗？华建林看了看叶小苋，说，听听！叶小苋不吭声。梅姑说，话又说回来，好好的一个寿庆，加进卖东西，那不成了赶庙会？不像样子嘛！叶小苋又看了看华建林说，听听！梅姑话锋一转，又说，可是呢，我当初答应用我梅姑的名字，现在不让“梅姑”参加梅姑的寿庆，那不等于自己打自己脸吗？华建林看了看叶小苋，说，听听！梅姑说，依我看，自觉自愿，不拉不劝，哪个来参加，我们都欢迎！这边呢，你们按你们的安排去办，那边呢，人家按人家的安排去办，我呢，两边不偏不向！叶小苋和华建林都看着鲍子，鲍子把脸扭向窗外。梅姑说，活了一百岁，不能让人家骂我不懂人情世故哦！

鲍子听完，马上鼓掌，说，好！就按梅姑说的办！叶小苋瞪了鲍子一眼，说，叛徒！华建林说，鲍哥，你搞摄影实在屈才，应该搞政治！鲍子好委屈，说，唉！城门失火，殃及池鱼。你们两口子闹，干吗非要把我卷进去？梅姑笑了，说，小鲍子，他们两个从小就这样，不闹不亲热，你肚量大，跟我一样，能活一百岁！鲍子苦笑，说，那好啊，到时候，我还服侍您！叶小苋说，鲍子同志，别耍贫嘴了，赶紧把电子影集再过一遍，别到时候出岔子！

梅姑说，就是就是，你们眼神好，要看仔细，别让我丢丑丢到一百岁哦！三人一听，全都笑了。

梅姑的电子影集中，早期照片都选自梅姑提供的老影集。最早的一张照片拍摄于民国十年（1921）腊月，应该是梅姑刚出生不久，襁褓包裹，双眼有神。之后中断六年。有一张拍摄于民国十六年（1927）九月，梅姑穿着洋校服，小皮鞋小书包，笑嘻嘻地站在洋学堂的大门前。这以后十年中，照片最多，背景有街头、公园、家庭、学堂、大饭店等，每年都有好多张。张张都是一个青春美丽的少女。拍摄于民国二十七年（1938）四月的照片，仅有一张，是在双溪老祠堂前，梅姑和三个新四军战士的合影。挨梅姑最近的是一个高个子战士，相貌英俊，手里还拿着一把小提琴。关于这张照片，鲍子和叶小苋有好多疑问，但是梅姑不说，只是笑笑。叶小苋说，这可能是那个在双溪得过湿疹的南洋华侨。鲍子说，可能是。

从那之后，相隔几十年，梅姑的照片空缺，直到1983年才有一张办理身份证的照片。不过，那张照片太小，可以忽略。然后就是华建林和叶小苋上大学临行前，梅姑陪他们在县城照相馆照的一张合影，梅姑坐在中间，华建林和叶小苋分别站在左右。梅姑还是一贯的微笑，亲切平静。华建林和叶小苋却一副傻了吧唧的样子，望着镜头毫无表情。再之后，就是近十年鲍子到双溪后拍摄的梅姑。这个时期，梅姑的照片最多，鲍子精心挑选后，再请梅姑挑选。梅姑在每年的照片中选一张，一共十张。有趣的是，这十张照片，都是在梅家老屋的天井拍摄的，都能看到四水归堂的屋檐和一块四四方方的蓝天。

在“双溪人”群里，兰姐负责召集参加“梅姑教我一支歌”演唱会的人员，每晚在老祠堂排练，叶小苋也在其中。鲍子被叶小苋拉去，拍了好多照片，也听了好几首歌。有老上海流行过的英文歌，有双溪一带流传的山歌，都是无伴奏合唱，都很好听。鲍子五音不全，记得两首却唱不好，老是跑调。叶小苋就笑他，说，跟华建林一样，笨得像猪！鲍子也不生气，模仿猪冲着叶小苋哼哼几声。

排练结束，鲍子陪叶小苋一起回梅家老屋。路上，碰到兰姐和几个妇女站在老街边上拍视频。鲍子说，这几个美女，排练半天也不嫌累，黑灯瞎火还拍视频。叶小苋说，人家愿意！这时候，兰姐喊叶小苋和鲍子过去一起拍。鲍子和叶小苋不想过去，冲他们招了招手。走过一条巷子，灯光昏黄，两个人的影子时近时远。叶小苋突然说，鲍哥，有个问题一直想问你，你怎么还不找对象，真想当钻石王老五呀？鲍子说，不是没有找到吗？叶小苋说，眼光太高了吧？鲍子说，是眼不会聚光。叶小苋说，那你想找什么样的？鲍子说，说心里话，梅姑那样的！叶小苋笑了，说，那可难了，天底下就一个梅姑！鲍子说，所以嘛，到现在都没找到！叶小苋说，那你不会没有谈过恋爱吧？鲍子说，谈过！叶小苋说，几次？鲍子想了想，说，准确地说，两次半！叶小苋说，咦？两次就两次，三次就三次，还一个半次算怎么回事？鲍子笑笑，说，本来可以算三次，可是第三次人家不晓得，我算单相思，只好算半次！叶小苋哦了一声，说，是这么回事！鲍子说，就这么回事！叶小苋再不吭声，一路沉默。老巷中只有两人不太一致的脚步声，轻轻回响。

梅姑的百岁寿庆前一天，华建功回到双溪。和华建功一起回来的还有江红霞，和江红霞一起回来的，还有一份合作协议。

华建功在医院住了半个月，恢复良好，一直吵着回家，一是怕多花钱，二是想赶上梅姑的百岁大寿，给梅姑磕头。医生见他回家心切，又一切正常，便同意他出院回家休养。华建林怕他们两口子坐车不方便，于是抽了半天时间，开车把他们接回来。听说华建功回来了，梅姑拉着鲍子说，我说建功出事了吧？我的梦好准哦！鲍子说，梅姑，您就是神仙，回头我拍视频，把这事一说，粉丝们肯定喜欢！梅姑连连摇头说，小鲍子，笑人不笑病，这种事不说为好！鲍子点头，于是也就不说了。

腊月十六，梅姑的百岁寿庆如期举行，地点在老祠堂。县镇妇联和民政部门送来了贺信和鲜花，当然还有一本百岁老人证书。一大早，菲菲工作室来了几个人，在老祠堂占据几个机位，每个机位前，都摆挂起一块红背景布，贴着标语“人间老寿星，梅姑‘梅花酿’”，背景布前堆放一批“梅花酿”。叶小苋看着觉得不爽，鲍子看了也觉得不好。不过，鲍子不好说，叶小苋却忍不住，让菲菲把标语和“梅花酿”都撤下。菲菲当然不干，说这是村“两委”的决定，写在合同里。叶小苋不好跟菲菲较劲，把华建林找来质问。华建林说，这不都是按梅姑的意思搞的吗？你们按你们的安排办，人家按人家的安排办！叶小苋晓得这个理，可就是忍不下，对鲍子说，鲍哥，你说好不好？鲍子息事宁人，说，梅姑的大喜事，相安无事最好，免得梅姑生气！华建林说，就是嘛，大局为重！叶小苋气得朝华建林屁股踹了一脚，华建林也不躲，拍拍屁股赶紧招呼人去了。

按事先的安排，活动一开始，众人合唱“祝您生日快乐”，夹道欢迎，把梅姑请上台。梅姑上台后，冲大家挥挥手，然后坐下来。这时候，阿欢和叶金波的小侄子亮亮代表全体双溪人向梅姑献花。献花结束后，全体一起高喊“梅姑百岁，生日快乐”！

按说，事情到这里倒也顺利，且不失热闹。但是，菲菲突然提出，安排大家搞一个集体跪拜。叶小苋不说同意，也不说反对，微微一笑，让她问梅姑。菲菲跑去问梅姑。梅姑一听，马上摇头，说，不可以，不可以，这不是要折我寿吗？菲菲说，梅姑，我们都是您的晚辈，没什么不可以，网上好多人办寿庆，都是这样，看起来热闹，粉丝喜欢！梅姑固执地说，人家怎样我不管，我不要！菲菲没办法，只好放弃。突然，华建功来到梅姑面前，叫了一声梅姑，我给您磕头了，祝梅姑再活一百岁！说罢，磕了三个响头。菲菲一见，马上问梅姑，华建功能磕头，别人为什么不能？梅姑说，你不晓得，建功是病人，病人来磕头，冲喜免灾嘛！哦，这里还有病人吗？菲菲摇摇头，怏怏地离开。

灯光熄灭，音乐响起，到了放映电子影集的环节。大屏上出现了一行字“献给双溪的天使——梅姑”，众人一齐鼓掌。梅姑看不清字，问坐在身边的阿欢，上头写的是什么？阿欢说“献给双溪的天使——梅姑”。梅姑摇摇头，说，哦！哪有这么老的天使嘛！阿欢说，梅姑是老天使！梅姑笑了，说，不是老不死就好哦！

电子影集放映时，菲菲以大屏为背景开始直播，各位家人，老铁们，宝宝们，我现在在双溪古村老祠堂，参加百岁老人梅姑的百岁寿庆。哇！今天真的好高兴，有幸和百岁寿星在一起，太激动了。刚才，我悄悄问了一下梅姑,有什么长寿秘诀,梅姑跟我说,多喝“梅花酿”!(拿起一瓶“梅花酿”)看,就是这个!说到“梅花酿”,到底什么品牌的“梅花酿”最好喝、最健康呢?当然是“梅姑”牌‘梅花酿’,“人间老寿星,双溪‘梅花酿’”,我们这是最正宗的“梅花酿”,有兴趣的朋友打开小黄车,点一号链接,对,一号链接!各位家人,春节马上到了,不管你自己享用还是送礼请客,“梅姑”牌“梅花酿”都会让人有面子,有里子。里子面子都有了,那你就是成功人士了!好,喜欢的家人可以点击小黄车下面的链接,我们保证马上发货,马上发货!

灯光亮了。电子影集放映结束。下面是“梅姑教我一支歌”演唱会。头几首是山歌,都由兰姐领唱,台上唱得高兴,台下唱得欢喜。梅姑一直打着拍子跟着唱,快乐得像个孩子似的。鲍子本来跑前跑后忙着拍照,听到熟悉的旋律也跟着哼,哼得准不准也不管,反正别人也听不到。第四首是无伴奏合唱《读书郎》。歌声响起,所有人都跟着唱起来,阿欢跟着唱,梅姑也跟着唱。唱着唱着,梅姑不唱了,呆呆地坐着,眼泪汪汪。阿欢拉了一下叶小苋,说,梅姑哭了。叶小苋扭头一看,抱住梅姑问,梅姑怎么了?梅姑说,我看见妈妈了!叶小苋愣住,一时不知如何是好。梅姑又说,我看见妈妈了!叶小苋以为梅姑人老爱怀旧,故意逗她说,梅姑,妈妈在哪?梅姑摇摇头,说,不晓得!说罢又伤心地哭。叶小苋抱着梅姑,让阿欢把华建林找来,一起送梅姑回家了。

回到梅家老屋,梅姑上绣阁休息,老屋一片安静。华建林问叶小苋,梅姑是不是累着了?叶小苋摇头,说,梅姑想妈妈了!华建林惊得眼瞪好大,说,我们跟梅姑这么多年,从来没听她提起过妈妈!哎,梅姑妈妈是哪个?姓什么叫什么?到底是哪里人?叶小苋瞪了华建林一眼,叹口气,说,梅姑都不晓得,我哪里晓得嘛!

第十五章 偏方

华建功术后恢复不错，心情也不错。换句话说，因为心情不错，华建功术后恢复也不错。二者互为因果，总之不错。毕竟大病有惊无险，毕竟夫妻重修旧好，毕竟江红霞意外成为网红，又意外签了一份合同。这一切，对华建功来说，如同上好的补药，确实不错。

就在梅姑百岁寿庆的第二天下午，债主们又上门了。华建功虽说生意败了，但性格不改，没钱有账，连本带息，一概认可。当着众人的面，华建功重打欠条，除了华建功签名按手印，江红霞也签名按手印。为了让债主放心，华建功还把江红霞和省城那家融媒体公司签订的合同拿出来。众债主之前都看过江红霞的视频，晓得她火了。如今挣钱有道，将来还债不愁，债主们拿着新欠条，于是安心而去。

按照合同，江红霞要去省城接受公司为期十天的岗前集训。临行前，江红霞和华建功商量，一起去看看梅姑。寿庆那天，梅姑过于劳累，又触景生情，伤风惹寒，身体不适，静养几天才好起来。江红霞晓得梅姑口味清淡，一大早特意煮了一砂锅山药粥，装在保温桶里带给梅姑。

天晴日暖，双溪的空气中，“梅花酿”的香甜缠缠绵绵。江红霞心情好，挽着华建功走上老街，边走边自拍。华建功一手提着保温桶，一手搂着江红霞的腰，歪着头配合拍摄。这时候，郝曼出诊回来，正好迎面撞见，开玩笑说，哎呀，这不是大网红霞姐吗？看看你们夫妻，老街上秀恩爱，让我们单身狗怎么活?！江红霞赶紧把手从华建功的胳膊弯里抽出来，说，建功做过手术，身体虚，不得扶着吗？华建功也不好意思，说，我说不让扶，她非要扶！郝曼捂着嘴笑，看了看华建功，说，恢复得挺好！江红霞说，多亏你提醒，手术及时，没有耽误，还得谢谢你！郝曼说，我就干这行，谢什么谢？走吧走吧，继续秀恩爱吧！

来到梅家老屋，一进天井，江红霞就大声喊梅姑。梅姑听见了，说，赶紧进来，堂屋暖和！江红霞和华建功来到堂屋，见梅姑偎着火桶玩魔方，红面和黄面都玩出来了。华建功说，梅姑，哪来这稀奇东西？梅姑喜滋滋地说，生日礼物，阿欢送的！江红霞说，哎呀，这东西好难，年轻人都玩不来！梅姑说，我会玩！华建功贴着梅姑坐下，说，梅姑，红霞要去省城学习，来跟您道个别！梅姑放下魔方，一脸惊喜，说，好事哦！我是没本事，要有本事我也去！江红霞说，梅姑，我这也是迫不得已，跟人家订了合同，躲不掉嘛！梅姑说，去得好，去得好！你去了，让这个不争气的建功受受苦！华建功说，梅姑哎，别骂我嘛，我这回真改了。以后要是再犯浑，您拿手杖敲我脑壳！梅姑说，不用我敲你脑壳，老天爷看着呢，再不学好，还要罚你挨刀子！华建功马上低头，连说，晓得晓得！江红霞抱着梅姑的胳膊，说，梅姑，就您能镇住他！梅姑笑了，悄悄对江红霞说，生一场大病，懂三分人情，我看他这回真改了！江红霞抿嘴笑着点点头。梅姑说，红霞，你拍的视频，我好欢喜哦。鲍子跟我说，你将来肯定比菲菲还要红！江红霞说，哪里哪里，是鲍老师教得好！梅姑说，等你回来，给我也拍一个！江红霞说，好好好，我巴不得呢！

正说着，鲍子提着半篮子木炭进来，给火桶添炭。梅姑说，小鲍子，刚才还说你呢！鲍子故意说，又说我坏话！梅姑说，这个小心眼！夸你哦，不信你问他们。华建功和红霞都做证说是。鲍子说，梅姑夸我，一会我再给您揉揉肩。梅姑说，早上揉过了，不要再揉了。你给他们两口子泡杯茶！华建功赶紧说，我刚做过手术，不能喝茶！梅姑说，嗯，你得好好调理调理，回头给你个方子，试试看。华建功说，太好了，谢谢梅姑！江红霞说，梅姑您真疼他！梅姑指着华建功，说，他呀，小时候才好玩呢，长大不好玩了，看着烦！华建功臊得直摇头，鲍子和江红霞笑得倒是开心。

眼看快到中午，江红霞和华建功告辞，梅姑把一服调理方子给华建功，叮嘱他回去用上。华建功和江红霞出门，鲍子将他们送到大门外，猛抬头见兰姐拉着儿子强强急慌慌地来了。强强无精打采，瘦得像笋干一样，两只大眼陷在眼窝里，颧骨高如笋尖，怕要顶出脸皮。鲍子说，强强是不是病了？兰姐唉声叹气，说，这孩子真让人操心，放假回来几天，不吃不喝，跟丢了魂似的，请梅姑看看，调理调理！鲍子说，可到医院检查过？兰姐说，别提了！这孩子死犟，死活不去，好不容易劝去了，又是 CT 又是 B 超，折腾半天，医生说一切正常！鲍子拍了拍强强的后背说，小伙子，打起精神嘛！强强目光涣散，看了看鲍子，嘴角动了动，算是微笑。兰姐说，看看，见人也不晓得打招呼，哪像个大学生嘛！唉！眼看明年就毕业了，这可怎搞哦？鲍子说，别急别急，慢慢来嘛。

兰姐领着强强来到梅姑面前，梅姑放下魔方，问，这是哪个？兰姐说，我家强强嘛！梅姑伸头又看了看，说，哦，强强，瘦走形了嘛，学堂饭菜吃不饱？兰姐说，梅姑，这孩子跟丢了魂一样，不吃不喝，县医院也没查出毛病，您看着给他调理调理！梅姑点点头，对强强说，坐过来，让我看看！强强在梅姑旁边坐下，梅姑拉起强强的手，说，手好凉哦！兰姐说，肚里没食，哪有火力？梅姑在强强脉口上摸了一时，对强强说，嘴巴张开，看看舌苔。强强把嘴张开，伸出舌头。梅姑看过，想了想，把魔方递给强强，说，这蓝面我弄不出来，帮帮忙！强强看了看魔方，慢腾腾地接过来，三下两下，就把蓝面弄出来了。梅姑笑了，对强强说，好吧，去天井转转，我跟你妈说说话！强强起身走开。兰姐说，梅姑，这强强可有大毛病？梅姑悄悄说，相思病！兰姐听罢大惊，说，不会吧？梅姑说，花惹蝶，蝶恋花。这个岁数，这事管不住的！哦，强强这孩子从小就腼腆，对人家姑娘有意思，又不敢说，时间一长，病就扎根了！兰姐急得直拍大腿，说，这淘神孩子，害这丢人现眼的病！梅姑，我可怎么办?！梅姑叹口气说，人有三千疾，相思不可医哦！兰姐拉着梅姑，央求道，梅姑，您得救救强强啊！梅姑说，有个偏方，可以试试！兰姐高兴，说，好呀好呀！梅姑说，强强没上大学的时候，经常来找鲍子学照相，两个人在一起嘀嘀咕咕，话说不完。先让鲍子套套他的心里话，心里话说出来,病根也就拔出来了!兰姐说,就这样?梅姑说,就这样!兰姐身子往后一靠,说,哎呀,这个方子太偏了嘛!梅姑说,偏方偏方,不偏不成方嘛!

鲍子找强强两回,强强都没给面子,第三回强强来了。鲍子从强强嘴里套出话来,果然暗恋一个女孩。说起来,这倒是在意料之中,但是出乎意料的是,这个女孩竟然是菲菲。

强强第一次见菲菲,是在大二那年寒假。那时候,菲菲刚来双溪不久,在年轻人圈里早已是网红女主播,她擅长搞怪,漂亮时尚,能唱能跳,自然吸粉无数,强强就是其中一个。不过,这时候强强对菲菲只是喜欢而已,无非是在宿舍和同学互相拿菲菲打趣。偶然间,强强在"双溪人"群里看到菲菲的视频,才晓得原来大名鼎鼎的菲菲就在双溪,一下子觉得菲菲原来并非遥不可及,于是就幻想和菲菲的美好相遇。为此,强强还在宿舍吹过牛,说菲菲就在我们村,一定要和菲菲搞一次"艳遇",惹得同学们眼红不已。强强本来就内向,吹过牛之后,背上思想包袱,整天惦记怎么才能和菲菲搞上"艳遇"。放了寒假,强强急不可待,要回双溪见菲菲。因菲菲在寻访美食直播中说过自己对南京新华门的盐水鸭情有独钟,强强特意跑到新华门买一只盐水鸭当见面礼。当天,强强乘坐高铁回到双溪,美滋滋地等待和菲菲见面的机会。夜里,叶金波巡更回来,肚子闹饥荒,打开冰箱发现一只盐水鸭,以为是儿子孝敬老子,便拆开包装,斩下一半,就着老酒,吃得好美。正吃着喝着,强强起夜上厕所。叶金波老酒上头,偏偏要搞亲子互动,喝一口老酒,说,儿子,谢谢你的盐水鸭哦!强强跑过来一看,顿时拉下脸,大吼一声,为什么动我的东西?叶金波有点蒙,说,这不是给我下酒的?强强大吼,为什么?为什么?兰姐睡得正香,被强强两嗓子吼醒,过来一看,便劝强强,说,不就是半只鸭子吗?强强气得脸通红,回到房间啪的一声把门甩上。叶金波和兰姐两口子面面相觑,呆了。

因为没有盐水鸭撑腰,强强失去了见菲菲的信心和底气,在家躺了好几天,拒绝和父母对话。叶金波愤愤不平,大骂强强,没良心的小子,难道老子还抵不上半只鸭子?兰姐息事宁人,对叶金波说,孩子大了,少说为好!当天,兰姐为了讨强强高兴,特意从网上买了两只盐水鸭回来,强强看也不看一眼。叶金波气得要揍强强，兰姐赶紧拦住说，快过年了，忍了算了！

那天，强强在家躺得生烦，出门溜达，无意间走到下街，抬头看见菲菲工作室，顿时心里就扑通起来，进去还是不进去成了强强当时面临的人生抉择。就在这时候，手机提示有条信息，打开一看，同宿舍的兄弟催他，说"牛皮强"快把你和菲菲的合影视频发来。强强无奈，只好编个理由搪塞。就在这时候，菲菲从工作室里走出来，走到一辆红色跑车前，打开车门，长发一甩，戴上墨镜，冲强强微微一笑。强强顿时觉得眼前金光四射，双腿一软，差点瘫下来。等强强再睁开眼时，红色跑车早已不见踪影。

强强第二次见菲菲时，寒假即将结束，准备返校。那天，强强为了不被同学冠以"牛皮强"的名号，下决心到菲菲的工作室。本来，强强精心设计了一套方案，如何进门，如何打招呼，如何求合影，如何加微信，等等，可是一进门，发现华建林在跟菲菲工作室团队开会。强强进也不是退也不是，尴尬之时，华建林说话了。华建林说，强强，找我有事？本来强强不是找华建林，可是华建林问了，强强只好临时扯谎，说我来给建林叔拜个晚年。华建林高兴，给众人介绍，说，这是强强，我们双溪的高才生，学土木工程。众人都鼓掌。菲菲也鼓掌，一边鼓掌，一边甩长发，长发飘扬之际，冲强强调皮地挤了一下眼睛。强强浑身像被电了一下，赶紧扶住门框。华建林说，没事回去吧，我们正开会！强强走出门，愣了半天，突然间竟找不到回家的方向。

在南京那座美丽的校园里，强强背上同学授予的"牛皮强"的外号之后，世界仿佛变成恐怖片。和世界一起改变的，还有强强的学业，挂科频频，红灯闪烁。好在，在煎熬中等来了暑假。离校前，强强又去新华门买盐水鸭，一共买了三只。回到家，把其中一只冷藏起来，把另两只交给叶金波。叶金波因为上次的事想多了，以为儿子不是孝敬，而是讽刺他嘴馋，看也不看，甩到旁边。兰姐怕他们父子闹僵，马上调和，说，正宗盐水鸭，我好喜欢！嘴上是这么说，私下里拿到"小滋味"，一只斩成两份，卖了个好价钱。

强强终于找到与菲菲接近的机会，这还要感谢梅姑。往年，一到伏天，梅姑每天都做酸梅汤给来玩的孩子喝。梅姑做酸梅汤从不放糖，而是加蜂蜜，晾凉之后，装在一只竹壳大茶壶里。一边放一摞茶碗，一边放一桶井水。喝过之后，将茶盏丢进水桶里。酸梅汤中的蜂蜜甜，提防把蚂蚁引来。因此，三伏天，坐在梅姑家荫凉的天井里喝酸梅汤，成为一代又一代双溪人共同的儿时回忆。

那天，强强在“小滋味”给兰姐帮忙，出了好多汗，突然想起梅姑的酸梅汤。恰好鲍子打电话来，说梅姑天热没胃口，想吃毛豆腐开开胃。毛豆腐是兰姐店里的拿手菜，做好之后，便让强强赶紧送去。强强来到梅姑家，恰好菲菲正在拍摄梅姑做酸梅汤。强强站在门口等她拍完，敲了敲门，梅姑说了声进来，强强才敢进去。梅姑见强强来了，忙招着手说，强强，赶紧喝一碗酸梅汤，下下火！强强拿起茶盏倒上酸梅汤，没有马上喝，而是看着菲菲。梅姑对菲菲说，这是强强，读书好哦！菲菲看了强强一眼，调皮地说，我们见过，两次，对不对？强强受宠若惊，说，是是是！梅姑看了看强强，又看了看菲菲，说，哦，原来你们是老朋友啊！菲菲说，算是！强强笑笑，不停地点头。梅姑说，老朋友好，握握手吧！强强有点尴尬，菲菲倒是大大方方，伸出手来。强强把手放在身上蹭了蹭，伸手握了一下菲菲的手，马上收回，好像怕被电打了。梅姑笑，说，这孩子，真老实！

强强头一次感到如此幸福，喝到梅姑的酸梅汤，握了菲菲的小白手，临出门前还加了菲菲的微信。当天下午，强强发微信给菲菲说要送她一件礼物。菲菲说，现在好忙，等晚上。晚上，强强带着从冰箱里取出的咸水鸭，像外卖小哥抢单似的，飞奔到菲菲的工作室。菲菲正在准备直播，一边化妆一边跟强强说话。强强说，盐水鸭，南京新华门的。菲菲说，是吗？谢谢。强强说，我晓得你喜欢盐水鸭。菲菲说，是吗？谢谢。强强说，我晓得你喜欢新华门的盐水鸭。菲菲说，是吗？谢谢。强强还要说什么，菲菲放下眉笔，说，不好意思，我要开播了！强强有点失落，起身离开，走到门口，听见菲菲对助理说，你们几个，赶紧把那只盐水鸭消灭掉，天热，别放坏了！

从那之后，强强眼前经常浮现几个人争抢分食盐水鸭的情景，每每心疼。然而，强强又不得不想到菲菲。平时在学校，强强给菲菲发微信，菲菲也回，不是“笑脸”，就是“啤酒”，全是表情包，就是没有文字。网红都很忙，强强是晓得的。时间飞快，转眼强强快毕业了，挂科越来越多，必须尽快解决，越想解决，越难解决。这时候，如果菲菲能给下个命令，强强会义无反顾，全力以赴。但是，菲菲没有。强强仿佛掉进黑窟窿，一蹶不振。

鲍子套出强强的心事，兰姐惊得直跺脚，先怪菲菲无情，又骂强强不争气，说，小痴鬼，什么年代了，还能得相思病！鲍子说，有人就有相思，跟什么年代没关系！兰姐一时六神无主，转身拉住梅姑的手说，梅姑，您得救救强强，不然这孩子就废了啊！梅姑叹息一声，说，早晓得当初不让他们握手了！鲍子说，梅姑，神仙也想不到，赶紧想办法吧！梅姑想了想，对鲍子说，菲菲这几天嚷着要来拍视频，我身上不得劲，没答应她。你赶紧给她打电话，就说我请她来拍，对了，跟她说，马上就来，不然没空哦！鲍子笑着说，晓得了！兰姐说，梅姑，强强的事还没想出法子，你又把菲菲招来，不是惹麻烦吗？梅姑说，你别管，赶紧回去把强强找来！兰姐去了，不多时把强强带到梅家老屋。前脚跟后脚，菲菲也到了。

梅姑拉着菲菲说，对不住你哦，上回没拍好，这回好好拍！菲菲好高兴，抱住梅姑，说，不怪梅姑，怪我没安排好，让梅姑吃亏了！梅姑说，过去了，不说了。只要不耽误你的大事就好！菲菲说，销售旺季才开始，来得及！梅姑点点头，看了看强强，说，菲菲，你也晓得，我好笨哦，怕再耽误你，就请强强来帮我。大学生嘛，有文化，有些话让强强说！菲菲说，咦！老少搭配，年轻人也是我们的目标人群！强强有点紧张，呆呆地问，梅姑，我说什么呢？梅姑说，你就说，吃了“梅花酿”，读书就是棒！强强清了清嗓子，两眼放光，突然举起拳头，大喊，吃了“梅花酿”，读书就是棒！菲菲也兴奋地举起小拳头，说，好耶！强强加油！

强强笑了。

梅姑也笑了。

兰姐松了一口气，扶着鲍子笑，笑着笑着，眼泪出来了。

第十六章　郝曼

一大早，鲍子在“小滋味”吃馄饨的时候，收到郝曼的微信留言，请他去卫生室拍照，时间定在上午十点。不知是开玩笑还是提醒，郝曼在留言最后加了一句，鲍老师，不许耍大牌哦！鲍子看到这一句，仿佛看到郝曼歪着头调皮的样子，扑哧一声笑了。兰姐手上包着馄饨，扭过头问鲍子笑什么。鲍子本想跟兰姐说郝曼约他，又一想，兰姐跟郝曼好得像亲姐妹，迟早会晓得，说不定兰姐就是幕后策划，让郝曼和他单独在一起。既然如此，不提也罢。

双溪卫生室在下街的扁担巷，离老祠堂村部不远。门前的七星沼，岸边有三棵百年银杏，每年深秋金黄一片，映得潭水如一汪金水，闪闪发光。鲍子在这里拍过好多作品，每年都有报刊选用，网上流传更不用说了。不过，鲍子从来没进过卫生室，他身体皮实，无病无灾，偶有伤风感冒，有梅姑出手，自然一应化解，也犯不着找卫生室的麻烦。因此鲍子对卫生室了解不多，只晓得除了退休返聘的医生苏杏村，还有两个护士，经常在“双溪人”群里转发男女养生、儿童保健、卫生防疫的帖子，其他便一无所知。算起来，郝曼从市第一人民医院来双溪卫生室驻村已有两年，鲍子跟她见面不多。上次兰姐好意牵红线，两个人才接上头，卫生室突然有急诊，郝曼便跑回去了。双溪不大，有时在老街旧巷碰上，只是点点头，一笑而过。当然，鲍子也偷拍过郝曼的背影，效果不如江红霞的好，便没留存，不晓得为什么。

因怕背上要大牌的恶名，鲍子比约定的时间早十分钟赶到双溪卫生室。一进门，见华建功眉头拧着，半个屁股坐在条凳上。华建功问鲍子，你病了？鲍子摇摇头。华建功说，不会梅姑又不得劲了吧？鲍子说，大腊月的，别瞎说！华建功说，哎，你这人好奇怪，大冷的天，没事往卫生室跑搞什么嘛！这时候，郝曼挑开帘子从里间走出来，说，鲍老师是稀客，我请来的！华建功恍然大悟，冲鲍子坏坏地一笑，说，晓得了！郝曼说，华大哥，你还有心思替别人操心，自己恢复得好不好？华建功说，感觉还可以，就是这两天痔疮犯了，坐立不安！郝曼点点头，一挑帘子，说，进来吧，我来看看！华建功连连摇手，说，不不不，我等老苏！郝曼说，老苏去县里办事，晚上才回来！不就是痔疮吗？我来看看！华建功满脸涨红，扭头朝外走，说，明天再来！明天再来！郝曼笑了，对鲍子说，老封建！

当郝曼递上一杯茶时，鲍子才晓得自己想多了。郝曼请鲍子来，不是谈情说爱，而是有拍摄任务。省城中医大学一位教授名叫饶宇，郝曼在中医大学进修时听过他的课，又在同一个师生群里。前天，饶宇教授在群里问，哪位同学在皖南，有个项目考察，想找个向导。郝曼一直崇拜饶宇教授，于是主动请缨，和饶宇教授约定在双溪见面。郝曼谈论饶宇教授时，不叫饶老师或饶教授，而称“饶师”，饶师这饶师那，饶师饶师，听起来像哄鸡。鲍子想笑又不好意思笑，一听郝曼说饶师，就狠掐自己的大腿。这样下去，鲍子担心大腿非青紫一片不可。总之，郝曼的意思，饶宇教授的到来是双溪卫生室的大事，请鲍子来拍些照片，留着做纪念。

鲍子明白自己的任务，于是便放松了。趁郝曼给病人打针的工夫，鲍子上网百度一下饶宇教授。本来，鲍子以为这位饶宇教授是位老先生，没料到饶宇竟跟自己同庚，从照片上看竟然还帅得一塌糊涂，简直就像当红小生。如此年轻如此帅气倒也罢了，偏偏还是日本京都大学的医学博士，而且成就斐然著述颇丰，是我国中医药研究领域的拔尖人才，三年前作为高级人才引进省中医大学。鲍子看到这里，心扑通半天，不晓得为什么。

饶宇教授自己驾车，按照郝曼发给他的定位，十一点准时到达双溪卫生室。就在他停下车，打开车门的一瞬间，郝曼跑上前去，兴奋地与饶宇教授握手。鲍子不失时机,不停地变换角度抓拍。饶宇高大英俊,风度翩翩,郝曼青春靓丽,热情似火。鲍子拍得正兴起,饶宇眉头一紧,突然问郝曼,拍照的是什么人?郝曼说,鲍老师,我们双溪的摄影家!饶宇点点头,说,跟他讲,拍照可以,不可以在网上乱发!郝曼看了看鲍子,说,鲍老师,不可以在网上乱发!鲍子心里很不舒服,冲郝曼点了点头。在郝曼的陪同下,饶宇走进卫生所,鲍子提前找好角度,不停地拍摄。郝曼向饶宇教授介绍卫生室情况,饶宇不停地点头。鲍子拍了半天,好像只有这些,饶宇教授看上去有点心不在焉。鲍子本想提醒郝曼,又一想多一事不如少一事,于是便忍了。转了一圈,饶宇教授捂着嘴打了两个哈欠,郝曼似乎有所感觉,便不再介绍了。

郝曼本来请鲍子陪饶宇教授一起吃饭,鲍子不愿意,推说梅姑一个人在家,他不放心,把照片拷给郝曼,便回梅家老屋。眼看快到午饭时间,鲍子考虑回去做饭麻烦,打算到“小滋味”要两菜一汤,带回去和梅姑一起吃。来到“小滋味”,刚坐下来,兰姐突然说,鲍子,快看,群里群里!鲍子点开“双溪人”群,见郝曼发了一张与饶宇教授握手的照片,上面打了一行字:“热烈欢迎饶宇教授莅临双溪卫生室指导工作。”鲍子看出来,这张照片就是饶宇说那句“但不可以在网上乱发”的时候拍摄的。兰姐说,你看你看,大帅哥哦,啧啧!你看你看,俩人手握得好亲热嘛!鲍子,你看你看!鲍子说,兰姐,菜烧煳了!兰姐一看,果然锅里冒出一股黑烟,大惊道,不得了,不得了!

鲍子带回两菜一汤,都是将就梅姑清淡的口味。吃饭的时候,梅姑问鲍子上午去拍照片好不好,鲍子说还可以。梅姑说,照片给我看看!鲍子说,删了!梅姑放下筷子,说,哦,好好的照片,怎么能删嘛!鲍子说,不删占内存!梅姑怕是不晓得内存是什么,也就不再问了,连说几句“好可惜”。就在这时候,华建林打来电话,说,鲍哥,马上到老祠堂,马上!鲍子说,大中午,有急事?华建林说,省城一个大教授,到我们双溪考察,马上就到!鲍子一听暗笑,问,是不是中医大学的饶宇教授?华建林说,哦,你晓得他啊?太好了,快来多拍点照片,回头好做宣传!鲍子说,不好意思,我闹肚子，去不了！华建林说，你这个家伙，懒驴上磨，关键的时候掉链子！鲍子说，华书记，肚子的事，没法做预案嘛！华建林说，好吧好吧，我找菲菲来拍视频！

在驻村医生郝曼的陪同下，饶宇教授冒着寒风来到双溪古村考察，受到华建林书记的热情接待。宾主就双溪中药材的调研和开发深入交换了意见，并达成意向性合作框架。以上这些，鲍子是从菲菲发在“双溪人”群里的视频里看到的。能把一个教授和一个村支书的会面报道成国际新闻的感觉，鲍子也是服了。其实，鲍子没有看到的还有很多。毕竟菲菲忙着搞直播带货，实在没有太多时间拍摄。

饶宇教授此次来徽州有两个目的：一是对徽州的中药材分布及种类实地考察。这一项不是一时半会儿能做好的，也不是双溪一个村所能涵盖的，因此只能是意向。二是收集整理徽州地区的民间偏方验方。作为新安医学的发祥地，饶宇教授一直想对徽州地区进行深入探索。郝曼听说饶宇收集民间偏方验方，当即推荐梅姑。饶宇听了梅姑的情况后，大为意外，要求马上见面。郝曼晓得梅姑的脾气，不愿随便见人，自然不敢做主，于是打电话向华建林报告。华建林一听好兴奋，邀请饶宇教授到村部指导工作。郝曼说，教授的意思不是去村部，是见梅姑。华建林说，先来村部谈一谈，梅姑的工作，我来做嘛！

郝曼陪同饶宇教授来到老祠堂，华建林早早就在门口迎候。寒暄之后，饶宇教授开门见山，提出马上见梅姑。华建林说，梅姑前几天身体不适，中午要休息一会。郝曼及时帮衬，说，确实如此，不过血压、心肺等各项指标都正常，子午觉是老人家一定要睡的！饶宇表示理解，于是耐下性子，和华建林谈谈皖南的中药分布和开发等话题。实话实说，华建林对饶宇教授的话题兴趣浓厚，无奈饶宇教授一串接一串的新名词，搞得华建林借助百度也没明白多少。不过，最后几句听明白了，饶宇教授想把新安医学的地位进一步提高，尤其在日、韩等中医覆盖广泛的亚洲国家。华建林被饶宇的学识和志向所征服，连竖大拇指，主动和饶宇教授合影，并加了微信。

鲍子接到华建林的电话时，梅姑刚刚午休起床，正和鲍子商量一起拍视频。华建林在电话里说，鲍哥，梅姑起床了吗？鲍子说，刚起床。华建林说，你跟梅姑说一下，马上有一位大教授来拜访她！鲍子问，大教授拜访梅姑，什么意思？华建林说，这你就别问了，我马上带人来！鲍子听说饶宇要来，心里不太情愿，于是就把电话给梅姑。梅姑接过电话，对华建林说，是不是搞收藏的？要是就别来了，我不见！华建林在电话里说，梅姑，人家是教授，搞医学的！梅姑说，搞医学的好，见见！

梅姑见客人前，先回绣阁梳头熏香。这是梅姑的习惯。在等梅姑的时候，华建林陪同饶宇教授参观梅家老屋。饶宇教授并不像其他外人那样见到老物件两眼放光不停地拍照，只是平静地看过，不停地点头，来到天井时，感慨一句，四水归堂啊！华建林说，饶宇教授对徽州古建也有研究。饶宇教授笑了笑，说，谈不上研究。不过，在研究新安医派的时候，接触过一些徽派建筑的资料。华建林碰了碰鲍子，说，原来搞医学还要研究建筑！饶宇教授双手叠放在一起，望着天井中的一方蓝天，说，从文化的角度来看，医学跟建筑有很多共通之处，尤其中国的古建筑和中医！华建林说，这有意思！请饶宇教授讲一讲。饶宇教授说，比如说阴阳，古建和中医都把它作为理论的出发点！至于虚实、表里，那就不用说了，就算寒热，中医辨证考量，建筑设计同样考虑。不然，这百年老屋怎么能冬暖夏凉呢？华建林和郝曼激动地鼓掌。鲍子没有鼓掌，但觉得这个教授似乎有些水平，突然问了一句，那“四水归堂”怎么解释？饶宇教授说，“四水归堂”好比“气血归心”，气血旺，人必强。同理，四水归，家必兴！鲍子一听，心头一亮，率先鼓掌。华建林和郝曼也一起鼓掌。

正在这时，楼上传来一声咳嗽。梅姑下楼来了。

冬日午后，阳光斜照。梅姑从楼上下来，走进冬日阳光中，慈祥端庄，面带微笑，问，哪位是客人？饶宇教授走上前，握住梅姑的手，说，老人家好！梅姑摇摇头，说，我不是老人家，我是梅姑！饶宇教授马上改口，说，梅姑好！梅姑说，贵姓？饶宇教授说，免贵姓饶，求饶的饶！梅姑哦了一声，饶恕的饶！饶宇看了看众人，笑道，都是一个字！梅姑突然仿佛大脑断片儿，拍了拍脑壳，说，哦！哦！哦！

饶宇说,梅姑,您没事吧?

梅姑抬头盯着饶宇的脸,半天才说,哦!我认错人了!

郝曼上前搀住梅姑说,梅姑,饶教授是中医大学的教授!

梅姑揉了揉眼睛,愣了一下,说,糊涂了哦!糊涂了哦!

第十七章 老照片

寒假开始,阿欢简直玩疯了。叶小苋实在看不下去,打算把阿欢送回双溪,让梅姑熏陶熏陶这个疯丫头,也让阿欢好好陪陪梅姑。自从搬到镇上,叶小苋陪梅姑的时间越来越少,再不让阿欢陪一陪,总觉得对不住梅姑。毕竟是百岁老人,今天不想明天的饭,万一有个三长两短,总归是遗憾。况且,梅姑喜欢阿欢,这一点叶小苋晓得。

叶小苋打电话跟华建林提起这事,华建林不同意,说梅姑好忙,别让阿欢来添乱!叶小苋问,一个百岁老人能忙什么?华建林大大咧咧地说,大事!双溪的大事!叶小苋晓得华建林的毛病,喜欢把话往大处说,就不再跟他啰唆,让阿欢收拾收拾做好准备。阿欢听说要回双溪,欢呼雀跃,转身就往门外跑。叶小苋一把将她薅回来,板起脸来问,见梅姑要做什么准备?阿欢嘟起小嘴说,梳头嘛!叶小苋说,还有呢?阿欢说,刷牙嘛,洗脸嘛,抹香香嘛!

年关将至,返乡过年的人越来越多,乡村公路时畅时堵,车子跑不起来。趁这工夫,叶小苋反复叮嘱阿欢,如果梅姑问起鸳鸯屏,就说放在自己房间里,还要说好喜欢好喜欢。阿欢说,鸳鸯屏明明不在我房间,非要说在我房间,不是让我扯谎吗?叶小苋说,其他谎不能扯,这个谎可以扯!阿欢问,为什么?叶小苋说,没有为什么,记得就好!阿欢小嘴一噘,说,晓得了!

双溪老街张灯结彩,挂满小旗子。小旗子五颜六色,花花绿绿,写满吉祥话——“双溪是我家，文明靠大家”“幸福双溪，欢迎回家”“快快乐乐回双溪，欢欢喜喜过大年”等。老牌坊上也缠满彩带，远看像菜园里的黄瓜架子。说实话，叶小苋还是喜欢小时候过年的样子，清水净街，各扫门脸，大红春联一贴，年味就足了。不像这满街红红绿绿，花大姐似的。不用问肯定是华建林的主意。叶小苋想，华建林小时候那么老实，那么朴实，如今当个小村干部怎么变成这样呢？华建林啊华建林，你好歹也上过大学，拜托有点审美好不好，拜托不要折腾双溪好不好！又一想，华建林就是华建林，不折腾他就不是华建林了！如此一想，由他去吧。

在双溪，无论自家和外来车辆不得进村，一律停在村口的停车场。这是华建林最初的主意，好在都乐于执行，于是便成了规矩。叶小苋停好车，领着阿欢才走几步，抬头见二牌坊下站着两个人在争吵，你一句我一句，互不相让。走近一看，是叶金波和他大哥叶金海。叶金海早年当兵离开双溪，在部队提干后，转业到上海一家企业工作，往年很少回来，听说去年退休，怕是得空回双溪过年了。兄弟俩见叶小苋过来，不再争吵，挥挥手跟叶小苋打招呼。叶小苋跟叶金海寒暄几句，叶金波上前一步说，小苋，赶紧回梅家老屋看看吧，来了个大教授，采访梅姑呢！叶小苋说，哦，怪不得建林说梅姑好忙！叶金波说，就是嘛，昨天我三更巡夜，梅家老屋灯还亮着！叶小苋担心地说，梅姑真是的，也不注意休息！叶金波说，谁说不是呢？回去好好劝劝梅姑！叶小苋点点头，拉着阿欢朝织女巷走去。

梅家老屋安安静静，阿欢一进大门便嚷着找梅姑。鲍子赶紧拦住，手指竖在嘴边，嘘了一声。叶小苋觉得奇怪，一问才晓得梅姑和那个叫饶宇的教授正在闭门商讨偏方。梅姑跟鲍子有交代，没有要紧的事，不要让人来打扰。更让叶小苋吃惊的是，梅姑安排饶宇在梅家老屋住下，就住在叶小苋曾经住过的东屋。叶小苋晓得梅姑有好多偏方，从没想到会被大学教授看上。鲍子说，何止是看上！人家当宝贝哦，又是搞录像，又是做笔记，听说还要出版呢！叶小苋想了想，说，现在骗子多，会不会把梅姑骗了？鲍子说，教授是郝曼介绍过来的，我在网上查过，正正规规，中医大学教授！叶小苋说，那就好！

阿欢没看见梅姑,吵着要去找。叶小苋不让阿欢去打扰,阿欢不听,穿过天井跑到东屋连连拍门,一边拍门一边喊,梅姑!梅姑!梅姑好半天才出来。阿欢拉着梅姑的手,问,梅姑不想我吗?梅姑拍着阿欢的头,笑着说,疯丫头,梅姑在忙大事哦!阿欢不管,拉着梅姑上绣阁。叶小苋喝道,阿欢别跑,当心梅姑跌跤!话音才落,阿欢早已独自跑上楼了。梅姑摇摇头,对叶小苋说,这疯丫头,鸳鸯屏也没镇住她哦!

经鲍子介绍,叶小苋和饶宇握手打招呼。饶宇说,你就是叶小苋,梅姑说起好多遍!叶小苋说,一家人嘛!饶宇说,请问 xiàn 是哪个 xiàn?叶小苋笑笑说,苋菜的苋。饶宇一惊,说,好啊!苋菜是一味中药,全身都是宝!叶小苋笑,说,梅姑管苋菜叫寒菜!饶宇又一惊,说,妙啊!苋菜药性寒,归肝经肠经!叶小苋说,药性我不懂,倒是听梅姑说过,苋菜能杀蛔虫!饶宇说,对对对,还能益精利便,治疗痢疾,也就是拉肚子!鲍子一听,忍不住笑了。叶小苋顿时脸红了。饶宇一脸严肃,盯着鲍子说,科学嘛,很好笑吗?

从梅家老屋出来,叶小苋去老祠堂搞一次"突击侦察",所幸平安无事。华建林正好要去镇里述职,他那辆破越野车又出毛病,于是搭叶小苋的车。路上,叶小苋提到饶宇,担心会不会是骗子。华建林大手一拍,说,放心!我已经通过有关渠道摸清饶宇的底细,确实是中医大学教授,确实在皖南有考察项目!叶小苋说,嘁!跟搞地下工作一样!华建林说,搞工作嘛,做预案嘛!叶小苋说,不就是打听打听吗?哪个想不到?还预案!华建林说,这叫基层工作意识!

车过老石桥,又遇上塞车。叶小苋说,华建林,我就不明白,提拔你到镇里工作,又不是害你,不晓得你怕什么!我跟你讲,明年再有机会,你要再敢推掉,我饶不了你!华建林说,饶不了我?你不会咬我吧?叶小苋突然拉下脸来说,我举报你!华建林一愣,说,举报我什么?四个坚持,八项规定,以身作则,牢记心中,屁股不洗都比脸都干净,我怕什么?叶小苋突然笑了,说,华建林同志,有点心虚吧!华建林哼了一声,说,我还不晓得你?七弯八绕,指桑骂槐,还不是为了菲菲的事?我跟你讲,为双溪做事,我心安理得,我华建林指天发誓!叶小苋马上把华建林的嘴捂住,说,腊月里,不许发誓!华建林气得呼哧呼哧,说,哼!搭个车跟“双规”似的,让我下车!叶小苋一把拉住他,撒娇道,老公,人家开开玩笑嘛!华建林黑着脸说,玩笑不能这样开!叶小苋说,下次不开不行吗?华建林长长舒了一口气,轻轻拧了一下叶小苋的耳朵。

就在这时,鲍子用微信发来一张照片。照片中,饶宇站在梅家老屋的天井里,仰望天空,看上去很帅。叶小苋突然想起什么,对华建林说,哎,我总觉得这个饶宇教授好眼熟!华建林顺势挖苦道,看见帅哥你都眼熟!叶小苋打了华建林一下,认真道,不是开玩笑!你看看,额头饱满,鼻梁挺直,还有这表情,似笑非笑,好熟悉嘛!华建林说,照这么说,我看倒有点像一个明星!不过嘛,饶宇比那个明星个子高,高好多!叶小苋说,照这么说,比你也高好多!华建林被伤了自尊,一声不吭,闭上眼睛装睡。叶小苋再一次打击成功,偷偷笑了。

好不容易等到路通了。叶小苋是急性子,一脚油门,转眼间就到了镇上。叶小苋先把华建林送到镇政府,然后才去忙生意。一个下午,叶小苋都被饶宇的事纠缠着,盘货时差点出错。天将晚时,华建林打电话,让叶小苋送他回双溪。叶小苋一想,阿欢也在双溪,自己一个人在镇上无趣,于是就和华建林一起回双溪了。途中,华建林打电话给兰姐,在“小滋味”订了几个菜,然后又打电话跟鲍子说了。此时,天色已晚,举目一望,隐隐约约,双溪就在眼前了。

灯火亮起,梅家老屋热闹起来。晚饭前,梅姑特意交代,要让客人尝尝“梅花酿”。叶小苋早就拿来两瓶摆在桌上。菜有七八样,都是土菜。华建林时时处处不忘展示双溪文化,臭鳜鱼、毛豆腐、一品锅这几样特色菜一样不落,鸡汤石耳笋丝也点了。梅姑让饶宇坐在身边,一会让他品尝“梅花酿”,一会催他吃这吃那。阿欢在一旁好嫉妒,不停地向梅姑提意见,说,梅姑梅姑,还有我呢!一桌人全被惹笑了。

叶小苋一直在控制体重,怕管不住嘴,吃个半饱便离席了。来到门外,隔着花格子门偷看饶宇。饶宇正好对门而坐,叶小苋怎么看都觉得眼熟。

第一眼看见饶宇，叶小苋就觉得面善，总觉得在哪里见过。不是擦肩而过那种见过，是注视许久的那种见过。到底在哪里见过呢？叶小苋越想越急，心里像猫抓了一样。

晚饭后，华建林和鲍子陪着饶宇闲聊。叶小苋送梅姑上楼休息。阿欢跟着一起上楼。进了绣阁，叶小苋陪着梅姑围着火桶坐下，一边嗑香榧，一边说话。梅姑说，小苋，你觉得这个饶宇怎么样？叶小苋说，好眼熟！梅姑眼睛一亮，说，你也觉得眼熟？叶小苋说，就是就是，第一眼就觉得好眼熟，不晓得在哪见过。我跟建林讲，他还说我喜欢帅哥！阿欢调皮，在旁边说，我也喜欢帅哥！叶小苋瞪了阿欢一眼，阿欢吐了一下舌头，跑出找鲍子玩去了。

绣阁一下子静下来，火桶里新添的炭，噼里啪啦，轻轻炸响。梅姑在火桶上烤了一颗香榧递给叶小苋，叹口气说，这个饶宇，让我想起一个人哦！叶小苋一惊，问，哪一个？梅姑揉了揉眼，又眨了眨，似乎想把眼前的东西看得更清。叶小苋又问，到底是哪一个？梅姑摇摇头说，过去了，不说了！叶小苋被撩得急火直蹿，摇着梅姑的胳膊说，急死人了，说嘛说嘛！梅姑想了想，对叶小苋悄悄说，千万不能跟别人讲哦！叶小苋说，晓得晓得！梅姑说，去把老相册拿来！叶小苋晓得老相册往常都放在五斗橱里，现在过去翻了个遍，却没找到。梅姑说，在枕头底下哦！叶小苋转身坐在梅姑的雕花床上，俯身把枕头掀开，老相册果然在，于是连同老花镜一起递给梅姑。梅姑戴上老花镜，手不停地抖，轻轻打开相册，只翻了一下，叶小苋脑壳里一道光闪过，马上晓得梅姑要找哪张照片了。

果然，梅姑在老相册里找到那张照片。那是拍摄于民国二十七年(1938)春天的老照片。照片中，梅姑和三个新四军战士站在老祠堂门前，那个手拿小提琴的高个子小伙子，额头饱满，鼻梁高挺，似笑非笑。

梅姑对着那张老照片凝视许久，默不作声。叶小苋指了指那个手拿小提琴的小伙子说，是他？梅姑点点头。叶小苋拍着脑壳说，我就说见过嘛。喏，饶宇跟他长得好像！梅姑说，他也姓饶！叶小苋一愣，说，不会这么巧吧？梅姑点点头说，当年，第一次见面，我问他贵姓，他说免贵姓饶，求饶的饶。我说应该是饶恕的饶！他说，都是一个字！我说，求饶低头，饶恕抬头！他说，那往后我就说是饶恕的饶。叶小苋笑道，这个人好有意思！梅姑说，那天饶宇来，我问他贵姓，他说姓饶，求饶的饶，跟他说话的样子一模一样哦！叶小苋说，梅姑，他是不是得过湿疹？梅姑说，他不得湿疹，我也不会了解他！叶小苋说，他常来梅家老屋？梅姑笑了，抚了抚照片说，有空就来，就在天井里西厢门前，他拉琴，我唱歌！叶小苋好羡慕，说，哇！好浪漫哦！梅姑开心地点点头。叶小苋揽住梅姑的肩，贴在梅姑的耳边小声说，梅姑，喜欢他吧？梅姑微微一笑，害羞地把目光从照片上移开，盯着窗外，长叹一声说，那年我十七岁哦！叶小苋从未见过梅姑如初恋少女般的样子，说，后来呢？梅姑说，三个月后，部队走了，他也走了！叶小苋说，您没想过跟他一起走？梅姑说，想过，可是我不能！叶小苋说，为什么不能？那时又没人管你嘛！梅姑说，不是哪个管我，是我不能走哦！唉！你不晓得，阿爸临死前，让我看好梅家老屋，我答应过！叶小苋握着梅姑的手，叹口气说，后来你们没有联系过？梅姑说，头两年他常写信来，后来闹了"皖南事变"，听说他离开皖南，去了苏北。再后来，就没消息了！叶小苋说，太过分，好歹来个信嘛！梅姑摇着头，嘴唇颤动，喃喃自语，不怪人家，人家做大事，抗日哦！

叶小苋将梅姑抱住，眼圈潮了，呆呆地望着窗外的天井，说，他会不会跟饶宇有关系？

梅姑摇摇头，说，天底下同姓的人多得很。怕是巧了！

叶小苋说，那也不会这么巧吧？

梅姑没说什么，拉着叶小苋的手，说，手好凉哦！

叶小苋把梅姑的手握住，一起放在火桶上焐着。

梅姑说，火桶的火仁义，能暖到心里哦！

望着梅姑一头白发，叶小苋好心疼，好想哭。

梆——梆——梆——老街传来三更梆声。梅姑望着天井，说，唔，不早了，睡吧睡吧。

叶小苋扶着梅姑走到雕花床前说，梅姑做个好梦！

梅姑说,跟建林说,偏方的事,该说的我都说了,明天就让人家走吧!叶小苋晓得梅姑所说的人家是指饶宇,于是点点头,又叹口气。

第十八章　规矩

远远近近，爆竹声此起彼伏。快要过年了，双溪的空气中除了“梅花酿”的甜香，还掺进淡淡硝石火药的味道，让这座古村变得更加厚重，更有人间烟火气息了。

本来，鲍子打算回去陪父母，没料到父母打电话来，说他们要去鲍俪家过年，让他不要回家了。鲍俪是鲍子的妹妹，大学毕业以后嫁到新加坡，前年回到深圳开办自己的文化公司，听说做得风生水起。说起来，鲍子有两年没有陪父母过年，一是父母的生意忙，操心的事多，顾不上鲍子。二是鲍子习惯了双溪的生活，不想来回折腾。好在鲍俪天生闲不住，国内国外两头跑，也能陪父母。如此一来，倒是把鲍子解放出来，安安心心在双溪陪梅姑过年了。

过年是大节，叶小苋一家三口照例都来梅家老屋陪梅姑。大年三十，梅家老屋热闹起来。一大早，叶小苋里里外外忙家务，梅姑哄着阿欢认认真真梳头，鲍子和华建林联手贴春联。鲍子个子高负责贴，华建林个头矮负责看，高了低了，上了下了，不停地喊。梅家老屋门多窗多，见门有联，见窗有字，联字俱吉，才算合适。这是梅家的规矩，所有的春联都要梅姑过目点头才能贴上。因此原本轻松的事，却把两个大男人拿捏出一身汗来。春联贴好，举头一望，太阳已经跃上屋脊，天井里一片豁亮，新贴的春联愈加醒目了。

贴好春联，华建林匆匆忙忙去老祠堂村部安排春节期间的防火，阿欢吵着要跟去，华建林好说好劝不管用。叶小苋大喝一声，说，疯丫头，你长大也想当村干部啊?!好好陪梅姑！阿欢向来不怕华建林，却怕叶小苋，只好老老实实待在梅家老屋。恰好，兰姐这时给梅姑送米饺，阿欢拿上两个米饺，边吃边玩去了。

在双溪，除了自己亲手做，梅姑只认兰姐做的米饺，因此每年过年兰姐都送米饺过来，请梅姑尝尝。梅姑尝了米饺，连连说好，拉着兰姐围着火桶坐下说说话。先说到强强为了学业不回来过年，又说到"小滋味"饭馆来年扩建，说着说着，兰姐提到叶金海回来了。梅姑说，算起来，金海也该有六十了吧？兰姐说，六十他没的过了，转过年六十二了！梅姑说，啧啧！好快哦，金海该当爷爷了！兰姐说，按理说应该这样，可他那儿子不争气，说是没房不能搞对象，三十好几还是光棍儿！梅姑说，大麦小麦，各有季节，婚姻这事也急不得！兰姐说，皇上不急太监急嘛，金海大哥天天为给儿子买房犯愁！哎呀，您不晓得，上海那地方，买房比买命都难，要花好多钱！这不，借着过年赶回来，吵着要卖上街那幢老屋，我们两家，一半对一半，分了钱好给儿子买房办首付！梅姑听了，摇摇头说，哦，叶家上街的老屋也传了三四代人了！兰姐说，到我们正好第四代！梅姑说，啧啧！这个金海，爹妈过世没几年，就打起老屋的主意，真是糊涂！老屋卖了，他在双溪就没根了！兰姐说，是哦是哦，我和金波都不同意，可金海铁了心，兄弟俩吵来吵去，差点翻脸。唉！这个年，怕是过不安生！梅姑说，大过年的，别叹气！回头让建林把他们兄弟找来，我来好好劝劝他们！兰姐说，明天是大年初一，按规矩肯定都要来给梅姑拜年，到时候您该说就说，该骂就骂！梅姑笑着说，晓得了，他们不听话，我拿手杖打！兰姐一听，搂着梅姑笑了。

兰姐告辞，叶小苋在兰姐的竹篮里放上两包干笋丝。人家送东西来，临走竹篮不能见底，这是双溪人的规矩。送走兰姐，华建功来了。华建功给梅姑送来一盒中老年保健品，包装花花绿绿，看上去很扎眼。华建功捧着保健品递给梅姑，说是江红霞从省城带回来的。梅姑问，红霞回来，怎么不来让我看看？华建功说，她在家躺着呢！梅姑说，大过年的，病了？华建功叹口气，说，不晓得哦！梅姑瞪了华建功一眼，说，怕是你又惹她生气了。

华建功好委屈，说，梅姑，我真没惹她，前天她从省城一回来，问啥都不吭声，跟哑巴一样，我好担心！梅姑想了想，说，你赶紧回去，红霞一个人在家，我不放心！华建功应了一声，转身回家。叶小苋追上去，拿了两条鱼给华建功带上。华建功客气两声，也就拎上了。

梅姑来到天井廊檐下，抬头看了看四水归堂上一方天空，叹了口气，把叶小苋叫来，说，小苋，你去看看红霞，大过年的在家躺着，怕是遇到事哦！叶小苋点点头，解下围裙，拿上两袋香榧便出门了。阿欢要撵着去，被叶小苋一个瞪眼吓了回来，便缠着鲍子拍视频。鲍子没办法，只好哄阿欢玩。阿欢人来疯，非要拉着梅姑一起拍。梅姑没心思，对鲍子说，红霞不吃不喝不说话，怕是遇上大事了！鲍子说，怪不得，好多天没看到她发视频。

正说着，门外有人喊梅姑，鲍子赶紧去开门。来人是双溪卫生室的苏杏村。说起来，梅苏两家颇有渊源。新中国成立前苏杏村的祖父在梅家老屋做管家，两家人亲如一家，到了苏杏村这一代，往来一直没断。苏杏村原是县中医院的医生，退休后回到双溪，被聘到卫生室发挥余热。苏杏村一进门便拉着梅姑，连连道歉，说上次梅姑住院没得空去看，实在抱歉。梅姑拉着苏杏村在火桶边坐下，聊了一些家长里短，又问，你家孙子上学了吧？苏杏村说，比阿欢大一岁，早上学了！梅姑说，杏村你好有福气哦！苏杏村说，还不是托梅姑的福？当年是梅姑的一丸药救了我，才有现在这一大家子！梅姑说，杏村，不能这么说，我哪有那么大本事？都是祖宗积下的德！苏杏村又是一番感激，从包里拿出两瓶药酒，恭敬呈上，说是给梅姑补一补。梅姑看了看问，枣皮酒吗？苏杏村说，梅姑眼光真好，就是枣皮酒。我亲手从山上采的枣皮，亲手泡的！梅姑说，哦，东西是个好东西，可我不敢用。你不晓得，吃好睡好，我这把老骨头就补全了哦！苏杏村说，梅姑好福气，能活到两百岁！梅姑连连摇头，说，不要不要，活到两百岁，那不就成了老妖怪吗？阿欢在旁边听了，哈哈大笑，说，哦，梅姑是个老妖怪！梅姑是个老妖怪！苏杏村笑了，鲍子也笑，梅姑跟着也笑了。又说了一会儿话，苏杏村起身告辞，梅姑让鲍子赶紧拿两瓶“梅花酿”给苏杏村带上。

送走苏杏村，鲍子进来对梅姑感慨地说，双溪的老规矩真好，人情味好浓，现在好多地方都没有了！梅姑说，老规矩哪里都有，就看你守不守哦！鲍子一想，确实如此。在双溪生活十来年，鲍子发现双溪民风里现代中有古风，古风中又有现代，着实可爱。双溪古村绵延千年，从北宋到现在，单从规矩来看，分不出哪里是传统哪里是现代。有时候，鲍子站在天井里出神，竟不知自己在古代还是现代。

叶小莞回来了，一进门就长叹一声，梅姑不禁眉头一紧。叶小莞坐下来一说，果然正如梅姑所料，江红霞确实遇到麻烦了。

江红霞和省城那家公司签订合同后，如约去进行岗前培训。想着马上就能成为菲菲那样的网红，江红霞好兴奋。培训点设在郊外一家偏僻的宾馆，封闭管理。本来，江红霞以为培训就是上课，跟上学读书差不多。没料到一进去就被要求不许和外界联系，手机交给专人统一管理。培训内容安排得很紧，头两天先练说话，不是说普通话，是说网络味的普通话。在网络味的普通话中还要夹杂发嗲。江红霞说惯了家乡话，一时改不过来，挨了不少批评，差点都不会说话了。接着练仪态，站坐行走，举手投足，样样都有规矩，就连眼神也要练习。江红霞在双溪，眼神活络是出名的，可到了培训师眼里，就是傻大姐。没的办法，江红霞对着镜子苦练三天，眼珠子差点转废了，也没达到要求。培训师说，没有浪起来！江红霞实在没办法，只好暗暗下功夫。要是就这些，倒也罢了。按公司的策划，江红霞直播带货的产品是中老年保健品，公司发给她一大摞“话术”本，成分、功能、特点，详详细细，好几十页。培训师要求，这些内容不仅要会背，还要会随机应变，先说什么后说什么，遇到提问怎么回答，等等。这个环节，江红霞傻了，不仅背不下来那么多内容，更不会随机应变。几次模拟，江红霞都不过关。最让江红霞受不了的是，培训师要求形象定位时尚开放，低胸露沟是最起码的，超短裙必不可少。江红霞微胖，穿超短裙顾上不顾下，实在受不了，提出不干了，培训师把合同一亮，不干赔钱，总共十万！江红霞傻眼了。

梅姑听叶小莞一说，好半天没吭声，突然对鲍子说，小鲍子，你不是说红霞将来会比菲菲还红吗？鲍子说，江红霞的条件，跟公司的定位不合拍，好比是让鸡学鸭叫，不对路嘛！叶小莞说，依你的意思怎么办？鲍子说，红霞的定位就是个山村妇女，老老实实，本本分分，家常随便，一看就像邻家嫂子。你想想，红霞前期发那些视频为什么火？真实嘛！真是真情，实是实感，真情实感，独一无二，哪个不喜欢？可是让红霞做那些事，不是要命吗？梅姑点点头，说，依我看，别让红霞去遭罪了！叶小苋说，红霞当然不想去，可有合同在，不去得赔钱！梅姑哦了一声，说，白纸黑字，这账得认，赔就赔吧，命比钱要紧！叶小苋说，他们两口子本来就欠很多债，到哪弄十万？梅姑说，双溪一大家子人，都伸伸手嘛！对了，我还有点闲钱，也用不着！叶小苋说，梅姑，再难也不能动您养老钱！梅姑说，放心吧，这几年我还用不着棺材板！叶小苋说，双溪有规矩，这事轮不到梅姑操心烦神！鲍子说，花钱能解决的都是小事！梅姑说，嗯，这话说得在理！

大年初一一大早，双溪四大姓氏集中在老祠堂举办新春团拜会，这是华建林执政双溪以来立的新规矩，倒是省了好多事。之后，四大姓氏照例轮流登门给梅姑拜年，这都是多年的规矩。年前，梅姑就让叶小苋换了好多零钱，准备一大摞红包，等人来拜年。红包不大，见者有份，图的是吉利和彩头。那天，叶金波和叶金海兄弟来得迟，正好被梅姑留下来，多说一会儿话。梅姑说，金海，听说你这趟回来要卖老屋？叶金海说，梅姑，不卖不行，孩子买房要凑首付啊！梅姑说，有买才有卖，可找到买家？叶金海说，买家不愁，市文物局樊老师是我同学，他帮忙张罗！叶金波气呼呼地说，别提那个樊思仁，就是个拉皮条的二道贩子！梅姑说，金波，听你的意思是不想卖？叶金波说，我当然不想卖！我不卖，他跟我吵，哪个让他是我哥嘛！梅姑说，是哦是哦，兄弟亲兄弟亲，打断骨头连着筋！遇事别吵，好好商量！叶金海说，梅姑，为了孩子，我也走投无路，不然也舍不得卖老屋啊！叶金波说，那你回双溪嘛！叶金海说，我回双溪，上海的家怎么办？叶金波说，你就是看不上双溪！叶金海说，你不晓得，你嫂子天天跟我闹嘛！叶金波说，看看，怕老婆嘛！梅姑见兄弟俩又吵起来，说，大有大难，小有小难，没有不难！既然金海想卖，金波不想卖，依我看不如你们兄弟做个买卖，找人给老屋估了价，金波拿一半钱给金海。金海拿钱回上海办事。留下老屋，将来金海回来，也有个落脚处！叶金海一听大喜，说，我当然愿意，就怕金波两口子不干！梅姑说，金波，你看呢？叶金波说，梅姑，他是哥，我是弟，一母同胞，我还能不同意？只是这事得跟二兰商量！梅姑说，是哦是哦，老屋不是小事，两口子要商量。商量不好，我劝劝二兰！叶金波说，晓得了！

正说着，就听鲍子在天井里说，兰姐，我给您拜年了！接着听见兰姐说，拜年拜年，鲍老弟，希望你今年讨个老婆！梅姑说，哦，大年初一好吉利，说曹操曹操到！叶金波走到门口喊了一嗓子，说，二兰，还不快来给梅姑磕头，红包都准备好了！兰姐笑着跑进来，蹲身要跪下磕头，梅姑连忙拦住说，免了免了，来了就好！兰姐是个开朗性格，说，梅姑不让我磕头，红包我都不好意思拿嘛！梅姑说，我批准，红包照拿，磕头免了！兰姐接过红包，抱住梅姑好一番亲热，一屋子人都笑了。梅姑随手拉着兰姐坐在自己身边，说，二兰，金海、金波兄弟俩商量一下，老屋还是要卖，怪我多嘴，出了个主意，不如你们两口子把老屋买下来，出一半钱给金海救急，也是积德的事嘛！兰姐双手一拍说，早说嘛，这样当然好，反正都是一家人，肥水不流外人田！梅姑拍拍兰姐的手，笑着对叶金海说，看看双溪的媳妇，说话做事，懂规矩！叶金海略显惭愧，把脸扭向门外。

门外一阵说笑，菲菲跟着华建林进来了。这几年，华建林每年大年初一都要搞一次直播，向在全国各地的双溪人拜年，并且要喊出他那句经典的口号："四水归堂，根在双溪！"对双溪村来说，这是大事，菲菲全程直播，又是互动，又是连线，搞得跟央视"春晚"似的。梅姑看见菲菲好高兴，拉着她的手说，菲菲，大过年的，你怎么不回家？菲菲说，梅姑呀，就您把我当外人，我家不就在双溪吗？华建林说，人家是双溪"荣誉村民"，算是双溪人！梅姑笑了，说，哦，怪我老糊涂了，来，多给个红包！菲菲拿着红包，兴奋得又蹦又跳，说，开门大吉！今年带货会更好！梅姑说，对了，忘了问你，"梅花酿"卖得好不好？菲菲长发一甩，下巴一仰，说，有梅姑撑腰，还能不好?!梅姑拍着手，孩子似的说，那就好，那就好！不给双溪丢脸，我就放心喽！叶小苋说，梅姑，您是双溪的大功臣！梅姑连连摇手说，不不不，我不要当功臣，累人！阿欢说，梅姑不当功臣，我当功臣！一屋子人又被逗得大笑一回。梅姑说，大年初一，难得聚齐，小鲍子，给我们拍一张合影！

天井里一片阳光。叶小苋和菲菲搀着梅姑来到天井。鲍子架好相机，设好定时拍摄，马上跑过来站在华建林旁边。就在这时，华建林手机响了，拿起来一看，是郝曼打来的。华建林接过电话，刚说了一句“新年好”，脸色马上沉下来，二话不说，转身就朝门外跑去。

梅姑说，哦！怕是出大事了！

第十九章 春分

惊蛰过后，便是春分。几声春雷，一场春雨，双溪一夜之间变了模样。今年春早，油菜花早几天就现出片片金黄，雨过天晴，小桃源的桃花次第开放。菜花黄，桃花红，加上凑热闹的野花，高高低低，一下子把双溪闹欢了。

鲍子第一个在“双溪人”群里发了信息，群里一下子热闹起来。正好是周末，鲍子晓得叶小苋被华建林踢出群，怕她看不到信息，特意打电话让她带阿欢回来看桃花。叶小苋年年陪梅姑看桃花，今年当然不会错过，于是带着阿欢回双溪了。

小桃源位于兰溪和竹溪之间，十里桃花映双溪，传说已有几百年了。提起小桃源，叶小苋再熟悉不过了。小时候，叶小苋和华建林经常陪梅姑来，春天采桃花，夏天摘桃子，初秋割桃胶，腊月下雪捉兔子。长大以后，叶小苋和华建林恋爱，初吻就丢在这一片桃林里。那时候，正好桃子成熟，两个人坐在树下吃桃子，吃着，笑着，说着。到了日落，桃林静了，华建林突然把叶小苋搂住了。叶小苋也不怕，任他搂着。华建林好坏，非要亲叶小苋的脸。说好只能亲脸，结果亲在叶小苋嘴上，亲就亲吧，还推卸责任，怪天将黑看不清，要重来一次。叶小苋不笨，更不愿吃亏，当场就要还回去，亲了华建林一口，也亲在嘴上，还对华建林说，确实天黑看不清。时至今日，叶小苋一直记得初吻的味道像桃汁，清香甘甜，有点黏。当然，他们的小秘密没有逃过梅姑的眼睛。当晚回到梅家老屋，梅姑没有责怪他们，站在楼上说，桃子有毛，赶紧洗掉，不然痒死人！

如今，小桃源是华建林用心打造的景点之一，也是他所谓“旅游航母”的重要组成部分。春有桃花夏有荷，中秋桂花腊月梅，华建林总结为双溪的“四季如花”。如今“四季如花”布局基本完成，关键还是在吆喝。一说到吆喝，就要说到菲菲。春节过后，“梅花酿”销售进入淡季，小桃源的旅游成为主打产品。华建林喜欢搞“军令状”，给菲菲定下目标，一季桃花不少于三十万人次。菲菲根据去年的成绩推算，问题不大，但有压力。华建林气魄大，说没有压力就没有动力，先把小桃源的文章做足，不怕没人来。菲菲调动团队力量，熬了几个晚上，拿出方案，大致分三块：一是举办桃花文化节，二是组织桃花摄影比赛，三是推出桃花产品。毕竟有举办三届“双溪梅花酿文化节”的经验，桃花文化节办起来倒不难。组织桃花摄影比赛，请鲍子张罗也没问题。关键是桃花产品有点伤脑筋，没有产品，效益不好体现。菲菲做过功课，晓得梅姑会做好多跟桃花有关的食品，尤其“桃花伴”做得最好。如果让梅姑出山，教大家做“桃花伴”，那就完美了。不过上次为了“梅花酿”让梅姑跌了一跤，菲菲不好意思出面，更没把握能请得动梅姑。华建林做事干脆，当下拍了胸脯，梅姑的工作我来做！

华建林来做梅姑的工作，前后脚工夫，叶小苋带着阿欢回到梅家老屋。阿欢一来就钻到鲍子的房里玩游戏，叶小苋管阿欢，鲍子还护着，说也让人家解放解放嘛。阿欢见有人撑腰，胆子更大，顶了几句，叶小苋不好驳鲍子的面子，先放这丫头一马，转身去陪梅姑。

梅姑在天井里跟华建林闲聊，华建林说得手舞足蹈，见叶小苋来了，话风大变，拐弯抹角，时不时观察叶小苋的脸色。叶小苋太了解华建林，见他绕来绕去，替他着急。梅姑说，建林，有小苋和阿欢在，你去忙吧！华建林说，不忙不忙，陪梅姑是我当前的头等大事！梅姑说，双溪人都指望你，赶紧走！叶小苋冷笑一声，说，梅姑，就让他陪吧，不然怕不好交差！梅姑说，在双溪，除了你，还有哪个敢安排他差事?！叶小苋说，让他自己讲嘛！梅姑说，建林，你讲！华建林实在忍不住，就把菲菲想请梅姑做“桃花伴”的事说了。叶小苋听罢，说，看看，坦白从宽了吧？梅姑听了，倒是爽快，说，好事好事，我同意！叶小苋马上接过话说，梅姑，您同意，我不同意！公家的事老拿梅姑来使唤，华建林你觉得合适吗？上次摔倒住院那是万幸，万一再出点事，哪个负责？话又说回来，梅姑的手艺，那也有知识产权，搞“梅花酿”你们注册了“梅姑牌”，头像都印上去，一点表示都没有，欺负老实人吗？华建林说，小苋，这事你别掺和！叶小苋说，别的事我不管，梅姑的事，我就掺和！梅姑说，看看，你们两个呀，一见面就磨！华建林说，是她不讲理嘛！叶小苋说，是我不讲理，还是你不讲理？我问你，我是不是双溪人？梅姑说，那还用问？叶小苋说，好！我既然是双溪人，华建林，你凭什么把我踢出群？梅姑一听，马上问，建林，你踢她了？这就是你不对哦！华建林说，梅姑，我没踢她，只是把她踢出群！梅姑说，都踢出群了，还说没踢？华建林无奈地说，不是一回事嘛！叶小苋说，别管是不是一回事，我说得对不对?!华建林一脸无奈，拿出手机，说，好好好，算你狠，我现在就把你再拉进群，马上！叶小苋得意地一笑，说，华建林啊华建林，早知今日何必当初嘛！华建林一番操作后，说，好了！叶小苋看了看手机，点点头，往“双溪人”群里发了一个红包，留下一句话：“乡亲们，我又回来了！”顿时引起群里一阵热闹。

华建林心里有事，急得团团转，说，我说到做到，这下总可以了吧？叶小苋不睬他，在梅姑身边坐下，说，梅姑，从今日开始，我当你的经纪人，好不好？梅姑说，什么叫经纪人？叶小苋想了想说，就是给你跑腿！梅姑说，哦！你早就是我的经纪人了。喏，为了我，你小腿都跑细了哦！叶小苋说，说话算数！梅姑跟叶小苋拉钩，说，不算数是小狗！叶小苋对华建林说，来吧，华书记，跟我谈！华建林气得直摇头，又不得不忍着，说，小苋，别添乱好不好？我还不是为了推动双溪旅游事业吗？叶小苋点点头，拍了拍华建林的脸，说，既然这样，大局为重，我代表梅姑答应了。不过有个条件，往后所有跟梅姑有关的事，先知会我一声！华建林说，你整天在镇上，怎么知会你？叶小苋说，你不会打电话？华建林连忙点头。叶小苋说，好了，赶紧去交差吧！华建林马上起身，朝门外跑去。梅姑看着华建林的背影，叹了一口气，说，小苋啊小苋，建林这辈子算是栽在你手里了！叶小苋蹲在梅姑面前，说，梅姑，光心疼他，不心疼我啊？梅姑刮了一下叶小苋的鼻子，说，还说不疼你，刚才你说当我的跑腿，我不是马上答应了吗？叶小苋笑了，说，原来梅姑配合我演戏啊?！梅姑说，哼！你当我傻啊?！

时候不早，梅姑说看桃花要趁早，采带露水的桃花才能做“桃花伴”。叶小苋赶紧帮梅姑收拾，特意取下梅姑采花用的竹篮子。梅姑心细，梳头的时候想到江红霞，让叶小苋去把江红霞喊来，一起去看桃花，也好让她散散心。叶小苋正好也想见见江红霞，于是便去了。

江红霞在家躺了快两个月了。因为省城那家公司以合同相要挟，江红霞觉得自己走到绝境。原指望自己能像菲菲那样红起来，挣钱把华建功的欠债还掉，不料屋漏偏逢连阴雨，旧账没还又添新账！说起来，十万元钱算不上大钱，可对江红霞来说如同塌了半边天，华建功大病出院，今后吃药补养都要花钱，儿子华枫明年高考，上大学又是一笔钱。这一笔那一笔，就像一张张网，把江红霞捆得透不过气来。

大年初一那天，江红霞本想去给梅姑拜年，又怕双溪人都晓得她签了合同，又去省城培训，如今她如此狼狈，人家问起，岂不成了笑话？于是，就让华建功带着儿子华枫去了。华建功和华枫出门，江红霞强撑着下床，想出来走一走。毕竟躺了两三天，又没进食，乍一下床，头好晕。江红霞扶着墙起来走到西屋，看见墙根前一个玻璃瓶子被太阳照得闪闪发光，走近一看，是去年夏天种菜时用的杀虫剂，才用了一半。江红霞记得，这种农药闻起来甜中带苦，只要一瓶盖兑上一桶水，就能洒半个菜园。江红霞蹲下来，拿起那半瓶农药摇了摇，看到上面一个骷髅头标志，便想到培训班上那个画着浓重眼影的培训师。江红霞也不晓得怎么会把骷髅头跟那个培训师联系起来。一想到培训师，江红霞就想到她把合同拍在自己面前的情景，就想到合同上白纸黑字写着违约赔偿十万元。一想到十万元，一阵天旋地转，一个巨大的黑洞出现在眼前，无数个骷髅头从黑洞中飞出朝她砸来。江红霞大叫一声，身子一晃，跌倒在地。那瓶农药打碎，正好就碎在她面前，药水溅了一身。

说起来，毕竟夫妻多年，心灵相通。那天，华建功带着华枫给梅姑拜年，走上老街，遇到好多人在拍视频，老老少少，携家带口，热闹得很。华建功想过，应该把江红霞劝出来散散心。也许一家三口在一起闹一闹，江红霞就想开了。华建功把想法跟华枫说了，华枫也赞同。于是父子急忙回家，才一进院子，飘来一股怪味，似甜非甜，似苦非苦。华建功一闻觉得不对劲，顺着气味，一边喊红霞一边朝西屋山墙跑，才到墙角便看见江红霞倒在地上，农药瓶碎了一地。华建功顿时傻了。

本来，江红霞被抬到双溪卫生室时已经清醒，说自己没有喝农药。可是闻到她一身农药味，华建功以为她有心寻死，非让郝曼给她洗胃。郝曼也怕耽误抢救时机，只好照办，又是下管子，又是灌肥皂水，江红霞又白白遭一回罪。华建林赶到卫生所，慎重考虑，不怕一万就怕万一，开车把江红霞转到县医院。在县医院观察到晚上，没有发现异常，华建林才放心地回到双溪。

梅姑听说江红霞服毒，心疼得不得了，非要去看看，华建林和叶小苋劝了半天才劝好。梅姑说，红霞的事，就是双溪的事，赶紧办好！叶小苋说，梅姑您放心，这事我跟建林来办！鲍子说，红霞惹上这事，我也有责任，当时是我支持她签的合同，这事还是我来办！华建林把手一挥，说，老规矩，双溪的事，双溪人办！鲍子说，我是“荣誉村民”，也算双溪人嘛！

经历那一折腾，江红霞的身体吃了大亏，人瘦脱了形，脸色暗黄，额头上还现出斑斑点点，那件紧身红色羊毛衫也显得宽松了。叶小苋好说歹说，又把梅姑的话搬出来，才把江红霞劝出门。两个人搀扶着来到大牌坊下，一阵春风拂过，顿觉神清气爽。江红霞说，天暖和了！叶小苋想让江红霞高兴高兴，搂着江红霞一起拍视频，不料江红霞说什么也不干，捂着脸死不松手，说，病得跟鬼一样，不拍不拍！叶小苋善解人意，没再勉强，拉着江红霞一路来到梅家老屋。

梅姑早等得着急，见江红霞来了，拉着她的手，看了又看，心疼地摸着她的脸说，呆丫头哦，往后别再做傻事！江红霞苦笑，把头埋在梅姑肩膀上，忍不住眼泪就下来了。鲍子说，梅姑，时候不早了，赶紧去吧，桃花等得都谢了！梅姑说，赶紧走吧，多采些桃花回来，我教你们做“桃花伴”！叶小苋说，来的路上我还在想，什么时候把梅姑的本领都偷过来！梅姑说，不用偷，只要愿意学，我的看家本领都是你们的！叶小苋笑了，对江红霞说，嫂子，梅姑答应了，她要不把我们教会，我们不饶她！梅姑说，我愿意教，就怕你脑子太笨哦！叶小苋说，我笨不要紧，还有红霞嘛！梅姑故意噘起嘴，开玩笑道，老天爷哦，瞧瞧这俩小徒弟，一个呆子，一个傻子！阿欢旁边插话说，梅姑梅姑，还有我呢！梅姑说，是哦是哦，还有阿欢这个小疯子！三人听了，一起笑了。

小桃源并不远，顺着一条路，转上三五个弯，说到就到了。鲍子把车停好，阿欢急不可待，第一个跳下车，朝着桃林跑去。叶小苋和江红霞一起把梅姑扶下车，迎着桃花而去。因为是周末，城里不少人来休闲观光，桃园里人头攒动，赏花照相拍视频，一惊一乍，热闹得很。梅姑说，啧啧，这么多人，别把桃花都吓坏了哦！阿欢说，梅姑，桃花又不是人，怎么能吓着？梅姑说，桃花也有灵性！

鲍子此前来探过，领着大家去找僻静处。正走着，听到前面一阵喧哗，几个男孩和女孩穿着汉服做直播。男孩手摇折扇，忸怩作态，女孩抚着桃枝，搔首弄姿。叶小苋说，咦！怎么没见菲菲来直播？真是辜负这么好的桃花！鲍子说，前天人家都直播过了，不然怎么会来这么多人！叶小苋感慨，说，你还别说，华建林还有点眼光，把菲菲引进来，"吆喝"得不错，为双溪干了不少事！就说这小桃源，闲置那么多年，就这两三年，让她给带火了！鲍子也感慨，说，确实，网络的力量好强大！

再往前走，靠近竹溪，果然有一偏僻处，背靠竹林。桃花灼灼，竹影婆娑，看上去颇有意趣。梅姑看了也说好。鲍子提议拍照留念。梅姑同意，率先拍一张。接着，阿欢搂着梅姑和叶小苋一起拍一张。叶小苋拉了拉江红霞，对鲍子说，给红霞拍一张！江红霞不拍，躲在一片桃花后面，转过脸去。鲍子叫了一声，嫂子！江红霞一回头，鲍子随手按下快门，说，好了！叶小苋笑说，鲍哥好坏！江红霞从桃花后转过来，对鲍子说，删了删了！梅姑说，好好的相片，删了好可惜，给我看看！鲍子把相机屏幕点开递给梅姑看，画面中，春光明媚，桃花灿烂，江红霞躲在一片桃花后面，面带羞涩，回眸一笑。梅姑说，好！叶小苋说，真好！江红霞就不再说删了。叶小苋说，这么好的作品，起个名呗！鲍子想了想说，叫“红霞”。叶小苋摇着头，说，太直白了，不如叫“嫂子”。鲍子说，原来有一幅就叫“古村嫂子”嘛。梅姑说，都不好都不好，不如叫“桃花伴”，人面伴桃花，桃花如人面嘛！鲍子说，这个名字好，自带典故！叶小苋说，对对对，赶紧发到群里，让大家欣赏欣赏！鲍子一边往群里发照片，一边说，等作品获奖，我请你们吃饭！阿欢说，我要吃毛豆腐！梅姑一听笑了，对叶小苋说，瞧瞧，你家丫头好有出息哦！

眼看时候不早，梅姑催着赶紧采桃花。采桃花也有讲究，南不采下，北不采上，东不采低，西不采高，不然影响桃子的产量。梅姑一再叮嘱，要采似开非开的花朵，好花才能做出好东西。阿欢不懂事，叶小苋怕她糟蹋桃花，手把手教她。江红霞看见一片桃花开得好，踮起脚尖够不着，就喊鲍子来帮忙。鲍子伸手把桃枝弯下来，江红霞抓住桃枝，却不采花，看了看鲍子说，谢谢！鲍子说，弯个桃枝，举手之劳，有什么好谢？江红霞说，我晓得，那十万元钱是你垫上的，不然合同也抽不回来！鲍子明白了，笑了笑，说，都过去了，不提了！江红霞叹口气说，唉！都怪我不争气！鲍子说，不是你不争气，是不对路子，只要对路子，肯定能火！江红霞看了一眼鲍子，又把头低下。鲍子说，相信我！江红霞抬起头，轻声说，晓得！

第二十章 “桃花伴”

梅姑梦见七喜了。

梅姑说，七喜跑到梦里来，怕是想吃“桃花伴”哦！梅姑说这话的时候，晨光笼罩梅家老屋，西厢马头墙壁染上一抹曙光。江红霞把一篮子桃花洗好，晾在竹匾上沥水。望着滴滴答答的水滴，梅姑说，七喜这个小馋猫，就随六喜，闻到“桃花伴”的味，魂都丢了！江红霞说，梅姑的“桃花伴”做得好，人人都喜欢，更别说馋猫了！梅姑望着天井，叹了口气，说，梦嘛，空嘛！江红霞说，好歹有个梦，总比没有好！梅姑点点头，说，是哦，是哦！

“桃花伴”是梅姑的叫法，准确地说应该叫桃花酱，类似于果酱，可以调水喝，也可以佐餐。双溪人都晓得，梅姑不叫桃花酱，而叫“桃花伴”。至于为什么叫“桃花伴”，梅姑不说，别人也不晓得。鲍子问过几回，梅姑只是笑，说“桃花伴”就是“桃花伴”，不为什么。除了“桃花伴”，围绕着桃花，梅姑会做好多东西，比如桃花露、桃花酒、桃花羹、桃花茶、桃花敷。当然，最有名的还是“桃花伴”。

头天采回的桃花，梅姑当天就做成一罐“桃花伴”。晓得阿欢喜欢吃，梅姑让叶小苋连罐子一起带回镇上去了。一大早，江红霞和鲍子一起新采一篮子桃花回来，请梅姑教做“桃花伴”。这个主意是鲍子出的，江红霞同意。鲍子的想法是，把梅姑教江红霞一起做“桃花伴”的过程拍成视频，编辑成作品。鲍子把这个想法跟叶小苋说了，叶小苋支持，说，好好拍，搞不好跟《舌尖上的中国》有一拼！

鲍子是个技术控,坚信工欲善其事,必先利其器,特意网购一组设备,包括一架航拍无人机。按照事先安排,“桃花伴”的制作在梅家老屋的天井里进行。梅姑指导,江红霞操作。三个固定机位,覆盖整个制作流程。鲍子手持一部单反相机,随时抓拍。本来,江红霞特意收拾一下,穿了一套新衣服。鲍子不同意,执意让她穿那件高领红色羊毛衫。江红霞说那件太旧,鲍子说旧的真实!江红霞相信鲍子,就把那件高领红色羊毛衫换上了。鲍子看了看说,好!这个好!江红霞白了鲍子一眼,说,就你事多!

太阳高高升起,天井里光影斑驳。两只燕子在檐下飞来飞去,旁若无人。布谷鸟的叫声越过屋脊飘来,依然清晰。梅姑看了看天,让江红霞把竹匾上的桃花拿到天井,放在太阳下面。鲍子一边拍摄,一边问,桃花水都沥干了,为啥还要晒?梅姑说,不是晒,是让桃花再看一眼太阳哦!鲍子说,哎呀,桃花遇到梅姑,也是造化!梅姑说,你不对桃花好,桃花也不会对你好!鲍子说,花又不是人,哪晓得那么多道理?梅姑说,花有灵性,比人精明,要不哪有花仙子?!鲍子笑了,说,哎呀,这个程序有点多余!梅姑冷着脸道,哼!花都不晓得心疼,怪不得你连对象都没有!鲍子被说得无趣,冲着江红霞摇摇头。江红霞扑哧一笑,说,哪个叫你多嘴!

“桃花伴”的做法,说起来并不复杂。可是按梅姑的做法,却不简单。桃花要似开非开的,带露采回,摘去花托,仅留花瓣,用山泉水洗净,沥干水后,让桃花再看一眼太阳。趁桃花和太阳告别的工夫,将提前泡发的桃胶,放进砂锅中文火慢熬,熬至桃胶黏稠,再将桃花放入。放桃花时要记得先敲三下砂锅。至于为什么要敲三下砂锅,梅姑的解释是,桃胶又叫桃花泪,和桃花一样都是桃树所生,好比亲人相聚,提前打声招呼是应该的!

等到桃花和桃胶在砂锅的温暖中热情拥抱血浓于水之时,另一个角色要登场了,那就是蜂蜜。在加入蜂蜜前,要关火将砂锅晾至半温,以不烫手为宜。鲍子忍不住又问为什么,江红霞说,温度太高,蜂蜜就没营养了嘛!梅姑说,蜂蜜嘛,虽跟花有关,但毕竟是外人,参与进去,尽管是做伴,也得慢慢来,火急火热的,反倒让人起疑心!江红霞笑着看了看鲍子,说,梅姑好有学问!梅姑不搭腔,接着说,人嘛,好比桃花,总要有个伴,近吧远吧,都不要紧，甜甜蜜蜜就好哦！鲍子说，这个道理我相信！江红霞说，我也相信！梅姑说，所以嘛，不能叫桃花酱，只能叫“桃花伴”。

鲍子花了三天三夜，把梅姑教江红霞制作“桃花伴”的过程剪出两个版本。用鲍子自己的话说，一个是教程版，一个是抒情版。教程版叫《古法桃花伴的制作秘籍》，抒情版叫《桃花有伴》。刚刚剪完，鲍子就把两个版本给梅姑看了。梅姑看过后好满意，突然一拍脑袋说，忘了忘了，还有一条忘了！鲍子问，忘了哪一条？梅姑说，“桃花伴”里有蜂蜜，要是老人吃，最好加几滴姜汁，带点暖！鲍子说，这一条不要紧，回头打一行字幕补上。梅姑点点头说，千万别忘了，不然害人哦！

第二个看到这两个版本的是江红霞。江红霞本来不想看，怕自己病了一场上镜不好看。鲍子说，放心吧，剪进来的都好看！江红霞说，开美颜了？鲍子说，你和梅姑本来就好看，不用开美颜！江红霞还是不自信，迟迟不愿看。鲍子说，你先看一眼，要是不好，我有软件，再调整也不迟！江红霞这才不情不愿地答应了。鲍子是在电脑上放给江红霞看的。江红霞看过之后，非常满意，说，你确定没开美颜？鲍子说，自然就是美！江红霞点点头，说，那以后就这样！

梅姑和江红霞满意之后，鲍子最想听听叶小苋的意见。那天，正好又是周末，叶小苋给梅姑买了两件换季的衣服送来。鲍子就把两个版本都让叶小苋看了。叶小苋看罢，连连赞好，尤其喜欢抒情版。鲍子说，我也喜欢抒情版。叶小苋说，说起来惭愧，跟梅姑在一起生活二三十年，还不晓得“桃花伴”里藏着这么多道理！鲍子说，你不晓得，我一边拍一边感动，相当于上了一堂人生课！叶小苋说，“桃花伴”好吃，我喜欢，阿欢也喜欢。搞不好真能做出大名堂！鲍子说，至少不比“梅花酿”差！叶小苋说，好嘛好嘛！双溪人又有事做了！鲍子说，你到群里看看，建林已经发动家家户户开工了，像“梅花酿”那样，交给菲菲销售！叶小苋说，别人怎么做我不管，梅姑的做法先不外传！鲍子有点为难，说，建林都安排过了！叶小苋说，这事我说了算！我是梅姑的经纪人！鲍子一听笑了，说，什么时候你成了梅姑的经纪人？叶小苋说，不信你问梅姑。梅姑在外头试穿叶小苋买来的新衣服,听见了便说,又说我坏话?叶小苋说,梅姑,我是不是你的“跑腿的”?梅姑说,是哦是哦,为了我,你的小腿跑得好细哟!

华建林听说鲍子拍出了梅姑制作“桃花伴”的视频,马上来到梅家老屋观看。鲍子问华建林看教程版还是抒情版。华建林做事讲实惠,说,先看教程版,再看抒情版。鲍子先播放教程版,华建林一边看一边激动,不停地拍鲍子的肩膀,疼得鲍子眼直挤。两个版本都看完,华建林把桌子一拍,做了决定:一、先把教程版《古法桃花伴的制作秘籍》发到“双溪人”群里,供大家学习,快速掌握制作方法,马上投入生产;二、把抒情片《桃花有伴》剪成五个段落,拷贝一份交给菲菲,让菲菲通过她的账号发出去,扩大影响。鲍子听了,没说同意,也没说不同意。华建林逼着鲍子表态,叶小苋看不下去,借故把他拉了出去。

因第二天一大早要在镇政府集中,去市里开会,当天晚上华建林和叶小苋一起回镇上的家。临睡前,叶小苋提到鲍子两个版本视频的事,说华建林做法不对。华建林刚洗完澡,望着横卧在床上的叶小苋,心里有点小想法,一边上床一边说,工作上的事不在床上谈!叶小苋眼一翻,说,我说的不是工作,是人情世故!华建林愣了一下,似乎听出话里有话。叶小苋说,华建林,你一个小村干部,动不动就跟人家搞一二三四,跟下令似的!我问你,鲍哥辛辛苦苦拍出来的东西,你让他发到群里也就罢了,就算鲍哥做公益了!可你还让他拷贝一份给菲菲,用她的账号发,你觉得合适吗?这不是相当于把自己的孩子抱给别人玩吗?华建林深吸一口气,说,我和鲍哥是好兄弟,这事你不要管!叶小苋说,这是你跟鲍哥的事,也是梅姑和红霞的事!有个词叫版权,晓不晓得?华建林说,鲍哥不是同意了吗?叶小苋说,他同意是他同意,梅姑同意了吗?红霞同意了吗?华建林往叶小苋身边挤了挤,说,都是双溪人,还要她们同意?叶小苋一把将华建林推开,说,华建林,就你这做法,往浅里说是官僚主义,往深里说叫涉嫌违法!哼!好好学学《中华人民共和国民法通则》!华建林一下子坐直了,挠挠头,说,那你说怎么办。叶小苋说,红霞的事,你跟她谈。梅姑的事,你跟我谈!华建林苦笑,说,好好,你是经纪人嘛,你说怎么办?

叶小苋看了看华建林，学着华建林的样子，说，我的看法有两点：一、教程版涉及商业机密，不能发到群里，防止外传，可以在老祠堂组织统一观看，愿意学的就来，不明白的地方，请梅姑解释，红霞也可以帮忙；二、抒情版是鲍哥的作品，鲍哥自己决定在哪发就在哪发。不过，我建议，最好由红霞用她的"霞姐"账号发。本来，"霞姐"这个号已经有些影响，虽然不是太大，但也很可观。如果这一组作品推出去，既能扩大"桃花伴"的影响，也能把红霞推出来，等于为双溪又培养一个"网红"！华建林，你不是天天嚷着没人吆喝吗？"霞姐"火了，自家人用起来，总比外人方便嘛！

华建林晓得叶小苋说的"外人"是指菲菲，一边听一边点头，摸着下巴想了想，说，叶小苋啊叶小苋，真没看出来，除了折腾我，你还很有思路嘛！叶小苋下巴一仰，说，哼！你没看出来的还多着呢！华建林晓得泥鳅要捧，女人要哄，于是说，小苋，我有几个想法。叶小苋马上打断，说，有言在先，工作上的事，不在床上讨论！华建林马上跳下床，只穿着裤衩。叶小苋被他逗得大笑，伸手把他拉上床说，别受凉了！华建林上了床，说，那我说了！叶小苋说，说吧说吧！华建林说，一、"桃花伴"的项目非上不可，时间紧任务重，目前找不到合适的人。俗话说，举贤不避亲，我建议你来牵头搞这个项目，毕竟你学经管出身！叶小苋头一抬，刚要说话，华建林马上说，听我说完！二、如果你接手这个项目，最好拿出一个方案，包括生产销售、品牌营销等，方案出来，发在群里供大家讨论，一有结果，马上就干。至于三嘛，暂时不说了！叶小苋说，不行，话说一半能急死人，说！华建林笑了笑，说，三、这个事没办成前，先不要扩大影响，万一让菲菲晓得，别以为我们联手耍她。毕竟，我们是夫妻嘛！叶小苋一听笑了，说，好吧，既然你还能分清里外，那我也说三点：一、我自己有事做，这个项目我不能接。我推荐红霞和建功两口子接，他们正在渡难关，正好帮帮他们。二、方案的问题，请鲍子找他父亲公司的团队来做，人家是正规食品企业，肯定专业。三、如果菲菲愿意，最好促成和红霞合作，两全其美，你也不至于夹在中间为难嘛！华建林听罢说，小苋，你这境界一下子提高好多嘛！叶小苋嘴一撇，说，还不都是为了双溪好吗？华建林大喜，捧住叶小苋的脸，狠狠地亲了一口。

叶小苋突然反应过来，一把将他推开，说，华建林你好坏！说好工作上的事不许在床上谈嘛！华建林嬉皮笑脸地说，好好好，不谈工作，谈谈生活，关灯关灯！

第二天一大早，叶小苋驾车先把华建林送到镇政府集合，然后独自回双溪。路上，叶小苋考虑一个预案，先找江红霞两口子谈，再找鲍子谈。之所以这样安排，叶小苋自有道理，先落实人再落实方案，没人方案就是空谈。当然，除此之外，还有其他原因。在叶小苋看来，只要江红霞两口子答应，鲍子的事就好谈。十年相处，叶小苋了解鲍子，为人厚道，敢做敢当，跟鲍子谈事情，比跟华建林谈事情还有把握。有些事，鲍子的家叶小苋敢当，华建林的家那就不好说了。

来到双溪，叶小苋先找江红霞和华建功两口子谈了。江红霞非常感激，表示一定抓住机遇好好干。华建功无法表达，差点对天发誓。人手落实下来后，叶小苋回梅家老屋找鲍子。不出所料，三言两语，鲍子马上明白，当即打电话向他老爸求助。他老爸认为这是好事，马上安排公司营销部的高手到双溪紧急援助。毕竟是专业人士，来到之后，做了一番调研分析，很快出了一套方案。叶小苋把方案交给华建林，华建林非常认可，还发到“双溪人”群里让大家讨论，没料到得到一致赞同。菲菲也表示愿意合作，并保证积极配合，做好线上销售。

桃花花期不过二十天，华建林发动了他的“V8 涡轮增压发动机”，一边组织桃花文化节，一边安排桃花摄影比赛，一边还在老祠堂用鲍子拍摄的《古法“桃花伴”的制作秘籍》搞培训。一周后，所有安排搞定，双溪的“桃花伴”生产全面展开。本来，关于品牌包装没有争论，一致认为沿用“梅花酿”的做法，使用“梅姑牌”。梅姑晓得了，连连摇头。华建林急了，说，前有车后有辙，“梅花酿”就是用“梅姑牌”嘛！梅姑说，“梅花酿”是“梅花酿”，“桃花伴”是“桃花伴”。我做的“梅花酿”好，红霞做的“桃花伴”好！往后，“桃花伴”的瓶子上别印我的相片了，你看看，我这老脸哪里像桃花哦？华建林说，梅姑，开弓没有回头箭，一大家人都等着，事情卡在您这里，让我怎么办？梅姑不慌不忙，说，“霞姐”这名字好听，用“霞姐”嘛！

华建林一听，略想了想，只好点头，对鲍子说，你在小桃源拍的那张就很好！梅姑说，对对对，就用那张！

江红霞挑起“桃花伴”项目的担子后，心里有了盼头，精神好了许多。梅姑心疼江红霞，配了一个调理的方子给她。几天下来，江红霞脸上的斑便淡了，从早到晚忙得脚底板不着地，也不觉得累。华建功大病初愈，叶小苋怕他太累，让他做好江红霞的参谋和后盾。华建功决不越位，跟在江红霞屁股后面，心甘情愿，让他朝东不朝西，让他追狗不撵鸡。梅姑敲着手杖说，哦，日头从西边出来了！

鲍子又花了几天时间补拍素材，将《桃花有伴》剪成十五集短视频，每集三分钟。实话实说，鲍子是把这个视频当成作品来做的，而且是抒情作品。视频中，鲍子把自己十年来在双溪的真实情感全部投入。古村老屋，深巷梆声，晨起鸡鸣，日出日落，牌坊祠堂，四水归堂，一帧一帧，都有一种化不开的厚重。梅姑和江红霞，一老一少，朴素自然，配合默契，桃花在她们的手中，如同鲜活的生命，飘荡间仿佛天地无声。鲍子浮想联翩，一时间竟然热泪盈眶，激动得想大叫几声，又怕惊醒楼上的梅姑，便忍住了。此时此刻，想找一个人来看看，和他一起分享朴素的感动，一起抚摸十年来的情感，不然心情无法平静。

就是这时候，鲍子想到江红霞。当时已经响过三更梆声，鲍子拿起手机，想了又想，还是忍不住给江红霞发了信息：视频完工！信息发出后，鲍子马上后悔了，半夜三更打扰江红霞，怕会让华建功起疑心。没料到江红霞收到信息后秒回：马上就到！鲍子看到信息，反倒一下子紧张起来。

江红霞来了。也许因为着急出门，江红霞长发蓬松，随便扎个马尾，一身花睡衣，外面竟裹着华建功的大外套，看上去虽然有点滑稽，但显得自然大方、真实动人。鲍子脑壳里顿时一道电光闪过，竟有创作的冲动。江红霞气喘吁吁，一进门就嚷，让我看看！鲍子让江红霞在电脑前坐下，把视频打开。音乐响起，一幅幅画面展开，江红霞一口气看完，长长叹了一口气，站起来看着鲍子，说，辛苦啦！鲍子一时有点蒙，说，如果不满意，我再修改！江红霞说，真好！鲍子好兴奋，说，明天你就开始发，还用“霞姐”那个账号！江红霞点点头，突然后退两步，向鲍子深深一鞠躬。鲍子呆住了，嘴张好大，半天才说，嫂子，不早了，回去吧！

第二十一章　绯闻

“霞姐”这个账号再次发布作品，是在“霞姐牌”“桃花伴”正式上线的前一天。按鲍子的安排，十五集《桃花有伴》，隔天更新一集，差不多覆盖整个桃花季。作品一经发布，好评如潮，催更频频。更新到第五集时，“霞姐”上了热搜，视频大量转发，大有超越菲菲的势头。陈镇长专门打电话给华建林，说你这个同志不讲套路，又推出一个网红，影响这么大，也不打声招呼，县领导问起来，搞得我好被动嘛！华建林赶紧解释说，这个网红是歪打正着，意料之外，表示下不为例。陈镇长说，你华建林把双溪的“吆喝”搞得不错，可是也要有大局意识嘛，记得为全镇多吆喝吆喝。一花独放不是春，万紫千红春满园嘛！华建林马上表态，下一步打算在双溪搞一个“网红培训基地”，培养更多的网红！陈镇长说，想法不错，关键怎么干，干成了当然好，干不成怎么办？华建林说，报告镇长，我有预案！陈镇长说，好！你华建林从来都不按牌理出牌，我等着！

就在《桃花有伴》走红之时，鲍子的摄影作品又传喜讯。去年冬天偷拍的那幅《古村嫂子》，在全国美好乡村摄影大赛中荣获金奖。奖金不多，意义重大。省市媒体均做了报道，县委宣传部和文旅局提出表扬，华建林专门为鲍子开了一个庆功会，按村里的规定奖励两千元。双喜临门，偏巧又赶上鲍子生日，叶小苋张罗着在梅家老屋搞一次聚会，消息发在“双溪人”群里，双溪就热闹开了。当天晚上，梅家老屋的天井里挤满了人，欢声笑语，自不用提。华建林提前备了一份稿子，代表村两委发言，充分肯定鲍子在“十二五”和“十三五”期间对双溪的贡献，尤其在精神文明建设和宣传文化领域的成绩有目共睹。叶小莞实在听不惯，当场站起来，让他说点人话。华建林倒不尴尬，丢下稿子，说，总之吧，鲍哥是个好兄弟！为他点赞！

那天晚上，聚会现场高潮迭起，出人意料。头一拨高潮，由梅姑唱山歌引起。梅姑唱完《四季探妹》还不尽兴，又唱了《小石桥》。本来，叶小莞怕梅姑累着，让她歇歇。可是阿欢人来疯，缠着梅姑要跟她合唱，梅姑又和阿欢合唱英文版《生日快乐》。阿欢嗓门好大，唱着唱着跑了调，把梅姑也带偏了，自然引来掌声一片。接下来，华建功突然站起来冲大家一鞠躬，说想借此机会，唱一首歌感谢大家的关心，尤其感谢鲍子，不仅让江红霞振作起来，还让江红霞成了网红。梅姑说，哦，建功好懂事，这个感谢应该的！华建功毕竟曾是“双溪首富”，又泡在生意场中多年，怕是没少出入歌厅，一首《感恩的心》让他唱得出神入化，高低音拿捏得恰到好处。尤其唱到那句“我还有多少爱？我还有多少泪？要苍天知道我不认输”时，华建功紧握双拳，令人无不动容。江红霞早被感动得泪眼婆娑，把头埋在梅姑怀里。梅姑揩了揩眼泪，拍着江红霞，叹口气说，唉！早晓得不让他唱了，听得我心里好难过哦！

因为有一场直播，菲菲迟到了，一进门正好赶上切蛋糕。本来，叶小莞打算订一个蛋糕，可是江红霞不让，说蛋糕由她来做。做蛋糕也是由梅姑所教，江红霞早就学会，还得到梅姑的认可。那天，江红霞花了半天时间，做了三只五层的水果蛋糕，最上面一层没用奶油，涂了厚厚一层“桃花伴”。蛋糕端上来，桃红一片，看上去颇为惊艳。在一片掌声中，鲍子切下第一块蛋糕，先敬给梅姑，接着又切一块递给阿欢。梅姑突然想起来，说，郝曼值班辛苦，别忘了给她留一块！鲍子又切了一块蛋糕放起来，然后冲大家说，下面大家自由发挥吧！话音才落，华建林抓起一块蛋糕，趁鲍子没注意，抹在鲍子脸上。鲍子揩了一把脸，又把手上的蛋糕抹在华建林脸上。他们两个带头闹，满天井的人互相追着抹蛋糕，你一把他一把，连喊带叫，如同炸了锅。菲菲本来一直在拍摄，被兰姐上去抹了一脸蛋糕。菲菲抓起蛋糕反手一抹，正好糊在叶金波脸上，像个大花脸。梅姑看见，笑得前仰后合。

江红霞本来一直陪着梅姑看热闹，叶小苋被华建功抹了一脸蛋糕，抓不住华建功，就冲着江红霞来了，上去就抹了她一脸。江红霞也兴奋了，拿起一块蛋糕去追叶小苋。叶小苋躲在鲍子身后，江红霞上前去抓，叶小苋将鲍子往前一推，鲍子没留神，跟江红霞撞在一起，江红霞手里的蛋糕刚好糊在鲍子脸上，眉毛鼻子都找不着了。鲍子看不见，赶紧弯下腰来，江红霞连忙替鲍子揩脸上的蛋糕，轻擦慢揩，好不小心。菲菲看见举起手机，便将那一幕拍了下来，然后随手发到"双溪人"群里。眼看闹得差不多了，梅姑说，时候不早，都别疯了，散了吧，散了吧。

聚会结束，客人散尽，叶小苋带阿欢回镇上，华建林去村部值夜。梅姑催着鲍子把蛋糕给郝曼送去，天气暖和，蛋糕隔夜变馊就可惜了。毕竟时候不早，鲍子先给郝曼发了信息，郝曼回了一句谢谢。鲍子把这一句"谢谢"理解为"我等着呢"，于是便去了。走到下街，拐进扁担巷，远远看见卫生室的灯亮着，看来郝曼果然在等着。鲍子一进门，郝曼先说"生日快乐"，又表示"热烈祝贺"。鲍子一番客气之后，准备告辞。郝曼说，正好没病人，聊聊呗。鲍子不好驳了郝曼的面子，于是靠窗坐下。

夜静更深，月沼里蛙声鼓噪，透过纱窗阵阵传来。郝曼一边跟鲍子说话，一边刷手机，突然把手机递给鲍子，说，看看，群里好热闹哦。鲍子接过手机，见"双溪人"群里有好多菲菲在生日现场拍摄的照片，其中一张是江红霞帮他擦脸上的蛋糕。不晓得是菲菲有意还是无意，角度选择有点奇怪，恰好避开周围的人，画面中只有鲍子和江红霞脸对着脸。鲍子是当事人，没觉得有什么不妥。郝曼说，我也觉得正常。可是群里人不那么说！鲍子一听话里有话，赶紧看群，果然有人说三道四，大意是说这张照片好亲热，像两口子。这话像开玩笑，又不像开玩笑。鲍子说，开玩笑嘛。郝曼说，我也说是嘛，可是人家把你拍的获奖作品也发上去了。你再看看。鲍子一看，果然有人把《古村嫂子》发到群里，引来好多人跟评，有人说鲍老师眼里只有嫂子，有人说看来这不是一般的嫂子，还有人说嫂子漂亮就是不一样！凡此种种，总之话里话外都有点暧昧。郝曼说，哎呀，吃饱了没的事做，说这种闲话，好无聊！鲍子尴尬一笑，说，都是双溪人，知根知底，也无所谓！郝曼忽然想起什么，说，对了，还有一段视频，你再看看！鲍子拿起手机一看，不禁一惊，说，你拍的？郝曼摇摇头，说，菲菲拍的！鲍子顿时愣住了。

这段视频有二十秒，内容是江红霞那天夜里从梅家老屋出来时的情景。江红霞穿着花睡衣裹着一件男式外套，头发随便扎着，行色匆匆，看上去确实有点像刚做过见不得人的事。据郝曼说，菲菲拍摄到这段视频，实属偶然。那天夜里，菲菲做完直播突然肠胃不适，打电话找郝曼求诊。恰巧郝曼上街出诊，一时走不开。菲菲便去找郝曼拿药。双溪人都晓得，菲菲有个习惯，走到哪拍到哪，见啥拍啥。菲菲走过老牌坊，来到织女巷口，突然看见一个人影从巷子里走来，于是便拍下来了。拍完之后，江红霞正好走到巷口。菲菲跟江红霞打招呼，江红霞目光躲躲闪闪，没说两句话，便匆匆跑开了。这就不得不让菲菲多想了。见到郝曼后，菲菲把情况一说，两个人议论了一番。菲菲把视频发给郝曼，一再叮嘱，晓得就好，千万不能外传。

鲍子承认视频内容真实，也相信郝曼所说属实，不过鲍子没有想到，这些会成为他和江红霞的绯闻材料。从卫生室出来，鲍子越想越不安，拐弯去老祠堂找华建林。见了面，把事情跟华建林一说，华建林觉得确实是个问题，事关双溪精神文明建设。可是群里也只是议论，点到为止，没什么过分内容，最多算是瞎猜，不好明令禁止。不过，为了控制局面，也为了安慰鲍子，华建林当即在群里发布公告，文明上网，理性发言，不信谣不传谣！

关于绯闻的议论，局面确实被华建林控制了，尤其是在“双溪人”群里，不见相关的只言片语。华建林还找菲菲谈话，菲菲认识到自己的行为莽撞，非常抱歉，并表示绝不再发类似的内容，积极维护双溪的和谐稳定。问题是外面的局面控制住，家里的局面不好控制。本来，华建功看到江红霞火了，心里高兴，逢人就谈网红，一谈就谈我家红霞如何如何，腰杆一下子硬了起来。可是自从在群里看到议论后，华建功情绪反常，不愿出门，不跟江红霞吵闹，只顾作践自己，躺在床上，不吃不喝，唉声叹气。江红霞忙得分不开身，以为华建功病了，赶紧把郝曼请来。郝曼又是听心肺又是量血压，忙了半天，结果一切正常。江红霞说，一切正常怎么跟个瘟鸡似的？郝曼心里明白，笑笑说，可能是心理问题。江红霞说，要不要开点药？郝曼摇摇头说，药不用开，你们两口子多聊聊！

夜半三更，江红霞终于从华建功嘴里得知，自己有绯闻了。

这些天，为了“桃花伴”，江红霞真是拼了，心无旁骛，凡事不管，连给儿子华枫打电话都忘了。江红霞觉得好委屈，也替鲍子委屈。人家花了那么多精力，最后还被泼一身脏水，实在对不住。江红霞又气又恨，反倒冷静下来，坐在床沿上，跟华建功好好谈谈。

江红霞说，华建功，夫妻十多年，你信不信我？华建功说，信！江红霞说，鲍老师是个好人，你信不信？华建功说，信！江红霞说，我跟鲍老师清清白白，你信不信？华建功不吭声。江红霞说，你到底信不信？华建功不吭声，却叹了一口气。江红霞摇摇头说，华建功啊华建功，你这个没良心的，人家替我垫了十万元钱，这个人情不能忘吧？人家把拍好的视频给我发，是想帮我们，这个你晓得吧？人家一个富二代来到双溪图的是什么？难道就图让人随便糟蹋？做人总得讲良心！华建功还是不吭声，蒙着头呜呜地哭起来，哭得伤心，浑身颤抖得像打摆子似的。江红霞叹口气，说，好了，你也别伤心了，看来我跳到黄河也洗不清！唉！我洗不清不要紧，不能让人家鲍老师跟着受连累，人家还单身，将来还要成家，不能让人家名声毁在我手里！华建功，你等着，等我把债还完，就跟你离婚！华建功突然不哭了，翻身爬起来，拉住江红霞，说，红霞，我不怪你，也不怪鲍老师，怪我自己！江红霞眼一瞪说，这是什么屁话！你不怪我也不怪他，好像我和他真有说不清的事。华建功赶紧打自己的嘴，说，我说错了，我说错了！我的意思是，怪我自己不争气，让你遭那么多罪，受那么多气！江红霞心软了，把头靠在华建功怀里，说，建功，遭罪也好，受罪也罢，我都能忍！就怕你怀疑我，还捎带上别人！华建功叹口气说，唉！自从得了病，我的心眼怎么越来越小，怕是医生那一刀，切的不是我的肝，是我的心！江红霞一下子被逗笑了，抡起拳头在华建功身上狠狠捶了几下。

梅姑听说双溪人议论江红霞和鲍子的绯闻时，《桃花有伴》已经更新完毕。十五集连续更新,反响强烈,“霞姐”吸粉破百万。加上菲菲直播带货,一时间把“桃花伴”炒得供不应求,甚至网上出现了“桃花伴”的仿制品。华建林发现叶小苋的商业潜能,主动跟叶小苋商量,应该借着这股热乎劲,让鲍子再推出新作品,把“霞姐”再推一推,不然热度降下来,再炒就成夹生饭了。叶小苋表示赞同,正好回双溪看梅姑,就跟鲍子说了这事。鲍子听罢,连连摇头。叶小苋马上明白,故意说,鲍老师,是不是怕惹绯闻?鲍子苦笑不语。叶小苋说,男人嘛,大度嘛,几句闲话怕什么?!鲍子说,身正不怕影子斜,闲话我不在乎,怕对红霞不好嘛!叶小苋说,哎,你以为你这样就是对红霞好?帮忙帮到底,送佛送到西。当初你推着人家上,现在把人家撂在半路上,甩手不管,你让她怎么办?鲍子一脸无奈,双手一摊说,爱莫能助嘛!叶小苋急了,一拍桌子说,自私!太自私!梅姑在天井陪着阿欢玩,一听他们吵起来,说,拍桌子摔板凳的,怎么回事哦?叶小苋性子直,忍不住把绯闻的事说了。梅姑听罢,点点头说,怪不得红霞好久没来哦!叶小苋说,两个人一样,都怕人说闲话嘛!梅姑淡淡一笑,说,谁人背后不说人?哪个背后不被说?小鲍子,要像你这样怕这怕那,我一个孤身女子,怕是活不到今天哦!鲍子低下头,说,我怕建功起疑心,毕竟他大病刚好!梅姑说,小鲍子,让你为难了!建功当年做买卖走南闯北,也算见过世面,怕是不会犯糊涂。你放心,回头我再说说他!叶小苋推了鲍子一下,说,看看,梅姑都亲自出马了,你再辛苦辛苦,赠人玫瑰,手留余香嘛!鲍子长长出了一口气,说,辛苦我倒不在乎,问题是桃花季节已过,真不晓得还能推什么产品。叶小苋上前扶着梅姑,说,端着金碗去讨饭,那不是呆吗?有梅姑在,还怕没事干?梅姑笑了,对鲍子说,瞧瞧,她哪是“跑腿的”?明明就是地主老财,非得把我这把老骨头油水榨干哦!

第二十二章 “冶香”

梅姑把“冶香”的本事教给江红霞，是叶小苋的主意。在双溪，“冶香”一直没传开，不是梅姑不教，实在是做起来麻烦，既考验耐心，也考验灵气。叶小苋自己手头有事做不完，自知没那份耐心，也没那份灵气，便极力推荐江红霞。梅姑怕“冶香”失传，便答应了。梅姑说，当年我学“冶香”的时候才十二岁，阿爸夸我好灵光哦！“阿爸”是梅姑对梅二先生的习惯称呼。这一点双溪都晓得。梅姑说，阿爸好喜欢“冶香”，一年四季，香都不同。

梅姑向江红霞传授“冶香”，前后花了九天。考虑到“冶香”工艺复杂特殊，鲍子做足准备，灯光布景，道具服装，角度走位，凡此种种，精益求精。梅姑本来就不是将就的性格，按照鲍子的要求，一遍一遍教江红霞。江红霞巴不得多学一点，当然积极配合。好不容易拍完，梅姑也累坏了，上楼的力气都没了。不过，看了鲍子初剪的视频，梅姑相当满意，连说好哦好哦。江红霞也好满意，说，隔着屏幕都能闻到香味！

就在这时候，饶宇又来了。

饶宇没有跟郝曼打招呼，直接来到梅家老屋。那时候，江红霞正在绣阁给梅姑按摩肩背。听到叩门声，鲍子便去开门。这一次，和饶宇一起来的还有一位六十来岁的老先生。据饶宇介绍，此人名叫程九阳，是上海一所医学院教授，专门研究近现代中医药发展史，著述颇丰，眼下正在挖掘民国时期上海的中医药发展史，有些问题请教梅姑。鲍子对学术不太关心，却也热情接待，将二人引到天井廊檐下小坐，便去楼上告诉梅姑。

毕竟是百岁老人,又累了几天,梅姑精力不济,懒得见人。听说是饶宇带人来,更不愿见,让鲍子跟客人回话,就说偏方的事该说的都说了,算是婉言拒绝。鲍子赶紧解释说,这回不是饶宇找梅姑,是一个叫程九阳的上海人。人家不是谈偏方的事,是求证一些史实。这些史实与梅二先生和惠仁堂有关。梅姑听说是上海来人,又和梅二先生、惠仁堂有关,没有再想,便强撑着起来,梳洗一番,由江红霞扶着下楼了。

事实上,程九阳此行确实是为梅二先生和惠仁堂的事。近年来,程九阳在研究民国时期上海中医中药状况时,发现惠仁堂以及梅二先生与当时上海发生的许多重大事件有关联,五四运动、"四一二"反革命政变、工人大罢工,以及后来的抗战等,都有梅二先生和惠仁堂的痕迹。当年发生的"惠仁堂爆炸案",更是轰动一时。当时,国内报章均披露爆炸案是由日本占领军指使日本浪人所为,但是原因是什么,却众说纷纭。梅二先生是原徽州府人,这一点在史料中倒不难查证,但是有关梅二先生本人的资料少之又少,程九阳为此非常困惑。毕竟时隔几十年,世事变迁,真相也许早已被历史的尘埃掩埋,对此程九阳一度失去信心。不久前,饶宇在上海参加一个学术会议,与程九阳相遇。二人谈起此事,饶宇就把梅姑的事说了,程九阳听罢大喜,于是便请饶宇陪同赶到双溪。

在梅家老屋的天井里,梅姑一见程九阳,便用上海话说,侬好啊!程九阳马上回应,侬好侬好!梅姑笑了,对鲍子和江红霞说,果真是上海人哦!程九阳说,我在上海出生、长大,祖上在杭州。梅姑一听,眉毛一扬,说,哦,阿拉也晓得几个杭州人哦。程九阳说,杭州人在上海蛮多的!梅姑说,当年有个阿姨就是杭州萧山人,常去惠仁堂,人蛮好的!程九阳听梅姑提到惠仁堂,马上追问,那个阿姨叫什么?梅姑说,她姓齐,叫齐织云!织布的织,云彩的云。蛮好听的!程九阳听后,愣了一下,说,齐织云,萧山人,您晓得她是做什么的?梅姑摇摇头,说,不晓得哦,那时候我还小,不过六七岁。只记得她每次来,都带好多好吃的,都是杭州特产!程九阳接着问,齐织云的长相您还记得吗?梅姑想了想,说,个头高高的,脸盘蛮好看!哦,我有一张照片,是她夫妻俩跟阿爸的合影!程九阳说,太好了!我能看看吗？梅姑点点头，让江红霞上楼去把老相册拿来。江红霞去了，不多时拿着老相册回来。梅姑接过老相册，翻了几页，双手颤抖，轻轻取出一张照片。

那张四英寸的黑白照片，虽历经近百年，但保存良好，依然清晰。画面中一个年轻女子站在前面，两个年轻男人站在后面，背景是人来人往的黄浦江码头，旁边一行字：民国十年（1921）十二月于上海。梅姑指着照片，说，喏，这个就是齐织云，这个是她丈夫，旁边戴眼镜的是我阿爸！程九阳接过照片凑近看了看，略一沉思，问，她丈夫姓什么叫什么？哪里人？梅姑略一想，说，她丈夫叫孙大同，我叫他孙叔，苏州人，是阿爸的好朋友。哦，孙叔也是懂医的！程九阳一下站起来，摘下眼镜，揩了揩额头上的汗。梅姑看着程九阳，说，你晓得他们？程九阳点点头，说，晓得！梅姑吃惊，说，哦，你怎么晓得他们？程九阳说，萧山齐家当年有一对双胞胎女儿，一个叫齐纺云，另一个叫齐织云。齐纺云是我外婆！梅姑惊得差点站起来，说，老天爷哦，天底下还有这么巧的事！程九阳兴奋地点着头，说，可惜的是他们去世得早，应该是民国十六（1927）年春天！梅姑想了想，摇摇头，说，怕是不会的！记得日本人没打到上海的时候，每年过年，我阿爸都会摆上两双筷子和酒杯，说是给孙叔和齐阿姨留的！程九阳见梅姑认真，以为梅姑年岁大了记忆混乱，没再追问，戴上眼镜，呆呆地看着天井上方的天空。

就在这时候，鲍子和饶宇从“小滋味”叫来好多菜，摆在堂屋饭桌上。梅姑累了，不能陪着吃饭，由江红霞陪着上楼歇着。程九阳一进堂屋，连声说，好香！好香！饶宇说，徽州名菜，我亲自点的！程九阳吸了吸鼻子，四下打量一下，说，不！我说的不是菜香！饶宇说，不是菜香还是什么香？程九阳又吸了吸鼻子，说，好像是“冶香”！鲍子一愣，说，程教授也晓得“冶香”？程九阳说，小时候，我常去外婆家，她家就是这种香味。听说是跟她妹妹齐织云学的！鲍子说，梅姑也会“冶香”，我拍了视频，刚刚剪好！程九阳说，徽杭搭界，风俗接近，怕是老一辈的人都会！

鲍子从地窖里拿来两瓶“梅花酿”，刚放在桌上，饶宇就打开，先自己倒半杯喝下，一再让程九阳也尝尝。程九阳端起酒杯一闻，说，“梅花酿”！鲍子更惊，说，你们那里也有?！程九阳说，我外婆在世的时候每年都做，我小时候好喜欢，就是这个味道！鲍子有点好奇，半开玩笑地说，好巧嘛！你外婆会的，梅姑都会！程九阳感叹道，世事无常，历史本来就是一场大巧合啊！饶宇打趣道，程教授，这就是你们搞史学研究的毛病，动不动就发感慨！程九阳微微一笑，说，这一回不是感慨，是见证哦！饶宇说，看来找到线索了?！程九阳重重地点点头，举杯一饮而尽。

正如程九阳所言，历史本来就是一场大巧合。在梅家老屋，又一个巧合被见证。齐织云确实是程九阳的外婆齐纺云的双胞胎妹妹。齐家是当年杭州萧山的名门大户，育有一对双胞胎女儿，取名纺云和织云，曾被誉为萧山两枝花。齐织云十九岁到上海读书，“五四”运动时与孙大同相识相恋，并私订终身。本是两情相悦的好事，可是齐织云在家乡定有娃娃亲，因此遭到家庭反对。齐织云性格倔强，又深受“五四”精神影响，自作主张，于民国九年(1920)春在上海与孙大同结婚。齐家得知后，以有辱门风为由，与齐织云断绝关系，并在上海登报声明，从此齐织云和家里失去联系。这段长辈的故事，程九阳从小到大听过无数遍，早就烂熟于心。十年前，因研究需要，程九阳在历史档案馆检索资料时，偶然发现孙大同的名字，进一步检索，又发现了齐织云的名字。沿着线索挖掘，又发现一些夫妻二人的史料和照片。经与外婆齐纺云留下的照片比对，确认无疑。档案记载，孙大同和齐织云于民国十年(1921)底去法国留学，并在法国加入中国共产党旅欧支部，回国后先后在北京广东等地工作，民国十六年(1927)初辗转回到上海从事工运工作，同年4月底因叛徒出卖，夫妻双双被国民党反动派秘密杀害。在多份档案中，孙大同和齐织云都与惠仁堂和梅二先生有过交集。上海解放后，一位曾经与孙大同和齐织云共事的同志写过一篇回忆文章，提及孙大同和齐织云搞工运时经常以惠仁堂为接头地点。孙大同出身于中医世家，与梅二先生又是好友，常以坐诊医生的名义为掩护，躲过许多次危险。“四一二”政变发生后，就在被捕前一天，孙大同还在惠仁堂以接诊为名，掩护同志撤离上海。只可惜，抗战爆发后不久上海便沦陷，接着又发生了惠仁堂爆炸案，相关的证人证物早已不见踪迹。

若不是程九阳亲口讲，鲍子无论如何都不敢相信，这些谍战情节竟与梅家有关。在梅家老屋住了十年，朝夕相处，鲍子从未听梅姑提起。也许梅姑当时太小，根本不晓得。也许梅姑晓得，但因光阴逝去，不愿提及。不过，程九阳从历史资料中梳理出齐织云和孙大同的故事，关于梅二先生的故事并不多，尤其是日本人为什么要炸惠仁堂，依然没有结论。实话实说，比较而言，鲍子对梅二先生的故事更感兴趣。毕竟，在梅家老屋住了十年，鲍子从心底里已经把自己当成梅家的一分子了。程九阳说，日本人制造惠仁堂爆炸案一定有所图，至于图什么，苦于没有线索，不得而知。饶宇却有自己的观点，在日本留学时，他接触过一些历史资料，发现日本人对中医中药一直非常重视，直到今天许多日本人对中医中药依然充满敬畏。资料反映，抗战前后，日本人曾周密计划，掠夺中医中药资源，包括中医典籍、民间偏方验方以及名贵中药材。当时战事正紧，日本人很可能看中了惠仁堂的资源，而梅二先生又不愿给，因此才下毒手。程九阳认为，多种可能都有，真相如何，不敢确定。因此，他想再跟梅姑谈一谈，希望发现一些有价值的线索。

华建林听说饶宇带来一位上海的教授，非常兴奋，先请二位教授到老祠堂开座谈会，去双溪老街参观，又让两位教授为双溪人民留下墨宝。鲍子拍了照片，菲菲拍了视频，皆大欢喜。程九阳委婉提出，请华建林做做梅姑的工作，想抓紧时间再跟梅姑谈一谈。华建林自然答应做工作，只是梅姑近来太累，最好明天再谈，建议饶宇和程九阳在双溪住下来。饶宇要求住在梅家老屋，华建林不敢答应，专门跑回梅家老屋找梅姑商量，不料梅姑竟然没答应。梅姑说刚刚做完“冶香”，没顾上收拾，梅家老屋最好不让外人住。华建林晓得梅姑讲究，不敢再多问，转身出去了。

从梅家老屋出来，华建林为难了。如果实话实说，担心两位教授误解梅姑，有损梅姑的形象。损害梅姑的形象，也会影响双溪的形象。损害双溪的形象，那是万万不能做的。不过，华建林毕竟是华建林，才转出织女巷，便急中生智，有了一个“预案”，见面就说春天雨水多，梅家老屋霉味太重，怕客人受不了，不如安排两位教授到镇上宾馆去住。两位教授听了，都表示理解。饶宇说，天天憋在城里，好不容易来趟古村，不住一夜太遗憾！程九阳赞同，跟饶宇商量，就在老祠堂住下，也好跟华建林好好聊聊。华建林当然愿意陪两位教授共眠一室，顺便向两位教授请教一二。当夜，两位教授躺在临时搭起的硬板床上，望着老祠堂斑驳老旧的屋顶，有感而发，一致建议双溪发展民宿，让城里人来消费。这一点正好与华建林不谋而合，因此不免多聊一番。

三个人聊到三更梆响，两位教授休息。华建林却睡不着，一个双溪民宿的宏伟计划在脑子里诞生，越想越兴奋，忍不住想找人谈谈，于是发微信给菲菲，菲菲秒回赞成，又发微信跟鲍子说了，鲍子觉得可行，建议他跟叶小苋谈一谈。华建林怕叶小苋嘲笑他异想天开，忍住没有跟叶小苋联系。不料叶小苋打来电话，劈头盖脸就来一句，华建林，这疯丫头你还管不管，烦死我了！华建林晓得，肯定是阿欢又在学校惹了麻烦，于是一番好言相劝，至于双溪民宿的宏大构思也就不谈了。

梅姑好好歇了一天一夜，又让江红霞按摩了肩背，晚上再喝一碗提神汤，转天精神好了许多。一大早，梅姑就起来熏屋子，里里外外，楼上楼下，有屋必熏。鲍子带着早饭回来，见梅姑在忙，怕又把她累着，赶紧让她歇着。梅姑不歇，往熏炉里续上香，抬头望着四水归堂的天井，说，我梦见阿爸了，阿爸说，想闻一闻梅家老屋的香哦！鲍子晓得梅姑固执，也不再劝。

晨光柔软。一群山鸟飞来，落在梅家老屋的马头墙上。梅姑手持熏炉，走在走马廊上，被一缕缕香烟围着，颇为梦幻。鲍子来了灵感，赶紧取来相机，隔着花格窗，定格了一个个难得的瞬间。正在这时，华建林打电话给鲍子，说两位教授要过来见梅姑，问一问梅姑想不想见。鲍子犹豫一下，还是跟梅姑说了。梅姑听罢，点点头说，来吧来吧，梅家老屋好香哦！

第二十三章　桃花渡

双溪民宿计划尚未开始，华建林遇上一件头疼的事，着急上火，又睡不好，牙疼的老毛病又犯了，左边腮帮子肿得老高，像嘴里含着鹌鹑蛋，说话嘴往右歪，像演小品似的。郝曼给他吊了几瓶头孢，炎症没压下去。还是梅姑配了一服草药，他用了三天，嘴才校正了。

华建林之所以着急上火，是因为菲菲。菲菲与双溪合作的三年合同到期，不愿续签。华建林要把双溪“吆喝”出去的计划刚刚起步，不想让菲菲离开，却找不到挽留菲菲的主意。虽说“霞姐”因为“冶香”系列又火了一把，在网上有点名气，但毕竟人单势孤，影响有限。况且，华建林的另一个计划也在推进中。那就是在双溪创办一个“网红培训基地”，名字都想好了，叫“网红学院”，听起来好上档次。地点也已选定，就在桃花渡。

桃花渡是丰水河上的一个老渡口，距离小桃源不远。每年桃花时节，上游小桃源的桃花落入水中，老渡口便有一个月左右的桃花流。桃花粉红，河水青绿，水波轻漾，美不胜收，因此才有了桃花渡的美名。丰水河东入新安江，桃花渡曾是双溪及周边百八十里山里人出入的必经之路，人来人往，货进货出，一度繁华百年，只可惜而今荒弃了。

关于桃花渡，华建林永远摆脱不了一段痛苦的记忆。华建林回到双溪当村干部后，曾在父母坟前发誓，一定要让桃花渡重新热闹起来，不然今生不安。事实上，这就是华建林创建“双溪模式”的步骤之一。叶小苋问过，华建林不想说。因为华建林晓得，一旦说了就会伤叶小苋的心。华建林家和叶小苋家几代世交，相处和睦，两家父母原来都是桃花渡船工，互相帮衬，以船养家，日子过得倒也如意。可是到了20世纪90年代，过往桃花渡的客人和货物越来越少，摆船的生意越来越难。那年夏天，华建林七岁，叶小苋六岁。两家父母商量，趁着暑假去浙江打两个月的短工，就把华建林和叶小苋托付给梅姑照看。为了省时省钱，他们摆船走水路。

时至今日，华建林清楚地记得，那天一大早，他和叶小苋躲开梅姑，偷偷跑到桃花渡口送父母。当时连阴雨下了三天三夜，丰水河洪水滔滔，淹了渡口的十三级台阶。四个大人一只小船，在风雨中摇摇晃晃。一道道闪电中，小船顺着水流向下游漂去。叶小苋好害怕，紧紧抓着华建林的手问，小船会不会翻？华建林说，不会！叶小苋说，为什么？华建林说，爸妈在上面！叶小苋说，爸妈在上面就不会翻船？华建林说，爸妈的船从来不翻！然而，华建林错了。就在第二天，传来了消息，他们的父母没走多远就遇到山体滑坡，全都遇难。华建林拉着叶小苋一路奔到桃花渡，在台阶上看到被水泡肿的四个大人，躺在塑料布下面。华建林和叶小苋趴在泥水里，哭得撕心裂肺。这时候，梅姑来了，一手拉一个，把他们带回梅家老屋，对他们说，往后这里就是家哦！从那以后，叶小苋再不去桃花渡，不仅不去，还不让提，有一次华建林偶然提一下，叶小苋当即翻脸。不过，华建林不能不去，也不得不提，毕竟桃花渡是双溪的一部分。好多次，华建林独自站在荒弃的桃花渡前，望着清澈的河水，陷入沉思。当初如果桃花渡依然热闹，他们的父母就不会去浙江打工，也就不会在途中出事。这个逻辑是他孩提时代的想法，固执地坚持到现在。

网络的力量，华建林早已领教，因此也信得彻底。依华建林的设想，一旦“网红学院”办起来，有一帮网红来来往往，桃花渡一定会成为热门的打卡地，自然就热闹起来。桃花渡一旦火起来，借助高铁站和高速口的便利，双溪自然也就热闹了。什么知名度美誉度，什么经济效益社会效益，全都不在话下。话又说回来，华建林胆敢打“网红学院”的主意，不是空想，跟菲菲有关。三年来，华建林尝到网红的甜头，想利用菲菲的网络影响力，也想以菲菲为样板，为双溪培养一批人才。毕竟双溪缺的就是人才。如果菲菲离开双溪，那就等于把华建林撂在半路上，别说“网红学院”一时半会儿没指望，恐怕双溪的知名度也会下降，他刚刚搭建的“模式”框架也就散了，至于他总结的“职场五步法”，也算白搭了。

按理说，创办“网红学院”不是一件小事，一时半会儿办不成也情有可原。问题是华建林跟陈镇长吹过牛，还把方案的电子版发给了陈镇长。陈镇长觉得是个亮点，马上跟县委汇报。县委认为正好赶上“互联网+乡村文化振兴”的大好形势，又报给市里。市里高瞻远瞩同样看好，下达指示，制订进度表，落实责任人，并责成“一把手”亲自抓。陈镇长得到市、县两级的指示，不敢怠慢，几次专程来到双溪，让华建林陪他一起实地考察桃花渡，一次比一次决心大，一次比一次有紧迫感，恨不得大手一挥，“网红学院”立马就能冒出来。陈镇长和华建林处得不错，私下里以兄弟相称，心里话藏不住，拉着华建林说，兄弟，我代理镇党委书记快满一年，年底换届，这个“代”字去不去得掉，全靠这一票啊！

看来，这个项目不上马都不行，是鸭子都得赶上架！

华建林真的头疼了。

本来，华建林以为菲菲不愿续约，可能是因为叶小苋在中间搞名堂，惹得菲菲心里不快活，也可能是因为合作中有些怠慢，让菲菲不满，甚至怀疑是不是菲菲想借机提高合作条件。如果是这样，倒是不难。华建林可以想办法做工作，该道歉他来道歉，该弥补马上弥补。但是不承想菲菲给出的理由只有一条：身体出了毛病。健康是最大的本钱，无论真假，这个理由让人无法拒绝。

菲菲身体确实出了毛病，多家医院一致诊断为内分泌失调。自从成为网红之后，菲菲生活全无规律，昼夜不分，饮食失律，睡眠颠倒，作息紊乱，再加上高强度工作，内分泌出了问题，心腹胀满、焦虑烦躁，脸上长满疙瘩。最让小兔子不能接受的是，例假两三个月不来，来了露个红马上就走。一头长发干枯分叉，大把大把地脱落，大长腿越来越粗，最擅长的一字马只能拉开九十度。这一切都提醒菲菲，健康比挣钱更重要。为了让华建林相信，菲菲出示多家医院的病例，甚至把一沓子妇检报告也拿了出来。华建林相信，于是更焦虑，似乎内分泌失调的不是菲菲，而是他华建林。

前后合作三年，无论是工作能力还是为人处世，华建林对菲菲比较认可。成绩有目共睹，不需要多说。按合同，该得的就得，不该拿的一分钱不要。毕竟是90后，能吃苦有头脑已经难得，为人处世尚能大度，不像叶小苋动不动就要小心眼。这话是华建林跟鲍子一起喝酒时说的。鲍子说，把她们两个放在一起比较不太合适嘛。华建林说，不比较也分不出高低嘛。鲍子老酒上头，说，反正不太合适！华建林说，那你说跟哪个放一起比较合适？鲍子想了想，又咕哝一句，反正不太合适！

本来，华建林打算专门开一个欢送会，感谢菲菲三年来对双溪的贡献。吃水不忘挖井人，生意不成情意在嘛。不承想，菲菲断然拒绝，理由是生病以后丑得不像样子，欢送会就免了。华建林心情无法表达，要请菲菲吃顿饭。菲菲想了半天，勉强答应，提出吃饭最好在梅家老屋，正好跟梅姑见一见，也好道个别。华建林答应下来，抽空到梅家老屋来跟梅姑说了。梅姑一听菲菲要走，唏嘘半天，说，哦，你不是说菲菲算是双溪人嘛，怎么说走就走呢？华建林说，她是"荣誉村民"，合同到期了！梅姑摇摇头，叹口气说，双溪太小，怕是留不住哦！本来就冷清，又少一个！华建林说，所以嘛，好头疼嘛！梅姑说，人家菲菲为双溪做过不少事，也为我做了不少事，我要谢谢她！

菲菲到梅家老屋来吃饭，华建林特意安排在周末晚上。为了避嫌，华建林事先打电话跟叶小苋说了，让她也参加。叶小苋似乎并不吃惊，一口答应下来，早早就回到梅家老屋。本来，华建林安排好，从"小滋味"点几个菜，叶小苋不让，亲自下厨，忙了半天，做了满满一桌菜。梅姑让叶小苋拿出两瓶"梅花酿"，要陪菲菲喝两杯。酒菜齐了，菲菲却迟迟不到，华建林打了几个电话没人接。梅姑有点着急，让华建林去看看，别出了什么事。华建林看了看叶小苋，似乎有点为难。叶小苋把围裙一解，说，走，我陪你去！

两口子出了梅家老屋，走进织女巷，叶小苋一把将华建林的胳膊挽住。华建林有点不适应，想躲又不敢，只好由叶小苋挽着。灯光昏黄，老巷里两个人影淡如水印，似乎脚步重些就能把影子惊碎。叶小苋故意开玩笑说，华建林,情绪不对头嘛,即将分别,有些伤感吧!华建林摸了摸鼻子,咳了两声说,就怕你说三道四,才特意喊你回来,不然真说不清楚!叶小苋说,说不清楚就不说呗!华建林说,这是什么话?我有什么说不清楚的?叶小苋说,咦!你大小是个干部,前头说了后头不认账,明明是你自己说不清楚!华建林急得直摇头,叶小苋却偷笑。华建林晓得叶小苋故意逗自己,一把将她的肩膀搂着,说,好了好了,人家为双溪做过贡献,我原指望她帮我把"网红学院"搞起来,可是合同到期,人家不愿意续签!叶小苋揽住华建林的腰说,不愿意签就不签呗!华建林叹口气说,问题是我跟陈镇长吹过牛,答应年底前"网红学院"见效果!叶小苋认真道,其实菲菲这丫头虽说聪明,但还算单纯耿直,就算不在双溪,将来请她帮忙应该也可以!华建林说,我也这么想,就怕人家不答应!

正说着,巷口一个人影走过来,走近一看,正是菲菲。菲菲戴着棒球帽,帽檐压得好低,鼻子眼睛都躲在阴影里。华建林还没说话,叶小苋抢先说,菲菲,我和建林正要去接你呢!菲菲说,不好意思,手机搞丢了,找了半天也没找着,急死我了!叶小苋说,怪不得,建林给你打了几个电话,你没接。梅姑好担心,催我们来接你!菲菲说,哎呀,没想到内分泌失调这么厉害,忘性好大,丢三落四,愁死了!叶小苋没好接话,看了看华建林。华建林说,赶紧走吧,梅姑怕是等急了!

梅姑见了菲菲一把拉住,好一阵心疼,说,菲菲,听说你要走?菲菲点点头,无奈地说,梅姑,我生病了,内分泌失调,要好好休息休息!梅姑说,内分泌失调也是病?叶小苋说,梅姑,人家大医院诊断,那还不是病?梅姑摇摇头,对菲菲说,有好久了?菲菲说,大半年了!梅姑摸了摸菲菲的手,又捏了捏菲菲的耳朵,说,给我看看舌苔!菲菲伸出舌头。梅姑看了看,说,再呵口气给我闻闻。菲菲呵了一口气。梅姑闻了,被熏得一皱眉。菲菲晓得不好,又说,我这头发一撮一撮掉,半夜盗汗,心烦气躁。还有,那个好几个月都不来!梅姑笑笑,拍了拍菲菲的手,说,不要紧,你还年轻。先吃饭!

菲菲陪着梅姑先入座,华建林让叶小苋挨着菲菲坐。叶小苋说还要去厨房忙，不方便，一把把华建林按在菲菲旁边坐下。鲍子带阿欢玩游戏来得迟，坐在最外边。梅姑端起酒杯，对菲菲说，菲菲，你为双溪做好多事，还经常过来陪我玩，我得谢谢你哦！菲菲站起来说，梅姑，我对不住你，让你跌了一跤，吃好大亏！梅姑说，不怪你不怪你，怪我笨！菲菲好感动，抱着梅姑说，梅姑，我会想你的！梅姑说，菲菲，那就别走了！菲菲说，不走不行，我爸妈天天催我回去治病！梅姑说，听我的，别回去了！叶小苋说，梅姑，人家要回省城看病嘛！梅姑说，菲菲，我帮你调理！菲菲看了看叶小苋，似乎有点为难。梅姑说，回头给你一个方子，试试看！菲菲犹豫不决，左右为难。叶小苋站起来，给菲菲和梅姑各夹了一块鱼，说，先吃饭，先吃饭！

吃过饭，菲菲回去休息。叶小苋服侍梅姑上楼歇着，随口说，梅姑，人家菲菲要回去治病，您大包大揽，非说不要紧，万一耽误人家，那就麻烦了！梅姑说，你不晓得，她那样的毛病，我年轻时也得过，就是阿爸走后那两年，都是我自己调理！叶小苋说，人和人不一样嘛！梅姑说，人不一样，病理相通。菲菲这几年，日夜颠倒，内分泌失调也正常。话又说回来，她正心烦气躁，你说她病得重，那不更叫她担心？她还年轻，过日子正常了，再用药调理调理，有个十天半月，差不多就能好了！叶小苋开玩笑说，对呀对呀，梅姑是神医嘛！梅姑说，哼！神医我不敢当，神婆倒是称职。喏，我来算算你的心思，是不是恨不得马上把人家菲菲撵走?！叶小苋噘嘴说，别冤枉我，我可没撵她走！梅姑淡淡一笑说，你没有撵人家，也没留人家嘛！叶小苋说，哎呀，梅姑不晓得，建林找她商量过，低三下四，就差跪下求她，她执意要走，我也没的办法嘛！梅姑叹口气，说，是哦是哦，是去是留，随她吧！叶小苋说，那您还给她调理吗？梅姑说，说过的话钉下的钉！方子有现成的，就是药材不全。我老胳膊老腿，不好去采哦！叶小苋说，你把药名告诉我，采药我去嘛！小时候跟着梅姑，双溪的草药差不多认全了！梅姑笑了，说，对哦，我还有个跑腿的嘛！叶小苋说，看我混得好惨！本来是个跑腿的，转眼又成采药童子了！梅姑说，反正都得跑腿，你就委屈吧。叶小苋说，童子听命！梅姑说，其他药材都有，你上山采些合欢皮和栀子。还有薄荷，要紫秆的，最好去桃花渡河滩上采！叶小苋一听桃花渡，马上不吭声了。梅姑说，桃花渡的紫秆薄荷，药性最好哦！叶小苋说，晓得了！

提到桃花渡，叶小苋心里一万个不愿意去。本来，叶小苋想把去桃花渡采紫秆薄荷的任务交给华建林，可是华建林一大早就去县城办事了。叶小苋想反正梅姑要的是紫秆薄荷，管他是哪里长的。竹溪和兰溪两边一定也有，因此就没做去桃花渡的打算。鲍子听说要上山，也要跟着采风。叶小苋当然乐意鲍子一起去，正好多拍些照片，在朋友圈里晒一晒。阿欢听说上山，撵着要去，叶小苋怕她调皮碍事，临时安排一堆家庭作业，硬是把阿欢留下了。

因为打算多拍照片，叶小苋特意换上一条长裙，纯棉面料，素底碎花，清清爽爽，与暖春的天气倒是和谐。二人徒步，有说有笑，一路来到天问山。山上草药遍地，叶小苋先把合欢皮和栀子叶采好，然后就让鲍子拍照片。站着坐着走着，各个角度都拍了，又过瘾又满意。下山后，二人绕到竹溪和兰溪，找了半天，都是绿秆薄荷。叶小苋本想采些绿秆薄荷应付，又怕梅姑怪她敷衍，一时有点犯难。鲍子不晓得叶小苋的难处，说反正桃花渡不远，不如一起去那里采，顺便还可以多拍几张照片！叶小苋别无选择，只好去桃花渡，好在有鲍子陪着，胆子也大一些。

桃花渡荒废日久，旧屋坍塌，杂木蓬勃，藤蔓缠绕，破败中透出几分野趣。鲍子顿时有了创作冲动，不停地变换角度拍照。叶小苋站在一片杂草中，深深吸了一口气，半天才稳住心绪，抬头看见渡口的台阶，眼前便浮现出爸妈被水泡肿的身体，不禁浑身发抖。鲍子不晓得叶小苋与桃花渡的故事，一边寻找角度，一边催促叶小苋站到台阶上，给她拍几张带野趣的照片。叶小苋不敢上前，鲍子着急，过去拉叶小苋。叶小苋火了，甩开鲍子，转身跑开。鲍子以为自己哪里做得不妥，赶紧追上去道歉。叶小苋抹了一把眼泪，说，鲍哥，麻烦你去采些薄荷，紫秆的！鲍子一头雾水，怏怏地走向河滩，不多时拿回一大把薄荷。叶小苋看了看，确实是紫秆，放进篮子里，说，回吧。鲍子嗯了一声。叶小苋淡淡一笑，挎上篮子，快步朝双溪走去。

桃花渡到双溪本来有一条老旧的青石路，弯弯曲曲，坑坑洼洼。两旁的野花野草得了春光,疯狂生长,姹紫嫣红,招来无数蜂蝶游戏其中。此时,阳光灿烂,桃花渡方向吹来阵阵暖风,带着淡淡花香,吹动叶小苋的裙摆,放肆地飘扬。望着叶小苋的背影,鲍子突然想起十年前,与叶小苋初次相遇的那个遥远的春天,心中不禁升起一股莫名的惆怅,于是举起相机,将叶小苋的背影,和着春光一起,摄入桃花渡荒凉的背景里。

第二十四章 梅家老屋

梅姑又梦见七喜了。

七喜好调皮,站在梅家老屋屋脊上,四只爪子不停地挠,挠呀挠,硬生生把老屋挠漏了。梅姑跟鲍子讲述她的梦境时,天空正落着细雨。潮湿的空气包裹着梅家老屋,带着淡淡的水腥味。梅姑站在楼上走马廊里,用手杖指着廊上的隔板,一脸惋惜。鲍子走过去看了看,木质隔板早已老旧,裂纹纵横,有一下无一下地渗出水滴。梅姑说,都是七喜干的好事哦!

谷雨已过,雨水见稠。三天两头落一场雨,不大不小,淅淅沥沥。老街青石路面干了又湿湿了又干,水圳蜿蜒,哗啦啦地流出响声。青苔细绿,染了沿街的墙根,斑斑驳驳,像泼了油彩一般。半月潭的水面越发清亮,浮萍也蓬勃起来,聚聚散散,自由得很。梅家老屋屋顶潮湿,瓦片颜色愈显深沉,四水归堂的天井里水汽浓重,仿佛咳嗽一声,也能惊出几滴水来。

梅姑说,人老梦多,屋老洞多,得收拾收拾哦!

事实上,梅家老屋好多年没有修过了。算起来,上一次维修还是七八年前。那时候,鲍子已经在梅家老屋住下,华建林和叶小苋结婚搬到镇上的新房。因梅姑坚持住在绣阁,叶小苋怕她上下楼不方便也不安全,便和华建林商量,在绣阁隔壁改造了一个卫生间,从里面开门,与梅姑的卧室相连。刚开始,梅姑不同意,怕动静太大,破坏老屋的结构,糟蹋了祖上的基业。华建林为保险起见,请来古民居专家,现场勘察半天。专家拍着胸脯说改造没有问题,梅姑才勉强点头同意。梅姑还提出顺便把老屋收拾一遍,该换的瓦要换,该添的砖要添。这些倒不难,顺带一次都办了。

梅家老屋在梅姑心中的地位,双溪人都晓得。梅家先辈早年在沪杭经商,富甲一方,做屋自然不会随便。别说在双溪,就算放眼徽州,梅家老屋也能数得着。梅家老屋建成差不多有两百年,原本前后有三进,每一进都是四水归堂,五岳拜天,实实在在是一座壮观宅第。等到传至梅二先生名下,大修过一次,顺便在最里头建了一座小花园。只可惜适逢乱世,人丁不旺,白白辜负了一座老宅子。梅二先生遇难后,梅姑当家做主,幸好有苏老倌里外帮衬,靠着上几代人的积蓄,倒也支撑下来。新中国成立后,梅家老屋的管家仆人纷纷散去,梅姑一个弱女子顾不过来,疏于打理,日久天长,小花园和后面的老屋相继破败,修补无用,索性拆了,只留下靠近半月潭的三间两进,四水归堂,楼上楼下,自成一体,梅姑一个人居住,难免显得空旷。就算后来叶小苋和华建林住进来,依然绰绰有余。前几年,市、县推进"百村千幢"保护计划,搞过一次古民居普查,双溪有近二十幢老屋入选,梅家老屋是其中历史最长最具特色的一幢。市文物专家樊思仁专门写过文章介绍梅家老屋,打了一个比方,说梅家老屋是徽州古民居的"活化石"。本以为这个比方好精妙,不料梅姑晓得了,好不高兴,说老屋就是老屋,不过岁数大点,说什么化石不化石?听起来好晦气哦!从那之后,樊思仁在梅姑面前再不敢提"化石"的话题了。

老天赏光,雨过天晴。趁着好天气,梅姑催着修缮老屋。不巧的是,华建林临时接到通知,参加"长三角"乡村振兴学习班,自然顾不上。叶小苋主动揽过来,打算多花点钱,把梅家老屋里里外外修缮一下,既保护梅家老屋,也让梅姑住着放心。实话实说,叶小苋在心底里一直把梅家老屋当作娘家。事实上,平时跟人家提及回娘家,叶小苋说的一定是梅家老屋。毕竟在这里得过梅姑的关爱,毕竟这里曾留下她和华建林的青春时光。这一切早已融入血液,无可替代。

在徽州,做屋修屋都是技术活,不是随便什么人都做得了的。叶小苋征求梅姑的意见,梅姑点名要找卢师傅。卢师傅外号"卢班",祖上几代造屋修房,名气响亮,早年做过几次梅家老屋的维修,算是老主顾,因此满口答应。毕竟梅家老屋名声在外,为慎重起见,卢班特意过来一趟,跟梅姑商定动工的日子,事情就算定下了。

卢班的工程队进驻之前,梅姑想先把老屋内外收拾收拾,给人家施工提供方便,也免得人家看见龌龊,丢了梅家老屋的脸。叶小苋也觉得有理,着手操办。鲍子虽是客居,但有主人意识,主动请缨,叶小苋自然欢迎。两个人有说有笑,干起来倒也不累。叶小苋和鲍子在一起自由自在,鲍子也彻底放松,因此配合默契。鲍子要抹布,叶小苋马上递到手上。叶小苋要扫地,鲍子随后送上灰筐箕,怎么看都是心有灵犀的一对儿。梅姑在一旁看着,忍不住感慨,说,要是再有一个小苋多好,我来做主,嫁给鲍子,好美满哦!叶小苋听罢,脸一下就红了,说,梅姑老糊涂了,净瞎说!梅姑笑道,我打比方嘛。鲍子有点尴尬,说,梅姑,这个比方不太合适!梅姑说,比方不合适不要紧,人合适就好!叶小苋对鲍子说,看看这老神仙,说她糊涂,她真糊涂了!鲍子一脸窘态,说,开玩笑嘛!梅姑见鲍子脸都红了,孩子似的大笑起来,眼泪都笑出来了。叶小苋赶紧过去,轻轻地替梅姑拍后背。梅姑咳了两声,突然冷下脸来,叹口气说,世上好多事,都像开玩笑哦!

徽州习俗,楼上朝南正房为祖堂,是摆放祖上牌位和祭拜的地方。按梅姑的安排,叶小苋和鲍子先打扫祖堂。说起来,梅家祖堂平时门都上锁,只有逢年过节,梅姑才进去打扫祭拜。叶小苋虽说在梅家老屋住了二三十年,祖堂却很少进去。仅有的几次也是梅姑打扫祖堂,叶小苋打下手才有幸进去。梅家祖堂除了祖上的画像和牌位,还有一排大大小小的柜子。鲍子在梅家老屋住了十年,从没进去过,自然好奇,想拍几张照片。梅姑答应了,说,其他人不可以,小鲍子可以!叶小苋说,哎呀,梅姑把鲍哥当自家人了嘛!梅姑点着头说,不当他是自家人,早赶他走了哦!鲍子和叶小苋一起笑了。梅姑取来祖堂的钥匙,交给叶小苋,特意交代,不要乱动东西,以免打扰了祖宗。

咯噔,铜锁一声弹响,清脆干净。吱吱呀呀,祖堂的门缓缓打开,天井的阳光随之扑进来。积久的细尘在光线中轻扬,扯起纱帐一般。墙上的画像和案上的牌位隔着厚厚的光阴,令人肃然起敬。鲍子颇受触动,举起相机,不停地变换角度,恨不得用镜头穿透光阴,捕捉其中的故事。突然,墙上一张老照片吸引住鲍子的目光。照片中,一个戴眼镜的青年笔直站立,黑发中分,西装领带,脚上却穿着一双千层底的布鞋。鲍子指了指照片。叶小苋小声说,梅二先生,好帅啊!鲍子有职业习惯,见到老照片就忍不住抬起手,想取下来仔细看。叶小苋说,别动!不知是叶小苋说得太迟,还是鲍子手太快,那声“别动”话音才落,鲍子已经把相框取下来,随之墙上露出半块砖头大小的洞,一个油纸包从洞里滚落下来。鲍子傻了,看着叶小苋,一动也不敢动。叶小苋赶紧过去,将油纸包捡起来,本想放回原处,想了想,还是慢慢打开。

那是一卷借据,一共二十三张,大小不一,纸张不同,纸质发黄,字迹虽然模糊,但依然可以辨认。借据日期都在民国时期,打借据的人各有不同。其中五张借据落款为“新安山地游击队”,内容涉及借粮借钱借药,并注明“等到革命成功偿还本息”等字样。叶小苋小声说,这东西好稀罕嘛!鲍子说,这是革命文物,我拍照发到网上!叶小苋说,没跟梅姑打招呼,不合适吧?鲍子说,宣传革命文物,好事啊!叶小苋点点头,小心翼翼地把那五张借据一一铺开,鲍子快速拍照。就在这时,走马廊上传来手杖声。叶小苋说,梅姑来了!鲍子赶紧把东西收拾好,物归原处,又把梅二先生的照片挂好。梅姑果然出现在门口,看了看叶小苋和鲍子,突然递上一只鸡毛掸子,说,祖堂是个清静地方,要打扫干净哦!

卢班带着他的工程队,在梅家老屋前后忙了一周,该修的修了,该补的补了,梅姑相当满意。不过,卢班提醒,梅家老屋的东西山墙存在不同的问题,尤其是西山墙,墙体有些松动。毕竟一两百年,找机会加固为好。梅姑相信卢班,约好先把雨季熬过去,等到秋后闲下来再做大修。完工当天,梅姑拿出存折,要把工钱结了,卢班说叶小苋早把费用付过了。梅姑说,这个丫头,梅家修老屋,哪能让她花钱?!叶小苋说,梅姑,您再说这话,我要生气了,明明把我当成外人嘛!梅姑说,一桩拴一马,两码子事!鲍子赶紧从中调解,说,你们都别争了,这个钱我来付,就算我十年的房租!梅姑一听更不高兴,说,小鲍子,再提房租,你马上走!这时候,正好华建林学习回来，见他们争得面红耳赤，问明缘由才说，梅姑，梅家老屋是双溪的文化财富，保护梅家老屋，符合“百村千幢”保护计划，双溪人都有责任和义务，就给小苋一个机会嘛！梅姑说，建林是干部，一张嘴就把政策搬出来！哦，我不管你文化不文化，总之梅家老屋修缮的钱由我出，不然老祖宗会骂我不懂事！华建林没办法，冲叶小苋挤挤眼，说，好吧好吧，存折交给我！梅姑不干，赶紧把手缩回来，说，哼！男人挣钱，不能管钱！叶小苋笑了，说，梅姑英明！我是梅姑的“跑腿的”，存折我保管！

吃过晚饭，叶小苋服侍梅姑上楼歇着，下楼来发现华建林和鲍子挤在电脑前，于是也凑过去。原来鲍子在给华建林看他拍下的那五张借条。华建林连连叫好，说，又是一个做旅游的好题材！叶小苋说，这算红色文物吧?！华建林激动不已，挥着拳头说，当然是！所以一定要把这个题材炒热！炒热！鲍子说，就这个题材，发到网上一定火！叶小苋说，我警告你们，不管发在哪里，先跟梅姑打个招呼，不然梅姑会生气的！华建林挠挠头，想了想说，是得打个招呼，不过万一梅姑不同意怎么办？三个人大眼瞪小眼，你看我我看你，半天都不说话。鲍子拍拍脑壳，说，我倒有个主意！叶小苋说，快说！鲍子把自己的想法一说，叶小苋说，试试看！华建林一拍桌子，说，就这么办！

市文物专家樊思仁应邀来到梅家老屋那天，正好是立夏。

立夏节吃乌饭，是双溪一带的传统。传说吃了乌饭，一年不招蚊虫。乌饭的做法倒不复杂，就是把乌饭树的嫩芽捋下来，捣碎滤汁，和糯米一起浸泡，配上笋丁、青豆、辣椒、腊肉一起蒸出来。米粒乌黑，青豆嫩绿、腊肉深红，清香宜人。那天一早，江红霞送来一钵子乌饭，让梅姑尝尝。梅姑闻到乌饭香，才想起是立夏，说，哦，老了老了，把立夏节都忘了！江红霞说，梅姑不老，梅姑只是没想起来！梅姑摇摇头说，老了就是老了哦。人老梦多，我又做梦了！鲍子盛了半碗乌饭递给梅姑，问，梅姑又梦到什么？梅姑说，梦到阿爸了哦！阿爸说他好想我！江红霞说，那是梅姑想阿爸了！梅姑神秘地说，你不晓得，阿爸好喜欢吃乌饭！江红霞说，那就敬阿爸一碗嘛！梅姑点点头说，好哦好哦！鲍子拿起碗正要盛饭，被梅姑拦住。梅姑接过碗，亲手盛了满满一碗，和一双筷子一起，摆在天井里，望着天井上一方天空，说，阿爸，立夏了，吃乌饭哦！

就在这时候，樊思仁来了。鲍子把樊思仁领到梅姑面前，梅姑看了看樊思仁，说，哦，今天就你一个人？樊思仁说，就我一个！梅姑说，我还以为你又带人来买老东西！樊思仁说，梅姑，今天我不买老东西，来打听一件事。梅姑点点头说，说吧说吧。樊思仁问，梅姑，您可记得当年的山地游击队？梅姑点点头，说，几十年前的事哦！樊思仁说，梅姑，听说您当年帮助过游击队，有没有这回事？梅姑愣了一下，看了看樊思仁，摇摇头。樊思仁说，再想想！梅姑想了想，还是摇头。樊思仁看了看鲍子，对梅姑说，您家里有跟游击队有关的文物，是不是？梅姑突然好不耐烦，冲樊思仁摆摆手说，我家跟游击队没有关系哦！鲍子帮腔劝说，梅姑，当年游击队有没有来过梅家老屋，有没有跟您借过东西？梅姑不高兴了，说，我说过了，我家跟游击队没有关系！樊思仁站起来，四下看了看，对鲍子挤了挤眼，鲍子跟着他一起到了大门外。樊思仁说，赶紧打电话把华建林找来，他点子多！鲍子马上打电话给华建林。不多时，华建林来了。三个人一起又合计一番，华建林心里有数，进去找梅姑。

梅姑已经上楼，一个人站在窗前发呆。华建林上前叫了一声梅姑。梅姑并不转身，问，你来做什么？华建林说，梅姑，我夜里做梦了，梦到我小时候爬到祖堂里，看到过好多稀罕东西！梅姑说，哼！小时候你没少做讨嫌的事！华建林厚着脸皮说，就是就是！所以我还想进祖堂看看！梅姑转过身问，看什么哦？华建林说，看看那些稀罕东西还在不在。梅姑问，祖堂里除了祖宗，还有稀罕东西？华建林说，我做梦梦见了，跟真的一样，伸手就能摸到！梅姑说，哦，我怎么没有梦见？华建林说，怕是没到时候，到时候就梦见了。梅姑点点头，说，钥匙在五斗橱抽屉里。华建林拿到钥匙，正要出门。梅姑说，别吵着祖宗！华建林说，晓得了！

华建林拿到那个油纸包，好像做了贼似的浑身发抖，回到鲍子的房间，手还在抖。樊思仁拿出大小两个放大镜，对着那五张借据反复查验半天，长长地舒了一口气，说，红色文物！肯定是红色文物！华建林问，确定？樊思仁收起放大镜，胸有成竹，说，从落款的笔迹和日期来看，跟在皖南其他地方发现的游击队借据一致，确定无疑！鲍子问，既然是红色文物，是不是应该上缴？樊思仁说，按理说应该，不过也要征求主人的意见！华建林点点头，说，我去找梅姑！

正说着，听见楼上绣阁门响，三人抬头一看，梅姑下楼来了。华建林赶紧迎上去，扶梅姑在廊檐下的竹椅上坐好，蹲在梅姑面前，把那五张借据拿出来说，梅姑，还记得这些东西吗？梅姑凑近看了看，摇摇头。华建林说，再想一想！梅姑想了想，还是摇头。华建林说，借条！游击队给您打的借条！梅姑说，游击队？现在还有游击队？华建林忍住笑，说，是新中国成立前，游击队给您打的借条，想起来了吗？梅姑说，猴年马月的事，不晓得！华建林说，上面写得一清二楚，你看看！梅姑接过借条看了看，咂咂嘴说，借条嘛，纸嘛，撕了撕了！华建林吓得脸色大变，连忙拦住，说，这是红色文物啊！梅姑不解，说，明明白纸变黄，哪来的红色哦？

第二十五章　薄荷娘子

菲菲决定留在双溪，因为梅姑。

不晓得是医院的治疗有了效果，还是梅姑的方子果然灵光，总之半个月后，菲菲的内分泌问题得到明显改善，心情大为好转，秀发不再脱落，痘痘渐渐消失，皮肤重现光泽，“一字马”也恢复到轻松打开180度的程度，就连当月例假也来得足量、准时。至于梅姑的方子为何如此神通，梅姑不愿多说，菲菲自然也不晓得，只记得药汤里有一股淡淡的薄荷味道。而且，菲菲从梅姑那里得知，薄荷是叶小苋特意从桃花渡采来的。叶小苋从桃花渡采薄荷回来，得了一场病，难受好几天。一想起这事，菲菲心里就暖暖的。

其实，能让菲菲留下来的，还有一个因素，也是最关键的因素，是华建林的一个“大梦”，催生了她的一个“大梦”。华建林所谓的“大梦”就是创办双溪“网红学院”。为什么把“网红学院”说成“大梦”，华建林自己也说不清楚，可以肯定的是跟他的“双溪模式”有关。实事求是地说，在基层摸爬滚打多年，华建林并没有练出巧舌如簧的功夫，不过华建林表达想法时方式独特，仿佛小宇宙瞬间爆发，目光如炬，来回走动，手脚并用，每说一段，不是来一个突然转身，就是用力挥拳，不晓得的还以为他犯了癫痫。从国家层面的乡村振兴政策到网络自媒体发展的走势，从市、县、镇三级政府的重视到桃花渡的历史和未来，从“网红学院”的发展方向到双溪古村的文化传承，华建林滔滔不绝侃侃而谈，转身挥拳，抬头调腚，频频不断。华建林说，天时地利人和，到哪里找这么好的机会？只争朝夕，不负韶华，为什么不好好赌一把？新时代新征程，为什么不做那个“吃螃蟹的人”，成为一代“网红教父”？

华建林向菲菲描绘自己的“大梦”时，沐浴在桃花渡的春风里。时值傍晚，湛蓝的天空倒映在河水中，宁静一片，意境悠远。春风暖，野花香，菲菲跷着兰花指，捏着一根紫秆薄荷，时不时放在鼻底下闻一闻。其实，这场景是华建林有意安排的，本意是在菲菲临别前，做最后一次沟通，孤注一掷，成败在此一举。不承想，面对桃花渡的野性之美，以及华建林一连串灵魂的拷问，在紫秆薄荷的芳香中，菲菲心理逐渐破防。当华建林举着拳头大喊“网红学院一定成功”时，菲菲脑壳里电光一闪，仿佛看见桃花渡上空惊现四个金光闪闪的大字“网红学院”。与此同时，菲菲仿佛也看见聚光灯下，自己成为“网络教父”，被众多粉丝热情簇拥的身影。

毕竟经过几年商海历练，菲菲做事不再冲动，思路清晰，目标明确，行动迅速。决定留下来后，及时调整个人发展方向，从台前退到幕后，把直播带货业务交给团队去做，由助理小如意负责，自己则集中精力推进“网红学院”项目。这个思路和华建林不谋而合，两个人商定分头行动。华建林去市、县政府跑政策要扶持，菲菲利用网络影响宣传推广招商。华建林做事干脆，为了便于菲菲开展工作，经陈镇长点头，他任命菲菲为“双溪网红学院（筹）”执行院长，还专门为她印制了名片。菲菲大受鼓舞，发挥网络优势，拿出一套方案，以“网红学院”为平台，将桃花渡打造成一个短视频拍摄制作基地。可喜的是，已经有三家投资机构看好这个项目，抛来橄榄枝，期待进一步洽谈合作。

菲菲那边捷报频传，华建林这边也有喜讯。市里正式下文，将双溪桃花渡旅游开发纳入全市首批重点“文化创意产业项目”，相关扶持配套政策随即出台，其中重点提到“网红学院”，鼓励在国家相关政策范围内面向社会寻求合作，思想再开放一点，胆子再大一点。作为全县唯一一个入选项目，县委县政府非常重视，专项审批，一竿子到底。陈镇长如获至宝，天天催问项目进度。华建林每天一睁眼就想着如何回答，逼得他心中那台“V8涡轮增压发动机”差点熄火了。为了全身心投入项目，华建林打算给自己减负，让叶金波代理村主任，负责村里日常工作，等到年底换届再选举通过。这事不是小事，报告到镇里。陈镇长当然支持，不过也趁机敲打一番，说，华建林，当初你抢着要“一肩挑”，现在晓得基层的担子不好挑了吧？华建林说，当初是当初，现在是现在，与时俱进嘛！

说起华建林抢着要“一肩挑”，确有此事。当年，华建林作为大学生村官回到双溪，按规定任了一年的村支书助理，因表现优秀，第二年就当选村支书。那时候，叶金波是村主任。华建林比叶金波小十多岁，有代沟，三观不同。叶金波高考落榜后去广东打工，做过多年保安，干事倒是雷厉风行，不过观念中还有小农意识。华建林从大学到田间，一脑子新思维，两个人搭档，自然尿不到一壶。双方都觉得别扭，又不好翻脸，如此一来，难免耽误事。华建林主动向镇里反映，为了开展工作，要求村两委班子“一肩挑”，镇里了解情况后，在村里开了两次会，又做了叶金波的思想工作。叶金波同意交权，不过对华建林提出要求，“一肩挑”可以，得给双溪人办事！华建林当即拍胸脯说，三年双溪不变样，我自动下野！那时候，正好赶上村民大会换届，叶金波主动退出，华建林如愿以偿“一肩挑”了。好在华建林没让双溪人失望，一步一个脚印，在双溪搞出好多名堂。比如，双溪成立全镇第一个合作社，茶油粮副，统一销售，村里提取百分之三作为管理费用和公用基金，群众十分满意。在全县影响最大的是，华建林在双溪成立了一家“乡愁银行”。所谓“乡愁银行”，其实是给在外地工作、打工或经商的双溪籍人士设立的项目，鼓励他们为双溪的建设发展献计献策。当然也鼓励捐款，不论多少，哪怕是一分钱都是心意。自古以来，徽州商人素有为家乡捐资的传统，因此“乡愁银行”当年就融资近百万。为了让在异乡的双溪人放心，“乡愁银行”透明管理，定期公布资金流向，得到一致称赞。从此，双溪人服了，叶金波也服了。

华建林自我减负之后，叶金波不仅担起村里的日常工作，还接下了“双溪人”群的管理，一肩挑两担。当天晚上，叶金波为了争取广泛支持，在“双溪人”群里发了一个大红包，一时间群里抢得好不热闹。有人抢着，有人没抢着。抢着的还想抢，没抢着的人更想要，强烈要求再发一个，于是叶金波又发一个红包。这一回，叶小苋也抢着了。那时候，叶小苋正在镇上家里盯着阿欢写作业，闲着没事，就在群里问，发这么大红包，叶队长有什么喜事？有人就在群里回复说，叶队长现在是叶主任，还是叶群主，"一肩挑"哦！叶小苋不禁一愣，叶金波"一肩挑"了，那华建林呢？难道华建林犯错误了？叶小苋赶紧打华建林的电话，半天无人接听。叶小苋有点慌，又打鲍子的电话。鲍子接了电话，一番解释，叶小苋这才放下心来。既然放弃"一肩挑"，可能就要被提拔，不然华建林能舍得那个官？叶小苋想到这里，心中暗喜，给华建林发了一段语音：你把我吓死了！语音发出去半天，还是没回音。阿欢作业写完，叶小苋就陪着阿欢睡了。刚刚睡下，华建林电话打过来，叶小苋当然饶不了他，害得华建林解释半天，才算罢了。

又到周末，叶小苋带上阿欢一起回到双溪看梅姑。走到大牌坊，迎面碰见华建功挎着一只采茶的大竹篮，走得好急。叶小苋好奇，问，茶季都过了，挎个大竹篮搞什么？华建功说，挖薄荷！叶小苋问，到处都是，挖那东西搞什么？华建功说，你不晓得，人家只收桃花渡的，紫秆薄荷！叶小苋问，哪个收？华建功说，菲菲嘛！叶小苋说，哦！她收薄荷搞什么？华建功说，还能搞什么？赚钱呗！叶小苋更好奇，问，难道薄荷也能炒成网红？华建功晃了晃手机，说，刚刚发在群里的，你看看！叶小苋拿出手机，进入"双溪人"群，果然看见菲菲发了一条信息："收购桃花渡薄荷（紫秆，活株），每株 2 元，此信息欢迎转发。"华建功说，这个钱好赚哦！叶小苋笑了笑，说，是哦是哦，赶紧去吧，不然钱都让人家赚走了！

叶小苋和阿欢来到梅家老屋，只有梅姑一个人在家，一问才晓得，鲍子被华建林喊到老祠堂开会去了。开什么会不晓得，听说好重要。叶小苋更是好奇，让阿欢留下陪梅姑，自己去老祠堂看了究竟。正要出门，鲍子和江红霞一起回来了。三个人坐下来，一打听才晓得，鲍子和红霞都被华建林聘到"网红学院"筹备办公室了，统一归到执行院长菲菲的手下。叶小苋说，啊哟，鲍老师也被招安了哦！鲍子笑了笑，说，反正都是给双溪干活，归哪个管都行！江红霞说，我也一样，让干什么就干什么呗！叶小苋说，这个华建林，公家的事非要把别人拖上，哪个跟他亲，他就害哪个！鲍子说，不不,我愿意尝试,这个项目有前途!江红霞说,是呀是呀,看了菲菲做的PPT,好震撼哦!鲍子说,要是真能把桃花渡打造成摄影基地,那就太好了!叶小苋笑了,说,哎呀,一个PPT,两个人都被洗脑了!鲍子和江红霞一听都笑了。叶小苋长长舒了一口气,说,说句公道话,别看菲菲年轻,还真是个干事的料!鲍子说,建林也是!叶小苋浅浅一笑,说,离了菲菲,建林他就是狗屎!江红霞撇撇嘴说,哎呀,照你这么说,我家建功狗屎都算不上哦!三个人听了,都笑了。

中午一起吃饭,鲍子不停地拍叶小苋马屁,把叶小苋搞得好不自在。原来,"网红学院"项目快速推进,华建林在筹备动员会上,要求每个人心里都要装上"V8涡轮增压发动机",高速运转起来。鲍子率先响应,接下一个任务,拍摄一组跟薄荷有关短视频。菲菲的目的是借炒作薄荷为桃花渡预热,小切口好做大文章。华建林支持,主张炒作薄荷还要搞产品,有产品才有抓手,有抓手才好讲故事。菲菲说既然要搞产品,还得挖掘梅姑的资源,哪个来办?华建林说,这事得找叶小苋,她是梅姑的经纪人。菲菲说,那这个任务就交给华书记!华建林说,不不不!我怕她纠缠,还是让鲍哥去说为好!鲍子不好推托,于是答应下来,跟叶小苋说了。叶小苋一听,觉得这是好事,又跟梅姑一说,梅姑听了好高兴,说,薄荷全身都是宝哦。叶小苋说,夏天马上就到,不如就做"薄荷娘子"!我们小时候,梅姑每年夏天都做,抹在身上又凉爽又防蚊虫。江红霞说,对对对,走到哪里香到哪里!鲍子说,那就辛苦梅姑再教一回!梅姑笑了,说,辛苦归辛苦,好歹还有用哦!

"薄荷娘子"是梅姑的叫法,其实相当于用薄荷提炼的薄荷精油,再加上几味香草。凉爽提神,驱赶蚊虫,抹上之后,浑身清爽,好似夏日夜晚,一个年轻娘子在一旁轻摇罗扇,低吟浅唱。这是梅姑的解释,就因为这个名字,鲍子来了灵感,随即有了系列短视频《薄荷娘子》的创意,以现代人的眼光,回望古代一个年轻徽商与其妻子的爱情故事。丈夫即将远行,妻子怕丈夫在途中遭受酷暑和蚊虫之苦,来到桃花渡采摘薄荷,回到老屋,提炼精油。桃花渡口,依依惜别,娘子送上薄荷油,丈夫带着妻子一片爱意扬帆远航。拍摄分两部分,一部分在梅家老屋拍摄《薄荷娘子》的制作过程,一部分在桃花渡，拍摄采摘薄荷和渡口送别的情节。两个场景交叉剪辑，时空交错，呈现怀旧和浪漫的情调。好的创意需要好的呈现，在鲍子的构思中，最佳的出镜人选不是江红霞，而是叶小苋。她的年龄、身材、气质，样样都符合，简直堪称完美。事实上，在创意之初，鲍子就有意无意在为叶小苋量身打造作品，只是不愿意承认罢了。自从上次陪叶小苋去桃花渡采摘薄荷，鲍子一直忘不了叶小苋挎着竹篮走在野花小径上的背影。在那个带着些许悲伤的影调里，叶小苋的碎花长裙仿佛一面旗帜，一直在鲍子的心底摇荡。那张偷拍的照片，至今还存在电脑里。鲍子在编辑软件中调过多次，黑白效果最佳。

然而，鲍子犯难了。双溪人都晓得，鲍子和江红霞是拍摄短视频的最佳搭档，一个拍摄，一个出镜，珠联璧合，一发必火。正因为如此，如果陡然换叶小苋出镜，鲍子不知如何跟江红霞解释。当然，以鲍子对江红霞的了解，只要解释出于创作，想必江红霞不会小心眼儿。不过，就算江红霞能理解，鲍子却不晓得叶小苋会不会答应。

毕竟，叶小苋一直让鲍子捉摸不定。

第二十六章 MIKE

樊思仁写了一篇题为《红色借条》的文章，发在博客上。文章洋洋洒洒数千言，配了五张借条的照片。毕竟樊思仁不是网红，《红色借条》在博客里趴了好多天，也没产生多大影响。问题是经菲菲转发后，情况大不同了。用华建林的话说，事情搞大了！

果然不愧是文物专家，可以看出为了写这篇文章，樊思仁做足了功课。从抗战爆发、抗日民族统一战线建立，谈到“皖南事变”；从山地游击队的诞生，谈到游击队的处境艰难；从游击队与徽州人民的鱼水情深，谈到徽州人民对游击队的支持和掩护；最后引出游击队与梅家老屋的故事。文章脉络清晰，考据翔实。樊思仁给出一个判断，仅从现有的五张借条来推算，参照当前的物价，梅姑累计支持游击队的钱物，不计利息，折合人民币至少两三百万元。至于其他还有没有，尚未可知。不过，在文章中，樊思仁还提到，有资料表明，抗战胜利后，新四军总部曾拨专款给山地游击队，用于偿还困难时期的拆借。按理说，如果当时游击队偿还了梅姑钱物，借条应该收回。如今在梅家老屋发现借条，是当时游击队没有偿还，还是另有原因，不得而知。因时间久远，当事人梅姑已年过百岁，记忆不清，真实原因一时无法查证。

头一个将文章转发到“双溪人”群里的是郝曼。说来也巧，那几天郝曼为参加全县卫生系统组织的“党建知识大赛”做准备，在网上收集资料，输入关键词“红色+徽州”时，搜索引擎中便弹出这篇《红色借条》。郝曼认识樊思仁，熟人的文章自然要读一读。不料看过文章后大为惊奇，原来梅家老屋还有如此的传奇故事。郝曼向来乐于助人，于是随手分享到“双溪人”群里。毕竟是身边的人和事，群里讨论热烈。菲菲看过文章后，也觉得震惊，随即做了一段视频，并将文章转发。这一发不得了，大大小小的自媒体纷纷转发，一时引起轰动。市县民政部门不敢怠慢，派专人赶到双溪调查。华建林也没料到有这一出，被搞得十分被动。之所以说被动，不是华建林不想宣传“红色借条”，而是他另有打算。本来，华建林的计划是等樊思仁考证完成，征得梅姑同意后，请梅姑补充一些细节，再组织宣传，由此把“红色”概念导入双溪旅游的“大盘子”。至于是否把梅家老屋打造成红色教育基地，挂牌开放，那是下一步的事。不承想樊思仁是个急性子，不打招呼便把文章发了出来。菲菲不分轻重，又在后面推波助澜。好在不是坏事，不妨因势利导顺势而为。

华建林随即调整思路，借机把梅姑与红色借条的文章做足。实话实说，在炒作这一块，华建林越来越有信心。一是跟菲菲三年的合作，华建林学到不少网络炒作手段；二是这几年多次在国内考察学习，尤其是在南方发达省份，华建林见识大长，思考深刻，灵感如同春天雨后的小蘑菇，纷纷探出头来。每次考察学习回来，华建林必在村两委会上分享他的思考：看看人家，不起眼的小山包都能炒成世界风光，屁大的水塘都敢号称大湖文化，名不见经传的人物都能编出惊世故事。为什么？胆量嘛！眼界嘛！干事业，眼界不宽不行，没有胆量更不行。再看双溪，要山有山，要水有水，山清水秀，历史悠久，只要有眼界有胆量，想怎么玩就怎么玩，玩累了还能歇一歇，歇一歇人家也追不上！为什么？资源嘛，唯一嘛！由此，华建林越来越觉得自己参透了此中真谛，不大展身手都对不起自己！

那天，华建林安排好“网红学院”的工作，前往梅家老屋找梅姑，商量有关“红色借条”的事。既然事情已被捅到网上，梅姑迟早会晓得，不如先跟她说说，博得梅姑的理解和支持。梅姑的脾气，华建林还是了解的，万一惹她老人家生气，往后事情就不好办了。华建林一进梅家老屋天井，见华建功单膝跪在梅姑身边，舞动双手说着什么。华建功有个毛病，屁大的事都当新闻传给梅姑听，东拉西扯，添油加醋，倒也引得梅姑开心。何建林说，建功，又来贩卖什么新闻？华建功见华建林来了，马上站起来，对梅姑说，事情就那么定，交给我来办！梅姑用手杖杵着地说，不要！不要！华建功说，梅姑，我办事，您放心！华建林一时搞不清楚，问，怎么回事？梅姑用手杖捅了一下华建林的肚子，不满地说，都是你干的好事！华建林马上蹲下身来，说，我招谁惹谁了，怎么把我扯进来？梅姑说，哼！还不是借条的事！华建林恍然大悟，说，借条的事跟建功有什么关系？梅姑叹道，都怪那个樊思仁，他说当年游击队借的钱物，如今政府应该补偿，建功这个小痴鬼，一听到钱，两眼放光，非要去找政府！华建林一听，腾地站起来，对华建功说，不许胡来！华建功不服气，说，怎么叫胡来?！欠账还钱，天经地义！华建林瞪了他一眼说，你就这境界！华建功说，我境界不高，政府的境界高嘛！政府的境界高，这事政府更得管！华建林说，借条的事，是历史遗留问题，也是精神文明建设问题，你别掺和，我自有安排！华建功说，你搞你的精神文明，我找政府讨赔偿，一码归一码！华建林火了，指着华建功说，我再说一遍，不许瞎搞！华建功问，凭什么？华建林说，因为这是梅姑的事！华建功说，梅姑不是你一个人的梅姑，是双溪人的梅姑，这事我就要管！梅姑在一旁听着，又急又气，一阵咳嗽，挥着手杖说，小痴鬼，滚！都给我滚！华建林上前替梅姑拍后背，华建功跺了跺脚，气呼呼地走了。

梅姑真生气了，脸色煞白，不停地咳嗽。华建林把梅姑送到绣阁歇着，赶紧打电话请郝曼过来，给梅姑量了血压听了心肺，一切正常。华建林还不放心，正要给叶小苋打电话，恰好叶小苋跟鲍子和江红霞一起进门了。

叶小苋这几天跟鲍子一起在桃花渡拍《薄荷娘子》。本来，鲍子以为叶小苋不同意参演，试着一问，叶小苋竟然答应了。不过，叶小苋提出跟江红霞一起演。这倒是两全其美，鲍子把江红霞找来一起商量如何改编剧情增加角色。江红霞说，这有什么好编的？我本来就是嫂子，我就演薄荷娘子的嫂子嘛！鲍子一听，自然同意，于是就定下了。三个人有商有量，合作默契，两天的时间，桃花渡的戏差不多就拍完了。

叶小苋见梅姑被气成那样，好心疼，恨得当场拧了华建林两下，疼得华建林夺门而逃。江红霞听说梅姑生气跟华建功有关,马上回去找华建功算账。鲍子担心梅姑,上去看看,没进门就被梅姑撵了下来。叶小苋叹口气,上楼去见梅姑。梅姑见小苋来了,也不吭声,翻身扭过脸去。叶小苋坐在床边,轻轻地给梅姑敲后背,一边敲一边小声说,梅姑,我刚才拧了建林两下,把他拧得龇牙咧嘴的,看他还敢惹您生气!梅姑没吭声。叶小苋说,还有那个建功,也不晓得省事,红霞回家找他算账去了,发誓非得跟他离婚!梅姑一听,马上坐起来说,哎哟,不得了,赶紧给红霞打电话,不能离哦!叶小苋扑哧一声笑了,说,放心吧,梅姑没同意,他们不敢离!梅姑晓得叶小苋逗她,拍了叶小苋两下,随即也笑了。叶小苋说,再敢惹梅姑生气,我饶不了他们!梅姑叹道,也不能怪他们哦!叶小苋说,不怪他们怪哪个?!梅姑说,怪我!当初,把那些借条都烧了,也就省事了!叶小苋一惊,说,梅姑,你想起来了?梅姑叹口气说,本来就没忘哦!叶小苋说,那就是说当年游击队确实来借过钱物?梅姑点点头。叶小苋说,好奇怪,游击队为什么找梅姑借?梅姑说,因为他嘛!叶小苋眼睛一亮,说,那个姓饶的?梅姑点点头。叶小苋说,你不是说"皖南事变"后,姓饶的转移到江北了吗?梅姑说,游击队洪队长在新四军军部的时候,跟他交好,帮他给我带过信!叶小苋说,哦,怪不得!梅姑说,游击队的人都好,也帮过我不少!后来,游击队来还过钱,你想啊,那时候还在打仗,人家游击队的人命都悬着,那钱我能要吗?叶小苋说,不能要!梅姑说,所以嘛,我就没要!他们非要给,我就假装生气,他们见我生气,就走了!叶小苋问,梅姑,不让游击还钱,是不是看在姓饶的面子上?梅姑笑了笑说,是,也不是。唉!哪个没有落难的时候哦?!叶小苋好感动,抱住梅姑,脸贴在梅姑背上,说,梅姑,您好辛苦哦!梅姑摇摇头说,心里有个盼头,就不觉得苦哦!叶小苋说,是盼他吗?梅姑轻轻拍了拍叶小苋的头,便不说话了。

端午过后,眼看梅子熟了,梅雨随之到来。难得一个大晴天。吃过早饭,鲍子从梅园带回一大袋子梅子。梅姑见了,欢喜得不得了,张罗着要做梅子酱,于是让鲍子打电话把江红霞叫来帮忙。江红霞做事利索,分拣淘洗,三下五除二,红艳艳的梅子就进了蒸笼。这时候,兰姐来了,身后跟着一个六十多岁的男人，长相端正，斯斯文文，只是有点谢顶。据兰姐介绍，这个男人在“小滋味”吃饭时，打听梅姑，说有要紧的事，至于什么事，必须见面说，于是便带他来梅家老屋了。

来人见到梅姑后，没有上前握手，而是原地不动，恭恭敬敬行一个标准军礼，然后掏出介绍信。鲍子接过来看了，来人叫洪远征，转业军人，省城档案馆退休干部，是当年游击队洪队长的儿子。梅姑一听，惊得嘴巴张好大，半天才说，洪队长的儿子？洪远征点点头。梅姑走近洪远征看了又看，点点头说，哦，好像你老子！洪远征搀扶着梅姑坐下，从包里拿出一只红色塑料袋，打开塑料袋，里面有个牛皮纸袋，打开牛皮纸袋，拿出一摞子信，一共五封，封口完好。梅姑问，哪个的信？洪远征说，是您的！梅姑接过信，说，哦！洪队长写的信？洪远征摇摇头，说，您自己看看吧！梅姑吸了吸鼻子，说，一股子霉味，这信怕是放好久了吧？洪远征点点头，说，几十年了！梅姑对鲍子说，小鲍子，帮忙打开！鲍子接过信，看了一眼。信封发黄松脆，字迹依然清晰，上写“烦交 LiLy 亲启”，落款为英文“Mike”。鲍子好奇，说，LiLy，Mike，洋名字嘛。梅姑听罢一愣，问小鲍子，你说什么？鲍子把信封递过去，说，上面写着英文名字，LiLy，Mike。梅姑一下子站起来，接过信看了又看，双手不停地颤抖。鲍子赶紧上前扶住梅姑，让梅姑坐下来。梅姑把五封信的信封一一看过，看着看着，眼泪流了下来，浑身抖得更加厉害。鲍子感觉不好，赶紧喊江红霞。江红霞闻声从厨房跑过来，将梅姑搀到楼上歇着。洪远征一脸惊慌和抱歉，说，都怪我父亲啊！都怪我父亲啊！

事实上，这五封确实与洪队长有关。洪远征此行送来五封信，就是为了完成他父亲洪队长的遗愿。据洪远征介绍，写信人“Mike”就是饶同志，南洋华侨，抗战全面爆发后，回国加入新四军，与洪队长成为战友，二人交往密切，无话不谈。那时候，洪队长是新四军军部侦察员，曾经多次帮饶同志带信给梅姑。“皖南事变”发生后，饶同志和战友们突围到江北，洪队长奉命留在皖南开展游击战。饶同志到达江北后，给梅姑写过五封信，通过地下交通线交给洪队长，再请洪队长转交梅姑。由于当时处于白色恐怖中，这五封信并没有顺利交到洪队长手中，被交通员藏在一个老乡家谷仓的墙体里，等待机会。遗憾的是，不久那位交通员身份暴露，被捕后惨遭杀害，从此这几封信便被耽误在充满霉味的谷仓里。新中国成立后，老乡修缮谷仓，发现信件，见信封上有新四军的记号，便交给当地政府，当地政府看着上面的洋名字，一时无法找寻下落，只好交给军分区。那时候，洪队长已经是军分区司令，得知后马上明白，便将信拿到。毕竟时隔多年，饶同志没有联系，梅姑也没联系，洪司令一下子不知如何处理，于是将信放入箱底，等有机会再说。恰好这时候，洪司令奉命参加"抗美援朝"，两年多后回来，竟把这事忘得一干二净，于是这几封信便沉睡箱底了。十年前，洪司令病危，临终前回光返照，竟然想起这几封信，嘱咐洪远征一定要想办法送给徽州梅姑。"徽州梅姑"这一条信息显然不够，洪远征只好背负父命，一边打听，一边等待机会。前不久，因樊思仁的文章《红色借条》提及皖南游击队和洪队长，亲友们看到后转发给洪远征。洪远征看过，眼前一亮，文中提到梅姑依然健在，并且有详细的地址，于是找上门来。

洪远征离开梅家老屋时，梅姑没有送。梅姑太过伤感，一直在楼上歇着。华建林陪着洪远征座谈一次，又在双溪古村参观一回。临别时，华建林连声感谢，诚恳邀请洪远征再来双溪指导。洪远征不停道歉，好像犯错的不是他爹而是他自己。不过，洪远征表示，如果双溪要发展红色旅游，他可以把洪队长当年在游击队用过的遗物捐献出来，以弥补没有及时送信的过失。

叶小苋接到华建林的电话，听说梅姑因为几十年前的信伤心卧床，立马赶回双溪，日夜陪着梅姑。梅姑躺了三天，不吃不喝，一句话也不说。第四天，梅姑早早起来，坐在梳妆台前梳头，然后洗漱、熏香。一切收拾妥当，把那五封信拿出来，一封一封拆开来看，一边看一边抹眼泪。看完信，平平静静地对叶小苋说，好饿哦！叶小苋见梅姑说话了，高兴得要死，马上说，我去做饭！梅姑说，不要麻烦，让小鲍子去"小滋味"要碗馄饨！

梅姑吃完馄饨，太阳已升上屋顶，天井里亮堂一片。叶小苋陪着梅姑在天井里走一走，消消食。有风吹来，天井里充满栀子花香。梅姑突然站住，望着四水归堂上方的天空，微微一笑，说，当年，就在这天井里，我叫他

Mike,他叫我 LiLy！你不晓得,他嗓门好大。LiLy——LiLy——就这么喊,天井就回响,一响就是大半天！叶小苋好感动,说,好浪漫哦,我也试试！梅姑笑了笑,点点头。

叶小苋冲着天井大喊,LiLy——,LiLy——

LiLy——,LiLy——

果然,天井中声音回响,经久不散。

第二十七章　水芝

在那个知了聒噪的午后，《薄荷娘子》的后期制作终于完成了。

此次，鲍子非常投入，当作一部电影来做，全程4K拍摄，黑白宽银幕版本，总共九集，每集三分钟。梅姑看了好满意，叶小苋也满意，江红霞当然没意见。华建林和菲菲一致认为，这组作品代表了双溪"网红学院"的水平。本来，鲍子打算由江红霞用"霞姐"的名义发布，菲菲建议以双溪"网红学院"的名义发布。华建林觉得这个主意好，可以为"网红学院"提前造势。鲍子不敢做主，征求梅姑和叶小苋的意见，梅姑出奇地冷静，说这事得听"跑腿的"。叶小苋当仁不让，掂量一番，最后拍板，还是用"霞姐"账号发布。不过作品中打上"双溪'网红学院'监制出品"字样。双方都觉妥当，于是就定下了。毫无悬念，《薄荷娘子》一经发布，好评如潮，"霞姐"自然又涨粉不少。更为可喜的是，桃花渡因此成为网红打卡地。

桃花渡再次热闹起来，最感欣慰的是华建林。不仅心愿达成，还得到陈镇长表扬。更重要的是，叶小苋终于克服桃花渡的心理障碍。那天晚上，华建林在镇里开会太迟，回镇上家中住下。临睡前，叶小苋洗完澡，香喷喷地靠在床头，捧着手机反复回放《薄荷娘子》，不停地絮叨，这一个镜头怎么拍的，那个角度怎么变的，车轱辘话说了半天。华建林好不容易回来一趟，难免蠢蠢欲动，于是便将叶小苋手机夺下来，说，过去你不让提桃花渡，现在自己说个没完，烦不烦?！叶小苋说，当初人家心里过不了那个坎嘛，一提桃花渡就伤心，现在过了那个坎，也就无所谓了。唉！桃花不渡人自渡哦！华建林搂住叶小苋，说，桃花不渡人自渡，这是诗吗？太有才了！叶小苋故作矜持，推了华建林一下，说，少拍马屁，关灯关灯！

桃花渡火爆，似乎早在菲菲意料之中。之前，菲菲收购的一大批薄荷活株派上了用场。配合薄荷，菲菲事先订制一批彩色塑料小花盆，盆上印有“桃花渡人生，爱情如薄荷”字样，将薄荷移栽进花盆，在网上出售，竟成爆款，一度炒到五十元一株。当然线下销售，菲菲也不会放过。桃花渡现场摆摊，同样火爆。华建林担心过度采挖紫秆薄荷会影响桃花渡的生态环境，和菲菲商量后，及时控制，每天限售100株。不料越是限售越是火爆，网上竟然出现仿品，打着桃花渡的旗号，公然叫卖。

野草摇身一变，成了“文创产品”，轻轻松松赚大钱，双溪上下一片哗然，最受刺激的是华建功。华建功躺在床上算过一笔账，仅仅一季薄荷，菲菲肯定赚不少。两元钱一株收购，五元一只塑料花盆，再印上两句话，转手五十元卖出，暴利嘛！华建功一边感叹菲菲脑壳灵光，一边寻思双溪还有什么钱好赚。毕竟是曾经的“双溪首富”，十五六岁出道经商，华建功脑壳当然不笨，行动能力也强，戴上草帽，背上水壶，在双溪周边转悠开来，用他那曾经敏锐的商业眼光，打量双溪的一山一水、一草一木，丝毫也不含糊。

桃花渡下游，河水遇到山脚，就势拐了一个弯，弯得颇有韵致，形如月牙，在山脚下围起上千亩的水面，双溪人称为“月牙湾”。月牙湾水浅泥深，每年季节一到，荷花铺成一片，颇为壮观。夏采莲花秋挖藕，是双溪孩子共同的美好回忆。前几年，华建林一直推广千亩荷花旅游，因时机不佳，故效果不好。这天一大早，华建功来到月牙湾，面对千亩荷田，但见荷花朵朵，莲叶田田，突然灵光一闪，一个计划在脑壳中浮现，顿时兴奋不已，一路跑回家。江红霞正在院子里晾衣服，见华建功神秘兮兮地跑进门，以为出了大事，吓得脸色煞白。华建功把江红霞拉进屋，神秘地说，有好项目！

华建功所说的好项目，主意打在荷叶和荷花上，产品有两样，一是水芝茶，二是水芝露。和芙蓉一样，水芝是荷花的别名。当然，华建功晓得这个知识，也是梅姑所教。双溪人都晓得，梅姑称荷花不叫荷花，也不叫芙蓉，而叫水芝。双溪人不晓得为什么，梅姑也从来不解释。其实，梅姑称荷花为水芝，是受梅二先生的影响。梅二先生称荷花为水芝，是因为程氏的乳名叫水芝。说起来，水芝茶和水芝露也是由梅姑在双溪推广开来，几十年来已不稀罕。水芝茶清热排毒，家家必备。水芝露护肤养颜，女人最爱。这些在双溪人人皆知，华建功倒不在乎。华建功上网查了一下，荷叶和荷花都有减肥的功效，就这一点，就让华建功充满信心。

华建功拉着江红霞的手，一脸严肃，问，你是女人吗？江红霞被问得一头雾水，说，我是不是女人你还不晓得?！华建林又问，你想减肥吗？江红霞捏了捏自己的腰，点点头。华建功问，是不是女人个个都想减肥？江红霞说，还不是怕你们这些臭男人嫌弃嘛！华建功说，这就对了嘛！你想想，天底下那么多女人都想减肥，这市场有好大！就冲这一点，这个项目成功就八九不离十！菲菲能靠小小的薄荷赚大钱，我们守着千亩荷田，还能不发财?！江红霞说，哼！看人家吃豆腐牙好，人家是网红，能带货！华建功一拍巴掌说，这句话说在点子上！她菲菲是网红，你“霞姐”也是网红嘛！江红霞撇了撇嘴，说，我哪能和人家大网红比哦？华建功说，大网红是网红，小网红也是网红，大狗叫小狗也叫，大不了人家赚大钱，我们赚小钱嘛！江红霞叹口气说，你以为人家卖的是薄荷，其实人家卖的是两句话，“桃花渡人生，爱情如薄荷”，晓不晓得？这就叫创意！华建功急了，说，她有创意，我也有创意！江红霞笑了，说，就你还创意?！华建功自信地把头一昂，说，我的创意是瘦成莲花，美成水芝！江红霞一听，闭上眼想了想，说，瘦成莲花，美成水芝，有点意思，蛮洋气！华建功一拍胸脯，自豪地说，我搞生意好多年！江红霞说，好了好了，别得意太早！水芝是梅姑的叫法，这事还得跟她老人家商量商量！华建功说，当然，还有好多事要麻烦她老人家！

吃过晚饭，华建功和江红霞来到梅家老屋，和鲍子一起，在天井里一边陪着梅姑纳凉，一边把自己的想法说了。梅姑听了，呵呵地笑出声来，指着华建功对江红霞和鲍子说，这个小建功，从小就看出来，他脑壳灵光得很！华建功赶紧拍马屁，说，都是梅姑教育得好！梅姑说，看看，脑壳灵光，嘴也像抹了蜜！江红霞和鲍子都笑了。梅姑问，建功，你编的那两句话怎么说？华建功说，“瘦成莲花，美成水芝”！梅姑点点头，转过身对鲍子说，小鲍子，你觉得好不好？鲍子说，好！梅姑说，唔，我也觉得好！江红霞说，梅姑千万别夸他，要不然他又要翘尾巴！华建功连连保证，说，不敢不敢，我保证夹紧尾巴做人！梅姑说，好是好，不过改一字更妥当哦！华建功赶紧问，改哪个字？梅姑说，把“成”改为“若”嘛！华建功说，瘦若莲花，美若水芝！梅姑说，一个“成”字，把话说绝了，好像骗人。世上还没有那么好的东西，用一下就灵光的！华建功一拍大腿，说，还是梅姑想得周到！鲍子感叹道，梅姑把工商局广告检查的事都干了！几个人一听，都笑了。梅姑说，只要不骗人，有什么要我帮忙，尽管说吧！华建功看了看江红霞，示意让她说。江红霞说，梅姑和鲍老师都不是外人，你说嘛！华建功这才说，搞产品嘛，就得宣传嘛，我想沾沾梅姑的光，再带一带红霞，也请鲍老师拍几段视频！梅姑说，好哦好哦，只要干正经事，我都帮！鲍子拍拍华建功的肚子，说，点子不错，可以出好作品！

鲍子花了两天时间，搞了一个拍摄方案，名字就叫《瘦若莲花，美若水芝》。和拍摄《薄荷娘子》一样，还是分两部分拍摄，一部分在梅家老屋，一部分在月牙湾。梅姑那几天高兴，身子也好，非要亲自去月牙湾采荷。华建功怕有闪失，专门借来一只小船。梅姑坐在船上，唱起采莲歌，让鲍子好好拍了几遍。前后拍了三天，一切顺利。鲍子又花了两天时间做后期，成片做出来，一共六集，每集三分钟。梅姑和江红霞看了都满意。华建功当然也满意。不过，华建功发现江红霞和梅姑在视频里都变年轻了，悄悄问鲍子是不是用了技术，鲍子微微一笑，说，你懂的！

宣传视频拍好，下一步搞产品。因为怕双溪人竞争，华建功计划一切悄悄地进行，特意从山外雇来三男三女。华建功带着三个男人早上摸黑去月牙湾采荷，不管三七二十一，哪里长得好，就采哪里。江红霞带着三个女人在家加工制作，按照梅姑的做法，三蒸三揉三阴干，干得有板有眼。华建功做过大买卖，胃口也大，恨不得这一季把所有的债都还了。江红霞成为网红后，收入不错，原来的债务还了一些。照这样下去，到明年债务可以全部还清。但是儿子华枫今年考大学，往后花钱的日子还多，得提前准备。心里有盼头，华建功和江红霞干劲十足。头两天一切顺利，到了第三天，华建林突然找上门来，勒令停工。

前段时间，华建林和菲菲忙着在市里跑“网红学院”的招商，一直不在双溪。回来后听梅姑说起华建功的“大动作”，当场屁股没挨板凳，便赶到月牙湾，见一片荷田被糟蹋得不像样子，气得眼冒金星。说起来，这事由不得华建林不生气。双溪的“四季如花”是华建林多年来下的一盘大棋，月牙湾千亩荷田是关键一步。春有桃花夏有荷，中秋桂花腊月梅。梅花基地在梅园，桃花基地在小桃源，桂花基地在秋浦畔，荷花基地就在月牙湾。目前，梅园和小桃源已成气候，秋浦今年秋天正式对外开放，最让华建林担心的就是月牙湾。如果月牙湾搞定，那么他的“旅游航母”打造可谓完美了。本来，华建林的计划是等桃花渡炒热，相隔不远，自然可以带动月牙湾。问题是，如今华建功半路横插一杠子，生生把他的棋局打乱了。

从月牙湾回到双溪，华建林憋着一肚子火，紧急召开村两委会，当众把叶金波批评一顿。叶金波无话可说，只好做检讨。因月牙湾是双溪村集体资产，华建林建议参照乡规民约相关规定，责令华建功立刻停产，并处以5000元罚款，当天将处罚决定公布在“双溪人”群里。华建功晓得这个堂弟认死理，翻脸比翻书还快，不跟他啰唆，赶紧去梅家老屋找梅姑。梅姑心肠软，听说村里要罚华建功的款，便把华建林叫来，替华建功说情。华建林正在气头上，哪个也不给面子，说这是公家的事，就得公事公办！梅姑觉得华建林说得有理，公事公办，于是转过来劝华建功说，建功，我不晓得村里有规定，规矩对大家，这笔罚款我替你交！华建功说，梅姑，问题不是罚款不罚款的事，是我这一笔生意还能不能做，半路上停下来，我亏大了！本来欠的债没还清，又添新债，逼得我没有活路，干脆跳半月潭算了！梅姑一想，也是实情，急得不停叹气，突然对华建功说，哦，有了有了，小苋能拿住建林，赶紧给小苋打电话！华建功打通叶小苋的电话，按下免提，把手机递到梅姑嘴边。梅姑当头就是一句，说，小苋，不得了了哦，你家出了个“包青天”，六亲不认哦！叶小苋一时没听明白，问明情况后，说，这个华建林，脾气挺大的，等我回来！

叶小苋抽空赶回双溪时，华建林正在老祠堂开“网红学院”筹备组会议。因为急着赶回镇里接阿欢放学,叶小苋实在等不及了,就打电话给华建林。不晓得是华建林没听到,还是不想接,总之半天没有反应。叶小苋忍不住,敲开会议室的门。菲菲看见了,忙站起来打招呼。华建林倒是镇静,冷着脸问,你来搞什么?哪个接阿欢放学?叶小苋对众人笑了笑,说,建林,出来我跟你说件事。华建林说,有事就在这说嘛!叶小苋坚持说,出来说!菲菲说,华书记,赶紧去吧!华建林敲敲桌子说,正在开会,就在这说!叶小苋压不住火,突然大叫一声,出来!众人大惊,都看着华建林。华建林有点尴尬,乖乖地出来了,来到门外,压低声音问叶小苋,到底搞什么?叶小苋说,建功在月牙湾采几片荷叶,你凭什么罚他?那荷叶不采,秋后不也烂了?!华建林说,他破坏集体资产!叶小苋说,嘁!你还真成了包青天!那我问你,桃花渡的薄荷是不是集体资产?华建林说,按理说也算!叶小苋说,既然是,有人在网上卖几十元钱一棵,你怎么不管?!华建林一下子被问住了,半天才说,那不是一码事!叶小苋说,怎么不是一码事?都是双溪地盘上天生地长的东西,凭什么到你嘴里就成了两码事?!华建林一时语塞。叶小苋用车钥匙捅了一下华建林的肚子,冷笑一声,说,华书记,这事你要不说清楚,我让建功去镇里举报,就说村两委办事不公!华建林说,你敢!叶小苋又一阵冷笑,转身走了。华建林晓得叶小苋向来敢作敢为,赶紧追上去拉住叶小苋,嬉皮笑脸地说,我那不是吓唬吓唬他吗?叶小苋说,吓唬?你胆子好大,连梅姑也一起吓唬?!华建林一脸无奈,说,我还不是为了双溪的大局吗?叶小苋说,大局?巴掌大的双溪,能有多大格局?华建林自知吵不过,不敢恋战,举手投降,说,好好,重新研究,重新研究!

关于对华建功的处罚,经村两委重新研究,免予经济处罚,但是必须在“双溪人”群里公开做检讨。鉴于华建功弘扬“水芝文化”的做法对双溪发展具有积极意义,允许其继续生产。为了保护月牙湾荷花资源和自然生态,村两委决定在月牙湾的偏僻处辟出一块荷田,专供村民采摘生产使用。不过,无论荷花还是荷叶均按采摘重量,收取少量费用,用于月牙湾的修复和管理。这笔费用交由双溪合作社管理,专款专用,欢迎监督。

事情到了这一步，华建功相当满意，愉快地接受处罚。在“双溪人”群里，华建功发了长达五分钟的语音“检讨”，态度诚恳，认识深刻。最后，还捎带打了一个广告。华建功说，广大妇女同志请注意，“瘦若莲花，美若水芝”，如有需要，请跟我联系，线上线下，包您满意！

第二十八章　七夕

江红霞顶着烈日从稻田放水回来，顺便拐到自家菜园，摘了半篮子四季豆。太阳好大，知了长一声短一声，叫得人烦躁。江红霞躲在菜园旁的大树下歇歇，随手掏出手机玩自拍，正手一拍，反手一拍，都不满意，于是都删了。好不容易找好一个角度，刚想拍下，谁知树上知了撒一泡尿，正好滴在鼻子上。江红霞揩了揩鼻子，骂了一声鬼东西，也就没心思玩了。这时候，菲菲在“双溪人”群里发了一幅动态图，上写“旅游航母”正式启航！江红霞晓得，双溪这下热闹了。

双溪的旅游真正火起来，是从桃花渡的爆红开始的。换句话说，桃花渡引爆了双溪旅游黄金期。暑期一开始，桃花渡就火了，双溪古村一时间老街旧巷，人满为患。华建林终于等来这一天，心里那台“V8涡轮增压发动机”疯狂运转，随即在“双溪人”群里约法三章，“旅游航母”正式启航，双溪乡亲人人有责，哪个砸了双溪的牌子，我就砸哪个的饭碗！叶金波代理村主任，自知责任重大，临时把打更队变成管理员和安全员甚至是导游，一点不敢怠慢。

梅家老屋自然成为热门景点，走一拨又来一拨，前脚撵后脚，都想看看梅姑这个传奇老太太。本来梅姑还热情接待，配合照相拍视频。无奈来人太多，两天下来，梅姑体力不支，吓得不敢出门，又想看热闹，就躲在花格窗后头，朝外张望。华建林担心天热出事，又不想得罪游客，便让菲菲想办法解决。菲菲头脑灵光，在梅家老屋直播梅姑的日常生活。梅姑半真半假地说，哎呀，我这不成老妖精了吗？菲菲说，梅姑不是老妖精，是双溪的财神啊！梅姑叹口气说，唉！怎个又跟钱扯上了哦？

人来得多，吃喝成了问题，“小滋味”门前排起长队，一顿饭要翻三五次台，人手不够，叶金波又帮不上忙，兰姐急得要上房，在“双溪人”群里发消息紧急求援，几个邻居过来帮忙，总算解燃眉之急。

正如所料，桃花渡的火爆果然带动了月牙湾。鲍子拍摄的《瘦若莲花，美若水芝》在“霞姐”账号里发布之后，又火了一把。如此一来，倒逼华建林把月牙湾的开发和桃花渡一并考虑，在宣传桃花渡的同时，宣传月牙湾。华建功的“水芝茶”和“水芝露”适时推出，线上线下表现不俗，为宣传月牙湾提供了素材。华建功是个生意通，脑子活络，拿出几箱“水芝茶”捐给村里，作为月牙湾的推广纪念品，向游客免费发放。此举一出，“水芝茶”在游客中产生强烈影响。华建林大为赞赏，代表村两委写了一封表扬信，对华建功热心公益的精神提出表扬，发在“双溪人”群里，置顶好多天。

这时候，强强顺利大学毕业，兰姐高兴得不得了。本来，兰姐指望强强能到“小滋味”帮把手，没料到强强一回双溪，就加盟“网红学院”筹备组，兰姐明白儿子是冲着菲菲去的，劝也没用，便忍了。其实早在毕业前，强强就听菲菲说过双溪创办“网红学院”的事，两个人在微信里商量一起干。“网红学院”急需人才，华建林尤其器重，给强强一个“网红学院”设计总监的位置。说起来，自从得到菲菲的鼓励，强强简直变了一个人，发奋读书，不仅完成本专业的课程，还选修了环境设计，考了好多技术证书。本来，叶金波两口子给强强制定了一个人生规划，大学毕业到上海，先投靠大伯叶金海，站稳脚跟再谋求发展。毕竟国际化大都市机会多嘛。可是强强毕竟是强强，不理父母那一套，一门心思要回双溪，怎么劝都不听。叶金波气得要跟强强动武，多亏兰姐拦住。兰姐晓得强强迷上菲菲，就像当年她迷上叶金波一样，王八吃秤砣铁了心，于是就劝叶金波，儿孙自有儿孙福，由他去吧。叶金波万般无奈，只好睁只眼闭只眼了。

强强上任后，第一份贡献就是一条反对意见。强强反对的不是别人，正是华建林。华建林虽然大度，心里依然不快，他不好当众表现出来，便暗自郁闷半天。说起来,事情是因修路而起的。强强出任双溪“网红学院”设计总监的时候,市、县两级有关扶持政策落实,资金到位。菲菲招商的两家投资机构的资金也按时到位。有了钱,华建林胆子大了,腰杆也硬了,马上践行“要想富,先修路”。从高速口到桃花渡的道路分为两段。高速口到双溪古村路段,早已搭上“村村通”快车改造完成。但是双溪古村到桃花渡那段古渡路一直没修。古渡路以青石铺就,年久失修,坑坑洼洼。华建林的想法是借机把路线取直,统一铺成沥青路面,一劳永逸,既省钱又不麻烦。不料强强第一个提出反对意见。强强坚持“修旧如旧”,保持原有道路风格。不仅道路“修旧如旧”,就连道路两边的花花草草都要保留,这样才与桃花渡的古老气质协调。菲菲随即表态,赞同强强的想法,现代沥青路连接古老渡口,好比超短裙配唐装,确实不搭。鲍子也认为最好是“修旧如旧”,那样才能体现桃花渡的历史感。华建林不得不发扬民主,把强强提供的两种方案效果图发在“双溪人”群里,征求群众意见,结果绝大多数倾向于“修旧如旧”。华建林于是拍板。

按照菲菲的方案,双溪“网红学院”在七夕挂牌。届时,推出首届桃花渡情人节。这个方案得到强强的支持,并建议推出系列情人项目,比如“薄荷小屋”“七夕套餐”等。菲菲一听,马上赞同。当着众人的面,两个人你一个同意我一个赞成,搞得华建林和鲍子成了局外人,江红霞更插不上嘴,索性借故溜了出去。华建林发现,自从强强加盟之后,菲菲和自己有了“代沟”,动不动就说“我们年轻人”这样,“我们年轻人”那样,好像华建林已经七老八十了。鲍子劝华建林,一岁年纪一岁人,客观规律,不服不行。

桃花渡修路完工,是在一个月后。同时完工的还有露营营地和渡口老旧房屋的改造修复。七夕将至,一切按计划进行。事先订制的七十七个露营帐篷送达,花花绿绿,安放在桃花渡前的露营营地,仿佛一地五彩蘑菇。这就是“薄荷小屋”。按菲菲和强强商定的方案,“薄荷小屋”和“七夕套餐”,都需要在网上预订,启用“饥饿营销”,限制名额,控制节奏。两个人商量好后,征求华建林的意见。华建林想不出更好的主意,本着“用人不疑,疑人不用”的原则,放手让他们自由发挥了。

“天上鹊桥仙，人间桃花渡”，巨大的广告牌在高速出入口竖起来，尤为醒目。与此同时，广播电视等传统媒体的消息相继推出，网络社交平台浮窗广告全面开放。菲菲亲自上阵直播销售。“饥饿营销”果然有效，“薄荷小屋”的七十七个名额全部拍出，依然供不应求。网上一度炒出高价，价格翻倍。关于“七夕套餐”的定制，由强强负责。强强把定制信息发布在“双溪人”群里公开招标。兰姐充满信心，第一个主动应标。强强做事认真，先让兰姐“试菜”。兰姐试做一回，被强强否定，又试做一回，又被否定。连做五六回，强强都不满意，气得兰姐索性放弃，大骂强强“坑妈”，一时传为笑话。江红霞来梅家老屋闲聊，把这事跟梅姑说了。梅姑听罢笑了，说，二兰太老实了哦，年轻人贪图新鲜，哪里在乎吃什么哦？江红霞说，是呀是呀，年轻人的心思摸不透！梅姑说，人嘛，年轻的时候都一样，图个新鲜！红霞，二兰不干，你来干。照我说的做，保证他们满意！江红霞当然愿意，按照梅姑所说的做出一份两荤一素的套餐。两荤是牛肉和鸡肉，加薄荷末腌制后烤制，一素是年糕切成小块，用油炸酥撒上芝麻，用牙签串起，码成桥的形状。按梅姑的说法，这就是“鹊桥”。再把牛肉和鸡肉摆在“鹊桥”两头，代表牛郎和织女，合在一起就是牛郎织女年年相会。菲菲和强强来试吃后，色香味形都很满意，谈好价格，于是把“七夕套餐”包给江红霞。江红霞接过单子，连同做法一起转手交给兰姐。兰姐当然乐意，承诺一定做好。

七夕那天，桃花渡人山人海，热闹非常。“网红学院”暨桃花渡影视拍摄基地挂牌仪式如期举行，同时首届桃花渡情人节开幕。市、县有关领导出席，华建林前前后后忙得够呛。鲍子和江红霞都是筹备组成员，自然也闲不下来。叶小苋一大早带着阿欢赶回双溪，带梅姑去桃花渡看热闹。一到桃花渡，阿欢就跑去找鲍子疯去了。梅姑一下车，马上炸了窝，好多人都去围观百岁老人梅姑，搞得仪式现场空了一大半。梅姑过意不去，对叶小苋说，赶紧走吧，要不然建林要说我们是来拆台的！叶小苋说，不要管他，我们是游客，想玩好久就玩好久！正说着，郝曼从人群中挤过来，说，梅姑，您也来了！梅姑说，来了来了！这里有什么好玩的？郝曼说，我看了一圈，要说好玩，还是“薄荷小屋”！梅姑说，那好，去看看！

叶小苋和郝曼扶着梅姑来到露营营地，见一座座“薄荷小屋”花花绿绿煞是可爱，非要进去看一看，就近找了一座，走到门前，见里头一对年轻男女搂在一起亲嘴。梅姑好尴尬，说，哦哦哦，不看了不看了！郝曼搀着梅姑说，既然来了，还是看看。走，到我的“薄荷小屋”坐一坐！叶小苋一听，吃了一惊，说，那么紧俏，你拍到了?！郝曼说，走运嘛！梅姑说，小曼的小屋，可以去看看！于是，三个人就来到33号帐篷，一挑帘子，见里头坐着一个人，扇着扇子。叶小苋定睛一看，是饶宇。饶宇这时候站起来，叫了一声，梅姑！梅姑看了看饶宇，一脸吃惊地说，哦，你也来了！饶宇有点尴尬，看了看郝曼。郝曼也尴尬，看了看叶小苋。叶小苋打圆场，说，梅姑，饶博士是小曼的客人！梅姑点点头，拉着叶小苋往外走，说，天好热，回家吧！饶宇跟出来，说，梅姑，正好有事向您请教，不晓得什么时候有空？梅姑说，上回说过，偏方的事，该说的都说了！饶宇一下被堵住，不知如何是好。叶小苋说，梅姑的意思是，有空请到梅家老屋坐坐！饶宇笑了，说，晓得了！晓得了！

其实，饶宇此次来赶上双溪“桃花渡情人节”实属巧合，郝曼拍下33号“薄荷小屋”也是巧合。暑假之后，饶宇便来到徽州，在山里奔走考察中草药项目。那天，饶宇在师生群里发了一张随手拍的徽州风景，郝曼看到了，猜到饶宇在徽州，于是主动联系，请他有空来双溪玩玩。饶宇答应下来，郝曼就考虑带饶宇到哪玩。正好看到菲菲直播销售“薄荷小屋”，于是就试着拍了，不料居然拍下来了。毕竟冠名是“桃花渡情人节”，郝曼怕饶宇误解，事先跟饶宇说了。饶宇见过世界，思想开放，倒不在乎，于是便应约来了。

叶小苋陪梅姑回到梅家老屋，凉快了一会儿，忙着做饭。华建林父女俩和鲍子都不回来吃饭，叶小苋和梅姑两个人的饭菜倒是不麻烦。吃饭的时候，叶小苋说，梅姑，有句话我说了，您可别生气。今天在桃花渡，不应该那样对待饶博士，人家是客人嘛！梅姑意识到不对，像做错事的孩子似的说，我不想见他嘛！叶小苋暗笑，说，人家头一次来，您亲热得不行，又是留人家住家里，又是陪人家谈偏方，现在倒好，突然又不想见了。这弯子转得太急了嘛！梅姑嘟起嘴说，不想见就是不想见！叶小苋给梅姑夹一块鱼，调皮地逗她说，哼！怕是饶宇让梅姑想起 Mike 了吧？梅姑举起筷子，佯装要打。叶小苋马上抱着头，说，饶了我吧！梅姑笑了，收起筷子，突然又说，饶宇是不是在跟郝曼谈恋爱？他要跟郝曼好了，小鲍子怎么办哦？叶小苋说，哎呀，人家是师生关系，您就别操这份心了！梅姑说，别人我不管，小鲍子的事要管哦！叶小苋开玩笑说，好吧好吧！回来我跟鲍子说，让他明天就把郝曼娶了！梅姑笑了，说，其实，饶宇人不错哦！叶小苋说，那当然，博士，大教授嘛！梅姑点点头，呆呆地望着窗外的天井。叶小苋说，梅姑，我总觉得饶宇跟 Mike 有点关系。梅姑摇了摇头，说，不晓得！

晚上，华建林、阿欢和鲍子都在桃花渡看热闹。叶小苋陪梅姑坐在天井里纳凉。天井之上露出一方星空，深邃而遥远。梅姑望着星空说，这一会儿织女怕是见到牛郎了吧？叶小苋说，见着了！梅姑问，你怎么晓得？叶小苋说，一年才见一次，还不赶紧的？梅姑点点头说，唔，就怕鹊桥还没搭好哦！叶小苋说，早搭好了哦！梅姑又问，你怎么晓得？叶小苋说，天一擦黑，喜鹊一个都不见了，怕是忙着去搭桥了！梅姑长叹一声，说，唔，还是喜鹊让人放心哦！叶小苋听出梅姑话里有几分感伤，握住梅姑的手，轻轻叫了一声，LiLy！梅姑愣了一下，叫了一声，Mike！

声音在天井中回响。

LiLy——Mike——

Mike——LiLy——

第二十九章　处暑

处暑那天，大清早落了一场雨。雨过天晴，一夏的暑气消了大半，梅家老屋的天井里生起一阵清凉。鲍子陪着梅姑在廊檐下随便走走，忽听老街传来一阵锣鼓声。鼓点欢快，锣声响亮。梅姑侧耳听了听，对鲍子说，大清早，哪家办喜事？鲍子伸着脖颈听了听，锣鼓声朝下街老祠堂方向去了，于是说，可能村委会又得奖了！梅姑说，哦，建林又该欢喜了！鲍子说，只要是喜事，他都欢喜！梅姑笑了，说，就是！建林是个热闹人！

正说着，一阵敲门声响起。梅姑说，说曹操曹操到了，建林来报喜了！鲍子赶紧起身去开门，来的不是华建林，而是江红霞一家三口。一进天井，华建功大喊，梅姑，我来给您报喜啊！梅姑说，哦，什么喜事？快说来听听！江红霞把儿子华枫拉到梅姑面前，说，华枫考上大学了，刚刚录取通知书送来了！梅姑一听，连连拍手，说，哦，锣鼓喧天的，我就说有喜事嘛。喏，大喜事哦！华枫腼腆，兴奋得小脸通红，把录取通知书递给梅姑看。梅姑接过来一看，上面写着“省中医药大学”，连连点头说，学医好，学医好！不当皇帝做郎中嘛！江红霞说，孩子喜欢，他自己选的！梅姑拉着华枫说，有出息！比你老子有出息！华建功捂着脸说，梅姑，我现在学好了嘛！梅姑说，哼！儿子上大学了，再不学好，到时候孙子都瞧不起你哦！众人听罢都笑了。梅姑高兴，亲自上楼给华枫包了一个大红包。华枫不好意思要，躲到江红霞身后。华建功上前接过红包塞给华枫，说，梅姑的红包一定要，沾点福气嘛！众人又是一阵欢笑。梅姑趁着大家高兴，让鲍子拍一张合影。鲍子拍了合影，又拍了视频，随手发到“双溪人”群里。

江红霞一家三口离开梅家老屋，梅姑突然对鲍子说，华枫考的是中医药大学，那不是跟饶宇一个学校吗？鲍子说，省里就那一所中医药大学，肯定是！梅姑说，好哦，双溪的医脉又能续上了！鲍子说，梅姑不如把华枫收做小徒弟，专业对口！梅姑摇摇头，说，我是半瓶醋，只跟阿爸学了点皮毛，哪敢带徒弟？要是阿爸在，那就好了哦！鲍子惋惜不已，说，是啊，当年梅二先生在上海那么有名，走得太早，可惜啊！梅姑望着天井上方的蓝天，叹口气说，阿爸死得好惨哦，日本人在药房柜台里放了炸弹，把阿爸炸伤了，在医院撑了好几天。我得到消息，赶到上海，阿爸还没咽气！鲍子说，梅二先生想着梅姑嘛！梅姑说，我拉着阿爸的手，阿爸跟我交代几句话，话没说完，人就走了！鲍子听着，心头一酸，蹲在梅姑旁边，拍了拍梅姑的后背。梅姑揩了一下眼泪，说，你不晓得，阿爸的手好凉哦！

突然，一阵警笛传来，由远而近，越来越刺耳。鲍子起身听了听，警笛突然停了。接着，大门外响起敲门声。梅姑说，快去看看又是哪个。鲍子赶紧过去开门。门一打开，华建林一把将鲍子拉到门外。鲍子吓得一抖，问，怎么回事？华建林小声说，偷盗鸳鸯屏的家伙抓到了！鲍子又惊又喜，问，东西找了吗？华建林说，还不清楚，不过警察要带犯罪嫌疑人来指认现场！鲍子一听就急了，说，梅姑在家，警察带犯罪嫌疑人一来，那不就穿帮了?！华建林说，所以嘛，我先来跟你说一声，配合一下，你把梅姑引出去！鲍子挠挠头说，怎么引？华建林说，就跟梅姑说，秋浦的桂花打苞了，带她去拍照片！鲍子说，桂花下个月才打苞！华建林说，配合嘛！瞎编嘛！鲍子摇摇头说，晓得了！晓得了！华建林看了看表，说，给你十分钟！

鲍子本来就不是会说假话的人，一说假话就心慌脸红。所以鲍子没跟梅姑说去看桂花，而是说趁着天凉快，一起出去拍视频。前一阵子，天气炎热，梅姑很少出门，一直没有拍新视频。听说要出门拍视频，梅姑可高兴了，收拾收拾就跟鲍子一起去了。

鲍子开车带着梅姑出双溪，才到村口老银杏村下，车子就出了毛病。这辆破车是鲍子来到双溪时买的二手车，如今更破。好在鲍子对车子好坏不在乎，一直将就着用。鲍子下车鼓捣半天，终于弄好，刚要启动，迎面来了一辆奔驰，在前面停下。鲍子正疑惑，郝曼从奔驰上下来，说，鲍老师，出去啊？鲍子说，今天凉快，带梅姑出去转转！郝曼大喜，说，梅姑在车上，太好了！梅姑听到了，摇下车窗，跟郝曼打招呼。饶宇从车上下来，走过去对梅姑说，梅姑，我正要去梅家老屋拜访您，没想到半路上碰见了！梅姑说，好不凑巧，我和鲍子出去转转！郝曼对饶宇说，正好我今天休息，一起陪陪梅姑！饶宇说，走吧！

两辆车一路开出双溪。鲍子开车在前，饶宇开车跟着。鲍子本来没有预定的路线，又不能一直在路上跑，于是便朝天问山方向开去。来到天问山，四个人一起在山下随便走走。有郝曼陪着，梅姑玩得开心。鲍子拍了照片和视频，担心梅姑累着，就近找了一家“农家乐”，四人进去休息，点了一壶茶。四个人一边喝茶，一边看鲍子拍的照片和视频。梅姑说，我头一次上天问山，是跟阿爸一起。那年，阿爸回双溪，接我回上海念书。临走前，阿爸要带我爬天问山。阿爸说，双溪人没上过天问山，说出去让人笑话哦！鲍子说，算起来，那年梅姑六岁！梅姑说，是哦，我爬不上去，是阿爸背我上山的！郝曼说，梅二先生好疼梅姑嘛！梅姑想了想说，那年，差不多也是这个时候，阿爸背我上了山，教我认识好多草药！郝曼说，那时候，梅姑好幸福吧？梅姑笑了，孩子似的点点头，说，阿爸是个好医生哦！饶宇一直没说话，听到这里，突然问，梅姑，梅二先生当年是不是整理过一部《新安医综》？梅姑一听，脸色沉下来，看了看饶宇，说，没有！饶宇继续追问，梅二先生自小学医，遍访名师，有没有一位师父叫“张半方”？梅姑不高兴了，站起来，拉着鲍子说，好累，回家哦！鲍子站起来，看了看饶宇和郝曼，无奈地摇摇头。

鲍子和梅姑回双溪的路上，华建林打电话给鲍子，告知事情已经结束，意思是可以放心回来了。回到双溪时，已是中午。华建林已经给梅姑从“小滋味”点了饭菜。将梅姑安排好，华建林拉着鲍子一起出去吃饭。鲍子不想去，推说陪梅姑。梅姑却说，去吧去吧，正好让我一个人清静清静！于是二人一前一后，出了梅家老屋。一进织女巷，鲍子就打听鸳鸯屏的下落，华建林未曾说话，先叹一口气。鲍子晓得情况不妙。

情况确实不妙。事实上，警方此次抓到嫌疑人也是碰巧。前几天，市里一游客到双溪旅游，途中与一辆面包车发生剐蹭。面包车上两个人浑身酒气，拒不赔偿，还将人打伤，被当地群众围住。警方接警后赶到现场，将二人抓获，在其车内发现作案工具，和一些徽州古建筑上的老构件。经进一步审查，二人系文物盗窃惯犯，在徽州作案多起，丢失的文物中包括梅家老屋的鸳鸯屏。说起来，他们盗窃鸳鸯屏也是巧合。有一次二人闲着无聊，在网上闲逛，忽然看到樊思仁写鸳鸯屏的文章，晓得双溪梅家老屋有一件鸳鸯屏，价值不菲，于是便把图片存起来，打起歪主意。为了尽快得手，二人先后多次以收废品和推销保健品的名义，到梅姑家踩过点。去年冬天，二人预谋，趁大雪之夜，避开打更队，翻墙撬窗，入室将鸳鸯屏盗走。得手后，连夜驾车赶往江西，和事先联系好的下家接头，将鸳鸯屏以三十万元的低价出手。警方本以为可以追回鸳鸯屏，不料江西下家只是代人收购，转手以五十万元的价格卖给广东的一个下家。广东下家拿到东西想赚大钱，又以八十万的价格，卖给一个文物走私团伙，走私团伙当然要挣大钱，于是打算将鸳鸯屏高价转卖到东南亚某国。目前，国内警方正与东南亚某国警方联系，收集线索，力争尽快将鸳鸯屏完璧归赵。由此看来，一时半会儿不会有着落，只好再等消息了。

鲍子跟着华建林来到“小滋味”，才晓得是陪饶宇吃饭，郝曼也在。饶宇此次来双溪，主要目的不是找梅姑，而是落实创办中医药科研基地项目。自从华建林与饶宇认识后，一个真诚相见，一个没有架子，联系互动频繁，节日问候，互相点赞，段子互发，不在话下。用华建林的话说，差不多处成兄弟了。经过一段时间的考察，饶宇报请校方批准，决定在本县建设一个集教学科研和项目孵化于一体的中药材科研基地，种植白芨、黄精、菊花、薄荷、石斛等中药材。该项目既符合生态发展理念，又能给地方带来效益，还能提升当地的知名度和美誉度，况且县政府大力支持，又给予配套政策。如此一来，项目俨然成为香饽饽，各乡镇得知后，明争暗抢，你来我往，差点挤破头。华建林倒是从容淡定，不声不响，不慌不忙，悄悄与饶宇联系，请他来一趟，面谈。于是饶宇就来了。

因为晓得饶宇是贵客，兰姐把拿手菜全都上齐了。正好是周末，华建林不怕违反八项规定，要好好陪饶宇喝几杯。饶宇有点酒量，又跟华建林谈得来，于是就喝上了。酒过三巡，酒意上头，华建林对饶宇说，兄弟，只要基地建在双溪，条件您随便提！饶宇说，条件肯定有，不能随便提。你先说说双溪有什么独特之处。华建林看着饶宇说，饶博士，你见过大世面，我就开门见山放开说了。在徽州，哪里都有山，哪里都有水，哪里都有劳力，哪里都有政策，但是我双溪有的资源，别的地方没有！饶宇放下酒杯，说，嗬！这个我倒要听听！华建林故意卖个关子，说，真想知道？饶宇说，赶紧说嘛！华建林说，先干一杯！饶宇马上与华建林干杯。华建林给饶宇倒上酒，说，如果我说的你满意，你干了这一杯，如何？饶宇说，没问题！华建林站起来，向空中一挥拳，说，双溪有梅姑！

鲍子和郝曼看看华建林，又看看饶宇。饶宇站起来，点点头，端起杯子，一饮而尽，握住华建林的手，说，兄弟，就这么定了！华建林一听，兴奋起来，马上要和饶宇拼酒。正在这时，陈镇长打来电话。华建林接通电话，说，领导，报告一个好消息！基地项目定在双溪了！陈镇长说，你怕不是喝多了就是在做梦！华建林说，我没喝多，也不是做梦！领导，不信等着瞧！陈镇长说，我晓得你这家伙鬼点子多，但是要公平竞争，不可以只顾小家，不顾大家！华建林说，晓得哦晓得哦！

那天，华建林和饶宇边喝边聊，兴致好高。鲍子和郝曼插不上话，又不好意思离开，只能陪着。直到晚上九点，好不容易结束，饶宇主动要求跟华建林一起到老祠堂休息。郝曼回卫生室，鲍子送她。来到老祠堂，饶宇搂着华建林说，兄弟，我答应你基地的事，你也要答应我一件事！华建林拍了拍胸脯说，兄弟你说！饶宇说，跟梅姑打听一下，当年梅二先生是不是整理过一部《新安医综》，梅二先生是不是有一个师父叫“张半方”？华建林说，这个嘛，我争取！饶宇说，必须！华建林又一拍胸脯，必须！饶宇说，这才是兄弟嘛！华建林问，兄弟，为什么非要问梅姑这些呀？饶宇神秘一笑，说，大事！

饶宇所说的《新安医综》，确实是大事。多年前，饶宇在日本留学时，发现日本人对中医中药非常重视，而且搜集整理了许多中医中药的资料，其中有一部分是在日军侵华前后搜掠去的。在研究资料时，饶宇发现许多与新安医学相关的内容。在几份资料的注脚中，都提到徽州《新安医综》。本来，饶宇对《新安医综》并不了解，出于好奇，多方查询，不禁大惊。原来《新安医综》是新安医派医学成就的集大成，收入 800 年新安医学近 800 位医家之学术精华，分上、下两编共六十四卷。上编为新安地区的药材分布种植选采方法及加工炮制方法；下编为历代新安医家名方名案及医理，涉及内、外、妇、儿多科以及瘟症时疫疑难杂症等。最关键的是，世间仅此一部。据有幸见过的人士撰文说，这部巨作从宋代开始整理编撰，经历朝代更迭，代代相传，逐渐丰富，续延不断。到了民国时期，由徽州名医“张半方”接手续编。“张半方”当年在沪上以“半个方子治大病”而闻名，呕心沥血大半生，临终前将《新安医综》传给得意弟子梅仲林续编。梅仲林是梅二先生的大名，因此《新安医综》应该与他有关。可惜梅二先生早年惨遭日本人毒手，《新安医综》从此下落不明。饶宇说到这里，下了一个定论，如果能找到《新安医综》的下落，不仅对中医发展意义重大，而且对徽州文化的发扬也是一大贡献，搞不好会引起国际反响！

华建林听罢，惊得嘴张好大，酒醒了大半，脑壳里想法飞转，原来双溪还藏着这个大故事啊！就在这时，四更梆声响了。饶宇还在絮叨《新安医综》，华建林却打了几个哈欠，站起来说，休息！休息！不会休息就不会工作！饶宇余兴未了，被华建林拖去休息。

那天，鲍子送完郝曼，已经很迟。回到梅家老屋，鲍子怕打扰梅姑，悄悄开门，蹑手蹑脚地进来，忽听楼上传来梅姑两声咳嗽。鲍子没敢出声，侧耳听了听。梅姑又咳了两声，说，小鲍子，桌上有酸梅汤，醒醒酒哦！鲍子应了一声好，关灯和衣躺下，望着窗外天井上的一方天空，听着虫鸣声声，睡意全无。梅姑、老屋、鸳鸯屏、Mike、“红色欠条”，本来已经充满悬疑，如今又冒出来一个《新安医综》。不知梅姑和梅家老屋还有多少不为人知的故事。

梆——梆——梆——梆——梆——

五更梆声响过,天将亮了。

第三十章　贵客

秋分已到，七星沼畔老银杏金黄一片，如同撑起一顶顶黄盖，映得七星沼像汪着金汤一般。鲍子照例早起，拍了好多银杏的照片。就在这时候，鲍俪发来信息，说她要来双溪。

鲍俪来双溪，是因为鲍子，更是因为梅姑。

自从鲍子定居双溪，鲍俪便对这座古村充满了好奇。在鲍俪看来，鲍子是个有意思的人，那么他选择定居的地方一定更有意思，不然留不住他。鲍俪了解鲍子的性格，有点浪漫，还有点执着，用爸妈的话说，傻乎乎的一根筋，就是一头讨打的倔驴。这话小时候常听爸妈说，当然都是鲍子不听话的时候。因此有时候鲍俪调皮，悄悄喊鲍子驴哥。鲍子不生气，呵呵一笑，脆生生地答应。说起来，鲍子一家都对鲍俪宠爱有加。鲍俪是“超生”，因为她的出生，爸妈在国有食品公司的工作受到影响，以致辞职下海。正所谓因祸得福，鲍子爸妈下海后创办自己的公司，赶上好时代，越做越大，如今正准备上市。鲍俪曾在家开过玩笑，说，“天使投资”算什么？我是“天使投胎”，不仅给鲍家添个女儿，还带来一家大企业！爸妈听了都说是，鲍子也觉得如此，因此都把鲍俪看成鲍家的福星了。追根求源，鲍子爱上摄影也跟鲍俪有关。小时候，有一次爸爸一位搞摄影的朋友来访，鲍子偷偷用他的相机偷拍了一张鲍俪偷吃鸡腿的照片。这张照片洗出来后，被爸爸的朋友推荐给报纸，居然刊发了，还给了鲍子十元的稿费。从那之后，鲍子成了同学眼中的摄影家，于是鲍子就走上了摄影这条路。鲍俪不仅是鲍家的福星，还是开心果。爸妈不高兴了，鲍俪两句话就能逗笑；鲍子郁闷的时候，也跟鲍俪聊，一聊就开心，效果好得很。鲍俪大学毕业后，在新加坡结婚定居，两年前突然回到深圳，办起了自己的公司，从事文化商业活动。用鲍俪自己的话说是文化商人。自从鲍俪回到国内，鲍子对鲍俪的个人生活产生疑问。虽然鲍俪自己没说，爸妈也没说，鲍子还是隐隐感觉到，鲍俪的婚姻可能出现了问题，还不是小问题。鲍子曾经在电话里试探地问过，鲍俪没有回答，依然是有说有笑，说起来没完，笑起来也没完。鲍子想，生活总有不如意，开心就好，于是不再打听了。

算起来，鲍子和鲍俪已有两年没有见面了，线上经常聊天。鲍子在双溪拍摄的作品鲍俪一直关注，有时还提点意见。鲍子对鲍俪的意见很重视，觉得这个小时候喜欢偷吃鸡腿的丫头眼光不错。印象最深的是，鲍俪说过一句话，建议鲍子不要老拍古村的景，还是要多拍人。这话与梅姑曾经说过的话不谋而合。看来，鲍俪和梅姑趣味相同，也是缘分。说起鲍俪和梅姑的缘分，当然要从鲍子的作品开始。鲍俪看到梅姑的第一张照片，是鲍子刚到双溪不久，在梅家老屋偷拍的。那是一个深秋的午后，阳光正好，梅姑站在天井里，怀里抱着七喜，望着四水归堂天井上方的天空，从容沉静，若有所思。画面中，七喜也望着天井上方的天空，似乎要跟梅姑一起回望一段久远的人生。老屋、老人、白猫、天井、阳光、阴影，一组意象的复合，震惊了鲍俪。鲍俪马上和鲍子联系，说从第一感到第六感，都好喜欢梅姑。鲍子晓得鲍俪的风格，从小到大，一旦说“从第一感到第六感”，意味着彻底被征服了。不过，鲍俪建议鲍子，把这张作品转换成黑白试试，鲍子试了，果然效果更好。鲍俪为表示赞扬，当即决定用这张照片做屏保，还给作品起了一个名字叫《午后》。

从那之后，鲍俪经常催鲍子拍梅姑的照片发给她看，鲍子自然满足她。不仅梅姑的照片，还有七喜和老屋的照片，只要拍好，就发给鲍俪。鲍俪看过必回复，兄妹俩达成从未有过的默契。近来，鲍子拍了不少梅姑的视频，鲍俪从中看到生活中真实的梅姑，时而充满百岁老人的厚重，时而如少女般天真烂漫，时而气质高雅如梅，时而又一身人间烟火。这一切集中在梅姑身上，让鲍俪更加着迷，一直想找机会来双溪见一见，却总是没空闲。前不久，鲍俪与景德镇的一家陶瓷公司达成合作，于是决定借道到双溪来。

鲍子告诉梅姑鲍俪要来的时候，叶小苋和华建林都在场。梅姑一听鲍俪要来，连说贵客哦贵客哦，催着叶小苋赶紧打扫东屋，把床上铺的盖的都换成新的，还让华建林把绣阁里的梳妆台搬下来给鲍俪用。鲍子说，不要太麻烦！鲍俪待不了几天，让她去住宾馆。梅姑一听，沉下脸说，贵客嘛，一定要住家里哦！叶小苋有意逗梅姑，说，梅姑，我在梅家老屋住了那么多年，梳妆台也没给我用过一回，人家鲍俪还没见面，您就张罗着搬过来，太偏心！梅姑说，人家是贵客嘛！华建林说，对对对，鲍俪是商人，按招商的标准，一定要接待好。这关系到双溪的形象嘛！

说到鲍俪，梅姑早就晓得，也看过鲍俪的照片，还在视频通话里跟鲍俪打过招呼，对鲍俪的印象蛮好，说鲍俪像当年上海滩唱《四季歌》的周璇，一直也想见见。那天，鲍子去高铁站接鲍俪，梅姑非要跟着去。鲍子有上一次的教训，不敢再带梅姑去高铁站。叶小苋也劝梅姑不要去，梅姑偏不听，孩子似的举起手，保证一切听指挥。叶小苋被逗得笑弯了腰，反过来劝鲍子。鲍子无奈，只好带上梅姑。刚出门，梅姑说忘了东西，又折回来上楼，拿来一束鲜花。鲍子问，花哪里来的？梅姑说，小苋一大早买的！鲍子说，哎呀，太隆重了嘛！梅姑说，人家是贵客哦！

来到高铁站，鲍俪还没出来。梅姑拿着一束鲜花，站在出站口等候。鲜花配白头，梅姑往那一站，自成风景，引得好多人围观。有人认出梅姑，过来和她合影。梅姑连连摆手，说什么也不干。这时候，鲍俪出来了，老远就冲着梅姑跑过来，上去就把梅姑抱住，像老熟人一样，在梅姑脸上猛亲了两口。梅姑把花递给鲍俪，拉着鲍俪的手，看了又看，说，看看，我说像周璇嘛！鲍子开玩笑说，我看不像周璇，倒像孙猴子！鲍俪听了哈哈大笑，梅姑却冷着脸说，瞎说，瞎说！鲍俪搂着梅姑说，还是梅姑疼我！

鲍俪的到来，在双溪引起不小的轰动。“双溪人”群里展开热烈讨论。有人说鲍俪像周璇，有人说像阮玲玉，还有人说像刘嘉玲。有人说，鲍俪像刘嘉玲，那就像江红霞。最后大家都说，从背影看鲍俪好像江红霞。江红霞看到群里的议论,就想去梅家老屋看看鲍俪,毕竟是鲍子的妹妹,头一回见面,不能空手,挑了半天,都不合适。华建功推荐“水芝茶”,江红霞说这东西好土气,人家大地方来的看不上!华建功说,不管哪里来的,只要是女人都爱减肥!江红霞别无选择,只好拿上两盒“水芝茶”去梅家老屋。

江红霞走上老街,迎面碰见郝曼穿着白大褂出诊回来。郝曼说,霞姐,慌慌张张的,搞什么?江红霞说,鲍老师的妹妹来了,我去看看!郝曼说,我在群里看到了,都说她长得像你!江红霞说,人家大地方来的,我哪敢高攀啊?郝曼说,刚刚在群里看小苋姐发的照片,确实好像嘛!江红霞拉着郝曼说,管她像不像,一起去看看!郝曼说,不去不去!说不定又要出诊!江红霞看出郝曼不好意思,开玩笑说,怕什么?鲍俪是小姑子,又不是婆婆!郝曼有点害臊,挣脱着想跑,江红霞一把抓住,硬是把郝曼拖进了织女巷。

梅家老屋天井里,挤满看热闹的孩子,吵吵嚷嚷。江红霞和郝曼挤进来,抬头看见坐在梅姑身边的鲍俪,果然气质不凡,洋气漂亮,但并不觉得跟自己长得像。叶小苋眼尖,看见江红霞和郝曼,就过来拉她们进来坐坐。鲍俪站起来打招呼,叶小苋一一介绍。叶小苋拉着江红霞说,这是红霞嫂子!鲍俪说,嫂子是网红,在我哥拍的作品里见过!江红霞不好意思,说,我是沾光,都是鲍老师的功劳!叶小苋又拉住郝曼,对鲍俪说,这位也是嫂子,亲嫂子!这话一说,众人都笑了,把郝曼臊得脸通红。鲍子也不好意思地扭过头去。梅姑说,小苋,就你胡说八道,人家还没过门,哪能叫嫂子?叶小苋说,过门还不容易?明天就办!郝曼臊得实在不行,悄悄溜了。叶小苋拉了一下鲍子,说,还不赶紧追去!鲍子就势也出了门。梅姑对鲍俪说,小曼这孩子人不错,市城来的,又是医生,跟你哥哥好般配哦!鲍俪说,太好了!正好爸妈让我来催婚,他们急着抱孙子呢!

正说着,就听门外有人大声说,鲍老弟妹妹就是我妹妹,我来看看妹妹!梅姑说,哦,一听就是二兰!果然,兰姐进来了。叶小苋介绍道,这位就是“小滋味”的老板娘,兰姐!鲍俪说,兰姐我也晓得,我哥头一次获奖,拍的就是兰姐!兰姐笑道,就是就是!那是他偷拍的,要不是偷拍,让我摆好架势，说不定能拿金奖哦！众人一听，都笑了。梅姑说，二兰你来得正好，你帮我做几个拿手的徽菜，我请鲍俪吃饭！兰姐说，梅姑哎，建林书记早就安排好了，还说一定要按招商的标准！梅姑说，这个建林，怎么又跟公家扯上了？明明鲍俪是我的贵客嘛！叶小苋说，梅姑，鲍俪是您的贵客，也是双溪的贵客，建林去张罗也对！梅姑说，那好，这顿饭算我请哦！兰姐跟鲍俪拉拉手，说，你们坐坐，我先去忙，不然到时候拿不出菜，梅姑非打我不可！梅姑笑了，举起手杖佯装要打，说，还不赶紧！兰姐捂着头，呵呵笑着跑开，两胯的肉颠得直晃。鲍俪本想说些客气话，又一想，人家诚心诚意，再说反倒显得生分。双溪人纯朴，氛围也好，难怪哥哥不愿回城里了。鲍俪仿佛发现了哥哥鲍子的秘密，心里不禁一阵暗喜。

太阳沉下屋脊，天井笼在一片阴影里。这时候，强强和菲菲手拉手地来了。梅姑把菲菲介绍给鲍俪。鲍俪说，菲菲我晓得，大网红嘛，我还是你的粉丝呢！菲菲本来是个大大方方的人，听鲍俪这么一说，突然不好意思，挽着强强的胳膊把头扭过去。梅姑又指了指强强说，这是强强，大学毕业，好能干哦！桃花渡那边都是他设计的，得闲你去看看！强强也被说得不好意思，跟鲍俪打了个招呼，说，梅姑，我妈让我来问问，晚饭是在店里吃，还是在家里吃？梅姑说，当然在家里，贵客嘛！强强说，晓得了，我这就回去把菜送过来！梅姑说，哦，跟你妈说，口味清淡，重油重色虽说地道，恐怕客人吃不惯！强强点点头，转身要走。叶小苋一把拉住强强悄悄说，你家酸菜泡得好，让你妈顺便给我装一瓶！强强答应一声，拉着菲菲走了。梅姑愣了一下，说，看没看见？强强和菲菲手拉手哦！叶小苋故意逗梅姑，说，梅姑眼好尖，我们都没看见嘛！梅姑认真地说，明明是手拉手嘛，两个人好上了！叶小苋和鲍俪都笑了。

那天的晚饭吃得好热闹，梅家老屋的天井里笑声阵阵，穿过织女巷传到老街。席间，一大家人围着鲍俪，你说一句，我接一句，说着说着就说到鲍子，说到鲍子就要提到婚姻问题，提到婚姻问题就提到郝曼。叶小苋突然说，哎呀，应该把郝曼喊来嘛！梅姑拍着脑壳说，哎呀，我就说缺个人嘛！小鲍子，赶紧打电话！鲍子不好意打，华建林打通郝曼的电话，把电话给梅姑。梅姑对着电话说,小曼,赶紧来吃饭!你不来,这饭吃不香!

不多时,郝曼来了。梅姑特意让她坐在鲍子和鲍俪中间。郝曼开始有点不好意思,说说笑笑间,慢慢也放开了。鲍俪和郝曼聊得投机,不聊不知道,一聊吓一跳。郝曼和鲍俪竟然是同年同月生,就差同日了。鲍俪端起酒杯,对郝曼说,缘分啊!欢迎加入鲍家!一桌人听了,一起鼓掌。郝曼脸上一阵红一阵白,身子扭来扭去,一不留神把杯中的饮料都弄洒了。鲍子也一脸尴尬,手不知往哪里放才好,一双筷子都拿倒了。

饭后,一屋子人一起说闲话。叶小苋急着赶回镇上照顾阿欢。刚刚开学,万一阿欢又惹出乱子,跟老师不好交代。华建林正好明天一大早要去镇里开会,于是两口子一起回镇里。一上车,叶小苋发现兰姐泡的那瓶酸菜漏汤,于是赶紧从包里拿出来。华建林吸了吸鼻子,连叫好酸。叶小苋说,又不是给你吃!华建林说,这东西哪个稀罕?!叶小苋说,哼!你不稀罕,有人稀罕!华建林说,哪个?叶小苋说,你孩子!华建林愣一下,接着傻笑几声,一把拉住叶小苋,说,真的?!叶小苋在华建林脸上狠拧一把,说,你干的好事,还想赖账!华建林疼得牙一龇,捂着腮帮子大笑,说,哈哈,三喜临门哦!

第三十一章　三喜

华建林所说的“三喜临门”，不是信口开河，而是确有其事。

一喜是叶小苋怀上二宝。往大里说，这是积极响应国家“二孩”政策；往小里说，这是添人进口家宅兴旺；再往私下里说，证明两口子机能良好马力十足。这一喜确定无疑。二喜是省中医药大学“新安中医药产学研基地”落户双溪，华建林已和校方代表饶宇签订合作意向书，只待进一步推进落实。该项目对双溪的意义无须多说，华建林一句话概括，好比是为双溪经济腾飞安装了“V8 涡轮增压发动机”，简直牛得很！这当然是喜事，还是大喜事！三喜更是让叶小苋开心。按照中组部《关于进一步加强大学生村官工作的意见》相关规定，以及省、市对“三类人”使用有关规定，县委再次把华建林列入乡镇副职（副科）干部提拔任用名单，并且作为重点培养对象。陈镇长已经给华建林打过“预防针”，牢记党旗下的誓言，不忘初心，个人服从组织，不许讨价还价！小小副科，说升官发财那是封建意识，说仕途进步没有问题，呆子都晓得是喜事！

三喜临门，叶小苋自然欢喜。不过，华建林遇到难题：除了叶小苋怀上二宝这一事实不可改变，后面“两喜”只能选择其一，或者说都有变数。说起来，原因由基地项目而起。自从华建林和饶宇签订合作意向书之后，其他乡镇眼看合作无望，纷纷跑到县委反映情况，说白了就是告状。角度不同，话题各异，综合起来，不过两点。一是华建林这家伙鬼头鬼脑，不正当竞争，私下与校方代表签订意向书，相当于背后下黑手，摆了兄弟乡镇一道，实在太不厚道！二是放眼全县两百多个行政村和社区，双溪近几年各项发展都排在前列，算是发达地区，如今好不容易有个好项目，又让华建林抢走，岂不形成“马太效应”——富者恒富，穷者恒穷？如此一来，严重挫伤了落后乡镇的积极性，有悖于共同富裕的宏大主题，对全县乡村振兴一盘棋大为不利！为此，县委常委会作为议题，拿到桌面上讨论，意见虽有不同，但大多数倾向于双溪应该主动放弃，把机会让给其他落后乡镇。县委方书记从大局着眼，当众拍板，双溪让出基地项目。

最先得知这个消息的是陈镇长。本来，基地项目落户双溪，不仅为镇里增光，还能为他去掉“代”字助力，简直两全其美。为此，陈镇长沾沾自喜好多天，暗地里打着小算盘，不承想县委突然要求双溪主动放弃，他心里顿时凉了半截，当即跑到县委找方书记据理力争。方书记不慌不忙，全局分析，大处着眼，宏观论证，结论是双溪放弃，利大于弊。陈镇长心里不服，当面却不敢说，借故说华建林那人死犟，怕他想不通，影响工作！方书记呵呵一笑，说华建林马上到县文旅局工作，想不通也得想通！陈镇长又是一惊，说，方书记，我们镇里正缺人才，您把他调走我怎么办？方书记说，全县一盘棋，是你一个镇重要，还是全县重要？陈镇长不服，说，方书记偏心！方书记无奈地苦笑，说，同志啊，对于全县，我就一个心，能往哪里偏？还不都是为了全县发展吗？陈镇长想不通，说，反正方书记就是偏心！方书记说，好了好了！别闹情绪，回去好好做做华建林的思想工作！陈镇长说，那小子犟得跟老牯牛一样，我没的办法！方书记拍拍陈镇长的肩说，这事啊，全靠你陈书记哟！陈镇长一听方书记叫他陈书记，没有加“代”字，心头一喜，马上改口道，请领导放心，我放牛娃出身，再犟的牛，都能拿下！

当天下午，全镇经济会议结束后，陈镇长把华建林留下，说请他喝茶。华建林晓得醉翁之意不在酒，陈镇长的茶不是好喝的，自然在心里做好了准备。实话实说，面对华建林这头犟牛，陈镇长这个“放牛娃”也不敢大意。两个男人面对面，一壶红茶，一泡接一泡，喝饱了，镇长才绕着弯子把事情跟华建林说了。华建林听了并不激动，当面也不表态，嚼着一片茶叶，半天才说回去想一想。毕竟落差太大，陈镇长赔着笑脸，给华建林一个心理缓冲空间,送到门外还不忘叮嘱华建林,格局打开!格局打开!

事实上,华建林说回去想一想,主要是腾出时间来,跟叶小苋商量商量。往常,叶小苋一直埋怨华建林遇事不跟她商量,这回看在未来儿子的面子上,不妨商量商量。叶小苋向来讨厌把公事拿到床上说,这一点华建林晓得。不过,这事说是公事也是私事,公私兼有,算是“擦边球”,于是华建林就在床上跟叶小苋说了。不料,叶小苋听罢,不但不生气,还认真地思考一番。基地落户双溪,当然是好事。毕竟双溪是家乡,家乡发达,哪个不高兴?群里都当真事一样讨论了。何况为了这个项目,华建林下了好多功夫,还计划依托基地,建一个养老院,把双溪的老人养起来,梅姑自然也在其中。话又说回来,华建林被提拔到县文旅局工作,虽说是副科,但也算升迁,叶小苋也高兴。别的不说,将来两个孩子可以在县城接受教育,肯定比镇上好得多!问题是二者选其一,叶小苋头疼了,抱着枕头想了半天,一时没有主意,忽闪着大眼睛问华建林,你怎么想?华建林说,想听真话还是假话?叶小苋拧了他一下说,废话!华建林搂着叶小苋说,说实话,一言难尽啊!叶小苋靠在华建林胸口上,说,那就慢慢说嘛!

对华建林来说,确实一言难尽。从当年选择当村干部这条路开始,华建林就想当官,当大官。这一点,叶小苋晓得。不过,呆子都晓得,当大官要从小官干起,所以选择先回双溪,埋头使劲,要搞出一个“双溪模式”,引起关注,一步一步实现目标。华建林确实努力,上任就要“一肩挑”:一是为了干事顺当,从成立“乡愁银行”到成立合作社,从请菲菲来双溪“吆喝”,到成立“网红学院”,甚至眼下争取基地落户双溪,这一切都在计划之中;二是照顾好梅姑的晚年,给梅姑养老送终。当年,他们的父母遇难后,梅姑一手拉一个,把他和叶小苋从桃花渡领回梅家老屋时,华建林就把梅姑当成世上唯一的亲人了。在梅家老屋,华建林和叶小苋长大成人,成家立业,风风雨雨,都离不开梅姑。如今,双溪成了全县的先进,第一大任务算是完成。但是梅姑健在,华建林觉得任务还没完成,责任在肩,不放心啊!更重要的是,他研究出来的“职场五步法”中的“双溪模式”还没形成。没有这一步,下面没法走嘛!当然,为华姓人在双溪立牌坊的事,更谈不上了。

已是凌晨,华建林把自己的想法原原本本地说了,仿佛把心扒出来晒了一遍。叶小苋的印象中,华建林不是爱说话的人。谈恋爱的时候,除了爱动手动脚,也是个闷葫芦,就连说“我爱你”非要用蹩脚英文,不然说不出口。实话实说,头一次听华建林说这么多心里话,叶小苋好感动,眼圈潮了,后悔过去错怪了华建林。华建林说,小苋,这是大事,我想听听你的意见!叶小苋小鸟依人,闭着眼睛说,我听你的!华建林长叹一声,说,晓得了!

两天后,县委组织部通知华建林去谈话。临行前,陈镇长反复提醒,抓住机遇!华建林笑笑,表示感谢。见到组织部领导,华建林表示不愿离开双溪,理由是自己尚不成熟,还需要锻炼,同时还表示,不愿意放弃基地项目。组织部把情况报告给方书记,方书记笑而不言,打电话给陈镇长,下了死命令,说,不把华建林的工作做好,你的“代”字去不掉!陈镇长一听,顿时头大了,说,这个犟牛好难搞嘛!方书记说,你不是吹过牛,说你从小就是放牛娃嘛!陈镇长哑口无言,表态道,方书记放心,我一定降伏这头犟牛!

当天,陈镇长赶到双溪时,华建林正在陪鲍俪参观古村,围绕民宿话题谈得兴起。陪同参观的除了鲍子,还有强强和菲菲。参观已毕,一行人来到老祠堂村部,继续畅谈民宿话题。从游客流量到双溪特产,从历史渊源到风俗民情,从两小时半径城市分布到立体交通现状,鲍俪都一一了解,就连即将落户的基地项目规模,也做到心中有数。最后,鲍俪说,建林书记,双溪民宿项目大有可为,如果愿意,可以合作!华建林说,我当然愿意,可是投资太大!鲍俪爽快地说,投资我负责,你负责做好老屋的流转租赁!华建林挠挠头说,让我想想!强强说,这有什么好想的?能干!菲菲马上跟着说,绝对能干!直播的时候,好多人说想来双溪玩,就是担心食宿不方便!华建林说,考虑要周全嘛!房主的工作怎么做,你们考虑过吗?强强说,利益驱动!有钱赚,哪个不愿意?菲菲说,可以先在“双溪人”群里摸摸底!鲍俪说,这主意不错,先摸摸底,统计一下,可以大致算出投资额!华建林又挠挠头,对强强说,这事我跟你爸商量,再开个会!强强说,我爸那脑壳，不说还好，说了搞不好弄砸了！华建林说，工作程序嘛！菲菲说，程序太多，害死人！华建林脸一寒，摇摇头，没有说话。鲍子马上打圆场，说，反正不是着急的事，一步一步来！大家都无话可说，于是各自散了。

就在这时候，陈镇长找上门来，还没进门就大喊，华建林！你给我出来！华建林听出是陈镇长，赶紧迎出去。陈镇长说，打你十几个电话也不接！不是规定二十四小时保持通信畅通吗？华建林掏出手机一看，果然有好多未接电话，于是解释说，手机静音了！来了一个外商，在谈合作！陈镇长说，你还有心搞招商？我的帽子马上就戴不住了！华建林笑道，领导，这话怎么说？陈镇长说，我不是你领导，你归县委领导！华建林说，你看看，八字没一撇的事嘛！陈镇长说，方书记给我下了死命令，你要不去文旅局上任，我的"代"字去不掉！华建林一愣，说，真的？陈镇长说，难道非要看我"下班"你才快活?！华建林赶紧请陈镇长坐下，陈镇长扶着桌面，慢慢坐下半个屁股。华建林端上一杯茶，悄声问，痔疮犯了？陈镇长说，都是让你气的！华建林说，领导，讲不讲理嘛，没听说过能气出痔疮的！陈镇长扑哧一声笑了，叹了一口气，说，建林啊建林，让我省省心好不好？从村里直接提拔到县文旅局，多少人眼红，老弟啊老弟，听人劝，吃饱饭，晓不晓得？好好去当你的副局长，有县领导重视，以你的本事，不出三年就是一把手，多好的机会啊！华建林说，谢谢领导，这事我得跟老婆商量商量，小苋的脾气你晓得！陈镇长撇撇嘴说，哼！你华建林不是吹过牛，说什么除了夫妻生活，大事小事都不跟老婆商量吗？华建林憨憨一笑，说，那是过去，如今改过自新了嘛，大小事都要汇报！陈镇长无奈地说，好吧好吧，家庭和谐也重要！不过，我再次提醒你，你还年轻，别让上头失望，错过这个村就没这个店！华建林说，晓得！

那天晚上，华建林搭陈镇长的车回到镇上，已经八九点了。当晚，华建林和叶小苋商量了两件事。先说的是民宿问题。叶小苋好兴奋，说，我想干！华建林说，是鲍俪投资！叶小苋说，那我当个小股东嘛！华建林想了想，说，这事得跟鲍俪商量！叶小苋说，我找鲍子，鲍子还是我公司的"原始股"呢！华建林说，党员干部家属经商办企业，要慎重！叶小苋说，哼！搞得好像你真当上副市长似的,我参与搞民宿,还不是为了双溪发展?跟你搞乡村振兴有什么两样?!华建林说,为了双溪是不错,但是你还是干部家属嘛!叶小苋急了,说,照这么说,要不离婚,我不连累你!华建林说,你看你看,说得好好的,怎么急眼了呢?我是说要按规定妥善处理,又没说不能干嘛!

接下来,又说到提拔的事。华建林开诚布公,主张留在双溪,为了不放弃基地项目,让项目落户双溪。这倒不是说他不想去县里工作,而是时机尚不成熟,参照他总结的“职场五步法”,关键的“模式”还没有形成,擅自挪窝,一旦做成“夹生饭”,岂不前功尽弃?不管怎么说,华建林在基层工作十来年,大小也算混过官场,听过见过的事也不算少。他坚信,组织的眼睛是雪亮的,有成绩组织迟早会看到,提拔也是迟早的事。但是,对双溪来说,像基地这样的好项目百年一遇,一旦错过,就不晓得猴年马月才有机会。华建林反复掂量,就算得罪上级,提拔不成,用一个副科的位子,为双溪换一个好项目,划得来啊!

这一次,叶小苋出奇地贤惠,用深情一吻,支持华建林的决定,但是又怕耽误华建林的仕途,一时拿不定主意,建议明天一起回双溪,跟梅姑商量商量。

转天一大早,叶小苋和华建林把阿欢送到学校,一起回到双溪。在梅家老屋东屋里,叶小苋和华建林跟鲍俪和鲍子谈合作办民宿的事。听说叶小苋有意合作办民宿,鲍俪好高兴,鲍子也高兴。叶小苋说,鲍哥,我参加也代表你参加,别忘了你还是我公司的“原始股”呢!鲍俪看了看鲍子,说,哥,你不是搞摄影吗?怎么还搞投资啊?鲍子说,我那不叫投资,叫帮忙!叶小苋说,不管是投资还是帮忙,反正我们绑在一起了!华建林说,没有鲍哥当初帮忙,哪有今天小苋这个老板娘?叶小苋说,那还不都怪你?你要是大老板,我宁愿当甩手太太!华建林看了看鲍子,尴尬一笑。鲍俪心眼灵光,马上伸出手来,说,小苋姐,你这个股东我认定了,合作成功!

和鲍家兄妹又说了一些民宿话题之后,叶小苋和华建林去楼上找梅姑。梅姑正坐在床沿上翻老相册,见叶小苋和华建林一起来了,以为两个人又磨上了，不免一番劝解。叶小莞憋不住话，把华建林的事说了。梅姑听罢，想了想说，老话说，男人有三运。一运生，二运娶，三运读书中科举。生，不由你定，就不说了。娶，你和小莞是青梅竹马，叮叮当当的，也还过得去。读书嘛，你上了大学，好歹拿了文凭，也不错。就是当官这条路才开始。人往高处走，要去当官哦！叶小莞听梅姑说应该去当官，立场马上变了，说，我看也应该去！华建林低下头，揉着眉心，没有吭声。叶小莞说，梅姑，建林舍不得您哦！梅姑说，放心吧，我嘛，一时半会儿死不了。再说还有鲍子在嘛！华建林说，鲍哥是城里人，不可能永远在双溪嘛！梅姑说，我看他会！叶小莞突然站起来说，我现在怀孕在身，做事不方便，不如我把镇上超市盘掉，公司也关了，回双溪来陪梅姑，你放心去县里！华建林说，那阿欢上学呢？叶小莞说，先转到村中心小学，等你在县城扎下根，阿欢正好上中学！梅姑好欢喜，拍着巴掌说，好嘛好嘛！这样一来，梅家老屋又要热闹了哦！

第三十二章　白露

鲍俪离开双溪回深圳那天，网上发布华建林的任命公示。那时白露已到，昼热夜凉，家家户户的瓦檐上有了露痕，水圳台阶像洗过一样，越发地干净爽目。半月潭水面如镜，映出蓝天白云，彩画一样清新。

此次和华建林一起公示的六个科级干部中，华建林最年轻，也是唯一一个直接从村干部中“冒”出来的。“双溪人”群里除了祝贺，还展开热烈讨论。有的说华书记走了，不晓得会来一个什么书记。有的说来了新书记，不晓得能不能把双溪带好。有人说，基地项目没落实，华书记走了，这事怕是要黄哦！有人出主意，搞一次集体签名，到县里上访，争取把华书记留下来！叶金波作为代群主，看见“上访”两个字，魂都吓飞了，马上劝导大家。这次没发语音，而是文字。叶金波说，建林书记到县里工作是组织安排，也是双溪为全县贡献了一个人才，大家应该支持和祝贺。当然，建林书记走后，双溪人更应该团结起来，把各项干上去，不辜负建林书记这么多年的付出和努力！

那天早上，在“小滋味”吃馄饨的时候，鲍子看到叶金波发的这段文字，觉得很有水平，就问兰姐。兰姐悄悄说，他哪有那水平？是强强帮他打的字，让他发的！鲍子笑了，说，强强这孩子有水平！兰姐说，大学生嘛，没点水平，书不是白念了？我那钱不是白花了？鲍子点点头，说，强强这孩子将来能当大官！兰姐一听，心里乐开花，说，鲍老弟，借你吉言，要是真能那样，馄饨我包你吃一辈子！鲍子说，等着瞧！正说着，强强和菲菲一起来了。强强两眼通红，气色不好。鲍子说，强强，又熬夜了吧？强强笑了笑，递上一本厚厚的方案。菲菲说，为了这个，他熬了好几个通宵！兰姐说，这孩子，身体重要，还是工作重要？强强笑了笑，说，都重要！鲍子打开方案一看，是关于双溪民宿的方案，从闲置老屋的数量和现状，到各家各户的面积和位置，甚至每位房主的诉求，一一详述。此外，强强还对未来双溪民宿的总体风格和功能进行了设计，出了三个方案，做出效果图。其中一个方案，让鲍子眼前一亮。征得强强同意后，鲍子把强强的电子版方案发给了鲍俪。鲍俪随即回复，谢谢强强！

强强狼吞虎咽，正在吃早饭，手机响了。强强接过电话，说声好的，便丢下半碗馄饨朝外跑。兰姐说，大清早，饭也不吃好，急慌慌地搞什么？菲菲说，跟华书记约好的，去交入党申请书！鲍子说，这是大事，要抓紧！兰姐说，入党更要身体好，没有好身体，怎么为党工作嘛！菲菲无奈地说，我劝过他，他不听！兰姐叹口气，说，鲍老弟，得空你帮我劝劝，他听你的！鲍子说，晓得了！

鲍子从"小滋味"带回一碗豆腐脑，梅姑吃了，在天井里走一走。这时候，苏杏村来了。梅姑说，大清早来有事吗？苏杏村目光躲闪，说，没有要紧事，给梅姑送点贡菊尝尝，今年的新菊，我自己采的，自己焙的！梅姑说，谢谢你哦，年年有这份心！苏杏村说，应该的嘛，打我爷爷那时候，梅家老屋就没有断过苏家的菊花！梅姑说，是哦是哦，老管家是好人，梅家多亏了他！苏杏村说，梅姑别这么说，没有梅家，苏家也没有今天！梅姑叹了口气，说，哦，都是猴年马月的事，不提了，不提了！苏杏村点点头说，泡点菊花，请梅姑尝尝！梅姑说，泡菊花要现烧水才好！鲍子听到，马上起身去烧水。苏杏村看了看鲍子的背影，走到梅姑面前，小声说，梅姑，有件事不得不跟您说！梅姑看了看苏杏村，点点头说，说嘛说嘛。苏杏村不曾开口，先叹一口气。梅姑说，说嘛，天塌不了哦！苏杏村又叹了一口气，说，我愧对梅姑，不好意思说嘛！梅姑好不耐烦，说，杏村啊，你这温暾水的性子，肉死人哦！苏杏村赶紧说，我说，我说！

苏杏村所说的事，跟一只脉枕有关。这只脉枕跟梅姑有关。

双溪人都晓得,梅、苏两家历代交往密切。苏杏村的爷爷曾在梅家当过几十年的管家,因此情同一家。新中国成立后,苏杏村的爷爷离开梅家老屋,不再当管家,但凡梅姑有事,还是操心,直到去世。苏杏村自小身子弱,干不了农活,不过脑壳不笨,“文革”期间初中毕业,常来梅家老屋,跟梅姑学习开方配药,渐渐掌握不少东西。20 世纪 70 年代,大搞农村医疗,公社请梅姑去当赤脚医生。梅姑想给苏杏村一个生计,就推荐苏杏村。梅姑的推荐自然有力度,公社录用苏杏村参加培训。临行前,苏杏村来梅家老屋看梅姑,梅姑给他两样东西:一支老派克钢笔,一只脉枕。钢笔是梅姑当年在上海念洋学堂时用过的,倒不稀奇。那只脉枕是梅二先生用过的,来历却不一般。那是一只唐三彩瑞兽脉枕,是梅二先生的师父“张半方”的遗物,传说好几代医家用过,救过无数病人的命。梅姑把脉枕送给苏杏村,意思是勉励他好好当医生,多多救人。苏杏村当然晓得,发奋努力,年年得到表扬。有一年秋冬,山里出现“咳瘟”。各村孩子病了一拨又一拨,日夜咳嗽,越咳越重。公社上报县里,县医院派人下来,又是打针又是吃药,就是治不好。当时,苏杏村的儿子苏爱华才一岁,也染上“咳瘟”,咳得两眼发呆,瘦成皮包骨。苏杏村哭着来找梅姑。梅姑想了半天,到山里采了五六味草药,又煎又熬又焙,用蜜调好做成药丸,苏杏村拿回去,给苏爱华服了药,三五天就转轻,七八天就好了。苏杏村好兴奋,把消息告诉公社,公社报告县里,于是全县各村架起大锅,按照梅姑的方子熬药,做成药丸,凡有患儿免费领取,不过半个月,一场“咳瘟”就被镇住了。后来这件事上了县里广播,广播里说梅姑是大山里的“向阳花”。双溪人听了都摇头,说这个广播员胡说,梅姑明明是个活菩萨嘛!

改革开放后,苏杏村要求上进,通过进修,转成不赤脚的正式医生,调进县中医院。不过,不管走到哪里,梅姑送的派克笔和脉枕苏杏村都带在身边。那支笔随身带着随时用,倒也方便。那只脉枕是瓷器,怕有磕碰,就放在家里的书柜里。退休后,苏杏村留恋双溪,经常回来看看。华建林脑袋灵光,人尽其才,聘请他在双溪卫生室上班,有病人就看病,没病人就四处走走,倒也自在。郝曼来到双溪成为驻村医生,有苏杏村搭把手,自然更轻松了。前不久,苏杏村回县城家里,突然发现那只脉枕不见了,一问老伴才晓得,让儿子苏爱华拿去了。苏杏村一听苏爱华拿去,赶紧上门追讨,不料苏爱华说卖了!苏杏村问,卖给哪个了?苏爱华说,还能是哪个?你老同学呗!苏杏村马上明白,卖给樊思仁了。樊思仁是苏杏村的初中同学,来往不断,对那只唐三彩瑞兽脉枕一直垂涎,只是苏杏村不愿意出手。有一次,苏爱华偶然碰到樊思仁,樊思仁就提到那只脉枕,说那是“大开门”,好值钱。苏爱华当时正想换一辆好车,于是就跟樊思仁谈妥,以二十五万转让。苏杏村一听,差点气晕过去,赶紧跑到樊思仁家去退款。可樊思仁说,脉枕是他代人收购,在他手上才玩两天,就被北京一个大收藏家收走了。至于价格,他不愿透露。苏杏村气得当即和樊思仁绝交,大骂樊思仁是文物贩子!

梅姑听罢,笑了笑说,哦,我以为好大事,不就一只脉枕吗?卖就卖了吧。苏杏村说,那是梅家的东西,让我那个不争气的儿子卖了,说不过去嘛!梅姑说,那倒没什么,可惜没落在医家手里,不然还能多救活人哦!苏杏村揩了一把老泪,哆哆嗦嗦从包里取出一大摞子钱,捧给梅姑说,梅姑,我实在没有那么多钱,这里是十万,先放在这里!梅姑马上拉下脸来,说,杏村,把钱拿走,不然往后你别来梅家老屋!苏杏村扑通一声,跪在梅姑面前,说,梅姑,您不收下这钱,我心里不安嘛!梅姑拉苏杏村起来,说,杏村啊,你也七十岁的人了,还为钱烦恼,划不来哦!苏杏村说,我对不起梅姑!梅姑拍拍苏杏村的手,望着四水归堂的天井,说,这世上,该是哪个的就是哪个的,强拿不走的!苏杏村低下头说,晓得了!正在这时,鲍子提着开水来了。梅姑说,哦!今年的新菊,赶紧沏上,败败火!

那天,吃过中午饭,梅姑没有照例睡午觉,而是打开祖堂的门,独自关在里面。鲍子悄悄跟过去,从窗缝里偷偷看,见梅姑坐在梅二先生的相片前,呆呆地想些什么。鲍子不敢打扰,蹑手蹑脚地回到自己房里,一边摆弄相机,一边侧耳留心楼上的动静。过了好久,吱呀一声,祖堂的门响了,接着走马廊里响起手杖的笃笃声。鲍子赶紧跑到天井里,抬头一看,梅姑正坐在美人靠上,沐浴在午后的阳光里,白发如雪,抬头望着天井上的一方蓝天。蓝天上有一群大雁飞过。鲍子举起相机，按下快门。阳光、蓝天、大雁、梅姑在天井的方格中同时定格。鲍子好兴奋，不禁叫了一声，好美！梅姑似乎一惊，扭过头来对鲍子，说，看哦，有只大雁落队了！

秋日斜阳，暖意满满。梅家老屋的天井里，笼着一层沉着的色晕，与一方蓝天融为一体。江红霞来的时候，梅姑已经下楼。江红霞给梅姑织了一条红围巾，梅姑试了试，连说好欢喜，于是拉着江红霞坐在身边说话。江红霞拿出手机，把华枫在学校的照片给梅姑看。照片中，华枫站在省中医药大学的大门前，青春阳光，笑得好开心。梅姑说，好哦好哦，双溪的医脉断不了了！江红霞说，梅姑，华枫打电话来，说他在学校听了一场报告，是饶博士做的，报告里还夸了梅姑呢，说梅姑是大山里守护中医的天使！还说梅姑的偏方是中医的宝贵财富！梅姑想了想，平静地说，那些偏方不是我的，是老祖宗的哦！

正说着，华建林来了，冲江红霞和鲍子使个眼色。江红霞起身和鲍子一起进屋整理手机里存的视频。华建林坐到梅姑身边，拉住梅姑的手。梅姑说，你怎么还没去当大官？华建林笑道，不急！梅姑说，怎么不急？华建林说，双溪还有好多事没安排好！梅姑点点头说，哦，不把双溪的事安排好，双溪人会骂你！华建林说，晓得晓得！不过没有梅姑帮忙，怕是不好安排啊！梅姑一下把手抽回来，说，怎么又把我扯进去？华建林嬉皮笑脸地说，梅姑，跟您商量个事！梅姑说，说！华建林说，我说了，梅姑不能发火！梅姑说，我又不曾吃了炭，哪来的火？赶紧说！华建林低声问，梅二先生当年是不是有个师父叫“张半方”？梅姑一愣，说，问这搞什么？华建林接着问，梅二先生是不是整理过《新安医综》？梅姑半天没有说话，突然问，是不是那个饶博士让你来问的？华建林乖乖地点点头说，是！梅姑闭上眼睛，不说话了。华建林又把梅姑的手拉住，说，梅姑，要是双溪建一个大基地，专门种各种草药，能搞加工，能做实验，还能生产各种药，安排好多人去上班，您说好不好？梅姑说，那当然好，在哪块建？华建林说，梅姑说在哪块建好？梅姑想了想说，当然在天问山哦。华建林伸出大拇指说，梅姑好厉害，人家就是看上天问山了！梅姑说，那就赶紧建吧！华建林说，建不成哦！梅姑说，说这么热闹，为什么建不成？华建林挠挠头，偷偷观察梅姑。梅姑急了，说，你说嘛！华建林说，梅姑，建一个基地要花好多钱，对不对？梅姑点点头说，垒个鸡窝还要砖头呢！华建林说，双溪有没有那么多钱？梅姑说，怕没有！华建林说，那要是有人带钱来帮着建，我们干不干？梅姑说，哦，人家又不是痴鬼，凭什么帮你建？华建林一拍大腿说，梅姑说得好！人家确实不是痴鬼，人家有条件！梅姑说，无利不起早，人家图什么了？华建林说，人家想晓得梅二先生的《新安医综》藏在哪里。梅姑的脸沉下来，转过身抄起双手，不说话了。华建林说，好吧好吧，梅姑不愿意说，我也不问了，免得惹梅姑生气，我这就给人家回话，就说梅姑不晓得！梅姑望着天井，还是不说话。华建林拿出手机说，梅姑，我真要给人家回话了！梅姑淡淡地说，回嘛回嘛，就说我不晓得！华建林举着手机，呆在那里，不知如何是好。

第三十三章　晒秋

双溪的秋天，五彩斑斓，全赖一年一度的“晒秋”。“晒秋”是徽州乡俗，顾名思义，就是晾晒秋天的收获，然而晒出的却不仅仅是收获。收获本是大山的馈赠，山里人无意炫耀，不承想却晒出山外人眼里的高调和意境。秋风中，秋阳下，家家户户的院子、屋顶摆满大大小小的竹匾竹筛。辣椒芝麻，黄豆绿豆，花生玉米，干菜豆酱，咸鱼腌肉，五颜六色，层层叠叠，在蓝天白云之下，宛若巨大的调色盘，百看不厌。

自从来到双溪，鲍子一直心仪“晒秋”，每年都拍摄好多“晒秋”主题的作品。经华建林策划，鲍子曾在村委会老祠堂里办过一次“晒秋”主题摄影展，双溪人好喜欢。后来，华建林还曾计划把影展搞到县城，因为太忙，便搁置了。当然，全国各地报刊和网络上都发过鲍子的“晒秋”系列，只是鲍子都不太满意。

“晒秋”时节，中秋节临近，秋浦的桂花陆续绽放。秋浦又叫小秋浦，在双溪古村以西约两里，跨过兰溪上的石桥就能看得见。成片的小叶桂花树高高低低，散发着无尽的香。秋风干净，桂香随风飘荡，整个双溪都香了。秋浦桂花是华建林努力打造“旅游航母”的最后一部分。如果把秋浦的桂花炒热，双溪的“四季如花”也就圆满了。

在桂花尚未绽放之时，华建林曾把菲菲和强强找来商量，把宣传秋浦桂花的任务交给“网红学院”，借机再次检验一下“网红学院”的实力。实事求是，自从“网红学院”在双溪挂牌之后，菲菲和强强联手，搞过几次大活动，吸引好多网红过来，影响不小，效果不错。单从双溪下半年旅游人次来看，比往年同期翻了两倍还多。这个结果离华建林的预期还有差距，但比起其他乡镇，成绩已然十分傲人。华建林晓得人才是关键，也晓得如何驾驭人才，他毫不犹豫地给强强弄了一个副院长的头衔。强强得到认可，劲头更大。强强是个“理工男”，说话直来直去，不晓得绕弯，得罪人都不晓得，可是做起事来很卖力，新鲜点子比菲菲有过之而无不及。过去，论起创意，在双溪菲菲没有服过谁，现在只要强强一说话，菲菲头点得跟鸡啄米似的，偎在强强身边，像只乖乖兔，温顺得很。双溪人都能看出来，强强和菲菲好上了。老话说一物降一物，卤水点豆腐，没的办法。不过，叶金波和兰姐不太满意，嫌菲菲比强强大三岁。有一回，叶金波和兰姐来梅家老屋看梅姑，提起菲菲和强强的事，唉声叹气，一肚子不满意。华建林劝叶金波说，感情这事，你们满不满意没用，关键强强满意就好！叶小苋劝兰姐说，当初强强追菲菲，差点害了相思病，你恨不得磕头求人家，现在人家同意了，你又摆架子，说出去让人家笑话！梅姑凡事看得开，自然要发表意见，说，好亏强强找个大三岁的，万一找个大十三的，你们还能不认他这个儿？凡事往好处想，老话说，女大三，抱金砖哦！叶金波和兰姐没的办法，只好认了。至于能不能抱上金砖，也不计较了。

关于秋浦桂花的推广方案，菲菲拿出两个，走的还是宣传梅花、桃花、荷花的老套路，无非是搞搞文化节、办办摄影大赛之类，产品倒是考虑进去了，也就是桂花酱、桂花露之类。华建林看过方案，不太满意，但因忙于基地项目，没有精力过问太多，就让菲菲和强强商量。强强看过之后也不满意，随手把菲菲的方案扔垃圾桶里。菲菲当时好生气，当着众人的面便忍了。如果事情到这，也就过去了。问题是强强很快亲自做出一个方案，打印出来，摆在菲菲面前，敲了敲桌子，意思让她好好看看。副院长对执行院长如此态度，菲菲的自尊心受不了了，于是就跟强强吵起来，越吵越凶，附近卫生室的郝曼都被惊动了，赶紧过来劝。两个人都在气头上，郝曼劝了半天也没劝好，赶紧给兰姐打电话。兰姐随后赶来，把强强训了一通，顺便说了菲菲几句，无非是你比他大，要让着他之类的话。菲菲听了好委屈，以为未来婆婆嫌她岁数大，抹着眼泪跑开了。兰姐怕出事，推着强强去追。强强死要面子，坚持不去。兰姐气得六神无主，又给叶金波打电话，一句一个出事了。叶金波不明就里，赶来后问明缘由，顿时拿出当老子的架势，劈头盖脸地教训强强。谁承想强强不给老爸面子，说，你把村主任当好就行了，“网红学院”的事，不归你管！叶金波被搾得半天说不出话，打电话找华建林，偏偏华建林一直不接电话。叶金波面子上过不去，自找台阶下，说还要去打更队检查工作，转身走了，边走边嘀咕，这个建林，早不关机，晚不关机，偏偏这时候关机！

其实，华建林不接叶金波的电话，也是迫不得已。

那时候，华建林正在县委方书记办公室，和方书记上演一出“智斗”。这件事说来话长。华建林此次被破格提拔，虽说符合组织程序，但主要还是方书记在县委常委会上力挺。方书记之所以坚持把华建林用在文旅局这个岗位上，有两方面的原因：一是方书记对文旅局近几年的工作不满意，一个旅游资源大县却没搞出大名堂，简直是暴殄天物；二是华建林在双溪旅游上一连串的操作，尤其是“网红学院”和七夕之夜，影响很大，得到市里主要领导的多次表扬。全县像双溪这样的村庄一百多个，如果都能像双溪这样，那全县旅游一盘棋就下活了，旅游大县的形象就树起来了！当然，常委会上也有人提出不同意见，认为华建林一个村支书，没有全局工作经验，恐怕不堪重用。方书记马上反问，现在的文旅局班子倒是都有全局工作经验，这几年又干出什么名堂了？使用干部，要突破传统观念，有些年轻干部不是没能力，而是没机会！同志们，我们要反思啊！一提反思，问题就变复杂了，顿时杂音全无。不过，毕竟是破格使用，方书记还是不放心，特意找华建林来谈一谈，做一些交代。尤其想听一听华建林对全县“互联网+旅游”工作的想法。

华建林脑壳好使，有备而来，先感谢领导关心，并表示一定好好工作，不辜负领导的栽培。方书记好满意，拍了拍华建林的肩膀，表示欣赏。接着，华建林又说，虽然领导安排得很好，但是我不能来，如果来了会给县里添麻烦！方书记一怔，问，这话从何而来？华建林不慌不忙，打开手机，把

"双溪人"群里要联名到县里上访那一段截图给方书记看。方书记看过之后，笑了笑说，群众对干部有感情，想留人，说明你干得好，得民心啊！华建林说，报告方书记，其实，不是双溪人想留我！方书记好奇，问，那为什么？华建林说，因为我欠双溪人一笔债！方书记一愣，问，这话是什么意思？华建林故作难言状，半天没说话。方书记说，吞吞吐吐，有话就说嘛！华建林又一番为难，这才慢慢说，实话实说，都是因为基地的事！本来，双溪人都晓得项目要落户双溪，现在要让双溪放弃，乡亲们当然不服，商量好了，要上访！方书记笑了笑说，有这么严重？华建林说，报告方书记，上访的事我能拦住，可是双溪有好多"网红"，万一哪个把这事捅到网上，引起舆情，影响就大了！方书记摘下眼镜，皱了皱眉，上下打量着华建林，把华建林看得心里发慌。方书记突然笑了笑说，恐怕不是双溪人的想法，是你华建林自己的想法吧？华建林突然站起来说，报告方书记，实话实说，我也有这个想法！方书记沉下脸来，半天才说，让双溪放弃基地项目，是经县委常委会研究的，我拍的板！华建林搓了搓手，说，对不起，让方书记为难了！不过，合作是双方的事，万一人家非要跟双溪合作，您看是不是可以重新研究？方书记闭上眼睛想了想，把华建林按在沙发上坐下，拉过一把椅子坐在对面，微微一笑说，华建林啊华建林，我早就说过，你这家伙不仅想干能干还会干，是不是又有新点子？说说看！华建林说，在书记面前，我哪敢有新点子？不过是两点不成熟的想法。方书记说，别谦虚，直说！华建林点点头，说，一、如果把基地项目落户双溪，我可以不要提拔，还留在双溪！方书记看着华建林，点了点头说，接着说！华建林接着说，二、如果人家非要跟双溪合作，请县委和方书记多多支持，让我还了这个债，也好放下包袱，轻装上阵，投入新的工作！方书记又点了点头，问，还有吗？华建林马上站起来说，报告完毕！方书记站起来，拖着步子走了走，突然笑了，指着华建林说，你啊你，为了双溪，用心良苦哦！这样吧，不管是双溪百姓的想法，还是你个人的想法，这都很正常，我个人支持！华建林说，谢谢方书记。我还有一个小小的请求，不知当说不当说？方书记呵呵一笑说，当不当说的，你都说了，还在乎一个小小的要求？说！华建林说，到文旅局工作的事，能不能缓一缓？如果不能缓，能不能让我兼双溪村委会的工作？我想干到年底！方书记眉头一紧，说，说说理由。华建林一番为难，才说，我答应过父母！方书记说，哦，你父母还在双溪？华建林摇摇头，说，我七岁时，他们就去世了！方书记一惊，点点头，示意他接着说。华建林解释道，那年夏天，他们外出打工，为了省钱走水路，途中遇难！方书记低头想了想，说，当年我在你们镇上挂职，听说过这件事！华建林说，我在父母坟前发过誓，要把桃花渡的事办好！方书记点点头说，这个心愿要完成！

那天，华建林从县城回到双溪，已是上灯时分。来到老祠堂村部，华建林马上给饶宇打电话，把和方书记的谈话跟饶宇简短地说了，最后说，兄弟，项目落户双溪全靠你了！饶宇说，我的方案学校已经批复，和双溪签的意向书也得到学校认可，专家组一致认为，从各方面条件考虑，基地建在双溪最合适，不会考虑其他地方。至于县委县政府那边，校方会出面做工作！华建林压抑着兴奋，说，非常抱歉！我问过梅姑，关于《新安医综》的事，她说不晓得！饶宇想了想说，梅姑一定有难言之隐，不必强求。不过，我声明，项目落户跟这事没有关系！华建林说，晓得晓得，一码归一码嘛！

从老祠堂出来，华建林打算去梅家老屋，刚走上老街，见强强匆匆忙忙地跑过来。华建林说，强强，急慌慌地搞什么？强强说，菲菲找不到了？华建林说，怎么回事？强强就把跟菲菲吵架的事说了。华建林马上拿出手机打菲菲电话，电话关机。华建林问，工作室有没有？强强摇摇头说，都找遍了！华建林想了想，说，桃花渡！

入秋之后，桃花渡打卡的人数有增无减，好多人慕名而来拍短视频，因此在渡口处形成了一个小夜市，烧烤奶茶、儿童游乐、小吃杂货、露天K歌，应有尽有。华建林和强强找了半天，没有发现菲菲。这时，鲍子突然来电话，说菲菲在卫生室，醉酒过度，吐得一塌糊涂，正在抢救。华建林一听，脑壳嗡的一声，马上跟强强一起赶回双溪。来到卫生室，见一群人围着菲菲。菲菲脸色蜡黄，轻一声重一声地干呕。郝曼忙着给菲菲打吊瓶。叶金波见强强进来，上去要打，被鲍子拦住。强强上前抱着菲菲，一边哭一边说，傻啊你，不就吵个架吗？为什么喝这么多酒啊？

菲菲确实喝多了，一个人喝的，在小桃源。那天，华建功和江红霞去小桃源自家田里起花生，回来时天已黑了，拐到岔路口，见路边停一辆车，上前一看是菲菲的车，车门开着，一股酒气，却不见人，打开手机上的电筒四下一找，发现菲菲躺在路边草丛里，吐得周身都是，于是赶紧把菲菲送到卫生室。事情已经发生，怪谁也没用。好在郝曼下了结论，菲菲是空腹喝酒，又喝得太猛，导致急性酒精中毒，情况稳定，输液后应该不会有事。华建林这才放心，和鲍子一起回到梅家老屋。梅姑得知菲菲醉得不省人事，心疼得不得了，说这丫头在双溪无依无靠，好可怜哦！一面怪菲菲傻瓜，一面骂强强痴鬼，又让鲍子和华建林赶紧到苏家后院摘些拐枣来，捣碎熬水，送去给菲菲解酒。一切忙完，老街响起三更梆声。

秋浦桂花的推广方案定下来，是在一周之后。那时候，菲菲身体复原，和强强重归于好，卿卿我我，自不用说。方案是强强拿的，华建林拍板的。强强的方案很简洁，不搞文化节，也不搞摄影大赛，而是推出秋浦中秋“吃桂花糕，许桂花愿，结桂花缘”的体验活动。“桂花糕”双溪人家家户户都会做，也是梅姑的方法。“桂花愿”也不是强强无中生有，确有依据。双溪人都晓得，秋浦有两株老桂花树，据梅姑说她记事的时候就有那么大，少说也有百年的树龄。两株老桂相依相偎，形似夫妻，双溪人称“夫妻桂”。每年深秋，哪家孩子找不到对象，父母都会去老桂树下许愿，不烧纸不烧香，只要在“夫妻桂”上拴一根红绳即可，据说相当灵验。当年，叶金波找不到对象，他老妈八月十五当晚去许愿，在两株“夫妻桂”上系一根红绳，第二年叶金波去南方打工认识了兰姐，当年结婚，第二年就有了强强。

梅姑听说强强的方案，也觉得好玩，说八月十五那天，一定要去为鲍子许个愿，拴上一根红绳子。华建林说，好！到时候，我陪梅姑去，也替鲍子拴上一根红绳子，加加保险！梅姑说，哦，光替鲍子一个拴红绳子不行，还要替郝曼拴一根，把两根红绳子拴在一起，那才保险哦！华建林听了，哈哈大笑，说，那就按梅姑说的办！

鲍子为配合秋浦桂花推广，提前拍了好多素材，按照传说的故事，做了一个《桂花愿》的视频，分五集，一集三分钟。由菲菲和强强出镜。视频由菲菲的账号发布,效果自然不差。江红霞看了,没什么意见。梅姑看了说,这俩宝贝,看上去好般配哦!

第三十四章　囡囡

梅姑的梦越来越多,越来越魔幻了。

梅二先生在八月十五晚上前往“夫妻桂”为梅姑许愿,拴了好多根红绳子,一拴就断,就是拴不上。好好的红绳子怎么就拴不上?因为七喜在捣乱哦!梅姑说,阿爸发了好大的火,七喜吓得一下子蹿到树上,喵呜喵呜,叫个不停。叫着叫着,七喜一下子变成小白兔,还长上翅膀飞到月亮上去了。到了月亮上,七喜跟嫦娥姑娘玩在一起。你晓得哦,七喜好调皮的,坐在嫦娥姑娘怀里,不停捣乱。嫦娥姑娘正在捣药,就对七喜说,七喜乖!药还没捣好哦!七喜不听话,还是捣乱。嫦娥姑娘生气了,把七喜丢下来说,去吧去吧,去找梅姑玩嘛!

梅姑说梦的时候,叶小苋在梅家老屋的天井里,帮梅姑晒箱底。所谓晒箱底,其实是晒箱里的东西,去去一夏的潮气。每年逢秋晒箱底,是梅姑必做的大事,叶小苋一直记着,特意选了一个周末,带阿欢回来帮忙。梅姑有好多箱子,衣箱书箱帽箱鞋箱杂物箱,红木的牛皮的藤条的铜皮的,大大小小,各式各样,摆在天井里,满满当当,博览会一般。叶小苋手上忙着,顾不上听梅姑说梦,时不时应付两声,为的是不让梅姑觉得无趣。

相比之下,阿欢是梅姑说梦的忠实听众。梅姑讲得好认真,阿欢听得也认真。阿欢问,七喜回来找梅姑了吗?梅姑摇摇头说,七喜好调皮哦,梅姑不欢喜它!阿欢说,骗人!骗人!妈妈说七喜丢了,梅姑好伤心呢!梅姑摇摇头说,梅姑就是不欢喜七喜了,梅姑欢喜阿欢!阿欢笑了,说,我也欢喜梅姑！梅姑把阿欢搂在怀里，轻轻对阿欢说，I love you（我爱你）！阿欢搂着梅姑的脖子，在梅姑脸上亲了一下，说，I love you，too！

秋阳高照，天井里弥漫着老檀木箱沉沉的味道。梅姑人坐在天井的竹椅上做“天灸”。所谓“天灸”是梅姑的说法，其实就是晒太阳，梅姑把晒太阳叫“天灸”，把“艾灸”叫“地灸”。每逢春秋两季，是“天灸”的好机会。“天灸”时要选避风处，背对太阳，规规矩矩，一个时辰为好。梅姑说，“天灸”是老天给的福气，不敢马虎哦！

梅姑一边做着“天灸”，一边给阿欢说梦，说着说着，便打起盹来。阿欢调皮，上前推了推梅姑。梅姑说，别烦我，我要去梦里见阿爸哦！叶小莞把阿欢撵开，拿来一条红披肩盖在梅姑肩头上。明晃晃的太阳下，天井里黑白分明，梅姑一头白发，银丝一般分外显眼。毕竟怀着身孕，站久了腿肿，叶小莞不敢太累，忙完之后，便回东屋歇着去了。阿欢没有玩伴，自然闲不住，在晾晒的箱子间跳来蹦去，自顾自地游戏。几只彩色山鸟飞来，落在四水归堂的屋檐上，叽叽喳喳。梅家老屋顿时显得更加幽静了。

这时候，大门一响，有人来了。

梅姑慢慢睁开眼，朝门口望去。来人是程九阳。程九阳第二次来梅家老屋，刚一见面，梅姑就想起来了。梅姑说，侬好哦！程九阳说，侬好啊！叶小莞给程九阳端上茶，怕打扰程九阳和梅姑谈话，便领着阿欢躲到东屋去了。梅姑对程九阳说，大老远的，你来有什么事？程九阳说，我带来几样老东西，请梅姑看看！梅姑说，哦，好啊好啊！

程九阳此次带来两封信的影印件和一张照片，还有一张旧报纸的复印件。据程九阳说，查到这些资料着实不易，几乎找遍上海、南京、杭州一带的档案馆，多亏网上好多人帮忙，不然这些资料不知还会尘封多久。

那是一张黑白照片的翻拍，依然清晰。照片中有四个人，年纪相仿。孙大同和齐织云夫妇及梅二先生，都能认出来。只是另外一个穿修女服的女士不知是哪个。梅姑戴上老花镜，拿着照片，只看了一眼，便说，哦，许修女！程九阳问，许修女是哪个？梅姑说，当年上海教会学堂的修女。程九阳问，许修女跟孙大同和梅二先生什么关系？梅姑说，朋友哦！许修女有哮喘病，经常来药房拿药！程九阳说，梅姑到教会学堂读书是不是许修女介绍的？梅姑说，是哦是哦！头一天上学，阿爸要出诊，是许修女带我去的！哦，你不晓得，许修女会骑脚踏车，我跟她学的！程九阳说，许修女对梅姑很好？梅姑点点头说，你不晓得，她从不叫我梅姑，叫我囡囡！

那两封信是孙大同写给梅二先生的，时间分别是民国十四年(1926)五月十一日和八月七日。那时候，孙大同和齐织云夫妇应该在广东工作。两封信的内容，除了朋友间的问候，还提到两件事。五月十一日的信中，孙大同提到“梅兄所赐三方均有奇效，码头劳工皆受益，大恩不谢，谨于心底钦佩之至矣”。这里所说的“三方”，应该是三个药方。经多方查证，当时广东省港码头工人中流行时疫，大量苦力染疾后无钱医治。孙大同和齐织云从事“工运”，为救劳工于疾苦，拍电报向梅二先生紧急求援。梅二先生毫不怠慢，及时发去药方和药材，解了大急，度过疫情。在八月七日的信中，孙大同提及“《新安医综》之事，梅兄当及早妥善保存，以防不测。大同远在粤地，不能为梅兄分担一二，实感愧哉”！从这段话中，可以推出两点：一是梅二先生与《新安医综》不仅有关系，而且关系密切；二是《新安医综》面临危险，需妥善保存。至于以防什么不测，不好判断。

梅姑听程九阳念完信，沉默好久，接过信封看了看，说，《新安医综》的事，我不晓得！程九阳说，梅姑，按说那时候您应该记事了，难道从未听梅二先生提到过？梅姑有点不耐烦地说，我说过了，我不晓得！程九阳见梅姑不愿谈《新安医综》的事，便拿出一张老报纸的复印件。报纸是民国二十六年(1937)九月的，报道当年上海一个叫许居然的修女，勇斗歹徒，化解一起发生在法租界的绑架少女案。出于保护事主的目的，文中没有提及被绑架少女的姓名，但点明是某大药房老板之女。

程九阳把报道读过之后，问，梅姑，请问许修女保护的是您吗？梅姑平平静静，点点头。程九阳说，据报道称预谋绑架您的是两个日本浪人。我不明白，许修女一个弱女子，又患有哮喘病，自身都难保，怎么救下梅姑的呢？梅姑说，那时候，在上海，日本人不敢惹租界的修女，阿爸就请许修女保护我。那天，我和许修女一起去看电影，刚到电影院门口，两个日本浪人就冲过来要抓我。我吓得躲在许修女身后。哦,许修女手好快,从包里掏出勃朗宁,乓的一声,放了一枪,不晓得打到什么地方,两个日本浪人听到枪声,掉头就跑了！程九阳说,修女还带枪？梅姑说,那时候世道好乱嘛！程九阳问,许修女的枪从哪弄来的？梅姑说,枪是阿爸给许修女买的！程九阳点点头,说,报道中还说,日本浪人想绑架您,是为了让梅二先生交出《新安医综》,是不是？梅姑说,不晓得！程九阳点点头,问,后来呢？梅姑说,那件事发生后,阿爸不放心,就送我回双溪了。喏,一直都在梅家老屋！程九阳问,再后来,当年冬天就发生了那起爆炸案？梅姑点点头。程九阳说,爆炸案发生后,您赶到上海,那时梅二先生还没咽气,他跟您说了些什么？有没有什么重要的事情交代？梅姑叹了口气说,哦,阿爸对我说,千万不要再回上海,就在双溪,把梅家老屋看好！程九阳问,梅二先生去世后,梅家在上海的财产怎么处置？梅二先生有没有留下什么重要的东西？梅姑想了想,说,阿爸出事后,梅家的生意就不做了,上海的房产、物资这些,由许修女帮忙处理,一部分钱用于安置药房的伙计,还有一部分换成"黄鱼"了。兵荒马乱,其他都不重要哦！程九阳说,梅姑后来和许修女还有联系吗？梅姑点点头,说,回到双溪后,我和许修女有过书信往来。那年冬天,她来信说要来双溪看我,我好欢喜。可是左等右等,她没有来。后来她的一个朋友来信说,她哮喘病犯了,没有好药,实在受不了,就自杀了。哦,就用那把勃朗宁！程九阳唏嘘一番,说,当时有报道说,梅二先生跟许修女是情人关系,有没有这回事？梅姑听罢,脸一下子拉下来,说,瞎讲！程九阳也许意识到自己冒失,连忙起身道歉。梅姑再不说话,抬头看向四水归堂上方的天空。

天空好蓝,有几朵云飘着,淡淡的如一缕轻烟,不多时便不见了。

快到午饭的时候,华建林和鲍子回来了,和他们一起来的还有饶宇。"新安中医药科工贸基地"合作协议签订,正式落户双溪。此次饶宇请来国内几位中医药专家,来双溪座谈研讨,程九阳是其中之一。鲍子被华建林请去,现场拍了好多照片。菲菲也去了,专门做了一场直播。

饶宇和梅姑打了招呼,又说了一会儿话。强强跑来,说饭菜准备好了。

华建林陪同饶宇和程九阳去“小滋味”吃饭。鲍子本来不想去，华建林和饶宇强烈要求，于是鲍子也跟着去了。梅家老屋一下子清静下来。

叶小苋和阿欢在梅家老屋陪梅姑吃饭。阿欢狼吞虎咽，吃完就跑出去玩了。梅姑没胃口，喝了几口汤，就把碗筷放下了，不停地拍着胸口说好闷。叶小苋给梅姑泡了一杯菊花茶，加了两片山楂。梅姑喝了几口，打了两个嗝，看上去舒服多了，勉强又吃了半碗汤。

叶小苋晓得，梅姑心里不舒服。上午，梅姑和程九阳在天井里的谈话，叶小苋虽不在场，但隔着东屋的花格子门，也听得八九不离十。说实话，虽然跟着梅姑三十年了，这些话题叶小苋还是头一回听说，惊得汗毛直竖。比如说梅二先生和许修女的事，比如说日本浪人绑架梅姑的事。别说叶小苋不晓得，双溪怕是都没人晓得。不过，叶小苋也有自己的看法。程九阳是教授，搞学问的人怎么想，叶小苋不晓得，但程九阳有些话题伤到梅姑了。比如说，梅二先生和许修女是不是情人，就问得不好；还有日本浪人绑架梅姑的事，也问得太多，毕竟不是好事嘛！旧事重提，搁在哪个身上都会难过；再有关于《新安医综》的事，梅姑说了几遍不晓得，程九阳还穷追不舍，问个没完。梅姑向来能讲就讲，不能讲的无论怎样都不会讲。叶小苋想，梅姑一定生气了。

叶小苋收拾好碗筷，扶梅姑上楼休息。梅姑坐在床沿上，拉住叶小苋的手，突然说，我想阿爸哦！叶小苋坐下来，搂着梅姑，拍拍她的后背。梅姑说，为了我，阿爸受了好多委屈哦！叶小苋说，阿爸喜欢梅姑，心甘情愿。梅姑说，日本人逼他，拿枪逼他，阿爸都不怕，后来日本人动了歪主意，就要绑架我！阿爸不放心，就托许修女保护我，还给许修女买了一把枪！叶小苋说，日本人逼梅二先生是因为《新安医综》吗？梅姑看了看叶小苋，犹豫半天才点点头。叶小苋说，那梅姑为什么说不晓得？梅姑突然紧张起来，说，阿爸叮嘱过，这事不能对外人讲！你记住，千万不能对外人讲！叶小苋点头，说，晓得！梅姑说，因为《新安医综》，梅家的药房毁了，家业毁了，阿爸的命也没了。唉！要不是许修女，我的命怕是也要搭进去哦！叶小苋说，事情都过去几十年了，不想了！梅姑揩了揩眼睛，说，哦，许修女是好人哦！叶小苋说，那就躺下，好好做个梦，说不定能见到他们呢！

梅姑慢慢躺下，辗转反侧睡不着，突然坐起来，说，把老相册拿来！叶小苋从橱子里把老相册拿出来，递给梅姑。梅姑打开老相册，在最后一页的夹层里，抽出一张老照片。照片是在一座小花园拍摄的，其中有两个人，靠在一根雕花栏杆上，周围鲜花朵朵，阳光灿烂。叶小苋认出年轻时的梅姑，穿着西式长裙，亭亭玉立。另一个穿着修女服装，一定是许修女。梅姑说，这就是许修女，好漂亮哦！叶小苋点点头，说，梅姑也好漂亮！梅姑说，好多年，这张照片我不敢看！叶小苋说，为什么？梅姑说，一看到照片，我就想到许修女用勃朗宁自杀，好怕！叶小苋把照片放回最后一页，说，好怕就不看，歇着吧！梅姑躺下来，像受惊的孩子，眼泪汪汪。叶小苋轻轻拍着梅姑，哄孩子入睡似的。梅姑喃喃道，许修女对我好好哦。那藤条箱、脚踏车，还有大喜，都是她送给我的。哦！她从来不叫我梅姑，她叫我囡囡！那时候，我好欢喜听她叫我囡囡。囡囡，囡囡，囡囡！

叶小苋感动不已，附在梅姑耳边轻轻说，睡吧，囡囡！

梅姑闭上眼睛，孩子似的笑了。

叶小苋轻轻地拍着梅姑，一边哄着梅姑入睡，一边闭上眼睛，想象漂亮的许修女呼唤梅姑"囡囡"时的样子：目光沉静，气质贤淑，轻声细语，温温柔柔，一定像极了妈妈。想到这里，叶小苋突然冒出一个念头，难道许修女就是梅姑的妈妈？

这个念头一旦冒出来，相当顽固，挥之不去，竟把叶小苋自己都吓住了。望着轻轻打起鼾的梅姑，不知为何，叶小苋心底一热，眼睛潮润了。一个人活到百岁，终于找到自己的妈妈，不晓得是幸福还是悲伤。叶小苋退出绣阁，轻轻关上花格子门，望着四水归堂的天井，默默祈愿梅姑做一个梦，梦中见到阿爸和许修女。若是如此，对梅姑来说，一定是好梦了。

第三十五章 “梅舍”

秋分第二天，鲍俪又来了。

鲍俪此次从深圳带来一个五人投资团队，足见对投资项目的重视和期待。华建林得到县委方书记的特批，在双溪干到年底，因此才有机会全程陪同鲍俪一行。强强和菲菲当然也跟在左右。考察调研三天后，鲍俪代表投资团队与华建林代表的“双溪文投”签订合作协议，双溪民宿项目正式启动。“双溪文投”全称是双溪文化旅游投资发展公司，是在华建林大力推动下成立的股份制公司，村合作社代表双溪全体村民成为股东，“网红学院”作为独立法人入股。为了避嫌，叶小苋和鲍子的股份划到鲍俪团队代持。

按合作协议，双方共同成立双溪休闲民宿管理公司，鲍俪任董事长。本来华建林应该任总经理，可是华建林即将调到县文旅局工作，当着众人说，我这个萝卜就不占这个坑了。按协议，总经理应由双溪一方人员担任，华建林出了一个主意，在“双溪人”群里发布公告，让群众推荐。大家七嘴八舌，众说不一，一会儿这个合适，一会儿那个满意，三天下来还是没选出来。菲菲找过华建林，拐弯抹角说半天，意思是她想当总经理。华建林当然明白，不过没说行，也没说不行，表示这事重大，得在董事会上定。转天，召开董事会，菲菲坐在华建林对面，不停地看华建林。等到华建林发言，菲菲直直地盯着华建林。华建林破例先说了一通正确的废话，有点打官腔的意思，然后话锋一转，推荐强强任总经理。菲菲的脸顿时涨得通红，赶紧低下头去。华建林当然看见了，接着说，我之所以推荐叶强强，理由有三点：一是强强品质好，积极要求进步，已经递交了入党申请书；二是强强能力强，回到双溪后，强强的表现有目共睹，我就不多说了；三是强强年轻，代表着双溪的未来，要给他一个锻炼的机会和发展平台！众人鼓掌。华建林又说，其他人员安排，我不参与意见。不过，关于菲菲，我建议任副总，负责营销，大家都晓得，菲菲是网红，这是她的强项，人尽其才嘛！鲍俪当然尊重华建林的推荐，率先鼓掌，众人都鼓掌，一致通过。总经理定下，其他相对好办。按照公司法相关规定，一个萝卜一个坑，一一定位。叶小苋也捡到一个位置，董事会监事。

叶小苋办事利索，决定回双溪陪梅姑。一周之内，盘掉镇上的超市和贸易公司，又把阿欢从镇上转到村中心小学。一切安排妥当，叶小苋搬回梅家老屋。因鲍俪住在东屋，叶小苋住到楼上，就在梅姑隔壁。梅姑好高兴，拍着手说，好哦好哦！梅家老屋又热闹起来了哦！

阿欢住进梅家老屋，如鱼得水，天天缠着鲍子一起玩游戏。鲍子老大不小，但童心未泯，乐得陪玩。叶小苋岂能坐视不管？跟鲍子约法三章，陪阿欢玩可以，少玩游戏，不然成绩上不去，找他算账。鲍子有办法，和阿欢谈判，必须保证进班级前五，如不能实现，与阿欢绝交。阿欢性格随叶小苋，敢想敢干，跟鲍子签订“合同”，按了手印。从此以后果然大有改变，该玩就玩，该学就学，阶段考试进入班级前三。梅姑发现这一招能治住阿欢，有样学样，动不动就跟阿欢签“合同”。阿欢大笔一挥，跟梅姑签了一大堆“合同”，按了好多手印。梅姑笑得肚子疼，阿欢却无所谓。华建林感慨道，这丫头，胆子好大，什么字都敢签！叶小苋白了他一眼，说，也不看是谁的孩子！

寒露那天，基地项目破土动工。隔了两天，双溪的民宿项目也动工了。民宿项目以强强的方案为基础，做了一些调整，保留古风，“修旧如旧”，增加水电卫网等现代生活功能，最后一致通过。不过，项目名称一直不能确定。强强和菲菲提了几个，比如“古村坊”“新安居”“双溪客”等，虽说听起来都还能入耳，但总觉得缺点什么。华建林不满意，叶小苋和鲍子也不满意。鲍俪更不满意,俗不俗先不说,气质跟双溪古村配不上。有天晚上,一家人围在一起吃饭,提起给民宿项目起名的事,不免一番争论。梅姑说,这不满意,那不满意,我也提一个,看看你们欢喜不欢喜?大家都说,快说快说!梅姑说,当年在上海滩,阿爸买了一个老院子,前庭后院都种梅花。阿爸起的名字叫“梅舍”,我好欢喜!大家一听,都说好。鲍俪拍板说,“梅舍”二字才配得上双溪嘛!

于是就叫“梅舍”了。

在双溪,因年久失修,不宜居住,许多老屋闲置。“梅舍”项目首批流转老屋20幢,分布在老街周边,其中包括叶家老屋。这20幢老屋大小不一,设计改造客房100间。“梅舍”名称定下,鲍俪召集开了几次会,丰富调整方案,围绕“梅”字作足文章。比如,在每一幢老屋前后种植梅花,多少不一,总之要体现“梅舍”的韵味。比如,在每间客房内放置小冰箱,提供“梅花酿”。比如,将所有老屋统一编号为“梅舍×号”。为下一步大规模改造提供参考,先改造叶家老屋,做出样板房,因此命名为“梅舍1号”。一切定下来,马上动工,工程队是梅姑推荐的卢家班。本地古建改造“头牌”果然不一般,施工快而不乱,两周完成。鲍俪相当满意,打算在“梅舍1号”搞一次庆祝活动,热闹热闹。事情由鲍俪来张罗,人员由华建林安排。

鲍俪和饶宇就是在那次聚会上认识的。牵线人不是鲍子,也不是华建林,而是梅姑。

那天晚上,鲍俪在“梅舍1号”天井里搞了一个小型酒会,各取所需,倒也自在。梅姑好喜欢,让叶小苋多留意,找机会在梅家老屋也办一次。叶小苋连连点头,对鲍俪说,看看,梅姑好时尚哦!鲍俪说,那当然!梅姑当年在上海滩也风光过!就在这时,饶宇到了。一进门,饶宇走过来,喊了一声梅姑。梅姑就给两个人作介绍,说,这位是鲍俪,小鲍子妹妹!这位是饶宇,大博士!鲍俪跟饶宇握手,于是两个人就算认识了。一人各端一杯酒,找个角落,你一句我一句地聊上了。梅姑看着不停地点头,悄悄对叶小苋说,看看,好般配哦!叶小苋说,梅姑哎,您老人家见人就想撮合,怕是成了媒婆哦!梅姑笑着说,只要都满意,梅姑愿意做媒婆!正说着,鲍子走过来凑热闹。梅姑说,小鲍子,看看鲍俪和饶宇,是不是好般配?鲍子看了看,果然有点意思,马上点点头。梅姑神秘地说,我要给他们做媒!鲍子一拍大腿,说,太好了,我爸妈正愁她嫁不出去呢!叶小苋拍了拍鲍子说,大哥别说二哥,你自己还没着落呢!梅姑突然一拍脑壳说,对哦,郝曼怎么没来?赶紧去接她!鲍子附在梅姑耳边说,她马上到!梅姑说,你怎么晓得?鲍子说,我命令她火速来见梅姑!梅姑笑道,还没过门就下命令,不好哦!这边正说得热闹,菲菲拉着强强来给梅姑敬酒。梅姑说,喏,这一对也是我老媒婆的功劳!叶小苋抖了抖手,说,完了!今天哪是庆功酒会,明明就是相亲大会嘛!

说说笑笑,华建林和阿欢来到,郝曼前后脚也进来了。红霞和华建功拉着手进来还没坐下,叶金波和兰姐也到了。人多话多,一时间"梅舍1号"的天井里,吵得像庙会一样。

自从"梅舍1号"酒会之后,饶宇有事没事就来梅家老屋,跟鲍俪说说这聊聊那,和谐得很。叶小苋早就看出来,只是没有点破。梅姑忍不住,对鲍子说,打电话给你爸妈,让他们来看看,完了就把他们的事办了吧!鲍子有意逗梅姑,说,我爸妈说了,这事由梅姑做主!梅姑说,这样不好吧?叶小苋说,没什么不好,反正梅姑喜欢做媒婆!梅姑说,好哦好哦,我就再做一回媒婆!叶小苋和鲍子笑得前仰后合,差点跌跤。

董事会研究决定,"梅舍"于春节前开业运营,赶上过年抢占头一拨生意。卢班给工程队增加人手,三个班组分头施工,进度加快。不出半个月,就轮到改造"梅舍5号"了。"梅舍5号"是苏杏村家的老屋,多年没人居住,屋面墙体问题都不小,用卢班师傅的话说得动"大手术"。早在流转租赁老屋时,华建林就有言在先,无论哪家的老屋,需要改造时,公司可以自行做主,这些条文都写在合同里。可是苏杏村突然变卦,把施工队赶了出去。问他为什么,他死也不说。华建林以为苏杏村想坐地起价,只好请梅姑做工作。

那天午后,梅姑让人带信把苏杏村找来。在梅家老屋的天井里,梅姑说,人老有病,屋老有洞,老屋修好还能撑几十年。你怎么不愿大修?苏杏村有点为难，支支吾吾。梅姑说，看你这温暾性子，一点也不随老管家，倒是说嘛！苏杏村看看四下无人，附在梅姑耳边说，我家老屋有秘密！梅姑一惊，说，真的？苏杏村说，我哪敢诓梅姑？梅姑好奇，说，什么秘密？苏杏村又在梅姑耳边嘀咕几句。梅姑听罢，张着嘴愣了好一会儿才说，你怎不早说！苏杏村拍了拍脑门，说，我也刚刚晓得，还没来得及说嘛！

苏家老屋确实藏有秘密。苏杏村也确实刚刚晓得。

说起苏家老屋，跟梅家多少有点关系。当年苏杏村的爷爷苏老倌在梅家当管家，深得梅家信任。苏家做屋手头紧，梅家出资帮了一把。苏家老屋虽说没有梅家老屋的规模和气派，也是三间两进四水归堂，经风历雨，百年来庇护苏家三四代人，直到传给苏杏村。苏杏村后来调到县中医院工作，一家人搬进城里，老屋才空出来。前些年，苏杏村每年都回来打理打理，退休后精力不济，也就没心思管了。儿子苏爱华在城里有房，整天关心的不是股票就是彩票，根本看不上老屋，更不会操那一份心。于是，苏家老屋一年不及一年，眼看露出几分破败之象。双溪民宿项目启动，华建林找苏杏村一说，苏杏村当即同意，说只要对双溪有用，一分钱不要。前天，强强通知苏杏村即将改造苏家老屋，让他回去收拾收拾，好让施工队方便动工。

这天一大早，苏杏村来到老屋，把一些能用的东西收拾收拾。收拾到堂屋后山墙的时候，无意间发现条案后的墙上有几块砖松动。苏杏村有意无意抬脚踢了一下，不承想掉下一块砖，再踢一下，又掉一块砖。苏杏村好纳闷，蹲下身来一看，发现墙里面有一个东西，用手一敲，嘭嘭的，响如铜盆。苏杏村好奇，又抠下几块砖，用手一拉，竟拽出一只铜箱子。那铜箱子有微波炉大小，上了把铜锁，拂去尘垢，凑近一看，箱盖上錾着一个“梅”字。毫无疑问，这是梅家的东西，那么梅家的东西怎么跑到苏家老屋的夹墙里？苏杏村研习中医多年，喜欢刨根问底。难道当年爷爷在梅家做事时手脚不干净，偷了梅家的东西？如果不是，为什么要把铜箱藏在夹墙里，这么多年没人晓得？苏杏村越想越发慌，为爷爷做下如此下作的事惭愧不已。正在这时，施工队来到，吵吵嚷嚷要开工。苏杏村赶紧把铜箱子放回夹墙里，用砖堵上，然后来到大门口，二话不说，硬是把施工队撵走，顺手把大门锁上了。

梅姑听罢，想了想说，你爷爷在梅家干了几十年，梅家上下都信任他，应该不会做那种下作的事！苏杏村说，双溪人都晓得我爷爷是厚道人，可是东西分明藏在苏家老屋的夹墙里，说不清楚嘛。梅姑说，先别着急，是黑是白，自然分明，你去把铜箱拿来，让我看看！苏杏村连连点头，又央求道，梅姑，这事先别让人晓得，万一爷爷做了不该做的事，我丢不起人哦！

第三十六章　羊皮本

那只铜箱确实是梅家的老物。梅家曾有好多这种铜箱，四方四正，黄铜箱身，铜钉铆就，专门存放或转送贵重药材。自从梅二先生在上海去世，“惠仁堂”药房毁了，那些铜箱没了用途，渐渐流失。梅姑保存了一只，用来存放杂物。偶尔看见，也能忆起当年的往事。

那天，苏杏村把那只铜箱抱进梅家老屋时，梅姑就有一种不祥的预感。至于为什么，梅姑说不清楚。铜箱上有一把铜锁，锁孔生了绿锈。梅姑让苏杏村拿来柴刀把铜锁撬了。铜箱被打开，里面有一个油纸包裹的盒子。油纸朽了，轻轻一撕，露出一只檀木盒子，上贴一张纸。纸已发黄，却能辨认出是当年惠仁堂的处方纸，上面写一行墨字：“请老管家代为保存切切　仲林。”字迹潦草，能看出来写字的时候很匆忙。字是梅二先生的笔迹，这一点梅姑可以确定。老管家是梅家人对苏杏村爷爷的习惯称呼，仲林是梅二先生的大名。从这一行字可以判断，东西是梅二先生托老管家保管的，老管家没有偷窃的嫌疑。苏杏林放心了，于是腰杆直了，底气也有了。

檀木盒子上也有一把铜锁。锁不大，火柴盒大小，做工精致。本来，梅姑想让苏杏村把锁撬开。苏杏村说，这锁好漂亮，怎么说也快有百年，撬了可惜，不如找街上配钥匙的来打开。梅姑想了想，点了点头。苏杏村拿出手机打电话，电话还没打通，梅姑突然不让苏杏村打电话了，苏杏村大为不解。

其实，梅姑之所以拦住不让找修锁匠，是因为她想起一件事。当年，梅二先生临终前交给梅姑两件东西，一件是药房的账本，一件是一把铜钥匙。只是交给她了，并不曾留下一言半语的交代。账本倒是一目了然，那把铜钥匙却不知何用。本以为是药房抽屉的钥匙，或是家里什么柜子的钥匙。梅姑见锁就试，试了都打不开，于是也不纠结，就把那把钥匙放在五斗橱的梳妆盒里，权作纪念了。

梅姑上楼找出那把钥匙，慢慢走下楼来。先在锁眼里滴了几滴茶油，然后插进钥匙一拧，锁开了。苏杏村好兴奋，说，一把钥匙开一把锁，好巧哦！梅姑没吭声，打开檀木盒子，又有几层油纸，撕开油纸，见里面有一个红丝绢包，打开红丝绢，露出一个本色羊皮封面笔记本，颇为眼熟。在梅姑的记忆中，梅二先生有好多这样的笔记本，“王余记文具”生产，记日记、记账目、记药方，都用这种笔记本。梅姑在洋学堂念学时用过这种羊皮笔记本，也是本色的。

梅姑拿起笔记本，没有打开，放在鼻子底下闻了闻，一股淡淡的陈年味道，伸手抚摸一遍，像要捕捉上面的温度。苏杏村伸着老颈，好奇地说，怕是账本！梅姑不吭声，把羊皮本放在腿上，慢慢打开头一页，只见上面一行字：“吾儿存念　民国十年冬。”梅姑歪着头想了想，说，这字不像阿爸的笔迹哦！苏杏村探头看了一眼，说，字体好秀气！梅姑又放在眼前看了看说，倒是像齐阿姨的字！苏杏村说，再往下看看！梅姑打开第二页，苏杏村忍不住伸过头去，只见上面写道：“囡囡，你降生了！在这个混乱的世界，在这个狂飙的年代！听到你的第一声啼哭，我是为你祝福，还是为你忧虑？”

苏杏村眨眨眼，说，好像诗嘛！往下看，往下看！

梅姑的手一抖，突然把笔记本合上，望着四水归堂上方的天空，摇了摇头，说，杏村，你回吧！苏杏村的好奇心没有得到满足，好不情愿。梅姑又冲他摆了摆手，苏杏村这才怏怏地离开了。

那天晚上，梅姑没有吃晚饭，早早就歇着了。叶小苋、华建林、鲍子、鲍俪、阿欢都来看过。梅姑说，好累，想静一静！华建林要打电话让郝曼来给梅姑检查检查，叶小苋把他拦住。叶小苋晓得，梅姑有心事了。

梅姑确实有心事了，因为那个本色羊皮笔记本。

正如梅姑所料，那本笔记确实是齐织云所写的。在笔记中，梅姑验证了自己不好的预感。结合程九阳和饶宇的几次来访，梅姑厘清了许多故事，解开了好多疑问，也揭晓了自己身世的秘密。

梅姑不是梅二先生的女儿，也不是许修女的女儿，而是孙大同和齐织云的女儿。果然人生如戏，梅姑这一次真的体会了。从这本羊皮本里，梅姑终于把自己的身世连缀起来，看上去完整一体了。当年，孙大同和齐织云“背叛”家庭，毅然结合后，参加了进步组织。狂飙激进的年代，爱情和信仰密不可分。民国十年(1921)冬，就在齐织云生下梅姑后，孙大同得到朝思暮想的机会，去法国勤工俭学。齐织云当然伴夫而行，可是刚刚满月的梅姑如何安排，成为棘手的问题。毕竟是远渡重洋，海上行船两个月，带上刚满月的孩子显然不合适，于是两个人商量把梅姑交给许修女。许修女是齐织云的闺中密友，又笃信上帝，富有爱心，欣然答应抚养孩子。但许修女患有严重的哮喘病，尤其是冬天生活难以自理，又怎能抚养孩子？无奈之下，孙大同又求助好友梅二先生。因程氏没有生育，梅二先生正想要个孩子，两全其美，自然答应，并将梅姑送回双溪交给程氏。程氏见孩子可爱，也好高兴，便雇了奶妈，把梅姑当成自己的孩子。当然，有意隐瞒了梅姑的身世，也是可以理解的。梅姑六岁时，孙大同和齐织云回国，来到上海搞“工运”，想要回梅姑。梅二先生尽管不舍，还是以读书为由，把梅姑接到上海。程氏虽不舍得，但还是让梅姑去了。梅姑回到上海，孙大同和齐织云见梅姑长大，漂亮伶俐，又欢喜又伤心，为了不让梅姑产生误解，以叔叔阿姨的身份交往，倒也得了些许安慰。

经许修女介绍，梅姑进入教会学堂读书。许修女对梅姑十分疼爱，像对自己的孩子一样，喊她囡囡。在梅姑记忆中，那是她一生中最幸福的时光，身边那么多疼她爱她的人。民国十六年(1927)，“四一二”政变后，孙大同和齐织云双双被捕杀害。那时候，梅姑年纪尚小，听说孙叔叔和齐阿姨走了，以为他们离开上海也不打招呼，好长时间一想起来就伤心。后来，许修女陪梅姑的时候多了，也不跟梅姑提孙叔叔和齐阿姨的事。梅姑猜想一定有事，至于什么事，从来不问。民国二十六年(1937)，抗战爆发，日本人探知《新安医综》在梅二先生手里，便软硬兼施，设法占有，梅二先生断然拒绝。那时候，梅姑十六岁，已经懂事，看见阿爸每天闷闷不乐，隐约感觉到不好。后来日本人派出浪人预谋以绑架梅姑相要挟，幸亏没有得逞。上海沦陷后，阿爸担心已经出落成大姑娘的梅姑会出事，便将梅姑送回双溪，足见一片苦心。时至今日，梅姑依然记得，回到梅家老屋，阿爸和老管家每天夜里都会商量事情，一谈就是好久，四更过后，灯还亮着。五天后，阿爸回上海了。不久，日本人就对阿爸下了毒手。

笔记的最后一页布满褐色的斑点，大大小小，如水的痕迹。梅姑想，那一定是齐织云的泪痕。就在这一页，齐织云写道：

“囡囡，今日妈妈最后一次喂你乳汁，看着你可爱的脸庞，忍不住想哭。你爹爹让我坚强，我想我应该坚强。为了信仰，我和你爹爹选择留下你，去寻求真理！囡囡，请原谅我们！

囡囡，从明天起，你就是梅家的女儿了。梅先生是好人，是爸妈的好朋友。他一定会像爸妈一样爱你！此时此刻，多想听你叫声爸爸妈妈。爸爸妈妈希望你快乐长大，长大后理解爸爸妈妈。再见！我的囡囡……”

三更梆声响过之后，梅姑打开灯，披衣靠在床头，把笔记又看了一遍，往事在眼前一一浮现。梅姑闭上眼睛，回忆孙大同和齐织云当年的样子，试着在心里叫声爸妈。不知为何，叫出来的还是叔叔阿姨。爸——妈——梅姑轻轻叫了声。声音不大，却如同惊雷，把自己吓得不轻。

这时候，门外响起叶小苋的声音，梅姑！梅姑下床打开房门，叶小苋进来，把梅姑扶到床上，在床边坐下说，梅姑，睡不着吗？梅姑点点头。叶小苋拉着梅姑的手说，梅姑又做梦了？梅姑摇摇头，叹口气说，不是做梦，是真的！叶小苋说，说来听听！梅姑低下头，想了想，突然抬起头，平静地说，我找到妈妈了！叶小苋愣住，半天才说，真的？梅姑点点头，把那个羊皮笔记本递给叶小苋。叶小苋接过羊皮本打开，看到第一页上写着“吾儿存念民国十年冬”，不禁一惊，接着看第二页，只见第一段写道：“囡囡，你降生了！在这个混乱的世界，在这个狂飙的年代！听到你的第一声啼哭，我是为你祝福，还是为你忧虑？”叶小苋手一抖，轻轻说，囡囡！只这一声，梅姑老泪纵横，把头靠在叶小苋肩上，说，我找到妈妈了！

和叶小苋一样，华建林、鲍子、鲍俪等人对羊皮本的内容都感到震惊，不敢相信如此传奇的故事竟发生在自己身边，发生在梅姑身上。不过，所有人都相信，这个故事还没有结束。

因为那只铜箱的被发现，苏家老屋的改造令人充满期待。华建林发话，凡是可疑的角落都要翻一翻。苏杏村同意，说只要能找到东西，拆了也不可惜。果然，在改造到第三天的时候，在苏家老屋横梁梁柱础石底下，发现一块老方砖。砖上刻着一张图，刀法熟练，用力很深，一看就是苏杏村爷爷所作。双溪人都晓得，苏杏村爷爷年轻时学过砖雕，后因手腕受伤才转行。这幅图很有趣，好像是一座四水归堂的格局，四四方方，每一方有两个圆圈，好像代表梁柱，梁柱下刻了"十"字，一共有八个"十"字。在老方砖的另一面，刻着一枝梅花，老干新枝，花开朵朵，形象传神。强强拿去研究两天，给出判断，图中所示肯定是梅家老屋四水归堂的天井，"十"字标注的地方一定是藏宝的位置。菲菲支持强强的说法，在外国电影里看过类似的情节，一旦出现这种图，一定是藏宝图，一定有故事，一定有宝贝。华建林好兴奋，领着强强在梅家老屋，对照老砖上的图一一查对，确定具体位置后，找来工程队准备开挖。不料，梅姑坚决不同意。华建林和叶小苋追问原因，梅姑叹口气，一声不吭，只是摇摇头。

梅姑拒绝挖掘寻宝，让双溪人对梅家老屋藏宝充满丰富想象。"双溪人"群里又展开讨论。多数人认为一定是金银财宝。梅家几代经营，生意做到杭州、南京，肯定攒下好多金银财宝。况且梅二先生在上海开药房那么多年，又给人治病，挣钱也不会少。也有人认为是镇宅灵物。梅家老屋两百年依然完好，双溪那么多老屋没有一座熬得过它，肯定有神秘灵物保佑。当然，个别人猜测可能是某种神秘机关，是梅二先生为保护梅姑暗中设计，不然梅姑一个人怎么能活到一百岁？

议论总归是议论，除了训练想象和猜测，也没有实际意义。晚上，叶小苋躺在床上，抚摸着突起的肚子，突然说，不是金银财宝，也不是神秘灵物，一定是《新安医综》！华建功恍然大悟，说，对嘛！你简直是神探！叶小苋说，我不是神探，我儿子是！是儿子告诉我的！华建林亲了亲叶小苋隆起的肚子，兴奋地打电话给饶宇。饶宇在上海开学术会议，听说后也好兴奋，说会上还谈到《新安医综》，如果找到，将会震惊整个中医药界！华建林办事讲究实惠，马上说，既然那么重要，对双溪有没有好处？饶宇说，当然有，别说对双溪，就是对徽州对全国都有好处！华建林说，好处那么多，我来做梅姑的工作，一定挖出来！叶小苋突然想起什么，伸手抢过华建林的手机，说，饶博士，上次拜托您的事，别忘了！饶宇说，放心吧！我正准备回老家一趟！叶小苋说，好嘛好嘛，等你的好消息！

临睡前，华建林问叶小苋，你托饶宇办什么事？叶小苋故作神秘，就是不说。华建林被撩得心急，搂住叶小苋追问。叶小苋调皮地一笑，说，爱情故事！

第三十七章　霜降

霜降过后，山里有了寒气。昼夜温差，露结为霜。山上山下，层林尽染，就连爬山的老藤叶子也红了。鲍子最爱这个季节，曾拍下好多天问山的红叶，发在自己的博客上和朋友圈中，很多人转载，各种小奖也拿过几个，鲍子颇感欣慰。

一大早，鲍子爬上天问山，拍了一组红叶的照片，相当满意，正要下山，接到鲍俪的电话。鲍俪说，接到深圳来电，必须马上去香港参加“秋拍”会，来回少说也得十天半月。本来鲍子要送鲍俪去高铁站，鲍俪不让，说正好饶宇要去深圳开学术会议，两个人同行，也不孤单。鲍丽说得随意自然，鲍子心领神会，说声一路平安，其他也就不说了。

鲍子回到双溪，看见一辆警车停在村口，一打听才晓得警察是来找华建功的。鲍子不禁心头一紧，难道这家伙又犯了什么事？于是赶紧回到梅家老屋，跟叶小苋说了。叶小苋一笑，说，江红霞这回不要发愁了！鲍子问，警察上门还有好事？叶小苋说，听建林说，前两年骗建功的那个骗子抓住了，是从缅甸抓回来的，警察上门来核实情况，说要退钱给他！鲍子一听，确实是好事，说，建功也该走好运了！梅姑在一旁听了，说，这世上的东西，该是哪个的，就是哪个的，争不去的哦！叶小苋说，凡事梅姑一总结，都是道理！梅姑说，道理不要我总结，本来就在那！

正说着，叶金波来了，跟在他后面的是洪远征。梅姑认出洪远征，上前拉他进屋坐下喝茶。洪远征喝了几口茶，便说明来意。自从上次跟梅姑见面之后，洪远征一直觉得父亲欠了梅姑，自己也欠了梅姑。回去之后，洪远征整理父亲零散的回忆录时，发现有关当年游击队借钱借粮的记述，其中多次提到双溪的梅姑和梅家老屋，联想到如今百岁的梅姑，洪远征颇有感触。恰好同为省政协文史委员的樊思仁跟他联系，了解有关洪队长和“红色欠条”的情况，洪远征与樊思仁商定，二人从不同的角度，各自做一份提案，提请有关部门重视“红色欠条”代表的红色文化及其当下意义。为了把提案写得更扎实，洪远征打算找梅姑进一步核实一些细节，顺便把洪队长在游击队时期的几件遗物找出来，转赠给双溪。虽说不过是皮带、水壶、日记之类，也算是为双溪做点事。洪远征此次一到双溪，便直接去了村部。叶金波收下捐赠的东西，就陪他一起过来了。

梅姑说，大老远跑来，辛苦哦！洪远征说，昨天就来到了，住在县城宾馆，想看看山里的红叶！梅姑说，哦，你也喜欢红叶？洪远征说，父亲离休后，一到这个季节，就会提到徽州红叶，说怎么怎么好。如今我也上了岁数，就想来看看！梅姑说，洪队长打游击的时候，日子好苦，怕也没心思看红叶。哪像现在，都当作景了！洪远征说，那是那是，要不他在世的时候老惦记着?！梅姑说，可惜哦，洪队长走得早！洪远征说，是啊！他没有梅姑这样的福气，长寿百岁！梅姑摇摇头说，长寿不是福气，是煎熬哦！

时候不早，洪远征起身告辞。临别前，洪远征把准备给省政协提案的事说了，请梅姑给个书面证明。梅姑笑了笑，说，过去的事，不要再提了！洪远征说，梅姑，我不是想为您跟政府要钱，只是想借这个事，弘扬当年游击队精神，把双溪的红色文化炒起来！叶金波说，这是好事！梅姑一听，顿时不高兴了，说，我说过，这事不提了！洪远征看了看叶金波，叶金波也无奈，只好笑笑。鲍子说，梅姑，洪老师一番好意嘛！梅姑不说话，抬头看天。叶小苋走过去劝道，梅姑，不是为了跟政府要钱，是为了搞文化！文化，晓不晓得?！梅姑叹口气说，唉！好多人年纪轻轻就丢了命，文化搞得再好，也换不回来哦！众人听了，面面相觑。洪远征站在那里，多少有点尴尬。叶小苋善解人意，赶紧给他台阶下，走上前代梅姑签了字。送走洪远征，叶小苋和鲍子回到天井，见梅姑独自立在天井里，望着天久久地发呆。

不过多日,“小滋味”新店准备开业,“双溪人”群里纷纷议论。其实,增开新店原来是菲菲的主意,也是华建林鼓动的。眼看双溪旅游越来越热,客流量越来越大,餐饮接待成为大问题。华建林为此天天发愁,鼓动强强开一家高档的餐饮店,给双溪提提档次。毕竟将来民宿开业,大批客人入住,高质量餐饮接待必不可少。民以食为天,到双溪没有好吃的,扫了客人的兴,怕是没有回头客。强强对做餐饮没感觉,菲菲却看到商机,拉着强强跟兰姐谈扩大经营的前景。兰姐脑壳不笨,当即拍板增开新店。叶金波还没来得及发表意见,兰姐就开始张罗了。新店开在上街靠村口处,一是便于迎客,二是正好有一块大场地,便于停车。兰姐性子急出手快,内外装修,置办家当,个把月就完工了。

开业那天,兰姐请梅姑来尝菜,正好饶宇回到双溪,于是顺便为饶宇接风。华建林、叶小苋以及鲍子等人作陪。吃饭中途,叶小苋挺着肚子站起来,向饶宇打了一个手势。饶宇点点头,放下筷子便跟着叶小苋来到门外。叶小苋当头就问,大教授,托你的事办得怎样?

叶小苋拜托饶宇的事跟梅姑有关。自从晓得 Mike 和梅姑的爱情故事之后,叶小苋一直觉得饶宇和 Mike 有关系,而且是血缘关系。至于亲疏远近,叶小苋不好断定。本来梅姑不让她问,说天底下同姓的人多的是,长相接近的人也多得很,万一没有关系,让人家笑话,一百岁的老太太,丢不起那个人!可是叶小苋自从怀上二宝,爱心泛滥,有点嘴碎,有点浮躁,还有点霸道,对自己的第六感特别自信,忍不住问了饶宇。在问饶宇之前,叶小苋做了些功课。按年龄算,Mike 和梅姑是一代人,如果活着,至少也一百岁,因此如果有血缘关系,那肯定是饶宇的爷爷辈。叶小苋从聊家常入手,得知饶宇是独生子,父母都是中学老师,均已退休。提到父母,自然而然也要提到爷爷奶奶。饶宇倒是爽快,说到爷爷奶奶的事,当成故事来讲。

据饶宇说,他爷爷叫饶国清,确实当过兵抗过日,不过是国民党的兵。这些信息明显跟 Mike 参加新四军不符,于是继续追问,饶宇继续讲述。饶宇从来没见过爷爷,就连照片也没见过。因为爷爷在他父亲出生时就去世了。他父亲属猴,生于 1944 年,也就是说他爷爷去世不应该早于 1944 年。

至于爷爷会不会拉小提琴，有没有得过湿疹之类，饶宇便说不清楚了。此次饶宇借道回老家看望父母，问起爷爷的情况。据他父亲回忆，奶奶当年说过，她认识爷爷的时候，爷爷只有一只左手，右胳膊那边是空袖筒，说是打仗时被炸掉了，所以说拉不拉小提琴不晓得，至少那时候是拉不成的。关于有没有湿疹的毛病，奶奶没说过，不过听爷爷的一个老战友说过，一到春夏，爷爷经常到处找几味草药，捣烂了往身上抹，味道倒不难闻。这一条与梅姑提供的信息接近，但也仅限于此。饶宇还说，奶奶只晓得爷爷名叫饶国清，至于有没有叫过Mike，奶奶没说过，爷爷的老战友们也没提及。如今奶奶和那些老战友相继过世，一时无法查证。饶宇问过父亲，爷爷是不是华侨，父亲一听便笑了，说，儿子，你一个医学博士，对基因决定论还不清楚吗?！父亲的幽默让饶宇当场有点尴尬，不过因为这个问题，父亲倒是讲述了奶奶与爷爷从相识到成亲的经过，听起来颇有意思。

叶小苋喜欢听故事，抚着大肚子催饶宇快说，好像听了故事肚子会安稳似的。饶宇打了一个嗝，便娓娓道来了。据饶宇父亲回忆，奶奶在世时经常说起她和爷爷相识的情景。1943年冬天，奶奶刚刚成了年轻的寡妇，独自一人过日子。有一天上山打柴，突然在山洞里发现一个当兵的，浑身是血。奶奶心善，虽说吓得不轻，还是把人背回来家，藏在柴屋里，救了他一条命。这个人就是爷爷饶国清。奶奶说，好不容易帮他治好伤，爷爷要走。那时候村子离日本占领区很近，奶奶担心他身上有枪伤，被鬼子查出来，没让他走。就这样，爷爷在奶奶家住下了。孤男寡女，朝夕相处，奶奶发现爷爷人不错，大高个子，性格温厚，看上去像个好男人。村里老人劝奶奶，不如收他做个上门女婿。奶奶心动了，就跟爷爷提出来了。也许为了感恩奶奶，也许为了掩护自己，总之爷爷当下就答应了，于是两个人就算成亲了，不久奶奶就怀上了父亲。第二年春天，有一天村里来了大部队，爷爷招呼也不打，跟着大部队跑了。奶奶又气又恨，一个人苦苦支撑，总算等到父亲出生。转过年来，抗战胜利。奶奶突然收到一封信和一个证书，是国民党政府寄来的，说爷爷抗日阵亡。奶奶搂着爸爸哭了一夜，哭够了，二话不说，伸手把那封信和证书填进灶膛里烧了。后来一打听才晓得，那天村上来的不是新四军，是国民党军。不过那时候，不管是国民党军还是新四军都在抗日，所以爷爷就跟去了，结果牺牲在山东。奶奶再一次守寡，活了七十多岁。临死前，奶奶说，当初我救的不是一个人，是一个鬼。遇上这个鬼，苦我一辈子哟！

叶小莞越听越糊涂，越听离目标越远，虽然感动得眼泪汪汪，但还是大失所望。饶宇说，抱歉！这就是奶奶的口述历史嘛！当天晚上，叶小莞还不死心，缠着梅姑，问 Mike 还有没有别的特征，比如身上有没有胎记，做事有没有习惯，等等。梅姑想了想，说，他一着急，说话有点结巴。叶小莞马上打电话告诉饶宇，饶宇当即打电话问父亲。父亲回答，这些小事没听奶奶说过，因此无法确定。不过，父亲突然想起，奶奶当年病重时骂过爷爷，说这个死鬼太害人啊，走的时候一句话也不留，就留下一颗金包牙！饶宇一听，问，什么是金包牙？父亲说，就是黄金包着一颗牙！据奶奶说，他们成亲那天，家里穷得叮当响，连一张剪喜字的红纸都买不起。爷爷当时二话不说，拿起一条手巾，包上一块石头，狠狠往自己腮帮子上砸了一下，张嘴吐出两颗带血的金包牙，递给奶奶。奶奶好感动，卖了一颗置办东西，留下一颗藏起来，以备不时之需。饶宇问，留下的那颗金包牙还在吗？父亲说，不知道。不过，奶奶去世时留下一个小箱子，抽空找一找再说！叶小莞好失落，叹口气对饶宇说，你催催老人家，好好找一找嘛！

十天后，鲍俪回来了。还在高铁上，鲍俪就打电话告诉鲍子有个好消息。鲍子晓得鲍俪的性格，自小到大，她所说的好消息，一定是她自己感兴趣的东西，不论大小，都当好消息，比如，买到一支满意的口红，淘到一双合脚的鞋子，抑或是品尝到什么想吃却一直没有吃过的美味。总之，在鲍子看来，鲍俪的消息，就像自己拍摄的作品一样，数量不少，好的不多。

不过，这一回鲍子错了。

鲍俪确实带回一个好消息，这个好消息跟梅家老屋有关。

鲍俪此前匆匆回到深圳，草草准备，便前往香港参加"秋拍"。第二天，新加坡的合伙人朋友打来电话说，在朋友那里见到一件好东西，说不定跟鲍俪正在做的"梅舍"有点关系。朋友把照片发过来一看，是一对大"梅瓶”，品相完好，底部有款识“徽州双溪梅氏”，一看就是定制的。在双溪，梅姓人家中，能配得上这种定制梅瓶的也只有梅姑家。鲍俪好激动，于是追到新加坡，见到实物后，心就动了。据持有人说，这一对“梅瓶”是他祖父早年在大陆经商时从一个军阀手中购买的，一直收藏在家里。祖父去世后，传给父亲。父亲娶过两房妻子，都生有儿女。不久前，父亲过世。两任妻子所生的子女争夺财产，其中这对梅瓶不好分割，急于出手变现。鲍俪当即想拿下，但是对方要价太高，鲍俪犹豫了。不过，朋友答应鲍俪从中做工作，压一压价格。鲍俪于是赶回双溪，找哥哥鲍子商量。

毕竟是大价钱的东西，真假难辨，又远在国外，鲍子怕鲍俪吃亏，联系国内几个搞古瓷的“摄友”，把图片发过去，讨个中肯意见。很快，鲍子收到一致回复，“大开门”，品相好，存世不多，是个宝贝，值得入手！鲍俪手舞足蹈，决定出手拿下。鲍子好激动，马上要上楼告诉梅姑。鲍俪将他拦住说，还是先不说为好，万一生变，也未可知。不如等东西到手，给梅姑一个惊喜！鲍子点头，顺势冲鲍俪伸出一个大拇指。

第三十八章　野当归

立冬以来，天气晴好。郝曼抽空上山挖了一篮子野当归，趁着好天气，洗净切片晾好，分成三份，装在三只大小不一的玻璃罐中。野当归是双溪人的叫法，学名叫前胡，迎春时簇簇丛丛，紫花成片，煞是好看。野当归多以根入药，解热祛痰，可治感冒、咳嗽、支气管炎，算是常用药材。郝曼来到双溪后每年入冬都去挖一些，有备无患，煮汤泡水，一年四季，总能派上用场。

这一天，苏杏村来卫生所值班。郝曼难得清静，找来三根红丝带，系在三个玻璃罐脖颈上，打的是蝴蝶结，看上去蛮好，随手拍了一段视频发在"双溪人"群里。好一会儿，群里没反应。郝曼又把三只玻璃罐按高矮排队，拍了一张照片发在群里，加了一行字："山里来的三姐妹！"刚刚发出去，鲍子头一个在群里发了一个"大拇指"，外加一个"龇牙"的表情。郝曼莞尔一笑，忽然想起有几天没去梅家老屋了，于是给鲍子发私信说，我想去看看梅姑。鲍子秒回，说那就来吧。郝曼挑了大罐的野当归带上，出门去看梅姑。

冬日的老街，游人稀少。旅游淡季，街两边的门窗大都关着。郝曼突然有点感慨，一晃三年，在双溪的日子好像一眨眼就过去了。也许这是在双溪的最后一个冬天，一时间郝曼的心情好复杂。说起来，郝曼驻村三年的期限就在年底，上个月原单位市人民医院已经通知她，做好期满述职的准备。在双溪三年，郝曼慢慢喜欢上这座古村，一想到离开，真有点舍不得。郝曼是慢性子，心气儿不高，平平稳稳，就是追求。当初报名参加驻村医生选拔，郝曼就想过几年慢生活，不像别人说的为了三年后回去重用提拔。当医生是郝曼父母对她最好的规划，因此重不重用、提不提拔，并不是郝曼要考虑的。如果说这个问题，郝曼可以不必多虑，那么饶宇最近跟她谈的一件事，就不得不让郝曼反复掂量了。

饶宇建议郝曼留在双溪到基地工作。郝曼一向崇拜饶宇教授，曾经动过考他的研究生的心思。一想到考研，郝曼的心头五味杂陈，这大杂烩的滋味只能自己体会。早在大学时期，郝曼在班里谈过一个男朋友，两个人约好一起考研，一起奔赴上海。后来，男友如愿考入上海名校读研，郝曼名落孙山，父母四处求人，好歹把她安排在市人民医院。毕竟相隔两地，两种生活，两个圈子，一年后男友成了前男友。就是在这时候，郝曼有了做驻村医生的念头，是躲避还是疗伤，只有她自己晓得。如今，饶宇发出邀请，让郝曼不禁想起当初考研时的情境，左右为难。本来，郝曼想跟父母商量商量，又怕他们心疼当初为她跑工作花的钱，于是还是忍了。其实，如果说这件事必须听取一个人的意见，郝曼肯定选择鲍子。这倒不是说她和鲍子谈着半公开的恋爱，关键是鲍子有体验。鲍子丢下省城的好环境和富二代的好生活，毅然在双溪一住就是十年，并不是一般人能做到的。就冲这一点，鲍子一定不是凡角儿，鲍子的意见就值得一听。

此时，梅家老屋犹如一只古老的药罐，包浆厚重，韵味十足。冬日阳光下，郝曼抱着一大罐野当归，跨进梅家老屋，如同一味药引，让梅家老屋的味道更加醇厚了。

鲍子陪郝曼走过天井，梅姑听见郝曼的声音，隔着门窗就喊，小曼快来，暖和暖和哦！郝曼进了堂屋，把那罐野当归递给梅姑。梅姑接过来，迎着光一看，说，好东西哦，入冬后夜里咳嗽多，正好能用上！鲍子接过罐子，放在一旁，不留神把罐子脖颈上的红蝴蝶结扯开了，系了半天，弄不好，惹得郝曼偷偷笑。梅姑说，笨手笨脚！鲍子于是把罐子拿给郝曼。郝曼教鲍子，这样那样，不过三两下，鲍子就学会了。梅姑笑了，说，你们两个，大事什么时候办？郝曼一听，赶紧低下头。鲍子说，梅姑，这话说得太早了！梅姑认真道,不早不早,听鲍俪说,你爸妈急着抱孙子哦！郝曼脸红了,说,梅姑,又拿人家开玩笑！梅姑说,好吧好吧,不开玩笑了,你们好好商量,总之越快越好！

三个人又说了一会话,郝曼告辞。鲍子送郝曼到大门口,郝曼说,有件事想跟你商量,不晓得可有空闲？鲍子说,这不是空闲着吗？郝曼一笑,看了看四周,把饶宇建议她到基地工作的事说了。鲍子听了,一点也不吃惊,随口说了声,晓得！郝曼说,你怎么晓得的？鲍子说,鲍俪跟我说的！郝曼突然站住,眨巴着大眼睛,问,鲍俪怎么晓得的？鲍子笑道,饶宇告诉她的呗！郝曼恍然大悟,嘴张半天才说,哦！晓得了晓得了！鲍子心照不宣,说,听起来好像故事吧？他们两个好上了！郝曼点点头,突然叹口气说,我好为难哟,去还是不去,不晓得怎么办。鲍子说,为难说明你有想去的念头,不然就不为难了！郝曼说,就是嘛！鲍子说,既然如此,那就去呗！郝曼说,你不帮我分析分析？鲍子说,又不是看病,有什么好分析的？郝曼嘟起嘴说,人家好犹豫嘛！鲍子说,人生短暂,犹豫犹豫,好时光都过去了！郝曼扯住鲍子的袖子摇了摇,说,那我到底去不去吗？鲍子拍拍郝曼的肩膀,说,去！我支持你！郝曼笑了,蹦蹦跳跳地跑开。鲍子从没见过郝曼如此孩子气,拿出手机,拍了一张郝曼的背影。阳光正好,老巷深深,郝曼活泼、清纯、青春,蛮好。

时交小雪,中医药基地一期工程完工。一期项目内容主要是两千亩药田规划和监控设施安装。首批主要种植野当归、厚朴、黄精、白芨、石斛、贡菊、山茱萸等。华建林此时悬着的心终于放下来,主动找饶宇商量,搞一个启用仪式。饶宇正好也有同样的想法,于是商量一番,定好日子,分头行动。

活动由“网红学院”承办,当然是华建林的安排。此类活动,菲菲轻车熟路,又有强强帮忙,倒也不难,很快拿出现场布置方案,做出效果图:现场搭起临时舞台,两边飘起大气球,正中竖起彩虹门,大红的背景上是醒目的会标。华建林看了,没有意见。不过,费神耗力地搞仪式,图的是热闹,人少肯定不好。华建林授意强强和菲菲安排乡亲去现场当观众,撑一撑场面。强强和菲菲担心,大冬天乡亲不一定愿意出门。华建林一拍脑门,提示他们在“双溪人”群里发布消息,凡参加者均有奖励。至于奖品,找华建功赞助。华建功的仓库里积压一批“水芝茶”,再不出手就放陈了。强强和菲菲找到华建功,华建功爽快答应,不过提出要求,将他“水芝茶”的易拉宝广告摆在现场。强强和菲菲觉得这是小事,没跟华建林请示就做主了。华建功毕竟是生意人,得寸进尺,又提出让饶宇的基地把他的“水芝茶”项目收购了,价格好谈。这个问题有点大,强强和菲菲不敢当家,于是鼓动他去找华建林沟通。华建功想了想,建林做事不讲情面,万一公事公办,反倒无趣,还是先不说为好,于是暂且放下了。

本来,饶宇和华建林都邀请梅姑,梅姑怕人多太闹,又人老畏寒,还是居家抱着火桶清静,于是饶宇和华建林都不再勉强。叶小苋怀上二宝后,喜欢凑热闹,一定要去现场看看,被华建林劝阻,让她为了肚子里的儿子,在家好好陪梅姑,实在想看热闹,就看菲菲的现场直播。

仪式如期举行。校方有关领导和市、县有关领导均莅临双溪。县委方书记提前到现场,陈镇长自然不敢怠慢,更把华建林使唤得团团转。本来,县委宣传部请了省、市主流媒体的记者,不承想菲菲提前在网上发布了消息,大小网红不请自到,举着长枪短炮,早早围住现场,好不热闹。方书记拍了拍华建林的肩,说场面搞得不错,还特意把华建林引见给前来参加活动的市领导,夸奖一番,自不用提。这一幕着实意外,华建林热血沸腾,站在冬日冷风中,竟不觉得有一丝寒意。

所有的仪式大同小异,此次也不例外。仪式开始,先是有关领导讲话,接着由饶宇作为本项目的校方负责人和科研负责人介绍项目情况。饶宇一出现,鲍俪的目光就离不开了。博士就是博士,饶宇讲话不用稿子,废话不多说,走到话筒前,上来就是一串反问,各位,知道为什么现在有人说中医不行了?为什么有人唱衰中药说中药不管用了?为什么国人都感慨看不起病了?为什么?饶宇说到这里,环顾在座,突然大喊,因为我们没有好的中药材,没有好的中医人才!在这里,请允许我举一个例子。去年,差不多这个时候,我来到双溪,去梅家老屋,拜访百岁老人梅姑。梅姑给我介绍了许多本地的偏方验方，让我大开眼界。关键是好多方子只不过是几味草药，就是我们随便踩在脚下的草、随便扔掉的果子，但是在梅姑手里，就是治病的药、活人的宝啊！在这里，让我们用热烈的掌声，向梅姑致敬！

饶宇接着说，今天我们脚下的土地，是新安医派的发祥地。新安医派八百年，为中医文化留下许多宝贵财富。在我看来，中医是一门哲学，根植于我们民族的传统文化。中医和西医最大的区别在于，中医有独立的体系，包括治疗体系和药品体系。有中医必有中药，医在术，药有效。没有好中药，就没有好中医。这话是梅姑说的，我举双手赞成！各位，当下中医中药之所以为人所诟病，有一大部分原因在于药材本身，同样的传统方子，同样剂量，为什么古人用了有效，今人用了没效？难道现代人天生就有抗药性？难道古人不是爹娘所生？难道我们和古人不是一个品种？非也！非也！原因主要在药材的品质。一段时间以来，我们的中药材贪多图快，“利”字当头，使中药材药效打折，不仅让患者吃亏，也让中医背上骂名！所以，我郑重宣布，我们的基地将用传统的方法种药，借助自然生态，还原药材天然之本性，还中医历史之公道！力争再创新安医学的辉煌！

实话实说，鲍俪来现场，说是想看看热闹，其实鲍子晓得她是来看饶宇。听着饶宇激情演讲，站在寒风中的鲍俪，从第一感到第六感都承认必须嫁给他。鲍俪激动不已，顾不上其他人怎么看，站起来率先鼓掌。鲍子在旁边拉都没拉住，只好跟着鼓掌，接二连三，顿时全场掌声响起。

在欢快的乐曲声中，活动完美结束。县委方书记相当满意，一二三点评一番后，撇下陈镇长，拉着华建林一起上车，把陈镇长搞得好尴尬。华建林一头雾水，一边上车一边心里打鼓，不晓得书记大人要搞什么名堂。司机把车开到老石桥头，方书记让车停下，率先下车。华建林只好下车，跟在方书记屁股后面，揣摩方书记的目的。方书记伸了个懒腰，一屁股坐在老石桥头，拍了拍旁边，华建林乖乖坐下来。方书记看了看华建林，说，我的同志啊，基地留给双溪了，老百姓也不会骂你了，你是不是该去文旅局报到了?！华建林说，方书记，您不是答应我在双溪干到年底吗？方书记说，同志啊，我着急啊！眼看又到年底，明年全县的旅游怎么搞？思路还没有嘛！

以我看，你匀点时间出来，先把明年全县旅游的思路架子搭起来，越快越好！华建林说，我不太熟悉全县的情况，还没搞调研！方书记说，“解剖麻雀”嘛！你在双溪十年，吃苦受累，摸爬滚打，这就是最好的调研啊！双溪基本反映出全县乡村的情况！双溪是个“麻雀”，好好解剖嘛！华建林点点头说，我尽力而为！方书记说，不是尽力而为，是全力以赴！华建林说，是！方书记把手搭在华建林肩上，放低声音说，建林，你是我看好的干部，不能让我丢脸哦！

临近中午，冬日阳光将周围的群山染上一层暖色，山间雾岚在阳光的反射中若隐若现。二人头碰头谈了大约半个钟头，方书记看了看表，突然站起身，又拉上华建林一起上车，说去看望梅姑。方书记要见梅姑是有原因的。前不久，省政协转来一份提案，是樊思仁和洪远征撰写的。提案中，樊思仁和洪远征把“红色欠条”一事上升到政治高度，呼吁地方党委和政府关注“红色欠条”，把“红色欠条”纳入“红色文化”体系之中。方书记看后，当即吩咐召开常委会。会上，方书记感触颇多，拿“红色欠条”这件事与当前的工作做了一个类比。如果当年没有大批像梅姑这样的群众支持，游击队怎么能生存下来？革命怎么能胜利？反过来看，如果现在群众像当年支持游击队一样支持我们，全县的工作何愁上不去？“旅游强县”的目标何愁不能实现？乡村何愁不能振兴？说到底，乡村振兴还得靠群众！俗话说，有借有还，父债子还，“红色欠条”必须兑现，不能让群众寒心！会场上顿时响起掌声，可见意见一致，会议决定妥善解决“红色欠条”的问题。当然，毕竟时间久远，不好作认真计算，常委会研究决定，责成县民政局、财政局和县妇联，协调一百万元奖励梅姑。新到任的宣传部魏部长提出一条建议，不妨借这次机会，把全县的“红色旅游”宣传起来。方书记同意，当众表扬魏部长进入角色很快！

关于梅姑，方书记早有耳闻，对这个百岁老人的传奇人生也有所了解。在梅家老屋的天井里，方书记紧紧握住梅姑的手，连连道歉，说，工作太忙，来得太迟了！梅姑说，你们是当官的，你们越忙，老百姓日子越好哦！方书记连连点头称是，陪同梅姑落座，代表县委转达县委常委会关于妥善处理

“红色欠条”的决定。梅姑一听政府要给她钱，羞得满脸通红，手杖差点没扶住，连连说，不要哦，不要哦！都怪建林，不该把欠条的事抖出来！方书记颇受感动，说，梅姑，这钱您老人家一定要收下，不然我们心里不安啊！我相信，当初您支持游击队，一定不是为了今天的回报，但是不能因为您不图回报，我们后人就不认账啊！我还是那句话，共产党永远不会欠人民的账！

第三十九章　厚朴

梅姑梦见梅园的梅花开了。站在天井的廊檐下，望着四水归堂上方的天空，梅姑跟鲍子讲述新鲜的梦。你不晓得，从山脚到山腰，高高低低，花海一样哦。梅姑用手杖画一个大圆圈，好像花海就在眼前。鲍子拿来围巾给梅姑围上，附和道，晓得了晓得了！梅姑说，你去看看，去看看！

大清早，双溪落了厚霜。鲍子被梅姑说得心动，开车去梅园看了，果然满园梅花含苞待放。鲍子拍了几张照片，连同梅园花开的信息一起发在“双溪人”群里。群里顿时热闹起来，毕竟“梅花酿”马上要登场了。

梅园花开，“梅花酿”的加工季节到了。有去年的先例，营销推广，线上销售，菲菲的团队自有安排，无须烦神。第四届“双溪梅花酿文化节”开始筹备。毕竟有前三届的经验，此次华建林有意安排，放手让叶金波亲自操作，找找感觉。叶金波虽说没有华建林的胆量和脑壳，不过有样学样，心里倒也有几分底气。关键是叶金波还模仿华建林用人所长，转手把任务分派下去。本来，叶金波打算让强强负责。可是强强和叶金波一个比一个犟，父子俩代沟太深，观念悬殊，根本尿不到一壶，不谈事没话说，一谈事就抬杠。于是叶金波就找到菲菲。菲菲脑壳灵光，手段也有，她不让强强出面，凡事自己跟叶金波沟通，几句话就能把叶金波毛捋顺了。叶金波在“双溪人”群里点名表扬菲菲工作能力强，私下里对兰姐说，菲菲是个好孩子！

双溪家家户户准备酿制“梅花酿”的时候，饶宇也忙得不行。当初洽谈基地项目落地时，为了争取地方政策，饶宇拍着胸脯答应县里，每年要为地方提供一到两个可以转化的项目。毕竟地方要的是实实在在的效益。用县委方书记的话说，老百姓看不到实惠，政府也不好交代嘛。饶宇当然理解，并表示尽快兑现。不承想方书记是个急性子，过两天就绕着弯子催一次。饶宇是高级知识分子，不会迂回打哈哈，只会说尽快尽快，死要面子活受罪，为此伤了不少脑筋。饶宇几次和鲍俪约会，一提起这事，就唉声叹气。鲍俪宽慰几句，工作就是工作，不必太在意。饶宇只是点头，不晓得听没听进去。

鲍俪听说梅园的梅花开了，约饶宇一起散散心。正好梅姑让鲍子打电话给鲍俪，一起陪梅姑去赏梅。鲍俪就把饶宇拖出来，说是陪梅姑。饶宇不好推辞，于是便去了。一行人来到梅园，赏过梅，照了相，倒也快乐。临回时，梅姑让鲍俪采些梅花回去，教她做"梅花酿"。鲍俪一听，兴奋得不得了，拉着饶宇一起采梅花。饶宇一边采花一边想着心事，突然来了灵感。有道是药食同源，要是在"梅花酿"中加入中药，岂不药食一体了？于是就把想法和梅姑说了。梅姑一听笑了，说，这不新鲜哦！我五岁那年冬天，害了积食，没有胃口，又怕吃汤药，正好阿爸回来过年，用甜米酒加上中药，煮了给她吃，吃了两回就好了！饶宇问，梅二先生用的是什么药？梅姑想了想说，记得是厚朴！饶宇一拍脑壳说，对嘛！厚朴微辛性温，归脾经胃经，行气消积，别说是孩子，就是大人吃了也有好处！我有个想法，不如搞一个"厚朴梅花酿"，一定好卖！梅姑点点头说，哎呀，不愧是大博士哦！

凡事就怕没思路，一旦思路打开，点子就不止一个。在梅家老屋，围着火桶，沿着"厚朴梅花酿"的思路，饶宇和梅姑又碰撞出好多创意火花。什么当归"梅花酿"、桔梗"梅花酿"、茯苓"梅花酿"等，都冒了出来。鲍俪听得着迷，仿佛闻到"梅花酿"的味道，催着赶紧试试。饶宇做事严谨，先让实验室拿出数据，保证食品安全，再形成方案，交给华建林。华建林看后，喜出望外，把项目截留，说肥水不流外人田，这个项目就落在双溪了。饶宇当然没意见，只要能做好，不管放在哪里，也算给县里和方书记一个交代。

世界首例"厚朴梅花酿"在双溪诞生了。这话是华建林说的。华建林还说，这个专利双溪要注册，品牌还用"梅姑牌"，丰富双溪的产品阵容。饶宇同意,其他人都没意见。梅姑不同意,说,这主意是饶博士想的,应该归他。饶宇说,这是受梅姑的启发,还是用“梅姑牌”好!一番推让,最后叶小苋说,按说用哪个都行,不过用“梅姑牌”更好,毕竟前面几样都是“梅姑牌”,再加一个,也能沾光!众人都说好,梅姑说,那就听这个“跑腿的”吧!

别看一个“厚朴梅花酿”,小产品,却是大阵容。梅姑指导,鲍俪操作,饶宇提供学术支持,江红霞和郝曼联合打下手。鲍子全程拍摄记录。忙了几天,产品出来了。鲍俪最兴奋,亲自张罗在“梅舍1号”操办了一场品鉴会。与会者品尝后都说好,一定大卖。当天晚上,饶宇和鲍俪喝得兴奋,两个人竟然都有醉意,不晓得是无心还是有意。梅姑看不下去,不管三七二十一,让江红霞把鲍俪架回梅家老屋。叶小苋说,梅姑,人家说不定就想喝醉,好借着酒劲生米做成熟饭,您倒好,硬是把一对醉鸳鸯分开了!梅姑说,别瞎说!还没过门哦!众人一听,一阵大笑。按照事先安排,鲍子将制作过程剪辑成两个版本,抒情版由“霞姐”的账号发布,效果自然不错。教学片在老祠堂内放映,让村民们前来学习。一周后,双溪的空气中,不仅弥漫着“梅花酿”的甜香,还有一股淡淡的厚朴的味道。两种味道混在一起,让古村双溪更有厚重的意蕴了。

实事求是地说,“厚朴梅花酿”项目说科技创新实在勉强,最多算产品融合,但应付一下,还是可以的。这一点华建林明白,想必饶宇也明白,都不点破,心照不宣。

“双溪梅花酿文化节”如期举行,“厚朴梅花酿”自然成为亮点。县委方书记亲自参加,品尝一杯“厚朴梅花酿”之后,大加赞赏,兴奋之下,搂着饶宇,当众大夸饶博士果然说到做到,顺便又提出新要求,能不能再搞一两个大项目。饶宇上回吃过亏,这回不敢大包大揽,只答应试试。方书记哈哈大笑,说,饶博士,我相信你,相信你的团队,我们县经济腾飞就仰仗你们了!饶宇一听,头皮发麻,扭过头看着旁边的华建林。华建林晓得饶宇不敢应承,赶紧接过话来说,饶博士的新项目正在酝酿中!方书记点点头,冲着饶宇双手抱拳,说,拜托拜托!

说起来,方书记此次来双溪,除了应邀参加活动,还把分管文旅的常务副县长和文旅局的班子都带来了。不用多说,方书记的用意一览无余,那就是让他们看看双溪旅游文化是怎么做的,学习学习,反思反思。这一点,华建林早就看出来了。按说,这是相当长脸面的事,可是华建林并不得意,反而有些惴惴不安。最让华建林为难的是,方书记在双溪主持召开现场会,点名让华建林谈谈经验,尤其是如何抓住机遇,促进基地项目转化,短时间内推出了"厚朴梅花酿"。华建林脑壳不笨,虽说是一次露脸的机会,但还是低调为好,该谦虚的不该谦虚的一律谦虚,好歹应付过去了。

现场会开得还算圆满,华建林长长地松了一口气。不承想,方书记鞭打快驴,又给他布置一个任务——以"网红学院"为依托,开办一个"全县乡村旅游宣传骨干培训班"。这个任务倒不难,华建林转手交给菲菲和强强。菲菲说,什么时代了,还叫"骨干培训班"?听起来好老土,改个名字嘛!强强赞同,说,不如就叫"乡村景探训练营"!菲菲一听,连说这个好这个好!华建林也觉得好,于是就由他们去张罗了。

"乡村景探训练营"为期一周,由县文旅局主办,双溪"网红学院"承办,各乡镇选派有一定基础的人员参加,有六十多人。华建林脑壳灵光,马上算了一笔账,六十多人一周的吃住行,怕是一笔不小的开支。文旅的事,文旅局当然要烦神,"一把手"找华建林哭穷,说文旅局穷得叮当响,年底公务开支扎账,没有这笔经费!华建林一听头就大了。可是事情都宣传出来了,人员都报到了,事先又没说明收取会务费,明摆着出难题嘛!华建林懂了,这是"一把手"给他的下马威或说是考验,于是咬咬牙,拍着胸脯说,领导放心,这事我来办!"一把手"说,反正你马上就是文旅局的人,双溪又是榜样,能者多劳嘛!华建林谦卑一笑,说,应该的!

公家的事但凡跟钱有关,说容易也容易,说难也难。华建林晓得,对他来说,关键时刻,事情一定要办得巧妙,不能说滴水不漏,至少要让各方面都无话可说。当天,华建林在"双溪人"群里发了一条消息,把调子起得好高,说通过努力争取,双溪迎来了一次难得的展示形象的大好机会,全县"乡村景探训练营"在双溪举办,这是双溪的荣幸!群里一下子就热闹起来,有人说这种活动越多越好,有人说哪怕花钱也值得!群众反应热烈,说明大家都没意见。华建林心中有数，这才着手安排。六十多人一周的吃住行，一样一样都得安排好，不然受影响的不仅是个人声誉，还有双溪的形象。吃的问题和兰姐谈好，先吃后结账，按成本价结算，费用从“网红学院”账上走。住的问题，找鲍俪谈。鲍俪说“梅舍”已经改造出来七十多个房间，正好检验一下接待能力，费用全免。至于行的问题，更不是问题，反正都在双溪，走几步也累不着人。最有意思的是，华建功听说后，主动找到华建林，愿意提供一部分“水芝茶”作为活动礼物。华建林当然高兴，特意嘱咐，包装上要贴“中国（双溪）乡村景探训练营”的字样。华建功说，明明是全县的事，冠上“中国”，口气好大，不太合适吧？华建林说，双溪本来就是中国的双溪，没什么不合适。话又说回来，双溪付出了，总得落个名声嘛，不然双溪百姓还不骂我胳膊肘往外拐？华建功顿时明白，连连感慨，说，建林啊建林，你比我还会算计，不做生意可惜了！

多亏菲菲积极负责，训练营顺利进行。即将结束时，菲菲要求每位学员拍一段视频作为结业作品。既然是“景探”，又在双溪，菲菲就定下一个主题“我眼中的古村双溪”，角度不限，方法不限，看谁能探出新名堂。一时间，六十多个学员，六十多双眼睛聚焦双溪，六十多个视角。远山近水，老屋旧巷，犄角旮旯，一草一木，都成为焦点。三天后，六十多条视频一股脑地发到网上，形成“集束效应”，让双溪这个名字又上了热搜。方书记亲自打电话给华建林，说，这一仗打得漂亮！

说来也巧，当时市委主要领导正在北京开会，看到后非常满意，打电话给方书记，说这种宣传推广效果很棒，不妨总结一个“双溪模式”嘛！方书记见得到市领导的认可，自然兴奋，又打电话给华建林，马上搞一个“双溪模式”的报告。华建林有点意外，说，报告领导，这事是无心插柳，模式好像还谈不上！方书记说，模式要总结，总结总结嘛！

结业仪式在双溪老祠堂举行，方书记亲自参加并发表热情洋溢的讲话，对训练营的成功举办表示祝贺，同时提出新的要求，这种形式的培训要定期举办，专款专用，保质保量！最后，方书记号召全县各乡镇学习“双溪模式”，全面推进乡村振兴。为表扬双溪村在全县乡村振兴中所做的贡献，建议县政府拿出“县长奖”奖励双溪村。仪式结束后，县文旅局“一把手”把华建林拉到僻静处，拍拍肩膀说，建林，你这家伙好有福气啊！华建林笑了笑，一吸鼻子，闻到双溪寒冷的空气中有一股淡淡的厚朴味道。

那天，活动结束，送走领导和学员，已近傍晚。华建林刚刚松了一口气，市外事办的同志陪同一个客人来到双溪，点名要找梅姑。梅姑一看来人，有点面熟，一时却想不起来。华建林和鲍子一眼就认出来，是曾经来看过七喜的日本人小津先生。据外事办的同志介绍，小津是日本北海道一家农产品企业老板，自从上次在梅家老屋喝过“梅花酿”之后，小津夫妇念念不忘。今年夏天小津夫人得了重病，临终前跟小津回忆夫妻的美好时光，提到当初的徽州之行，自然也谈到在梅家老屋看到的七喜和喝过的“梅花酿”。据小津说，当时妻子紧紧抓住他的手说，好想再和他一起去双溪，尝一尝梅家老屋的“梅花酿”。然而远隔重洋，不能实现，不久小津妻子带着遗憾离开人间。小津为了怀念妻子，也为了让更多日本人都能品尝到双溪“梅花酿”，想与梅姑合作，建一座“梅花酿”加工厂。小津表示，投资他负责，技术由梅姑负责。

那时候，天井里正落雪花，纷纷扬扬。小津说完，站起身来，向梅姑深深鞠躬。梅姑没说话，平静地望着窗外。小津一直躬着身子，像根豆芽似的站着。毕竟能为双溪引进外资，华建林觉得是好事，看了看梅姑，说，梅姑，人家等回话呢！梅姑坚定地摇了摇头，拄着手杖站起来，走到门口，看着天井上空的一方天，说，下雪了！阿爸好喜欢下雪哦！

华建林一听，顿时明白了，冲小津摇了摇头。漫天的雪花中，小津带着遗憾离开梅家老屋。临走前，梅姑让华建林拿两瓶“厚朴梅花酿”给小津，让他带回去祭奠妻子。小津鞠躬感谢。梅姑说，做人要厚道哦！

梅姑说这话的时候，站在天井里。那时候，雪花飞舞盘旋，四水归堂的天井里，明暗各半，对比强烈，仿佛魔幻世界的时光隧道。梅姑站在雪花中，望着天空，身后是小津低头鞠躬的身影。鲍子举起相机，按下快门。本来，鲍子给这幅作品起名叫《厚朴》，可是又觉得不合适，于是拿给梅姑看。梅姑看了看，说，雪好大哦！鲍子说，还有呢？梅姑又看了看，说，好大雪哦！鲍子听罢，不禁打了个寒战，于是把名字改成《雪》了。

鲍子最先把《雪》发在自己的朋友圈，后来被一个“摄友”转发到一个红色文化论坛里。论坛里有眼光老辣的网友，结合日军侵华的历史分析，《雪》是雪耻的雪，也是洗涤灵魂的雪。作品中梅姑一身浩然之气，有一股厚重之力，让那个鞠躬的日本人感到羞耻！这个解释颇有高度，引起强烈共鸣。《雪》一下成了热点，上了热搜。

鲍子的作品受到关注，在鲍俪的朋友圈也引起反响。鲍俪在深圳的闺密阿琼打电话给鲍俪，想看更多鲍子的作品。阿琼是一家大型传媒公司艺术总监，曾留学欧洲学习视觉艺术，眼光向来挑剔，能看上鲍子的作品实属不易。鲍俪把鲍子挑选出来的作品打包发给阿琼。阿琼很快回复，报请公司研究决定特聘鲍子为公司签约艺术家，同时为鲍子在香港和内地筹办影展，配合影展出版作品集，所以请鲍子务必尽快去深圳签约并商谈影展事宜。鲍俪好兴奋，没跟鲍子商量，就一口答应了。

鲍子当然也兴奋，然而兴奋过后又犹豫了。

实话实说，阿琼看中的作品，都是鲍子十年来在双溪拍摄的作品，大部分拍的是梅姑和梅家老屋，也是梅姑挑出来的作品。十年了！十年的努力和光阴都凝聚在那些作品里。没有梅姑和梅家老屋，就没有这些作品。鲍子想，影展也好，出版也罢，必须征得梅姑的同意。当天晚上，鲍子和鲍俪一起跟梅姑说了。

梅姑听后笑了，一口答应，拉着鲍俪的手说，鲍子真不容易！人这辈子，有几个十年哦！

第四十章　腊八

双溪的习俗，过了腊八就是年。吃过腊八粥，家家户户打年货。说到过年，江红霞今年最开心。不久前，警方为华建功追回多年前被骗的钱款，不仅还清债务，还有不少余额。华建功虽说不敢再自称"双溪首富"，毕竟甩掉了"双溪首负"的帽子，于是腰杆硬了，底气足了，身体里各种软件顿时激活，跟江红霞夫妻生活越发和美。除此以外，江红霞自己也上了新台阶。因有鲍子帮忙，"霞姐"账号下的粉丝已过百万，大小也算网红，出名不说，打赏带货，前前后后也变现不少，着实得了实惠。最让江红霞高兴的是儿子华枫考上大学，又如愿学医，怎么想怎么满意。不过，江红霞也遇上一件为难的事。自从叶小苋怀上二宝，华建功看着眼馋，天天缠着江红霞要生二宝。江红霞不是不想，也不是不能，只是儿子华枫已经上大学，到时候看到自己挺着大肚子，当妈的脸往哪搁嘛！华建功的理由冠冕堂皇，响应国家号召，人人有责！话说到这份上，江红霞也顾不上那么多，于是便从了。

腊八这天，江红霞早早起来，煮好一锅腊八粥，装在大保温桶里，和华建功一起看梅姑。双溪人的腊八粥，讲究文火慢煮，费力费时，因此才有"千日捡柴火，一餐腊八粥"的说法。叶小苋挺着大肚子，梅姑上了岁数，煮腊八粥都忙不下来。江红霞早早就打过招呼，今年的腊八粥由她煮好送来。

江红霞和华建功一起来到梅家老屋，叶小苋服侍梅姑刚刚洗漱完毕。一见江红霞来了，梅姑连连招手让江红霞过来。江红霞赶紧过去，梅姑附在她耳边说，我做梦了，梦见你怀上二宝了！江红霞听了，顿时红了脸，说，梅姑，大清早就瞎说！梅姑好认真，说，真的哦！你问小苋，我刚刚跟她说过！叶小苋说，梅姑一口咬定，你怀的是囡囡哦！华建功一旁听见，说，好啊好啊！托梅姑的福，那样我也儿女双全了！江红霞拍了华建功一下说，就你天天想好事，也不想想自己好大岁数！梅姑对江红霞说，你嘛，不过虚四十，能生！阿欢在旁边听到了，跑过来对江红霞说，你也要生宝宝，那就跟妈妈搞比赛吧！四个大人一听，笑得停不下来。

吃过腊八粥，一起说说话。梅姑凡事爱操心，说到华建林去县委党校学习，又说到鲍子和鲍俪去了深圳，接着又问华枫什么时候放假。江红霞说，前天来电话说，放假正好能赶上梅姑生日！梅姑听了，叹口气说，我的生日就算了，好好过年吧！

关于筹办梅姑101岁的生日，早在华建林去县委党校学习前，就在梅家老屋议过。梅姑特意交代，今年的生日一定不要跟公家的事掺和在一起，说怕影响华建林的“前途”，家里人在一起，热闹热闹就好了。叶小苋和华建林都同意。不过，叶小苋心里有自己的小算盘，想把梅姑101岁生日和华建林的提拔并在一起，两件喜事一起办，不显山不露水，又完美体现。毕竟单独为华建林提拔搞庆祝，太过高调，影响也不好！叶小苋有了计划，并没有跟华建林说，只跟华建林说梅姑生日的事我包了！华建林对叶小苋办事当然放心，不过考虑到叶小苋毕竟怀有身孕，让她小心才好。

江红霞说，梅姑，今年您的大寿，我和小苋来张罗，你就放心吧！梅姑说，红霞来帮小苋，我更放心！不然，看她挺着肚子忙里忙外，我心里也不忍！叶小苋说，梅姑啊梅姑，本来就我一个孕妇忙就算了，您老人家又拉一个进来，您心里岂不是更不忍了?！梅姑拍拍脑壳，眯起眼来，笑着说，哎呀，我好笨哦！

吃了腊八粥，家家大扫除。江红霞和华建功帮着叶小苋把梅家老屋里里外外打扫一遍。已近中午，江红霞和华建功告辞。叶小苋把阿欢赶进屋里写寒假作业，捧着肚子陪着梅姑在天井廊檐下走一走。梅姑走着走着，突然停下来，望着四水归堂上的一方天空说，日子好快，一眨眼，来梅家老屋一百年了！叶小苋说，梅姑好有福气，把梅家老屋都熬老了！梅姑摇摇头说，阿爸把我抱来的时候，怕是没想到，我在梅家老屋一住就是一百年！叶小苋说，梅姑还能住上一百年！梅姑笑了笑，又摇了摇头说，小苋，你念过大学，帮我想一想，当年我亲生父母为什么把我送给阿爸？叶小苋说，那羊皮本里不是写了？他们当时为了出国留学，追求真理嘛！梅姑眨眨眼，半天才说，真理好重要哦，比亲生骨肉还重要！叶小苋说，那是！梅姑说，小苋，打个比方说，等你肚子里的二宝生下来，会送人吗？叶小苋一听，愣了一下，说，梅姑又瞎说，我的二宝凭什么送人！梅姑叹了一口气，说，晓得你不会！叶小苋双手捂着肚子，说，打死也不会！梅姑说，想想看，现在的人和当年的人不能比！叶小苋抚着肚子，说，他们好伟大！梅姑说，也好狠心！叶小苋说，没有他们当初的狠心，哪有我们现在的开心？梅姑又叹口气说，唉！我命好苦，这辈子遇上的何止一个狠心人哦！叶小苋说，包括Mike？梅姑点点头，竟露出少女般的笑容，说，他好狠心哦！叶小苋也笑了，说，可惜梅姑再怎么骂，他也听不见！

那天晚上，不知是着凉，还是吓着了，叶小苋有点发烧，躺在床上想着梅姑说的话，越想越害怕，打电话给华建林，把事情说了。华建林劝她说，梅姑 101 岁，难免说些糊涂话，不必当真。叶小苋一想也是，自己劝了自己好一会，才迷迷糊糊睡去。

次日，天阴。因为一夜没有睡好，叶小苋起床时，梅姑已经自己洗漱好了，在天井的廊檐下散步。叶小苋一边催着阿欢起床，一边去灶下烧早饭，一切忙好，太阳钻出云层，高高挂在屋顶了。

就在这时，饶宇回来了。

饶宇是急急忙忙从老家赶回双溪的。上周，饶宇在北京参加世界中医药发展高峰论坛时，突然接到父亲从老家打来的电话，告诉他在奶奶留下的小箱子里，找到了爷爷那颗金包牙。会议一结束，饶宇就赶回老家，一见到爷爷那颗神秘的金包牙，当即脑补爷爷当年用手巾包着石块猛敲自己槽牙的情景。想到这里，饶宇的牙床不禁发颤。自从得知爷爷疑似和梅姑曾经有段恋情之后，饶宇对爷爷的历史充满好奇。如果证明爷爷就是梅姑当年的恋人 Mike,那么就能证明爷爷是东南亚华侨,也就能证明自己家族的来路。从学术上讲,这叫基因追溯。从家族上讲,这叫认祖归宗。不知何故,饶宇打心眼里希望爷爷就是 Mike。如果这个事实成立,那么爷爷与梅姑的爱情故事自然成立,那么他与梅姑的关系也就更加亲近。作为后辈他也会更加欣慰。事实上,饶宇对梅姑充满好奇和敬意,从私心的角度来说,饶宇希望爷爷有一个像梅姑这样的恋人,哪怕仅仅是一段精神恋爱。

此次,饶宇不仅带回爷爷那颗金包牙,还带回爷爷一段鲜为人知的故事。自从得知爷爷饶国清疑似梅姑所说的 Mike 之后,饶宇通过互联网与全国各地的朋友联系,源源不断地收到信息。毕竟搞学问出身,饶宇逻辑清晰,思维缜密,抽丝剥茧,理出头绪。首先,洪远征父亲洪队长的回忆录里,有一篇回忆饶国清的文章,文中说饶国清原名不详,参加新四军时开始使用“饶国清”这个名字。饶国清是马来西亚华侨,祖籍广东,其父经营糖业,主要做中国生意,一度生意兴隆。1937 年,日本发动侵华战争,海上商路中断,其父的货船遭日军查扣。内外交困,面临破产,其父遭此打击,不幸暴病而亡。其父去世后,其兄继承父业,饶国清则立志回国参战替父报仇,辗转来到皖南,参加新四军,并捐出随身携带的金项链和金表。在部队,饶国清与洪队长相处友好,暗中透露喜欢梅姑,并托洪队长替他送过信。“皖南事变”后,洪队长留在皖南,与当地地下党组织一起保存革命火种坚持游击战,饶国清侥幸过江,却在突围中失去了右臂,当然也丢了那把小提琴。据一起突围出来的同志回忆,因饶国清曾留学日本,日语很好,来到苏北后,曾作为翻译押解日军战俘。1943 年冬,在一次押解战俘途中,遇到日军袭击,此后与部队失去联系,当时都以为他已牺牲。新中国成立后,一个国民党投诚军官回忆,有一个叫饶国清的人,独臂独眼,曾经跟着他们的部队抗日。这个国军连长对那个独臂独眼的汉子很佩服,两人成为好朋友后,得知他是华侨,参加过新四军,一心只想抗日为父报仇,还得知他押解日俘受伤后躲入山中,被一个山里女人救起,并与那个女人成了亲,老婆怀了孕。后来饶国清牺牲在山东临沂附近,应该就埋在那里。

在梅家老屋,当饶宇亮出那颗擦得金光闪闪的金包牙时,叶小苋竟然一阵晕眩，抚着大肚子呼呼地上气不接下气。实话实说，那不过是一颗普通的槽牙包上一层黄金，可是在叶小苋的眼里，却蕴藏着丰富的信息，包裹着一个漂泊的灵魂，令人望而生畏。本来，叶小苋想拿着那颗金包牙直接找梅姑，饶宇觉得太冒失，建议叶小苋先找梅姑打听 Mike 有没有包过金牙。如果没有，说明这条线索没有价值，给不给梅姑看那颗金包牙也就无所谓了。饶宇的意思是，不想再给梅姑留下不好的印象，更不想去刺痛一位百岁老人的心。叶小苋同意，于是各自行动。临走时，饶宇要把他爷爷那颗金包牙留给叶小苋保管。叶小苋吓得直躲，催着让他带走。饶宇颇为不解，说，啧啧，叶公好龙嘛！

晚上，叶小苋服侍梅姑上床躺下，梅姑担心她挺着大肚子太辛苦，催她赶紧回去歇着。叶小苋不慌不忙，把火桶移到床边，在床沿上坐下来。叶小苋早就看出来，只要和梅姑单独在一起，一谈起 Mike，梅姑就来精神，往往有问必答。叶小苋说，梅姑，听说老一辈有钱人，不论老少，都喜欢包金牙，为什么？梅姑说，那年月，兵荒马乱，人心难测，出门在外，把金子包在牙上，图个保险嘛！叶小苋突然问，Mike 有没有包金牙？梅姑点点头，脱口而出，说，一共四个，一边两个，槽牙！叶小苋按捺着激动，又问，梅姑怎么晓得？梅姑说，当年，他们队伍驻扎双溪后，他水土不服，上火牙疼，我帮他看过，吃过两服药就好了！叶小苋听到这里，大叫一声，太好了！梅姑一惊，捂着胸口说，三更半夜，一惊一乍的！叶小苋抱住梅姑，说，Mike 找到了！梅姑拍了拍叶小苋的脸说，还没睡觉，就做梦哦！叶小苋说，Mike 的金牙找到了！梅姑冷下脸来说，瞎说！叶小苋拉着梅姑的手，把饶宇爷爷的事一说。不承想，梅姑听罢，却出奇地平静，闭上眼睛，半天没吭声。叶小苋摇着摇梅姑，梅姑支起身子，慢慢从枕下拿出 Mike 迟到的五封信，递给叶小苋。

叶小苋看过信之后，才晓得梅姑似乎早就料到，只是不愿承认罢了。Mike 离开皖南后一直想念梅姑，却一直没有收到梅姑的回信，渐渐失去信心。在最后一封信中，Mike 提到他突围时丢了"梵阿玲"，也丢了一只手臂，从此不能拉琴。最后一句是："LiLy，也许你我不能再见，除非在梦里。梦里见，LiLy！”

叶小苋看完信，被梅姑这段凄美的爱情深深打动，紧紧抱住梅姑，忍不住在她耳边轻轻叫了一声，LiLy！

梅姑喃喃道，Mike！你好狠心哦！

声音不大，却在叶小苋耳边鸣响。叶小苋忍不住想哭，扭过头去看向窗外的天井。落雪了。窗子透出的微黄灯光下，雪花飘舞，柔柔软软。叶小苋的眼泪止不住地流下来。

梅姑披衣下床，执意要到走马廊走一走，透透气，缓缓神。叶小苋打开走马廊的灯，扶着梅姑出来。一阵冷风扑面，叶小苋不禁打了一个寒战，梅姑却似乎无所谓。灯光下，雪花在天井里飞旋，如梦如幻。梅姑望着雪花说，当年他说过，他在东南亚出生长大，从来没见过下雪。叶小苋说，他牺牲在山东，那里冬天会下雪，他能看到！梅姑点点头，哦，那他就如愿了！

梆——梆——梆——梆——

北风中，四更的梆声仿佛受了风寒，颤颤巍巍，哆哆嗦嗦，随着雪花在双溪的夜色中渐渐远去。

第四十一章　脉枕

郝曼突然像变了一个人，从里到外，几乎看不出原来的影子。在老街上一走，好多人一下子不曾认出来。不过，没人觉得奇怪，毕竟郝曼恋爱了。昨日晚上，鲍子打电话回来，说他次日从深圳回双溪，一大早郝曼打扮一新，去高铁站接站。这时候，郝曼已经办妥离职手续，加盟了饶宇的团队，成为基地品管部主管。换了岗位，也换了心情，郝曼的装扮也变了。往常在卫生室，一天到晚一身白大褂，除了口红，浑身上下没有别的色彩。更换工作之后，从栗色头发到红色长筒靴，郝曼把自己打扮得色彩斑斓，宛若一只探春的花蝴蝶。鲍子出了车站，要不是郝曼不停地招手，差点也没认出来。鲍子说，哎呀，老远看着一个人招手，我还以为孔雀开屏呢！郝曼不生气，笑着用小拳头在鲍子胸口上捶，一下、两下、三下。

本来，郝曼去接站前就跟兰姐打过招呼，接上鲍子后一起到“梅舍”吃晚饭。兰姐心领神会，自然妥当安排，为他们预留一个小包间，确保他们小别之后的二人世界。可是一进双溪，鲍子像吃奶的孩子找妈妈似的，非要回梅家老屋见梅姑，一刻也不能等。郝曼没办法，只好陪着。一进梅家老屋，鲍子大喊，梅姑！梅姑！梅姑听见，赶紧拄着手杖迎到天井。鲍子丢下行李，冲上去紧紧地抱住梅姑哭起来。梅姑吃惊不小，说，哦，小鲍子，是不是人家欺负你了？鲍子说，没有！梅姑说，是不是东西丢了？鲍子说，没有！梅姑说，那是为什么哦？鲍子说，我高兴！梅姑笑了，说，哦！高兴就好，哭吧哭吧！鲍子不哭了，搂着梅姑的肩膀，说，谢谢梅姑！

鲍子确实高兴。深圳之行,一切顺利。签约艺术家的合同签了,影展策划准备就绪即将正式启动,配合影展的作品集出版也搞定了。在深圳,鲍子亲眼看见那些见多识广的策展人,面对自己的作品时被震撼的表情,也看出来他们之所以被震撼,不是因为他鲍子水平有多高,而是作品的主题梅姑和梅家老屋。这让鲍子更加坚信,没有梅姑和梅家老屋,就没有他今天的成就,更没有这次影展。十年,与梅姑和梅家老屋朝夕相处,过往的一切历历在目。鲍子必须感谢梅姑,感谢梅家老屋!

影展名称最终确定为"四水归堂"。说起名称的确定,还费了一番周折。开始策划团队认可阿琼起的名字"古村之眼",一致认为将梅家老屋的天井和作者的镜头比喻成"古村之眼",回望一座古村的千年历史和一位百岁老人的漫长人生,很有后现代的意味和批判精神。鲍子却不同意,并表达自己的主张。"四水归堂"不仅仅是古村双溪的眼睛,还是整个徽州文化的灵魂,更是千年徽州一脉相传的文化符号。其中有世道人心,也有人情世故。有历史沉淀,也有精神皈依。有现实观照,也有美好追求。总之只有"四水归堂"能包含、概括。鲍子说得好激动,让在座的策划团队大吃一惊,一起看着阿琼。阿琼被鲍子说服,当即拍板将影展和作品集的名称统一定为"四水归堂"。届时,公司将启用现代化手段,在线上线下同时进行。也就是说,在双溪也能看到鲍子的影展。

梅姑听说在家能看鲍子的影展,欢喜得不得了,拍着手说,好哦好哦,鲍子办影展,也算大喜事!郝曼说,影展梅姑是主角,要到现场去嘛!梅姑摇头说,我答应过阿爸,要看好梅家老屋!叶小苋说,放心吧,梅家老屋我替你看着!梅姑还是摇头,说,我答应过阿爸,要看好梅家老屋哦!

众人围着鲍子问这问那,梅姑突然想起什么,问,你和鲍俪一起走的,鲍俪怎么没回来?鲍子说,鲍俪去办大事了!梅姑点点头,说,鲍俪风风火火的,是个做大事的人!叶小苋故意逗梅姑说,梅姑,从小您就说我风风火火的,不像个囡囡,到如今也没见我做出什么大事!梅姑笑了,指着阿欢说,喏!这里一个,你肚子里还有一个,两个大宝贝,还不算大事?!众人一听,都笑得站不住。鲍子说,梅姑,鲍俪这回做的大事是为了您!梅姑眉毛一扬，吃惊地说，为了我？鲍子故意卖关子，说，到时候就晓得了！

正说得热闹，忽听门外有人喊梅姑，鲍子跑去开门，来人是苏杏村。苏杏村一进门便大喊道，老天有眼！老天有眼！梅家的宝贝回来了！梅姑一头雾水，杵着手杖说，杏村啊杏村，你也是七十岁的人了，腊月寒天，说什么老天不老天的？苏杏村来到梅姑面前，轻轻地从包里拿出一个纸盒子，取出那只唐三彩脉枕，双手捧着，递给梅姑。梅姑接过来一看，说，哦！说这脉枕不是让人家收去了吗？苏杏村说，是哟是哟，要不我怎么说老天有眼嘛！梅姑说，杏村啊杏村，瞧你这温暾性子，快快说嘛！

苏杏村说得没错，确实是老天有眼，不然这只唐三彩脉枕还回不到梅家老屋来。自从儿子苏爱华偷偷把脉枕卖给樊思仁之后，苏杏村跟老同学樊思仁撕破脸了。不仅如此，苏杏村以死相逼，让儿子苏爱华把那笔钱吐出来，找樊思仁退钱，讨回脉枕。苏杏村性子温暾，不急不忙，三天两头上门，不给就不走，回回闹到三更半夜，搞得樊思仁老婆神经衰弱，大骂樊思仁作孽，天天捣鼓什么文物，简直烦死人。樊思仁晓得苏杏村的性子能肉死人，赶紧跟北京的大收藏家冯无双联系，大倒苦水，希望退钱退物。冯无双本来就爱玩“唐三彩”，正好缺脉枕这个门类，自然不愿出手。樊思仁见硬讨无望，遂生一计——他了解到冯无双的爷爷曾是新四军，就把梅姑与新四军和游击队的关系跟冯无双说了，还把关于“红色欠条”的文章发给冯无双看了，并添油加醋地说梅姑一个百岁老人，为了这个脉枕，焦虑成疾，万一有个三长两短，网络时代，这事捅到网上，一旦传播开来，对您这个大收藏家的名声不好啊！冯无双看后，又是感动又是害怕，思来想去，忍痛割爱，将脉枕退还了。

梅姑听了，不免一番感慨，说，哦，收藏家里也有明白人啊！苏杏村说，梅姑，这只脉枕本来就是梅家的宝贝，这回还给梅家。放在我这里，万一再出麻烦，我担不起责任！梅姑说，杏村，还是你拿着，多治几个病人，也不辜负这宝贝！苏杏村说，去年我请郝曼从网上买了一只布做的脉枕，价格不贵，好用得很，不耽误看病！郝曼说，就是就是，苏老师还说善医者不择枕呢！梅姑一听，摇摇头说，记得阿爸说过，脉枕还是瓷的好，中空如鼓，脉切得准！苏杏村说，那也不难，回头再请郝曼从网上买一只瓷脉枕！梅姑笑了，指着苏杏村对众人说，一朝被蛇咬，十年怕井绳哦！好吧，脉枕我先收下，说不定还有用！

众人围着梅姑，有说有笑，不知不觉天色将晚。梅姑留苏杏村在梅家老屋吃晚饭，说是感谢他把梅家的宝贝脉枕追回来。吃过饭，又说了一会儿话，苏杏村告辞。江红霞和华建功领着儿子华枫来了。华枫刚刚放寒假，特意来看梅姑。梅姑一见华枫说，来得正好，我这有个礼物送给你！华建功说，梅姑，我们家现在不缺钱了！梅姑说，你不缺钱，缺这个！华建功定睛一看，梅姑拿出那只脉枕，于是说，梅姑，这可是宝贝，华枫还是孩子，承受不起！梅姑笑着说，建功，你承受不起我相信，华枫能承受得起。拿着！华枫不敢接，看了看江红霞。江红霞对华枫说，收下吧收下吧。好好学习，对得起梅姑的一番苦心！华枫双手接过脉枕，给梅姑深深鞠了一躬。梅姑好开心，说，好哦，双溪的医脉有续了！

腊月十二，县委党校学习结束，华建林急急忙忙赶回双溪。路上，正在市里参加“两会”的方书记打来电话，说在市“两会”上，“双溪模式”成为话题，引起热烈讨论。方书记责令华建林尽快到县文旅局上任，在全县乡镇推广“双溪模式”，争取创造全县模式，造成全国性影响。方书记说，同志，时不我待，时不我待啊！

实话实说，方书记的急切心情，华建林一点都不惊讶，却对“双溪模式”这个词有点害怕了。提到“双溪模式”，这何尝不是他华建林当初的梦想？如今却心生畏惧。至于怕什么，他自己也不晓得。在县委党校学习期间，华建林集中思考过双溪到底有没有模式，换句话说，“双溪模式”成不成立？如果成立，这个模式是什么？经济搭台？文化唱戏？以旅游为中心全面发展？互联网+旅游+乡村振兴？华建林觉得都不是。那到底是什么？

凭良心说，双溪这些年的发展，风风雨雨，磕磕绊绊，一路走来，甘苦自知。没错！双溪有旅游资源，其他乡村也有嘛。没错！双溪能做特色产品，其他乡村也能做嘛。没错！双溪能招商引资，其他乡村同样可以办到嘛。这么一比较，双溪的优势不叫优势，双溪的特色也不叫特色了。没有优势没有特色，“双溪模式”还存在吗？话又说回来，如果非要找出双溪的特色，那就是人。双溪有梅、华、叶、苏四大姓，和睦相处近千年，留下好多规矩。双溪有梅姑这样的百岁老人，成了双溪乡亲为人处世的主心骨！可是，双溪这两大特色，其他乡村能复制吗？怕是不行！哪个村也不可能一夜之间搞出千年历史，更不可能找出一个像梅姑那样具有传奇经历的百岁老人！那么，如果非要拿这个所谓的“双溪模式”去推广复制，一旦搞成夹生饭，岂不害了人家？到时候人家不骂我华建林大炮筒吗？

夜深人静，华建林躺在党校学员宿舍床上，思来想去，这个“双溪模式”不能提，至少现在不能提。尽管这曾是他朝思暮想的“模式”，尽管这是他“职场五步法”的关键一步！过去，叶小莞最讨厌华建林屁大的事都往大里说。如今上级要树起“双溪模式”这块大招牌，应该往更大里说才是，可是华建林突然不敢说了。不是胆子变小了，而是说不出口。不过，华建林明白，如今“双溪模式”已经推到市“两会”上，他华建林不提怕是不行。别的不说，跟方书记就没法交代。人家方书记在会上把“双溪模式”吹上天，你只字不提，明明让方书记下不了台嘛！

怎么办？华建林为难了。是那种从未体会过的为难。

华建林回到双溪，并不太晚，没回梅家老屋，直接去了老祠堂。途中，给叶金波打电话约好，找他谈谈，听听他的意见。三个臭皮匠，顶个诸葛亮嘛。叶金波是个直性子，听说市“两会”上开始讨论“双溪模式”，兴奋不已，说，要我讲，领导说双溪有模式，那双溪就有模式！华建林问，那你说“双溪模式”是什么？叶金波抓耳挠腮，半天也没总结出来。就在这时，菲菲和强强来了。90后的观念新，不妨听听他们的看法。菲菲喜欢发表观点，长发一甩，说，“双溪模式”是以人为本，文化先行。以我自己为例，如果不是双溪重视人才，我也不会来，如果没有这么好的文化氛围，我也待不下去，更别说创办“网红学院”了。华建林追问，以人为本，文化先行，别的地方也能做到，为什么双溪能成模式，别的地方不能？菲菲说，运气好呗！华建林觉得这个说法有趣，问，什么是运气？菲菲说，运气嘛，好比我遇见了你，你把我招来，我又遇上梅姑，梅姑又会做“梅花酿”，我们又把“梅花酿”炒起来了，一环套一环，就这样！

强强早忍不住了，说，“双溪模式”就是让乡村成为乡村！叶金波一拍桌子，说，废话！乡村不是乡村，还是什么？华建林不让叶金波插嘴，对强强说，接着说！强强说，让乡村成为乡村，就是把乡村的事做足，其他的自然会好！你看，“网红学院”跟桃花渡有关，“梅舍”和老屋有关，系列“特色产品”跟百姓有关。“基地”跟天问山有关。做好乡村人，办好乡村事，这就是“双溪模式”。叶金波听罢点点头，说，嗯！这几句倒像人话！不过，我补充一句，打更队打了几百年，这也是双溪特色！华建林低头想了想，没再说什么。

四个人正讨论得热闹，华建林的手机又响了，来电显示是派出所汪所长。华建林接听电话，兴奋地大叫，OK！非常OK！叶金波问，又是什么喜事？华建林挂了电话，说，鸳鸯屏追回来了！叶金波一听，捂着胸口，原地转圈，用他沙哑的大嗓门大喊几声。菲菲扭过脸去偷笑，强强实在看不下去，不禁摇头。

鸳鸯屏确实追回来了。自从警方掌握了鸳鸯屏被盗的线索后，顺藤摸瓜，一个大型跨国倒卖文物团伙浮出水面。为了不打草惊蛇，警方派出卧底，摸清情况后，多地警方联动，将这一跨国倒卖文物的团伙抓获，查获大批待售文物，其中就有鸳鸯屏。目前鸳鸯屏已送到县公安局刑侦大队，按规定由事主梅姑带上身份证前去认领。

鸳鸯屏平安归来，的确是个好消息，华建林把“双溪模式”的事暂且搁下了。叶金波更是兴奋，毕竟当初鸳鸯屏是在他做打更队长的时候被盗，他一直觉得失职，如今追回，心里一块石头终于落了地。不过，高兴归高兴，汪所长让梅姑亲自前去认领，华建林着实挠头。如果跟梅姑实话实说，那么从去年布局到现在的“骗局”就会被揭穿。如果不说，怎么才能让梅姑去？华建林给汪所长打电话商量，说梅姑身体不好，大冬天的，能不能请人代领？汪所长说，按规定最好是事主亲自认领，事主因故不能前来，委托人要带上事主的身份证，所在村委会要开具委托人的证明。村委会开证明倒不难，可是如何拿到梅姑的身份证又让华建林为难了。叶金波粗中有细，胸有成竹地说，这事我去办！就跟梅姑说年底综治大检查，要登记身份证！华建林觉得这个理由勉强，于是点点头。强强在一旁阴阳怪气地说，老爸，你这不是骗梅姑吗？叶金波把眼一瞪，说，哼！我这算什么？你建林叔都骗了梅姑一年了哦！华建林好尴尬，冲着叶金波挤眼，说，当着晚辈的面，怎么能说我骗？最多算是善意的隐瞒！叶金波赶紧改口，说，对对，善意的隐瞒，一瞒就是一年！菲菲和强强相视不语，捂着嘴偷笑。

午后，梅家老屋的天井里一片暖意。阿欢跑来跑去，爬上爬下，疯得一头是汗，小脸红扑扑的。叶小苋呵斥几回，阿欢也不听，气得叶小苋捧着大肚子呼呼喘气。梅姑倒是开心，对叶小苋说，家猫枕着屋脊睡，一辈传一辈，阿欢跟你小时候一模一样哦！就在这时候，华建林打电话给叶小苋，说已顺利领回鸳鸯屏，正在回双溪途中，提醒她一旦梅姑问起，保持口径一致。叶小苋当然明白，在华建林没到梅家老屋之前，预先做好铺垫。叶小苋跟梅姑说，一家人搬回梅家老屋，镇上房子不住人，鸳鸯屏放在那里不放心，让华建林拿回梅家老屋。梅姑点点头，又叹口气说，阿欢玩起来还是那么疯，怕是鸳鸯屏没镇住她哦！叶小苋说，镇住了哦！要不是鸳鸯屏镇着，她早就疯上天了！梅姑笑了，说，等鸳鸯屏拿回来，还搁在阿欢房里！

叶小苋捂着嘴偷笑，一面说晓得了，一面给华建林打电话，用暗语说，平安无事！

第四十二章　梅瓶

在双溪,关于梅家老屋藏宝的新一轮讨论,是由梅姑 101 岁生日引发的。线上线下,热火朝天。不过,这一轮双溪人不仅关心梅家老屋到底藏着什么宝贝,而且关注什么时候开挖。据菲菲在群里透露,梅姑已经答应,在她 101 岁生日那天动土。至于为什么定在这个日子,也有议论。大多数的观点倾向于梅姑越老越爱热闹,想让生日那天更热闹。

梅姑确实答应开挖了。这话是当着饶宇的面说的。那天,饶宇把爷爷的金包牙带到梅家老屋,恭恭敬敬地摆在梅姑面前的八仙桌上。那颗金包牙静静地躺在一块红布上,像一星灯火,泛着黄澄澄的光泽。梅姑出奇地平静,拿起那颗金包牙,冲着亮光看了看,然后放回红布上,包起来还给饶宇。饶宇说,梅姑,给您留个纪念吧。梅姑摇摇头,转身走到天井,又来到西厢檐下,用手杖点了点梁柱下的础石,说,这里还有一件宝贝,等到我生日那天,一起给你们!饶宇马上想到《新安医综》,兴奋地看了看叶小苋和华建林。华建林问,梅姑同意了?梅姑点点头说,迟早要见天日哦!

因为梅姑生日临近,举办“梅姑教我一首歌”演唱会的话题,在“双溪人”群里引起热烈讨论。兰姐去年是召集人,众人都盯着兰姐问,今年何时办?怎么办?兰姐不敢做主,跑来梅家老屋好几趟,跟叶小苋商量。叶小苋没意见,梅姑不同意,说怕耽误大家的事。兰姐晓得梅姑的工作不好做,又想把事情办成,少不了伤脑筋。菲菲和强强出了一个主意,把演唱会做成双溪的群众文化品牌,就像用“梅姑”商标一样,生米煮成熟饭,到时候梅姑不同意也得同意。兰姐觉得这个主意好，鼓动菲菲和强强去找华建林。双溪人都晓得，只要说是为双溪搞品牌，华建林肯定支持，梅姑的工作他自然会做。果然，华建林非常赞成，双溪群众文化有一个品牌是好事，可是反对先斩后奏、生米煮成熟饭，万一梅姑生气，生日过不好且不说，寒冬腊月再气出毛病，那就不好了，最好想办法先做通梅姑的思想工作。不过，此前梅姑一再叮嘱，今年的生日不和公家的事掺和。华建林当时也答应过，现在让他找梅姑做工作，脸皮再厚也说不出口。菲菲和强强在华建林身边耳濡目染，早就练出脸皮厚的本领，缠着华建林不放。华建林无奈，只好答应试试。

关于做通梅姑的思想工作，华建林尚有自知之明，梅姑不一定给他这个面子。要想一举成功，叶小苋出马，也许更为合适。回到梅家老屋，华建林跟叶小苋商量，叶小苋也有点犹豫。因为 Mike 金包牙的事，梅姑这几天心情不好，从早到晚见不到笑脸。这时候去说，怕她未必同意。梅姑性子好犟，万一做成夹生饭，事情就不好办了。两口子思来想去，半天也没想出办法来。这时候，阿欢像个泥猴子一样，从外头跑回来找东西吃。叶小苋眼前一亮，一把将阿欢薅住。阿欢以为要挨揍，大呼华建林救命。叶小苋喝令阿欢闭嘴，跟阿欢谈条件，只要能让梅姑同意搞演唱会，将功补过。阿欢脑壳不笨，随口答应下来。叶小苋不放心，又跟阿欢交代一番，如此这般。阿欢的头点个不停，看上去信心满满。

梅姑这几天确实不太开心，不愿说话，不愿出门，也不让别人来烦她，连拍视频的兴趣也没有了。从早到晚，独自坐在堂屋里烤着火桶，一边看电视一边打瞌睡，或是一边打瞌睡一边看电视。这是梅姑的习惯。你说她在看电视，明明她眯着眼打瞌睡。你说她打瞌睡，电视里演的内容她却一清二楚。为此叶小苋试过几回，梅姑从来没说错过，神奇得很。

叶小苋和华建林一人揪一只耳朵，将阿欢拖到堂屋门前。阿欢小腿乱蹬，大喊梅姑救命。梅姑马上清醒，站起来问怎么回事。叶小苋指着阿欢说，疯丫头，让她自己说！梅姑说，哎呀，你们两个老鹰捉小鸡，凶巴巴的，让人家怎么说?！叶小苋和华建林松开手，阿欢偷看一眼叶小苋。叶小苋眼一瞪,大喝一声,快说!阿欢马上进入角色,假装抹眼泪说,梅姑,我要唱歌!梅姑说,哦,想唱就唱嘛!阿欢用手一指,说,他们不让我唱!梅姑说,没有道理,凭什么不让?!叶小苋说,梅姑您不晓得,她闹着要像去年那样,在老祠堂演唱会上唱!我跟她说,梅姑今年想清静清静,好说歹说,她不听,犟得要死!阿欢扑过去抱住梅姑的腿,说,梅姑,我就要在演唱会上唱,我要唱梅姑教我的歌!华建林说,梅姑要清静,不许胡闹!阿欢说,我就要!我就要!叶小苋上前要揪阿欢的耳朵,梅姑赶紧把阿欢护在怀里。阿欢是个人来疯,狂飙演技,又哭又叫,我就要!我就要!华建林实在忍不住,扭过脸去偷笑。叶小苋是总导演,不许华建林笑场,暗中拧了他一下,华建林这才又回到角色中。梅姑摸着阿欢的头,叹口气说,唉!不是我不想搞什么演唱会,我也想让你们热闹热闹,实在是担心啊!自从去年过了百岁生日,一件事接着一件事,把我一百年的过往翻了个遍,烦啊!

华建林说,梅姑不愿意,我们就不办!梅姑说,唉,本来我好想清静清静。不承想大人心疼我,这小的不心疼我哦!阿欢一听,马上又叫,我要唱,我要唱!梅姑无奈地说,好哦好哦,小祖宗,唱!一起唱!阿欢一听,马上从梅姑怀里挣出来,转身伸出两个手指,大叫一声,耶!华建林暗中冲阿欢伸出一个大拇指。梅姑望着叶小苋,半真半假地说,今年阿欢闹我,明年你肚里那个也能闹我了哦!

正在这时,华建林的手机响了。叶金波打电话来让他速去老祠堂,有要事相商。华建林赶紧来到老祠堂,原来是县民政局来了两个人,把奖励梅姑的一百万元支票送来了。民政局的同志一再强调,要亲自交给梅姑,还要梅姑签字画押,并和梅姑拍照留存做证。华建林先是高兴,接着又犯愁。梅姑不止一次说过,她不要政府的钱,现在送上门来,她接或不接真不好说。一般人见了钱都开心,可梅姑不是一般人,万一不接受,让民政局的人不好回去交差。叶金波说,这事不如跟梅姑说,是奖励双溪村的,她是代表双溪接受奖金!虽说这未必是个好办法,实在没有更好的办法,只好如此。

一行人来到梅家老屋,先请民政局两位同志喝茶。华建林和叶金波相互配合，依计而行，跟梅姑商量，让她“代表”双溪村接受奖金，梅姑说，一百万，好巧哦，怕不是上次方书记说的那笔钱吧？华建林见瞒不过，只好实话实说。梅姑摇着头，要躲上楼去。叶小莞拉住梅姑说，梅姑，人家方书记都说了，共产党永远不欠人民的账，您要不接受，让人家方书记的脸往哪放？让人家方书记怎么带领全县人民搞振兴?！梅姑想了想，说，跟方书记说，心意我领了，钱我不收！哦，我当着众人，把话说清楚，从今往后，党和政府不欠我梅家一分一毫！华建林拦着梅姑，说，要不这样，这笔钱您不要，不如捐给村里，存进“乡愁银行”。您晓得，村里打算建养老院，正缺钱嘛！梅姑点点头，说，好嘛好嘛，你替我收下，省得倒手捐来捐去！华建林说，梅姑，必须您本人签字嘛！梅姑左右为难，叹了一口气，看了看众人，说，我签字可以，钱捐给村里，你们可得给我做证哦！叶金波好感动，说，梅姑，我不仅给您做证，还要给您立一座明德牌坊！梅姑一听，顿时拉下脸来，说，刚刚说的是办养老院，怎么又要立牌坊？这字我不能签！叶金波后悔多嘴，赶紧抽自己臭嘴两下。华建林又一番苦劝。梅姑这才把字签了。

说到办养老院，华建林确实想了好久，跟叶金波议过好多回，但苦于没有钱和精力，只好作罢。有了梅姑这笔捐款，华建林和叶金波商量，不如趁机在“双溪人”群里搞一次讨论，摸摸底。消息在群里发出后，华建功率先表示支持，并表示把手里的余钱拿出来入股。鲍子以“荣誉村民”的身份热烈响应，表示将来养老就在双溪了。郝曼跟着发了一个“拥抱”的表情符号。接着菲菲响应，表示全力支持。群里一下子热闹起来，许多在外经商打工的双溪人纷纷表示想入股。一时间，“乡愁银行”财源滚滚。

华建林好高兴，想在离开双溪之前搞定此事，于是加快节奏，一边联系报批报建，一边让强强拿一个设计方案。强强有个展示专业技术的机会，自然卖力，熬了两夜，方案出炉，又亲自跑到南京，找大学老师审读一番，方才满意。

这一天，饶宇正好从省城回到双溪，华建林就把养老院的方案给他看了。饶宇建议结合“中医药基地”搞一个中医康养院。饶宇见多识广，不仅把中医药康养的前途和方向阐述明确，还把如何操作一一分析，就连名字都想好了，就叫“厚朴康养院”。梅姑听说“厚朴康养院”，连声说这名字起得好，夸饶宇不愧是个大博士。最兴奋的还是华建林，康养院有着落，梅姑的晚年就有保障了。事实上，安排好梅姑的晚年，是华建林最后一桩心事，在离开双溪前能把这桩心事

和鲍俪一起回来的，还有那对梅瓶。说起来，鲍俪为了这一对梅瓶真是煞费苦心了。因为新加坡朋友帮忙，持有人又急于出手，答应降价，但是不多。鲍俪一心想拿下，好给梅姑生日助兴，不再砍价。可是，鲍俪的资金有一部分套在股市，一时拿不出来，就跟鲍子商量拆借，鲍子入股“梅舍”之后，小金库所余不多，于是便出主意，让鲍俪寻求“天使投资”。“天使投资”是兄妹俩的暗语，意思是找爸妈要钱，无利无息无抵押，甚至可以赖账。鲍俪一听，马上明白，一个电话打给老爸，撒撒娇，发发嗲，问题也就解决了。交易之后，办理相关手续，一切忙完，虽说累得够呛，心里却好得意。

那天晚上，鲍子从高铁站接鲍俪回到梅家老屋，已过十一点。绣阁已没灯光，梅姑怕是已经睡了，先不打扰为好。鲍子性子急，要先睹为快。当鲍俪打开行李箱，小心翼翼取出那对梅瓶时，鲍子抑制不住内心的激动，捧在手里亲了又亲，亲过之后才想起去喊东屋的叶小苋和华建林一起来看。灯光下，那对梅瓶赫然醒目，釉色古朴，器形优雅。叶小苋一见，激动得捂着大肚子，连叫宝贝啊宝贝。华建林倒是冷静，捧起梅瓶看了看，瓶底果然有“徽州双溪梅氏”字样，大叫说，没错！没错！话音才落，就听楼上梅姑咳嗽一声。四个人马上压低声音。接着，绣阁的花格子门响了，只听梅姑说，三更半夜，一惊一乍，又是什么事哦？叶小苋走到门口，冲楼上说，梅家的宝贝回来了！梅姑说，哦，什么宝贝？叶小苋说，梅瓶！梅姑说，你怕是做梦哦！华建林说，就在这！梅姑说，真的？让我看看！华建林上去把梅姑扶下来。梅姑走到梅瓶前，看了又看，摸了又摸，又把脸贴在梅瓶上试了试，激动得浑身颤抖，说，是梅家的宝贝哦，是梅家的宝贝哦！叶小苋说，梅姑，梅瓶回来，要感谢鲍俪，是她花好大价钱从国外买回来的！鲍俪说，也是缘分，不然还遇不到这对宝贝呢！梅姑愣了愣，半天才说，照这么说，这宝贝是鲍俪的？华建林说，从法律上来说，是鲍俪的！梅姑有点失望，盯着

梅瓶摇摇头。鲍俪赶紧说，梅姑放心，梅瓶就放在梅家老屋！叶小苋说，梅姑，给鲍俪打个借条，就算跟她借来的！梅姑拍了拍脑壳，说，哦，梅家的东西，我还得打借条？叶小苋说，人家花钱买回来的嘛！梅姑想了想说，好吧好吧，不管是哪个的，宝贝回到梅家老屋就好！

三更梆声响过，梅姑的兴致越发地高，给鲍俪打了借条，便让华建林把梅瓶拿到堂屋供着。按梅姑的吩咐，两个梅瓶分别摆放在堂屋条案两端。瓶身的古釉焕发出奇异的光，与梅家老屋的陈设出奇地和谐。鲍子举着相机，左拍右拍，不禁感叹道，在梅家老屋住了十来年，没觉得缺什么。可是这两只梅瓶一摆，才觉得不多不少正正好！鲍俪说，本来就是梅家的东西，怎么看怎么舒服！正说着，梅姑换好衣服，梳洗好了，由叶小苋扶着来到条案前。梅姑上前摸了摸两只梅瓶，后退两步，双膝一软，跪在蒲团上，说，阿爸，老梅瓶回来了，梅家老屋又平（瓶）安（案）了哦！

第四十三章　老梅

鲍家父母被鲍俪逼到双溪，是在梅姑生日前两天。本来，眼看到了年根，公司事务繁忙，老两口不想来回跑，电话里就拒绝了。鲍俪跟鲍子商量妥了，要个心眼儿，给老两口三个理由。老两口听罢满口答应，不仅来，而且马上动身。鲍俪给出的理由：一是鲍子找到女朋友了，品貌俱佳，还是个医生；二是鲍子的摄影作品集《四水归堂》马上出版，说不定一下子就能成名成家了；三是你们的宝贝女儿我投资的“梅舍”项目正式运营，总得来考察一下投资回报嘛。除此之外，鲍俪还赠送一个理由，梅姑101岁生日，你们过来沾沾福气，将来也能长命百岁安享晚年！毕竟女儿了解父母，就这几条理由，随便拿出一条，都让老两口心动。于是老两口把公司的事务安排妥当，乐颠颠地赶来了。

那天，鲍子牵着郝曼，鲍俪挽着饶宇，成双成对，一起去高铁站迎接鲍父鲍母。饶宇大大方方，倒是洒脱，郝曼多少有点紧张，反复问鲍子，见面怎么称呼老人家。鲍子说随便。鲍俪说，依我看，办事要讲效率，直接喊爸妈，说不定还能讨一些改口费！此话一出，郝曼羞得脸通红。鲍子同意鲍俪的说法，说，生米煮成熟饭，一步到位！郝曼一听，抡着小拳头打鲍子，小拳头落下，却变成撒娇。鲍俪看不下去，说，你们两个能不能有点同情心？在一个婚姻失败者面前撒狗粮秀恩爱，是不是太残忍?！一句话，逗得鲍子和饶宇大笑不已。

果然不出所料，鲍父鲍母来到双溪好高兴，尤其对郝曼相当满意。当然，最满意的还是见到了饶宇。鲍父在商海沉浮多年，阅人无数，一眼便看出饶宇和鲍俪有那个意思了，不禁心中暗喜。鲍母早年下放农村劳动时伤了身体，一直想家里有个当医生的，有个头痛脑热，看病方便。如今一下来两个，高兴得她眼睛眯成一条缝儿。就在这时，快递员送来从深圳寄来的包裹，打开一看，是鲍子的作品集《四水归堂》样书。老两口争着抢着要先看，吵得像两个没见过世面的孩子。

毕竟儿子在梅家老屋生活十来年，鲍父鲍母一定要登门感谢。老两口在儿子女儿和未来儿媳女婿的陪同下，前往梅家老屋，一家六口，不知不觉竟在老街上走成一道风景，引来无数议论。来到梅家老屋，梅姑自然热情接待，宾主双方不像头一回见面，倒似久别重逢。毕竟之前在视频里相互见过，客气话不必多说，围绕着儿女婚事养生保健天气预报家长里短说了半天，倒也热闹。当晚，梅姑让叶小苋安排，请鲍家六口人在梅家老屋聚餐。鲍家父母也不客气，乐呵呵地留下了。晚饭倒有特色，尽是双溪的时令土菜，可见叶小苋用了心了。席间，梅姑劝鲍子父母多住几天，在双溪好好看看。鲍母说特意赶来给梅姑过101岁的生日，一定要住几天。鲍父说，好想在徽州一带多走走，毕竟是当年下放过的地方，算是第二故乡啊！

华建林听说鲍父曾经下放徽州，便和鲍父推杯换盏，喝到高兴处，不失时机地为双溪招商引资，跟鲍父谈起合作。鲍父也是性情中人，答应来年开春带人来实地考察，落实“梅花酿”和“桃花伴”的合作项目。华建林兴奋不已，酒劲上头，废话好多，大谈双溪“品牌矩阵”和“旅游航母”，这个那个，如何如何，要不是叶小苋及时制止，差点出了洋相。鲍父也多喝几杯，搂着鲍子哈哈大笑，当着众人的面说，好儿子，你有追求，不是作！鲍子从来没有受过这个待遇，羞得脸都红了。

那一夜，皆大欢喜。

连着两天的西北风，天气预报说近日有大雪。华建林担心落雪后梅姑出行不便，跟兰姐商量，把“梅姑教我一首歌”演唱会提前举行。都是排好的节目，提前一天也无妨。于是梅姑生日前一天晚上，老祠堂就热闹起来了。

演唱会按步骤进行,梅姑早早就被接到老祠堂,在台下中间落座。和去年的演唱会不同,今年开场是阿欢演唱《读书郎》。“小么小儿郎,背着书包上学堂,不怕太阳晒,不怕风雨狂,只怕先生骂我懒,没有学问无颜见爹娘……”阿欢唱得好投入,赢得阵阵掌声。叶小苋和华建林陪着梅姑坐在台下,看着阿欢唱歌,都跟着打拍子。梅姑却冷冷地坐着一动不动。阿欢唱完,众人一起鼓掌。梅姑站起来,非要回家,劝也劝不住。叶小苋看出梅姑有心事,悄悄问,梅姑,又想妈妈了?梅姑摇摇头,叹口气说,想阿爸哦!

华建林和叶小苋一起送梅姑回梅家老屋,演出照常进行。鲍家父母由儿子女儿和准儿媳准女婿陪着看演出,难得的天伦之乐,高兴得不停地鼓掌。尤其是鲍母,不停地说好好好。看完华建功和江红霞的夫妻对唱,鲍母一扭头,发现梅姑不在,大为不解。鲍子解释说,梅姑年纪大了,坐不下来,回去休息了。鲍母因为没有和老寿星梅姑一起照相,颇感遗憾。鲍子说明天是梅姑生日,到时再补拍也不迟。鲍母这才放心,把演出看完了。

不管怎么说,那场演唱会相当成功。菲菲进行了全程直播。因为此前做了铺垫和预热,直播效果不错。陈镇长和方书记都看到了,特意给华建林打电话,祝贺梅姑101岁生日快乐,也祝双溪的群众文化品牌“梅姑教我一首歌”唱响全国,一炮而红。

三更时分,开始落雪。天亮时,双溪已一片银白。

织女巷梅家老屋门前的第一行脚印,是饶宇留下的。大清早,饶宇就来到梅家老屋,跟华建林和鲍子一起,商量发掘《新安医综》的细节。三个人聚在鲍子的屋里,比比画画,如何取出,如何存放,如何记录,一一考虑到位。事实上,自从梅姑答应生日这天挖掘,饶宇就处在兴奋状态中。如果《新安医综》在他手里发掘出来,那不仅为个人学术研究开辟一条新路,对中医药基地的发展以及整个中医药发展的影响同样巨大。他甚至为撰写《新安医综》的研究专著考虑好了框架,以至于一夜没有睡好。半夜起来,乘兴作了一副对联,挥毫写在红纸上,祝贺梅姑生日。上联是“苁蓉处事,百年孤独多细辛”,下联是“厚朴待人,一颗丹心怀远志”。联中用了四味中药,想必梅姑一定能看出来。

华建林同样也处在亢奋之中，如果《新安医综》在双溪出土，全国乃至全世界媒体都会报道，那么双溪的名声真的走向世界了。仅仅是名声还不能让华建林满足，华建林更看重潜在的影响力，甚至有把双溪打造成“新安医学特色小镇”的想法，再依托黄山风光，引进国际中医药论坛落户双溪，未来发展成达沃斯和博鳌那样的小镇，也不是没有可能。

鲍子为此早有准备，设备灯光都安排好，就连大全景直播都考虑妥当。鲍子一直不明白，自己住了十年的梅家老屋到底还有多少秘密、多少故事，因此充满了期待。他甚至考虑，此次发掘的图片可以放进将来的作品集，一并出版。

苏杏村是踩着饶宇的脚印来到梅家老屋的。苏杏村对《新安医综》了解不多，至少没有饶宇了解得多，但是对《新安医综》的期待心情同样急切。自从年少时跟梅姑学习看病抓药，苏杏村干了几十年的中医，能见到《新安医综》出土，对苏杏村来说，好比木匠看到鲁班的斧头，茶人看到陆羽的茶具，是一种莫大的幸运。当然，如果能从中领悟一两样医道，那更是造化了！

卢班师傅带领工程队赶到，未曾开工，先和华建林一起把挖掘方案推演一番，力争做到万无一失。强强和菲菲也来了，准备配合鲍子做现场直播。这是华建林的安排，没有跟梅姑说。不是不能说，是没必要。梅姑对直播早已习惯，这一点双溪人都晓得。郝曼也来了，还带来急救箱。这也是华建林精心安排的，毕竟梅姑是百岁老人，容易激动，不怕一万，就怕万一。

雪还在下。四水归堂的天井里，雪花飞舞，如同拉起纱幔一般。梅姑早早起床，洗漱完毕，接着熏香。随着几缕香烟飘出，梅家老屋香气弥漫，更是如梦似幻了。

梅姑下楼来了。叶小苋和鲍俪一边一个陪着。按华建林的导演，众人一起大喊，梅姑生日快乐！梅姑看着众人，笑着说，谢谢哦！华建林走过去，问梅姑能不能动工。梅姑用手杖指了指饶宇，说，你过来！饶宇赶紧过去。梅姑走到天井西边第二根梁柱前，说，喏，当年你爷爷喜欢站在这里拉琴哦！饶宇问，为什么要站在这里？梅姑说，他说拉琴要面向东方，能看到太阳！饶宇点点头。梅姑问，你爷爷喜欢拉琴，你晓得吗？饶宇摇头。梅姑用手杖敲了敲梁柱下的础石，问，你晓得这是什么？饶宇一愣，摇头。梅姑说，这叫磉石。饶宇说，晓得了。梅姑笑了，说，说起来，好好笑哦，你爷爷当年叫它石鼓！饶宇赔着笑。梅姑突然敛住笑，悄悄说，这下面有你爷爷的一样东西！饶宇说，不是《新安医综》？梅姑摇摇头，蹲下身来，把磉石旁边的花盆移开，撤掉两块老砖，下面有一个洞，从洞中取出一只双耳瓷罐，慢慢站起身来。饶宇上前扶住。梅姑把瓷罐交给饶宇说，拿去！饶宇慢慢打开瓷罐，罐中还有一个小瓷瓶，瓷瓶用蜡封着，打开倒出来一个小布包，打开布包，是一枚金戒指。梅姑说，这是你爷爷左手上的，要是戴在右手上，怕是这个也见不着了！鲍子有点恍惚，眯起眼看着那枚戒指。梅姑说，拿去吧，跟那颗金包牙一起送到山东，找到他的坟，一起埋了。

饶宇捧着那枚戒指，愣了半天，一时不知说什么好。梅姑转身走开，来到众人面前。饶宇追上去，说，梅姑，《新安医综》在哪？梅姑摇摇头。众人皆惊。梅姑叹口气，说，我也不晓得嘛！华建林说，那块老砖上画的图是什么意思？梅姑说，那得问老管家哦！苏杏村赶紧说，我爷爷做事一向谨慎，他老人家在梁柱下打了“十”字，一定是有打算的！梅姑什么也不说，拄着手杖回堂屋去了。

天井里一下子静下来，众人大眼瞪小眼，望着飘散的雪花，一呼一吸间，喷出一股股热气。华建林来回转了两圈，冲着卢班师徒大手一挥，挖！

那天，梅家老屋天井里积起半尺厚的雪时，卢班和几个徒弟已累得疲惫不堪，头发里冒热气，像打开的蒸笼，然而却一无所获。围观者议论纷纷，都说肯定位置挖错了。卢班听了不高兴，拍着胸脯拿名誉担保道，经过我认真探测，所有标有“十”字的梁柱下都没有东西，若不相信我卢班，另请高明。华建林和饶宇四目相对，疑惑不解，《新安医综》到底在哪里？卢班揩了一把汗，叹口气，指了指天井上方的天空，说，天晓得哦！

堂屋里，火桶里桂木炭发出轻轻的炸响。梅姑围着火桶，望着面前那块老砖上的图案，一边叹息，一边责怪老管家当年多事，弄了这么一个东西，不明不白，让人伤神。叶小苋过去给梅姑揉揉肩，劝梅姑不要生气。梅姑说，老管家啊老管家，真是个老糊涂，当年非要刻这块老砖搞什么嘛！看把这帮人急的哦！叶小苋说，老管家也许是手痒，刻着玩嘛！梅姑摇摇头说，老管家做事一向谨慎，应该别有用意哦！叶小苋说，那到底是什么意思？梅姑闭上眼睛，想了想，突然睁开眼，说，哦，会不会在那？叶小苋一惊，问，在哪？梅姑说，小花园！

梅姑所说的小花园，是指梅家曾经的小花园，就在梅家老屋的后院。当年，梅二先生继承了梅家老屋之后，在三进老屋的后头修了一座小花园，虽没有亭台楼阁，但也有小桥流水、满园芬芳，曾经是双溪的名胜。只可惜早已废弃，几株杂树早已参天，一片竹林生机勃勃，倒成了鸟儿们的乐园。在小花园的最里面，靠墙种有一棵老梅树，是老管家当年从山上挖来的。每到冬天，老干新枝，梅花朵朵，清香宜人，煞是惹人喜爱。梅二先生曾说他最欢喜。梅姑记得，民国二十六年（1937），梅二先生出事后，梅姑从上海回到梅家老屋，发现那棵老梅树不见了。梅姑问过老管家，老管家说怕她看见老梅树睹物思人，徒添伤心，索性砍了。当时，梅姑觉得老管家做事贴心，也没在意。从那以后，梅家老屋再也不种梅花。

梅姑把那块老砖翻过来，一面刻有一株梅树，老干新枝，花开朵朵，又翻开另一面，刻有一个四四方方的图形，每一边都有两个圆圈，圆圈里都有一个“十”字。叶小苋脑壳灵光，说，梅姑，您的意思是在那下面？梅姑指着那块老砖说，梅树下面八个带“十”字的圆圈，明明就是说“梅下有事（十）”嘛。叶小苋一听，激动得脸通红。梅姑说，快去跟建林说，在小花园！

午后，在梅家当年的小花园那株老梅树下，卢班和他的徒弟们终于扬眉吐气了，果然挖出了一个四四方方的藏宝室。藏宝室里填满了一层两尺厚的木炭，每一边埋着两口大缸，缸口用石板盖住，四周用厚厚的桐油腻子密封。打开石板盖，缸内也填满木炭。木炭中藏着一只用三层油纸包裹的铜箱，每只铜箱里都有八卷《新安医综》。八口大缸，八只铜箱，共八八六十四卷。

当是时，雪花飞舞，织出天地间一道纱幕。饶宇捧着保存完好的《新安医综》,呆子一样,双膝一软,扑通一声跪了下来,华建林跟着也跪下来。这个细节被鲍子抓拍下来,也被菲菲拍下来了。菲菲因连续直播多时,嗓子都喊哑了,老铁们,家人们,今天简直太兴奋了,双溪的宝贝揭秘啦!华建林激动得忘记站起来,跪在雪地上,打电话向县委方书记报告《新安医综》出土的好消息。方书记二话不说,随后带着县电视台记者赶到现场。在现场,方书记头顶雪花,对着镜头激动不已,一边喷着热气一边说,这是一个激动人心的时刻,《新安医综》重见天日,是全县文化建设的一件大事,必将为全县的文化和经济建设带来更多的发展机遇!

本来,记者要采访梅姑,梅姑不干,说天实在冷,人实在累,躲在绣阁不下来。华建林和叶小苋轮番上去劝,梅姑还是不愿意。最后,华建林接受了记者采访。面对镜头,华建林只说了一句话:我代表我的全家,谢谢梅姑!谢谢双溪!

乍一听,这句话跟采访主题毫不搭界。不过,面对镜头,华建林确实不知该说什么。因为这句话在心里藏了好多年,随口就说了。

尾声　四水归堂

雪在双溪留下一片茫茫洁白后，终于停了。雪后的双溪，夜晚别有韵味。黑与白异常分明，白墙愈白，墨檐愈黑。总之，黑白两色便将双溪的轮廓传神地勾画了。

梅家老屋早早亮起灯，一柱暖光从天井里溢出，融入腊月的夜色中，颇为温暖。二楼祖堂里，梅姑关上门，拢了拢白发，正了正衣襟，在梅二先生的遗像前跪下来，抬头望着梅二先生的眼睛，双手捧起一盘寿桃，放在供案上。寿桃是叶小苋和江红霞下午赶工做出来的，粉白暄和，涂了红嘴，冒着丝丝热气。梅姑说，阿爸，今日是我生日，尝尝寿桃吧，好香哦！窗外一阵风，花窗格子轻轻响了几声。梅姑说，阿爸，《新安医综》找到了，八八六十四卷，一卷不少，卷卷完好！唉！阿爸，梅姑晓得，这是阿爸拿命换来的，好珍贵哦！我想啊，东西再珍贵，埋在地下也没用，不如取出来，给用得上的人，也算积德哦！阿爸，梅姑晓得，阿爸当初也是这么想的！阿爸放心，宝贝交给政府了，祖上传下来的宝贝，还会传下去！对了对了，下街华家出了个好孩子，叫华枫，在省城学医，往后双溪的医脉又能续上了！

就在这时，阿欢在门外大叫，梅姑梅姑，客人都到啦！

梅姑应了一声，慢慢站起来，看了看照片中的梅二先生，然后慢慢转身，走出祖堂，轻轻把门锁上。

毕竟《新安医药》重见天日，又是梅姑的生日，双溪人难免要热闹一番，梅家老屋便沸腾了。鲍子父母在双溪见识了难得的场面，兴奋不已，陪在梅姑左右。鲍子特意把新出版的作品集《四水归堂》系了一根红丝带，作为生日礼物献给梅姑。本来，梅姑不喜欢晚辈跪拜，她早早就跟众人说好，站着行礼就好。可是鲍子太激动，来梅姑面前，不由分说，扑通一声，双膝跪下，捧起那本《四水归堂》。梅姑本想责怪鲍子，一见那本《四水归堂》马上笑了，赶紧接过来。鲍俪帮忙解开红丝带，翻开扉页。梅姑说，我老眼昏花，这行字写的是什么？叶小苋站在旁边，随口念道：献给我的灵魂天使！梅姑说，灵魂天使，是哪个哦？叶小苋说，梅姑嘛！梅姑笑着摇头，说，小鲍子胡说！阿欢不懂事，歪着头问，哇！灵魂天使是不是大妖怪？梅姑眯起眼，笑着说，是哦是哦，老妖怪哦！

众人笑得前仰后合，梅姑也笑出眼泪来。饶宇早忍不住了，挤出人群，也要给梅姑行跪拜礼。梅姑好为难，说，哦，好好的规矩叫鲍子打破了。好吧好吧，就你最后一个！饶宇后退几步，在他爷爷当年拉琴的梁柱下，规规矩矩地跪下，叫一声“梅姑生日快乐”！梅姑笑着说，赶紧起来，地上好凉！饶宇站起来，当众朗读自己写的贺寿联：“苁蓉处事，百年孤独多细辛。厚朴待人，一颗丹心怀远志。”在场有多少人听明白，饶宇不晓得。不过，梅姑听明白了却是真的。灯光下，梅姑双眼泪光闪闪。所有人都能看见。

华建功排在后面，早急得抓耳挠腮，冒冒失失地将饶宇推到旁边，来到梅姑面前，正要跪下。梅姑说，哎呀哎呀，你就别掺和了！华建功说，从小到大，只要梅姑过生日，我都要磕头的！说着便跪下来。江红霞在一旁大叫，别急别急，带上华枫嘛！华枫挤到华建功旁边跪下。梅姑说，哦，大学生的面子要给！就在这时，叶金波和兰姐陪着哥哥叶金海来了，挤到前面，说，梅姑是双溪的梅姑，不如大家一起来！众人都说好，于是屋里屋外跪下一片。鲍子父母一看，也要跟着下跪。梅姑看见，马上说，鲍家父母，你们是客人，这样的大礼，我受用不起！鲍父说，梅姑，您老人家的福气，也让我们沾沾嘛！梅姑无奈地摇摇头，笑着抬起双手，让大家赶紧起来。礼毕，一阵阵欢笑，像饱满的种子，穿过天井，撒进夜色中。

在阵阵的欢笑声中，华建林来到廊檐下，举头望向天井中那一方夜空，黑蓝的背景，雪花飞舞，有如梦境。恍惚中，华建林仿佛看到双溪梅、华、叶、苏四大姓的先人们，渔樵耕读，经营双溪的情景。接着，梅二先生一袭长衫，夹着油纸伞，在桃花渡下船登岸。年轻的梅姑骑着脚踏车穿过老街旧巷，车铃清脆，一群孩子跟在后面喊“古德猫宁”。然后，年轻的新四军战士来到小桃源，梅姑和他们一起唱歌，一起跳舞。游击队员们从黑暗中走来，敲响了梅家老屋的大门。华建林揉了揉眼睛，又仿佛看见自己父母和小苋父母被洪水卷走的画面。他还看见，年幼的他和年幼的小苋在桃花渡的大雨中哭泣。梅姑来了，拉着他俩的手，一起回到了梅家老屋。接着，他看到了双溪空荡的老街旧巷、寂寞的黛瓦白墙、静立的三座老牌坊，以及七喜在梅家老屋屋脊上孤独的剪影。之后，梅姑的笑脸、小苋的笑脸、阿欢的笑脸，以及所有双溪人的笑脸，像幻影一般，在他的眼前频频闪现。忽然，耳边仿佛响起梅家先人梅宗方苍老的声音：“万物人为首，无人皆是空。”

华建林不禁打个冷战，似有所悟，原来自己为双溪所做的一切，与先人们相比，不值一提，更不用说他苦心经营的所谓“双溪模式”了。至于他总结的“职场五步法”，简直就是扯淡。尤其是为华姓人立牌坊的想法，更是荒唐，想想脸都发烫。

雪过天晴，月亮高挂。梅家老屋的天井里，月光映雪，一片银白，亮堂得出奇。喧闹一天，老屋在腊月寒风中归于平静。

东厢房里，阿欢在梦中呓语，高一声低一声，时不时还咯咯地笑，想必做了一个好梦。叶小苋挺着大肚子，侧身而卧，睡得正香，孕妇特有的呼吸声，均匀有力。借着月亮，可以看见叶小苋嘴角流出清亮的口水。华建林怕打扰她，轻轻替她擦去，然后心满意足地躺在叶小苋身边，闭上眼睛，闻着老屋弥漫的木质味道，不禁想起在梅家老屋度过的岁月，一幕幕令他心中五味杂陈。想着想着，又想到“双溪模式”，辗转难眠，索性悄悄起床，到天井里走一走。

来到天井，抬头看见梅姑窗前亮着灯光，担心梅姑有事，于是轻步上楼，来到绣阁前，轻轻敲了敲花格子门。梅姑说，建林吧？华建林说，是！梅姑说，听敲门声就晓得是你，进来吧，外头好冷！华建林推门进去，见梅姑坐在床上翻看老照片，说，梅姑还不睡？梅姑说，老了，瞌睡少哦。你累了一天，也不早早歇着？华建林说，看梅姑屋里灯亮着，想跟梅姑说说话。梅姑笑着，拍了拍床沿。华建林把火桶挪了挪，在床边坐下来。

梅姑说，今日好热闹哦！

华建林说，梅姑欢喜就好！

梅姑说，双溪这边事忙完了，你要调走了吧？

华建林点点头说，上头催了好多回！

梅姑说，去吧去吧，有小苋她们在，你放心！

华建林没吭声，看着梅姑，有点莫名的感动，忍不住眼圈湿了。

梅姑说，哦，都当爸爸了，还像个囝！

华建林说，有梅姑在，我这辈子都是囝！

梅姑笑了，轻轻扯了扯华建林的耳朵说，做囝做个好囝，当官要当个好官，不然人家会骂哦！

华建林点点头说，梅姑，双溪有人骂我吗？

梅姑眉毛一扬，说，在双溪，要是有人骂你，怕是只有小苋！

华建林笑，说，小苋要骂我一辈子哦！

梅姑拍拍华建林的手，悄悄说，她比你小，让着她！

华建林说，晓得！

梅姑说，你到县里，当什么官？

华建林说，不是官，是公务员！

梅姑说，哦，做什么？

华建林不知从何说起，想了想才说，上头让我推广“双溪模式”。

梅姑哦了一声，说，双溪还有模式？

华建林像答错题的学生，有点惶恐，有点不好意思，说，有还是没有，我也不确定！

梅姑想了想说，非要说有，也有！

华建林说，是什么？

梅姑指了指窗外的天井，说，四水归堂嘛！

华建林心头一震，低下头来，若有所思。

梅姑说，城里也好，乡下也好，说到底都要有人嘛！就拿双溪来讲，当年不过是块空地，老祖宗来了，双溪就有了。再看看现在，小鲍子来了，菲菲来了，还有鲍俪、饶宇、郝曼都来了，双溪又热闹起来了！哦，有人聚的地方，一定是好地方！

华建林点点头。

梅姑说，老祖宗说得好，万物人为首，没有人，什么都是空！

华建林说，晓得了！

梅姑说，活了一百年，我才晓得，不管做什么，心里先有人。心里装着世道人心，眼里看着人情世故。不会错！哦，不会错！

华建林长长叹了一口气，低下头来。

梅姑笑了，说，就要走马上任，叹什么气嘛！

华建林突然抬起头说，我想留下！

梅姑似乎并不惊讶，说，你不去，上头怎么办？

华建林说，上头不缺人，双溪缺人！

梅姑点点头说，按理说，能把双溪的事办好，也不容易哦！

华建林说，现在的双溪，还不是我想要的样子！

梅姑说，哦，你想要的双溪是什么样子？

华建林说，我想要的，就是梅姑想要的！

梅姑笑了，拍了拍华建林的头，一脸欣慰地说，天井好亮哦，怕是月亮出来了！

华建林点点头说，腊月十六嘛！

梅姑一下子坐起来，说，是哦是哦！十五的月亮十六圆，去看看！

华建林帮梅姑披好大衣，扶着梅姑来到走马廊，倚着栏杆，朝天井望去。四水归堂的天井之上，一轮明月挂在空中。月华如水，沿着四面屋檐上的积雪倾泻而下，如同瀑布一般，甚为壮观。

梅姑说，四水归堂哦！

华建林说，四水归堂！

这时，三更梆响起，梆——梆——梆——

梅姑说,这梆声,敲得人心里好安稳,我听了一百年了哦!

华建林说,一百零一年!

梅姑笑道,这梆声老祖宗听过,阿爸听过,我听过,你听过,阿欢也听过。不晓得,将来双溪人还能不能听到哦!

华建林说,能!肯定能!

梅姑拉住华建林的手说,那就好,那就好!没有这梆声,就不像双溪了哦!

一阵冷风吹来,梅姑打了一个寒战。华建林担心冻着梅姑,便劝她回绣阁躺下了。在冬夜的月色下,梅家老屋陷入沉着的安静。单从四水归堂的天井中,看不出过去和现在的分别,却可以看出沧桑和新生的互动。

四更梆声响过,梅姑迷迷糊糊入睡,梦境随之缓缓打开。最先走进梦境的是 4 岁的梅姑,在梅姑老屋的花园里,跟着老管家捕蝶的场景,那蝴蝶飞得好快,老管家追赶时差点跌跤,惹得梅姑咯咯地笑。接着,梦境里,17 岁的梅姑骑着脚踏车,穿街过巷,裙角飞扬。梅姑骑着脚踏车,像骑行在云端之上,将百年的人生一一浏览。云端之上,梅姑第一眼便看见了梅园。那时候,梅园还不是梅园,叫梅岭。那年,阿爸回双溪过年,抽空带梅姑看梅花。面对一岭的梅花,阿爸念了一首关于梅花的诗,还讲了梅花的药性和药用,花果叶根,一一讲到。梅姑记得,那是头一次,也是最后一次。这时候,梅姑翻了一个身,又看见了梦中的小桃源。小桃源是 17 岁的梅姑常去的地方。新四军在皖南的时候,在附近驻扎,梅姑去采桃花,远远听见琴声,走过去一看,一群青年男女在唱歌,中间站着一个高个子。他们唱的是《松花江上》。高个子青年看见梅姑,热情地邀她一起唱。梅姑大大方方,和他们一起唱,唱得热泪盈眶,好像松花江就在眼前一样。从那以后,那些男女战士常来梅家老屋,高个子青年也在其中,当然还有他那把“梵阿玲”。就在西厢的廊柱前,高个子青年拉起“梵阿玲”,梅姑站在天井里唱。唱完了,两个人一起笑,笑声惊了屋檐上的鸟。他叫她,LiLy,她叫他,Mike。老管家暗中观察,常常叹气,不晓得为什么。梅姑又翻了一下身,叹了一口气。于是,月牙湾便进入梅姑的梦境。月牙湾紧挨着桃花渡。夏日如火,

19 岁的梅姑提着竹篮，按照和游击队的约定，去月牙湾送药。不承想没有等到游击队，却碰上国民党的县长过渡口。那县长看上了梅姑，纠缠不休。梅姑又烦又怕又恼，托人带信给游击队，游击队悄悄潜入县长的家里，狠狠地修理他一顿。梦到这里，梅姑笑了，再翻个身，又梦见秋浦和桂花树。20 岁那年，梅姑一直收不到 Mike 的信，常常躲在绣阁抹眼泪。苏老管家看出来，暗中替梅姑着急。当年中秋，苏老管家偷偷替梅姑许下桂花愿，拴了红线。从那以后，红线在老桂树上系了一年又一年，梅姑始终没有如愿。老管家叹气，骂老桂树不灵光。梅姑心存感激，老管家是个好人哦！至此，梅姑在梦中流出伤心的老泪。

就在这时，梅姑在蒙眬中听见一声，喵呜——

梅姑恍恍惚惚，翻了一下身。

喵呜——喵呜——

梅姑心头一震，喃喃自语，七喜回来了！

喵呜——喵呜——喵呜——

梅姑追出去，脚步轻快，身轻如燕，仿佛走在云端之上，一边走一边喊，七喜——七喜——

喵呜——喵呜——喵呜——

梅姑眼泪下来了，说，小痴鬼，你还记得梅姑哦！

喵呜——

梅姑说，来哦来哦，屋里好暖和！

月光下，一只猫的身影出现在梅家老屋雪白起伏的屋脊上。梅姑揉了揉昏花的眼睛，定睛再看，果然是七喜。七喜看上去依然那么健壮，那么骄傲，双眼放光，尾巴高举，浑身的白毛银光闪闪。梅姑怕吓到七喜，轻轻叫了一声："七喜！"七喜循声望去，突然弓起背，喵呜回应一声。梅姑又叫了一声："七喜！"七喜纵身一跃，在空中划出一道漂亮的弧线，如同滑翔一般，轻轻落在对面的马头墙上。马头墙上积雪飞溅，七喜再一纵身，落到天井屋檐上，接着轻车熟路，顺着高大的廊柱滑下，跳到天井中。这时候，四边的屋檐上突然出现好多猫的身影。梅姑又惊又喜，不敢相信，揩了揩眼睛，只见七喜的身后，一只只猫紧跟着纷纷跳下，如同天降神兵一般。白猫、黑猫、黄猫、灰猫、花猫，各色各样，大小不一，生龙活虎，仿佛一支队伍浩浩荡荡，在四水归堂的天井里站成一片，恍若一幅百猫图。

梅姑惊呆了。

七喜叫了一声，喵呜——

所有的猫都跟着叫，喵呜——喵呜——

月光下，喵呜声此起彼伏，仿佛多声部合唱，层层叠叠，饱满和谐，刹那间充满梅家老屋，在天井中回荡盘旋，继而越过梅家老屋雪白起伏的屋脊，过老街，穿旧巷，在双溪的上空久久回响。

梅姑笑了，少女一般，咯咯有声。

梆——梆——梆——梆——梆——

五更梆声惊醒了双溪，天渐渐亮了。

雪后的双溪宛如一幅水墨画，在群山之间，缓缓铺展开来。

2022 年 7 月初稿于徽州，2024 年 3 月改稿于合肥